大鱼

有爱的青春陪伴者

小甜茶

Sweet tea

绿桥乔 ——

——著

天津出版传媒集团

天津人民出版社

图书在版编目（CIP）数据

　　小甜茶 / 绿桥乔著. —— 天津：天津人民出版社，
2021.4
　　ISBN 978-7-201-17137-1

　　Ⅰ.①小… Ⅱ.①绿… Ⅲ.①中篇小说－中国－当代
Ⅳ.①I247.5

　　中国版本图书馆CIP数据核字(2020)第272207号

小甜茶
XIAO TIAN CHA

绿桥乔 著

出　　版	天津人民出版社
出 版 人	刘　庆
地　　址	天津市和平区西康路35号康岳大厦
邮政编码	300051
邮购电话	（022）23332469
电子信箱	reader@tjrmcbs.com

责任编辑	玮丽斯
特约编辑	廖晓霞
装帧设计	Insect　cain酱
责任校对	彭　佳

制版印刷	长沙鸿发印务实业有限公司
经　　销	新华书店
开　　本	880毫米×1230毫米 1/32
印　　张	9.5
字　　数	304千字
版次印次	2021年4月第1版 2021年4月第1次印刷
定　　价	39.80元

目 录

Contents

第一章

茶山初遇 /001

第二章

茶是青青 /019

第三章

时光里的青梅竹马 /051

第四章

欢喜冤家 /077

第五章

心生欢喜 /113

第六章

出茶 /145

目 录

Contents

第七章

最美不过在一起 /179

第八章

唯一闪耀 /203

第九章

遇见是最美 /233

番外一

蜜月 /267

番外二

威武、将军带娃日常 /282

番外三

小甜茶 /292

第一章

♥

茶山初遇

Sweet Tea

[1]

清晨四点多的茶山，仍在沉睡中。

第一缕薄淡晨光浮现，缥缈的云雾间透出一抹碧青来。

那碧，那黛，那青，那绿，隐隐约约的。渐渐地，在云雾间连成一片又一片的碧绿来。

半空中，一弯淡月如钩，静静地点缀在茶山之上。

一声狗吠，打破宁静。茶树轻晃，噢，原来是茶山醒来了。

林知茶坐在泥地里，脸色苍白，唇色也白，用"奄奄一息"来形容他也毫不过分。

豆大的汗珠从他额间滴落，沿着人中滑下，滴入好看的唇上。他抿一抿唇，微卷的刘海轻动，又垂贴在了那弯浅淡而修长的眉毛上。

林知茶抬起手抹了一把汗，然后将一片茶叶举起迎着微弱的晨光细看。

青苗茶是六堡茶中佳品，叶子通体翠绿，那种绿真的是具有蓬勃的生命力。林知茶举着茶叶看了又看。

这时，他听见一串清脆悦耳的铃声响起，随着铃声而至的，还有一道娇嫩的嗓音，应该是个娇嫩的女孩儿。

这里只有延绵不断的滴翠群山，漫山遍野都是触手可及的"绿"，而高大的乔木、碧树以及茶树太多，隔绝了视线，他看不见来的人。

一想到自己此刻的举动，他就有点面子上过不去，赶紧又胡乱掐了一株青苗碧叶，就想"逃"了。

却又听见那娇嫩的声音响起，不知道是在和谁说话："采茶的时间很讲究的。你们知道吧，得在太阳出来前就采摘了，最好还是带着露珠的茶叶尖儿，新鲜呢！想吃？嘁，才不要给你们两个吃！"

女孩子的声音近了，看来是个采茶姑娘。林知茶赶紧迈步，才走出几步，突然，茶树丛摇动，他听见"哼哼哧哧"的声音。心里正大叫一声不好，两只狗猛地跃了出来，对着他露出牙齿低吼。

他吓得跌坐在地！

"有贼？"女孩子飞快地从茶树丛边跃了出来，轻盈地着地，和他大眼瞪小眼。

林知茶脸猛地红了，说："你见过这么有品位还长得好看的贼吗？"

"噗！"木青青忍不住笑了。

她一笑，身体都在颤，铃声更响了。林知茶这才注意到，原来她左脚上戴着一条铂金链，链子上串着三只银色小铃铛。

是一个很漂亮的小姑娘，有一对黑漆漆、亮晶晶的大眼睛，眼尾长长的，翘翘的，是最明丽的那种大杏眼，清澈透亮，仿佛眼里有星辰。

林知茶想，他已经很久很久没见过拥有如此纯净澄明眼睛的人了。

她那对眼睛圆圆的，眼仁也圆圆的，像一只脸小小、很温顺的猫。而看着他的那对圆眼睛亮得不像话，还……充满了好奇。

见他不作声，脸色白如纸，以为是自家恶犬吓到他了，她嚷嚷道："威武、将军，回来！"

前一秒还犬牙暴突的两只，突然就化身萌犬，露出一脸憨样。一黑一黄，耷拉着舌头，咧着嘴笑，摇着尾巴回到她身边。

林知茶顿时无语。

"好看的贼，你是要来偷茶叶吗？"女孩子娇娇俏俏的，扬了扬眉，对他说。

林知茶有气无力道："都说了，我不是贼。"

"那你袋子里装的什么？不就是我家的茶叶吗！"木青青学着威武、将军威风凛凛的样子，高昂着下巴傲娇地走到他身边。

这贼长得还真好看。

她说："女孩子都没有这么花容月貌的。我想想修辞啊……有了，

我看过张爱玲的书,你眼睛很美,'像风吹过的早稻田,时而露出稻子下的水的青光,一闪,又暗了下去了',虽然你没有乔琪的绿色眼睛,但你有一对浅灰色眼睛,估计是没生好,'稻子下的水的光没泛青,直接暗下去了'。"

林知茶气得要吐血。他实在无话可说,又抿了抿唇,露出两只很深很深的酒窝。

她又加了一句:"甜得可以在你酒窝里洗澡了。"

林知茶翻了个白眼。

看他脸色又白了一分,她轻拍他脸颊两下,笑着说:"放心吧,我对长成你这样的男人没有兴趣。我喜欢硬朗型的。"

他拍开她的手,慢慢站了起来。

这男人,太高了吧……

她一米六五的标准身高,也只到他肩膀啊……

"小不点,离我远一点,不然我一个指头就可以碾灭你。"看到她刚才露出的那种表情,他瞬间就觉得神清气爽了。

木青青嗤嗤笑:"就凭你,想碾灭我?"

她拍拍他的肩头:"城里人,你连来偷东西都穿白西装白衬衣,天,还戴白色蝴蝶结,你是来搞笑的吗!"

林知茶脸黑了:"是温莎结。只有绅士才有资格配戴它。"

"和蝴蝶结有区别吗?还不就是蝴蝶结?"木青青咯咯笑,"现在的贼都这么讲究了吗?戴温莎结来偷东西?"

林知茶语塞。

这梁子算是彻底结下了!

木青青猛地一拽他的白色帆布袋,把自家的茶叶拣了出来,然后把布袋扔回给他,说:"好了。我拿回自家的东西,也就不追究你了。"

林知茶轻飘飘来一句:"最新限量版定制款环保型白色帆布袋,五万元。你扔到路边,被石子刮破了,"他忽地举起手来,"五万元。"

木青青玩弄着肩头上那两条鱼骨辫,笑着说:"你偷我东西的事,扯平。"

林知茶咬牙:"扯不平。这点茶叶,你哪只眼睛看见值这个价?"

"哦,那你是承认偷了我的茶叶了?行,我们上派出所。我摔了你袋子是无心之失,和你偷东西的性质不一样。"她在"偷"字上咬了重音。

太阳已经出来了。

这茶叶无法采摘了。幸而，还有一班女工在做采茶工作。木青青看看面前这个过分好看的男人，见他唇咬得紧，那两只很深很深的酒窝变得更深了，她"扑哧"一声笑了出来："好了，不逗你玩了。"

"我家在茶山山坳里，你要过去吗？"小镇上的人们都很热情，木青青也是料到他来这里是有事的，也得找住的地方，想着先将他送下山吧。住她家里也行，她家地方大，而且他这个人看着挺有趣的，逗他玩肯定乐子多多。

听见要回家，两只狗狗高兴得鼻子喷气，哼哼唧唧，只恨不得马上冲下山去。

林知茶又抿了抿唇。

他摆出一副"你家屋子能住吗"的超级欠揍样子。

木青青摇了摇指头上的车钥匙，说道："爱去不去。"

"去！"他猛地跟了上来。

"喊！"木青青嘲他。

他步子迈得太大，一下没站稳，直接往她后背撞了过去，把她也撞得向前跌了几步。幸得她身手好，硬生生让自己停了下来，没变成狗吃屎。

她狠狠地转身瞪他，却见这个病美男脸色白如薄纸，豆大汗珠不停滑落，整个人都摇摇欲坠的。

木青青急忙走到他身边，搀扶着他，声音也放软了，说道："你们这些城里来的少爷啊……"

"我的车停在茶树区边上，不远的。"她扶着他慢慢走了过去。

回到车上，她问道："小少爷，你是不是饿了？没吃东西吧？"说着，她从车后座里一捞，也捞来一个帆布袋，不过是红色的，也没他的精致好看。她从里面摸出一个饭盒打开，里面的包子还是热的，"吃吧！叉烧包，很好吃的。"

林知茶又蹙眉了，还一脸嫌弃的样子。

"驰名粤港澳青青牌超级好吃叉烧包，你那什么表情？又不是人肉叉烧包！"

这一下，一身白衣的小少爷再也忍不住了，他猛地抢过她的红色

帆布袋打开直接吐了。

木青青一脸震惊。

吐完后，没有神清气爽，只有仅剩一口气的小少爷看着她说："不好意思，以后我赔一个给你吧！"

木青青拿过帆布袋，用塑料袋套了好几层，放到了车尾箱里。回到车上，她给了他一瓶矿泉水，说："漱漱口吧！不用你赔了，我不应该说人肉……"

"好了好了，不说了！"见他又要吐，她举起双手，"你也将就点，袋子我带回家扔，不能留在山上污染环境。"

林知茶忍不住看了她一眼，忽而伸出手来摸了摸她的头，说："看不出，小不点还挺环保。"

木青青怒道："我不叫小不点。我叫木青青！"

"青青。"他低声喊她的名字，"我是林知茶。"

青青是她的小乳名，只有最疼她的亲人邻里，或者是很相熟的人，才叫她青青呢……

"你这俊俏模样这么甜，我叫你甜茶好了。"木青青一拍手，"就甜茶！"

林知茶坐直腰身，双手挽起，觉得跟这个小不点无法沟通。

"叫叔叔！"他面无表情。

"你才几岁，要我叫你叔叔，还想当我长辈？"

林知茶实在头疼："二十七岁！青青，你成年了吗？叫叔叔！"

"我十九岁啦！成年啦！"她在他耳边大喊，"你这样子有二十七岁？不是虚报年龄想要当我长辈吧？"

林知茶觉得头很痛很痛！

他取出衫袋上的钱夹掏出身份证给她看："有名有姓，有年龄。青青，我不是贼，给我记住了！"

木青青拿着他的身份证弹了弹："已婚？未婚？"

"未婚！"他咬牙切齿。

"也对，像你这么麻烦又有洁癖的男人，长得再好看也找不到老婆！"

"木青青！"他气得想要揍她。

木青青笑眯眯地将身份证还给他："别想揍我！一来，你揍不过我的！二来吧，别说揍我了，但凡你想动手，那两只就会……"

威武、将军猛地蹿上了车，对着他龀起鼻子，露出牙齿。

[2]

原本按平常的计划，这两货是要巡山的，但显然这两货对新来的"玩意儿"很感兴趣，所以威武、将军也爬到了车后座上坐着，还不停地用它们的大屁股在那儿挪来挪去霸占位置。

木青青回过头来看了后面仁一眼，险些笑岔气去。

林知茶就坐在中间，只占着小小的一点位置，旁边两只互相贴着他，紧紧地挤压他。木青青回头时，就只看见林知茶露出的一张漂亮又惨白的脸蛋。

"和你商量件事。"林知茶一动不动。

木青青觉得，他可能是真的怕狗。

"说！"

"我可不可以坐前面来？"林知茶说。

木青青："你确定？"

"万分确定！"他答。

于是，木青青将车停在路边，让他换位置。

只是还没顺利开出多远，后面的两货互相对了一眼，然后那只黑色的叫威武的大狗突然从后座跃了上来，一屁股坐到了林知茶身上。

林知茶的脸彻底黑了……

"威武挺爱你的。"木青青看了他俩一眼，咯咯笑。

威武咧开嘴，长长的红舌头耷拉下来，它似乎在笑？林知茶认出，这是一只哈士奇，估计没什么攻击性。犹豫了很久，他伸出手来，想去推它，它一双耳朵突然竖了起来，一对眼睛也凝了起来，那样子……像要吃人一样……

林知茶不敢动了，和它大眼瞪小眼，最后，它的哈喇子流了他一身。

他的白西装报废了。

当她家房子的蓝色屋顶出现时，附近的村民也多了起来。因人太多，木青青将车开得慢了一点，然后惹得一众人不停回头，原来是威武将头探出了车窗，那张脸在做着搞怪动作呢！而且它身后还有一个人，那先生长得可好看了，就是一张脸臭臭的。

小甜茶

路过的小孩子都哈哈大笑起来，而隔壁的张婶是个爱开玩笑的，见到青青带了个年轻的俊俏男人回来，就打趣道："青青，你从哪里拐了个美貌的'压寨夫人'回来？"

林知茶的脸色更难看了。

木青青对着张婶挥了挥手："他是我家叔叔，刚从城里来的，脸皮薄，张婶别笑他了。"

等车子慢慢开远了，拐了弯开始爬坡，人声人影也就渐渐稀薄，越发安静。林知茶忍无可忍地将威武推开直接塞到脚下，威武委屈巴巴地看着他。他转过脸去，看了木青青漂亮明媚的侧脸一眼，说："现在倒成你叔叔了？"

"张婶爱八卦，整天就想给我安排对象。见到你来了，肯定得议论一番，难道你很想她们说你是我的'压寨夫人'吗？"木青青笑眯眯地看向他，然后手娴熟地打方向盘，转了一个弯，看着他那对动人的眼睛说，"到了，叔叔。"

木青青的家是一栋小洋楼，拥有蓝色的琉璃瓦屋顶，还有几处尖尖的屋顶，是镇上最好的房子，隐于半山腰上依靠着河畔，带着这个地方特有的骑楼风格。

半中式半西式，在遥远的年代，或许新潮得有些怪异，但随着时光的磨砺，这栋房子也透出了味道来。

像老式电影里，拥有蓝瓷栏杆平台的富人住的别墅。林知茶喜欢这里。

木青青是小人精，看出他喜欢，说："这座小洋楼民国时就有了。我爷爷的爷爷就住在这里了。"

一向傲娇的小少爷难得谦虚了一把："挺漂亮的小洋房。"

这个别院占地面积还是很大的，前面是会客用的小楼，后面三座横向排开的才是主楼。

前楼门左边有一个长长的水池，里面养了好些鱼，还植有荷花。荷叶娉婷，高高立起，靠着墙角生得茂密。

小楼前有一大片空地平台，而一旁就有一口井，木青青打来井水，洗了把脸。

她性子散漫，不拘小节，双手捧着清水就泼到了脸上，额前的刘海全湿了，颈项、后脖和肩膀都湿了一大片。

林知茶抿了抿唇，从西服内袋里取出干净的手帕，走过去替她擦拭额头上的水珠："瞧你多大的人了，像个孩子一样。"

山风吹过，十分清爽，木青青笑眯眯地站着不动，任他给她擦拭脸上的水珠。不知道为什么，他总给她一种熟悉感，让人忍不住想和他亲近。

她一双眼睛澄净如水，比山涧最清澈的泉水还要清冽，此刻正亮晶晶地看着他。她的睫毛上还沾着水珠，而鬓发湿了，贴着一对雪白的耳朵，耳珠子小小的一粒，像新雪初露。给她擦拭着脸颊的手一颤，林知茶耳根红了。

他突然收回了手。

"怎么了？"木青青一脸疑惑，搞不懂这个从城里来的小少爷，一对杏眼瞪得大大的。

林知茶把手帕放到她手上，说："你是大姑娘了，自己擦吧。"然后又说，"你肩膀湿了，去换件衣服。"

"哦。"木青青点了点头，"你在小楼的客厅里等一等我。"然后就去换衣服了。

等她出来时，却没看到他身影，她跑去了平台，看见他正在逗水池最边上的那只龟。

龟瞪着大眼睛盯着他！

原来那只龟爬上一张宽大的荷叶上晒太阳，样子十分萌。林知茶觉得好玩，看了好一会儿了，心里痒痒的，于是伸出手来想去摸。

木青青眼疾手快，从地上拿起细树枝放到乌龟头上，它大嘴一张，"咔嚓"一声，树枝断了。

林知茶一怔。

木青青有点儿不可思议地看着这个美貌还幼稚的男人，忽然说："甜茶叔叔，你今年几岁了？还像我家八岁的狗蛋那样逗龟玩？这种龟叫鹰嘴龟，它嘴巴带钩，非常凶猛，生吃鱼虾蟹和蛤蟆，你居然想摸它？"

为了挽回面子，林知茶轻咳了一声，说："我爷爷养的乌龟就可以摸。"

"所以，你以为所有的龟都可以摸了？"木青青给了一个"你智

商真是堪忧"的眼神给他。

林知茶被噎得无话可说。

十点的太阳有点猛烈了。林知茶刚才吐了一路,又被日光蒸着,此刻整个人有点摇摇欲坠。她在前带路,领他进了小楼大堂。

大堂摆设十分雅致,一色红木家具,茶案上已备有香茶和一些茶点。而屋子左角还立有一座西洋钟,一看就是已逾百年的老物件。

"叔叔坐。"这会儿,她倒是乖巧有礼。

林知茶还真有些不习惯,坐下后才打量了她一眼,原来她已经换过整套衣服了。此刻,她穿着一套豆青色纱衣搭配黛色及踝纱裙,清丽雅致,像开在溪边的一株兰草。他一怔,连忙收回视线。

忽然,来了三位老者,身穿改良版中山装,坐在他身边。

气氛一时有点怪。

木青青说:"这是我们'木堂春'同宗族的三位叔伯,负责茶园和茶厂的一切运作。"

三位老者对着他稍一领首,然后做了个请用茶的手势。

林知茶坐得离木青青近,于是轻声问她:"你请三位老人家来干什么?"

木青青似笑非笑地看了他一眼,想要逗逗他:"三堂会审呗。来来来,说说你偷我家茶叶干什么?是不是别家茶园派来的奸细,想要打听我们木堂春顶尖的制茶工艺。"

林知茶较真,以为她真的要审他,脸上一白,正想要辩解,突然眼前一黑,眩晕了一刹那。

木青青反应快,在他身体摇摇晃晃时,及时扶了他一把。

他下巴就枕在她肩膀上,双手还抱着她腰。

顿时,三位老人齐刷刷地看了过来。

木青青一愣。

九叔、四叔和金伯都笑了。

金伯说:"青青,你这个调皮鬼,又像吓唬隔壁狗蛋那样吓唬人家了?"

木青青赶忙放开林知茶,有些尴尬,脸蛋红红的,说:"哪有!"

林知茶白皙如玉的脸庞也红了,双手上还留有刚才触碰过的少女纤细的腰身的细腻触感,一回想,就连耳根都发烫了。

木青青看了他一眼，有些泄气，怎么搞得好像她欺负了他一样。她无奈道："叔叔，我带你去房间休息吧！"

林知茶想拒绝，但一想到此行的确是要找一位老先生，于是对青青说："那就打搅了。我的行李还在城里新林酒店，我先去把行李搬过来吧！"顿了顿，他又简单把事情说一下，"我此行是为了帮爷爷探访一位故人。还有一些工作上的安排，应该会在这里待一段挺长的时间。又或者，你帮我看看哪里有民屋出租，我……"

木青青摆了摆手，打断了他的话："行了，就住在我这里吧。我家房间很多，丢空放着也是浪费。我现在开车出城，帮你把行李拿过来。那九曲十八弯的，我怕你再搭车出去拿行李又进来的，估计得吐死过去。"

林知茶一窘。

[3]

木青青从梧城的新林酒店回到六堡镇山里，已经是午夜时分了。

她将车停好，拖着一个大大的行李箱回到后面的主楼时，看到林知茶的房间还亮着灯。

她刚进主楼，家里的老用人陈姨跑了过来帮她拿行李，又接过她手里的几只袋子，然后说道："青青啊，你带来的那位先生晚上一点东西都吃不进，我还听到他一直在吐啊！"

木青青摸了摸鼻子，心想：这城里来的少爷怎么就娇气成这样呢？

"我们这山里九曲十八弯的，他肯定是今天坐车进山时晕车，大清早的又赶着去看茶园，没休息好，所以现在发作起来了。你去煮点清粥小菜，越清淡越好。"

"好！"陈姨帮着把行李和几个袋子放在林知茶房门口，才去忙她的活。

木青青敲了两下门，轻声喊："甜茶叔叔。"

不多会儿，林知茶就来开门了。

他请她进来坐："谢谢你了。"

"你没事吧？脸色太苍白啦！"木青青将袋子里的一盒糕点拿了出来，放在案几上，说道，"本地特色糕点马蹄糕，很好吃的，清淡。你尝尝。"然后又把一只规格特别大的方形鱼缸拿出来，装上水同样

摆在案几上，再从一只网格袋子里取出两只青色的小小乌龟，放到缸里去，对他招手，"来，我给你找了两只不会咬人的小龟。"

林知茶觉得，她怎么将他当小孩子哄了呢？他腼腆起来，站在那儿没有动。

木青青只当他少爷脾气发作，也没在意，笑嘻嘻地过来牵他的手，将他拉到案几前坐下。

"你看，这两小只很可爱！我住城里的表弟家的大乌龟生的蛋自己孵出来的龟仔，厉害吧！"

林知茶哭笑不得，看了看龟，又看了看她，说："其实是你自己想逗小龟玩吧！"

木青青听了，猛地点头，一对眼睛亮晶晶的："多可爱啊！难道你不想逗？"

"想。"莫名地，他看着她眼睛就移不开目光了，只是随着她话头说了想。

马蹄糕是她专门给他买的，所以尽管没有任何胃口，林知茶还是拿了一块，放进嘴里咬了一口。

是很细腻爽滑的清甜膏体，膏体晶莹剔透，像一块飘着白丝马蹄的冰晶色果冻一样。挑剔如林知茶，也觉得十分美味，不知不觉就吃完了两块马蹄糕。

"好吃吧！"木青青笑眯眯的，"这个不腻。你喜欢就多吃几块，还有老婆饼。"

正说着话，陈姨端着白粥和几样小菜来了。

木青青帮他摆好碗筷、盛好粥，然后才说："多少用一点。"

林知茶心细，看出这个女孩子是个心灵手巧的人。他道了声"好"，开始用餐。

他吃东西时很安静，而且吃相还很美。

木青青笑眯眯地坐在一旁看他吃，觉得秀色可餐。看着看着，她肚子响了，好吧……看他吃东西看得她也饿了。

林知茶一怔，然后拿起另一只空碗给她盛了一碗粥，说："一起。"

木青青和他不同，她吃东西颇为狼吞虎咽，一下子就吃了三碗粥，摸了摸肚子，饱了！

林知茶看得目瞪口呆。

他轻咳一声，很好地遮掩了刚才的失态。

太饱了！木青青觉得自己需要消消食了，于是又跑到另一边，从抽屉里翻找出茶叶，取过茶具开始烧水泡茶。

林知茶问："你不怕睡不着吗？"

木青青一摆手，大大咧咧道："不会！我是躺下就睡着的体质，而且这个是熟茶，不影响睡眠。"

他也饱了，于是坐在一边看她泡茶。

到底是茶世家出来的女孩子，一举手一投足还真的是有模有样。

林知茶发现，干起事情来总是风风火火的木青青，泡茶时却是静的，就像换了个人。

此刻，她是一个安静可人的小小淑女。

首先是洗茶。她将沸水倒入壶中，又迅速倒出。林知茶闻到了温热过后的茶叶香，带着一种暖暖的木质调。

袅袅蒸汽里，她眉眼清淡朦胧，豆青色纱衣更显飘逸，透过水汽，只觉得沉静下来的女孩子虽少了之前的娇俏，但又似乎多了分清灵仙气。隔着水雾，只听她说道："茶是至清至洁的灵品，泡茶要求所用的器皿也必需至清至洁，所以我再用开水烫洗一遍茶杯，做到冰清玉洁，一尘不染。正所谓'冰心去凡尘'，品茗前先要做到静心。"

她开始冲泡，给他示范了一遍"凤凰三点头"，然后是"春风拂面"。封壶后，是分杯。她取过茶夹将闻香杯、品茗杯一一分到她和他面前，跟着是"玉液回壶"将壶中茶汤倒入公道杯，使得大家都能品到色、香、味一致的茶。

她用茶夹夹起闻香杯，替他将闻香杯里的茶汤倒入品茗杯，自己也同样处置，然后用茶夹夹着杯子端起，细嗅闻香杯的余香。

林知茶也学她的样子，但没有那么讲究，只是以手直接拿起闻香杯放于鼻端细嗅，一股淡淡的茶香缭绕，清香远溢但又有着一股甘醇。

"尝尝。"她放下闻香杯，端起品茗杯轻抿了一口。

林知茶也抿了一口茶，觉得红浓茶色里别有一番洞天意趣，只觉得身体与思想为之一轻，精神一振，之前的烦闷恶心去了一大半。

"很独特的香味。"他如实说道。

"是槟榔香。此种香者，为六堡茶独有。"木青青抿着唇笑，"你是识茶人。六堡茶风味独特，初尝时不是每个人都喜欢。"

林知茶蹙眉想了想，然后回答："其实我以前喝过。这个味道，对，我爷爷泡出来的茶就是这个味道。"

六堡茶通过茶船古道，百年前从广州十三行远销东南亚，他喝过这种茶倒也不奇怪。

"你来六堡镇是要探访爷爷的故友？"用过茶后，木青青进入主题。

林知茶点了点头，说道："一是为探访，一是为公事。"

木青青对公事更感兴趣，他是看出来了，清了清嗓子才说："其实我今早不是要偷你家茶叶，"听见她轻笑一声，他的耳根红了，垂下眼睫说，"我做护肤品牌，想要找一款合适的茶叶做研究，然后开发新的护肤系列。黑茶具有很好的抗氧化、抗衰老的功效，且温和。所以我是专程为此而来。"

木青青歪着头想了想，"哦"了一声说："听镇上人说，这里在一年半前就新建了一座实验楼，原来就是你家的啊！"

林知茶说："是。"

顿了顿，他又说："我本身是化工出身，对茶叶蒸馏提纯，检验其美肤活性成分是我的工作。如果我检验后的确具有美容功效，我们公司会在这里建生产厂房，我也会留在这边负责一切运作。而我们还会租下部分茶田，养茶树取茶叶和做后续的一切生产。所以到时是要和这边的茶农茶商合作的。而且是以二十年为单位的长期合作。"

木青青十分感兴趣，一张漂亮小脸猛地凑到了他面前，说："选我选我选我！"

她那样子娇憨极了，被她一对大杏眼兴致勃勃地盯着，就像她家的威武、将军盯着面前的一块香肉肉，他嘴角一勾，笑了。

隔着一点薄薄茶气，他伸手在她脑袋上揉了揉："如果检验结果显示黑茶的确适合加进护肤品里，我的合作对象第一人选就是你。"

木青青高兴得蹦了起来，哪里还是刚才那个小淑女。但他觉得她这样更好，充满干劲，是个元气满满的小女孩。他站了起来，借着身高优势，又揉了把她脑袋，笑着说："乖啊！"

第二天，凌晨四点刚过，木青青就起来了。

木青青洗漱好，换上轻便、简易的天青色布衣，走到林知茶门前。

她轻轻敲了三下门，然后等了等，叫道："叔叔？"

林知茶择床，睡得不好，她敲门时就醒了，淡声道："门没锁。"

木青青按下门把，房门开了。

她托了一个托盘进来，放到桌面，将一杯豆浆、三个馒头和一碟四个、每个都有小孩子拳头大的水晶虾饺一一摆放好，才说："你昨晚不是说想跟我去采茶吗？吃过早点就可以出发啦！"

林知茶还赖在床榻上，猩红的薄毯子随意搭在腰腹间，他珍珠白丝绒睡衣的纽扣散了好几颗，露出里面雪白薄透的肌肤，他也没有管。因为他头痛。

他揉了揉太阳穴复又斜靠在榻上，一手支撑着头，下巴微微抬了抬，长长鸦羽震颤。他懒懒洋洋地看了她一眼，然后伸了一条长腿出来，脚尖在榻凳上撩了撩，没撩到拖鞋，他也不恼，可能是清醒了点，嘴角一掀，似笑非笑地看了她一眼。

木青青已经塞了一只虾饺进嘴里，此刻看到他这慵懒又风情万种的姿态，忘了要吞咽。这人就连赖个床都这么美啊……

木青青好脾气地走了过去，捡起掉到地板上的软缎拖鞋，顺势递给了他，说："叔叔，你快起来吧。太阳出来了就不能摘茶叶了。"

林知茶伸出手来，接过了鞋，放在矮榻长条几上，穿好鞋才下了地。

两人坐着，相对吃早点。

木青青吃得多，在喝鸡粥。她给他准备的只是豆浆。

木青青看他慢条斯理异常讲究的用餐礼仪，忽说："叔叔，你刚才那样子，令我想起了王羲之'东床快婿'这个典故。"

"哦，难道你想选我做你夫婿？"林知茶抬了抬眸，似笑非笑地觑她一眼。

"噗！"木青青一口粥差点喷了出来。

"啧，"林知茶抽了张纸给她，"多大的人了。"然后点了点自己嘴角，示意她擦擦嘴角粥汁，"我开玩笑，你别当真。"

木青青道："叔叔你误会了。我没有当真。你是我叔叔，辈分摆在那里呢！"

林知茶一噎，不再说话了。

明明他那么年轻，却被一小丫头片子嫌弃他老了。

六堡镇位于大山里，海拔高1000～1500米，坡度还不缓，峰峦耸立，

且四处都是高大古树，遮天蔽日。

即使开车到山腰上也要颇久，然后还要爬一小段坡，在山腰和峡谷处就是茶园了。

林知茶看了眼跟在身后的威武和将军，说："这里的山脉森林倒挺原始的，还非常茂密。"

木青青咬着狗尾巴草，看着林知茶的一对眼睛亮晶晶的，黑溜溜的眼珠子一转，笑得特别狡黠："是，你紧跟我，不然真的会迷路。茶园过去再深入一点，全是原始森林。你别走丢了，天黑了害怕得哭起来，我可不来救你。"

林知茶抬手就在她脑门上敲了一记栗暴："没大没小。"

清晨将近五点的光景，太阳刚露出薄薄一轮剪影，天边的月亮和星星还挂着，摇摇欲坠，闪闪烁烁，而山风寒冷，吹过来也是薄薄软软的，吹不散缭绕的云雾。

这样看着真如仙境一般。远处的茶树在雾霭里抖擞，伸着懒腰。而薄薄的白色云雾缭缭绕绕，从茶园又飘进了山林里，树木翳天，可云雾飘升得更高，将高高的树冠都蒙了起来。

不远处传来几辆大卡车声，是木家的工人们到了。工人们安安静静、动作轻快地从卡车上跳下来，开始了一天的工作。

木青青将背筐放下来，整理了一下，拿了一小盒马蹄糕出来，递给他："叔叔吃吧，你爱吃马蹄糕，多吃点。"

林知茶有些无奈，揉了把眉心方才接过，然后说："青青，我才二十七岁。"

"然后呢？"木青青睁着一对清澈如溪的大眼睛看着他，将背筐背好，往茶树园走去。林知茶本能地跟上。两只看似威风的犬也跟在她身后。

那情形还真是颇为滑稽。

林知茶又揉了把眉心，忽听见"喔喔喔"的声音，一低头，就看到威武、将军盯着他手上的糕点看，口水流到了他鞋面。

林知茶有点无奈。

"青青，二十七岁很年轻，我还是大好青年。你叫叔叔，生生把我叫老了。"

木青青歪着漂亮的小脸蛋看他，纠正道："可是我只有十九岁，你大我那么多。”

“没有很多！”林知茶一张俊脸恼了，“总之以后不准再叫我叔叔！”

“哦。”木青青摘下一片茶叶扔进后面的背篓里，“你们城里人就是麻烦。”

林知茶再次被噎得说不出话来。

林知茶被她熟练、快速的动作所吸引，也学着她的样子跟着摘茶叶。

木青青看了他几眼，倒是没有出声阻止。于是，他又反复观摩了几次她的动作，看她挑选的茶叶，片片嫩绿从她葱白的指尖掠过，那双白雪似的手就像在一匹春水绿的丝缎上滑过……

动作一顿，他几乎忘了要掐断指间的那抹嫩绿。

木青青见他停顿，以为他是有什么疑问，再看了看他手上一把嫩叶，于是指点道：“叔叔，不是这样的。嫩叶太嫩，不能掐呢！”

“你看我！”她说。

木青青又做了个掰断枝叶与嫩芽之间那段微妙维系的嫩叶茎的动作，保留了一芽一叶，动作飞快，双手在新绿上翻飞，一边走一边摘。不过片刻工夫，手上已是一大把，见他抿着唇不作声，她“喏”了一声，便将茶叶往他手上放，他本能地双手接着、托着。

一捧嫩嫩的绿和她指尖嫩嫩的白都塞进了他手心里。

他甚至感觉到她纤细娇嫩的手指触到了他掌心，酥酥的、麻麻的。

“你看，”木青青又说，“就取每株茶树枝丫上最顶端的一叶一芽，谨记别用指甲掐，而是像我这样折断，”说着，又飞快地转过身去，又折了一叶一芽。

“你看，就是这样的。这样才能保持茶叶的鲜嫩和水分！”她将叶和芽高高举着，就像在邀功似的。

嫩绿的茶叶和她娇嫩的小脸都落在他面前，林知茶嘴角先是微微一勾，然后就笑了。

他的笑容很好看，像微微掠过山涧的清风，又像春日新融的冰雪，干净得不染世间凡尘，真的就像古时谪仙一样。

她居然在他那对清亮无垢的双眼里看到了自己，那张小小的脸红了……

木青青赶忙收回双手，可叶与芽撒了一地。

"我来吧。"林知茶蹲下来,将叶芽一一捡起,然后放进她的背篓。

她讷讷地转过身去,继续采茶叶。

林知茶从挎包里取出一台相机说:"青青,你采茶时很漂亮,我给你拍一段视频好不好?"

林知茶虽然有点少爷气,有时候说话也很欠,但他的确是个斯文礼貌的人,现在这样温和而礼貌地询问她的意见,她只觉得心跳瞬间快了一拍。她淡淡地嗯了声,说:"没关系。你拍吧。"

他跟着她慢慢走,镜头里全是她最美的一面。他不说话,她也不说话,认真工作着的女孩子,因为专注而分外动人。

太阳换上了浅金色薄衣裳,娇娇羞羞地爬到了远处的半山腰上。在微光晨曦下的少女,眼神清凉,肌肤水灵,整个人似冰晶般亮润剔透。他伸一伸手,感觉到微风从指间滑过,拂过森林里的每一棵树,每一片叶,又拂过茶园,拂过那片嫩绿的尖芒,拂过青青的发梢和她红润饱满的唇。

仿似听见了花开的声音。

林知茶收回视线,专注地给她拍摄,然后一黑一黄,名叫威武和将军的两头犬,那肉乎乎的狗头和黑润润的鼻子就蹿到了镜头前。

林知茶默默地和两只狗对视,最后他只好放弃,给两只狗也拍了个特写镜头,跟着再切换到她采摘茶叶的镜头。

"青青,你试着多讲讲和茶叶有关的事情吧。别紧张,什么都可以讲的。"

"这个有什么用?"木青青问道。

她忽地点了点头,又说:"拍 Vlog(视频日志)是吧。我知道的,最近很时兴呢!"

林知茶调整光圈,给她取了一个很棒的角度。她身后是刚刚升起的太阳,将她脸庞和身影轻染上薄薄的一层霞光,而微风轻拂,她的发丝轻扬,身后的茶树在微风里摇摆,所有的一切都似醒来了,山间的精灵们都醒过来了。茶叶是,茶树是,缭绕云雾也是,包括她,都是这山林里的小小巧巧的精灵。

威武、将军,又很煞风景地跃了上来,前肢都压在他腰腹上,而红红的长舌头在镜头里耷拉着,跟着是变了形的黑鼻头和两对一黑一蓝的眼睛。

林知茶忍不住笑了。

见他笑，木青青也笑了："它们很可爱。"

"青青，你有微博吗？"

"没有呢！我不太爱上网，所以网络社交媒体很少用。"

"青青，我给你申请一个吧。然后我给你拍的视频可以放到微博上，你可以发任何你喜欢的东西。我见你在茶园里，就像小仙女一样。你还可以让人认识到茶文化。茶文化，是很有意思又源远流长的东西。"

木青青站在一片新绿中，晨光下，微微怔住，然后对着他绽放出一个大大的笑容："好呀！听着也很有意思。我喜欢茶树和茶。"

"好。"林知茶轻声道，是自己都没有察觉的温柔。

小甜茶

第二章

茶是青青

Sweet Tea

[1]

木青青后来就专注于手下工作了，几乎没再说话，不一会儿背篓就装满了嫩芽和叶。

她换了一个背篓继续摘。

后来，当太阳完全出来了，金光照耀洒满茶园，木青青叹了一声，伸了个大大的懒腰，对林知茶说："甜茶小少爷，我们的采摘结束啦！太阳爬老高了！"

见她有晶莹汗珠滴落，沿着光洁的额头滑下，聚在雪白的尖尖下巴上，又滴落泥土，林知茶赶紧从衫袋里取出手帕递给她，说："擦擦汗。"

木青青也没客气，接过淡蓝色手帕往脸上抹，笑说："我会洗干净再还你的。"

林知茶说："不用还了。"

哦，也对，人家城里来的小少爷肯定有洁癖。木青青把背篓让一个工人拿走，摇了把车钥匙，说："来吧，我带你去看看山里的美景。"

林区内溪流纵横，溪水异常清澈，木青青下车后，脱了鞋袜就往溪边走。一黑一黄两只狗早扑进了水里，把水花全溅到了她身上。她站在溪水里，叉着腰骂道："威武、将军，你们造反了是吧？今晚没有饭吃！"

黑色的二哈蓝眼睛一瞪，突然双脚朝天倒在一边的草地上，惹得她哈哈笑，又说："威武，别皮了！"

威武一对蓝眼睛才睁开，又在草地上胡乱翻滚，然后黄色的田园犬将军也跟着翻滚。

木青青捧起清水往脸上洒去，很清凉呢，真舒服！她对着林知茶挥了挥手："小少爷，过来呀！"

林知茶也走了过来，他没下水，只是捧起水洗了把脸。

"舒服吧！"木青青眉眼弯弯笑得特别狡黠，就像一只小白狐狸。

"嗯。"他懒洋洋地答。

"给我来一段视频吧！"木青青笑得甜甜的。

林知茶这次改用手机直接拍摄。

当手机镜头对着她时，只听她悦耳动人的嗓音像清泉一般："这里的山势险峻，海拔 1000～1500 米，坡度较大。而茶园多种植在山腰或峡谷，距村庄有三到十公里路程。林区里溪流纵横，山清水秀，日照短，终年云雾缭绕。仙雾飘飘的，可美啦！但又因地势高，树木翳天，所植茶树水分十足；且高山雾多，每天午后，太阳照射不到，蒸发少，所以茶叶厚而大，味浓而香，这里出产的茶叶是最为上乘的！"说完，还对着镜头甜甜地笑。

林知茶放下手机，说："等我剪辑好了发你，你再发微博。"

木青青猛地将溪水泼到他身上，然后人轻轻一跃，接连跳过几块水中石头，轻轻盈盈地落在他面前，献宝似的说："我上镜吧？哈哈哈哈，我美吧，我美吧！"

林知茶抿一抿唇，别开视线，以手擦拭脸颊上的水珠，淡淡地说："没脸没皮。"

木青青还带他去了峡谷附近转转。

早上八点的山林，薄薄的云雾像丝缎，一片一片一层一层，让人分不清天与地。而在开阔处，两边断崖像一对巨人耸立在天地中，而巨人脚下就是连绵的江流。那种天地间豁然开朗的壮阔，只有看过的人才能感受。

耳边全是小鸟和虫鸣，还有枝叶沙沙的美妙歌声。

木青青忽然躺倒在地上，任山风吹拂，鼻尖全是泥土青草的芬芳。见他完全愣住的模样，她嘻嘻笑："你真像养在深闺里的美人。"

林知茶红着脸，回过头来瞪了她一眼。

木青青继续调戏："足不出户的美人儿，第一次见到这么壮阔的景色？"

"我去看过伊瓜苏瀑布，瀑布像万马奔腾，人在瀑布下过，那种感觉，像会随时掉下去，被水流卷走，就再也出不来。"林知茶在她身边坐下，回答她的话。

"黎耀辉，不如我们从头来过！"木青青喃喃道。

林知茶一怔，说："是。何宝荣说：'不如我们从头来过。'站在伊瓜苏瀑布下，的确会想起《春光乍泄》里那一段。"

木青青站了起来，笑眯眯道："文艺片很适合你。"

然后，她头也不回地走在了前头，林知茶只能跟着她，像个小跟班。

回到车上时，威武依旧跟他挤在副驾驶位上。

木青青打方向盘时，看了他一眼，见他那脸色铁青的模样就觉得好玩："威武特别爱你。"

"我知道我招人爱，我不缺爱，不需要它仰慕我。谢谢。"林知茶又挪了挪身，想离那只二哈远一点儿，无奈座位就那么点地方，他离开一点，威武就黏着他又近了一点。

林知茶无语。

木青青知道他毒舌，也懒得和他计较。

车开出一段，林知茶忽然问："你不用赶回去趁茶叶子新鲜赶紧杀青吗？"居然还带他赏风景来了。

木青青很认真地回答他："六堡茶是清晨采，晚上制的。它是经过发酵的熟茶，是黑茶类，制茶工艺和别的品种的茶都不太一样。"

林知茶点点头，说："知道了。"顿了顿，又说，"晚上，我看你制茶。我想多了解一下黑茶的属性。"

"好呀！晚饭我们一起吃，吃完了我给你泡壶好茶清嘴，然后我们一起去制茶。"木青青乐呵呵的。

这个女孩子，什么时候看到她都是元气满满的，林知茶忽然觉得她特别可爱！

他嘴角勾了勾，笑道："就知道吃。"

木青青一头问号，什么叫就知道吃？

回程，木青青走的近路，就是弯特别多。

木青青忽地一个猛打方向盘说："这里地势比较险，弯道也多。你忍一忍，很快就到家了。"

她一侧眸，就看到了甜茶小少爷那张俊俏又漂亮的脸蛋，撞到了他身侧的玻璃窗上，而威武直接压在了他头上。

木青青一愣。

她是真的忍不住了，爆发出了"哈哈哈哈哈哈哈"的大笑声。

车门一打开，林知茶猛地蹲了下去，扶着一棵大树干呕起来。

他本就吃得不多，干呕，呕不出来的感觉十分难受。

木青青挠了挠头，觉得自己好像过分了。她应该充分体谅他那娇弱的身体的，早知道就不抄近路了。

"甜茶叔叔，你还好吧？"她给他递了瓶矿泉水。

林知茶脸色白到了极点，唇色也白。这个时候他的脾气就不怎么好了，他一把抢过矿泉水喝了两口，看也不看她直接往堂屋后的那三栋住宅楼走去。

木青青怕他会晕倒在回卧室的途中，只好跟在他身后，两只傻狗也跟着。林知茶人高挑，走在前面，她就像他的小小跟班。

走到房门口，他"嘭"的一声直接甩上了门。

木青青摸了摸鼻子，瞬间悟了，肯定是他出糗的样子被她看见了，他过不了自己心里那道坎。

"嘿，一定是这样的！"她又摸了摸鼻子。

中午时分，木青青让清秀伶俐的小用人端了一锅清粥，再加两样清淡可口的小菜给林知茶送去。

但很快小用人就原样端了回来。木青青看了一眼，直接端回自己房里吃了。

小用人期期艾艾的，木青青问："干吗啊？"

"小姐，那位先生脾气可大了。他不肯吃呢！"

木青青嗤笑了一声："这小少爷毛病忒多，得治！"

木青青气定神闲地说："就让他饿着吧！饿慌了，他会找吃的。"

六堡茶有多种做法，这里地处山林之中，远离城区，住着的都是村民，自有他们独特的一套制茶方式，就是农家茶。

木青青家的木堂春茶厂，养着好些农户，所以不仅仅做经过特殊发酵工艺的茶厂茶，也做农家茶。

午饭后，她就下到农户集散处看大家制茶。

这里是一个规模不算太大的工场，但也有上百户村民都在这里进行筛选早上采摘回来的茶叶。也就是进行所谓的"初制"。

六堡茶初制由农户手工操作，采摘标准1芽3、4、5叶。但叶与芽在大规模采摘时，总会有老有嫩，木堂春做顶级茶，太老的叶和芽都不要，所以在初制时要进行筛选。

木青青带着威武、将军两只犬在各处一一查看。别说，还真是有模有样的。走了一圈后，两只傻狗更加趾高气扬，头抬得高高的，给出的小眼神都特别威风似的，惹得木青青咯咯笑，在将军的大脑门上拍了一掌，说："别装了！"

村民们也是笑，叫了声："小姐。"

木青青指了指一堆挑选出来的茶叶，说："只留1芽3、4叶，第五瓣叶子太老。"

小伍是个憨厚的二十出头青年，比了个大拇指说："还是青青懂得多。"

木青青笑了，一脸小傲娇："那是！我可是从小跟在爷爷身边看他做茶的。"

这里聚着的都是茶农，他们自家也有一小片茶田，而木堂春筛选出来的粗茶，他们也会拿走做自家茶。但茶园的养护，就是靠他们来做。

木青青又巡视了一周，便回去了。

[2]

木青青带着威武、将军，又去了林知茶房间看他。

她轻敲了两下门，没有人应。

"叔叔！"木青青喊了他一声，还是没人应。

她推了推门把，门依旧没有锁，一推就开了。

她走进去，林知茶不在这里。

"咦，跑去哪里了？"

木青青走到大堂，刚好看到陈姨在。陈姨说："青青啊，你叔叔说他去周边看看。"

木青青"哦"了一声，走出了大堂，往镇上热闹的地方走去。

"这病娇美人，怕是出门找好吃的了吧？"木青青一边走一边嘀嘀咕咕，"哼，肯定是去找好吃的了！找好吃的也不叫上我！"

别说，木青青觉得和他还挺有缘的！这不，她才走到市集，就看到古码头边上那棵百年老樟树下站着的林知茶。

她快步追了上去，喊他："叔叔！叔叔！"

林知茶脚步不停，越走越远。

木青青才想起，叫叔叔，人家肯定没意识到是叫他啊！

她又喊："林知茶！"

林知茶脚步一顿，但另外一个穿着黑色西服的男人也在叫他，他便和西装革履的精英男一起走了。

木青青觉得有趣，紧跟着他。

后来就到了一栋小楼前。

小楼很简洁，就普通白墙黛瓦，从地上到一米高墙体上铺着蓝色琉璃瓷砖。

而小楼前还带有一个花园，花园不大，但别致得很，种有粉色的月季花。

小楼后还有一座楼，模样更为简洁。

木青青走到前楼的门口，就被人拦住了。她又喊了声"叔叔"，这时，二楼楼道处传来了林知茶的声音："让她进来吧！"

木青青噔噔噔地跑上了楼。

二楼右边的一个房间门开着，她探头一望，只见小少爷正坐在一张红木沙发上，那模样真是清贵又优雅。而另一边的饭桌也是红木的，圆圆的一张，桌面上还嵌有花纹好看的圆形条纹云石。

显然，他真的是来开小灶的。此刻，圆圆大大的饭桌上，已经上了好几样开胃小菜，还有一锅冒着热气的汤。

她单是闻着那香味儿就知道是正宗粤式老火靓汤。

"哼，你小气！吃大餐也不叫上我！"木青青猛地走到饭桌边，拉开椅子毫不客气地坐下。

林知茶被说得脸有点红，也走过来，拉开一把椅子。他正要坐，威武一把跃了上去，端端正正地坐着。

林知茶一顿。

小甜茶

"噗！"木青青又笑了，"这只二哈真爱上你了！"

林知茶只好走到她右手边，拉开椅子，坐了下来。

木青青很乖巧地给他盛了碗汤。

林知茶说："乖。"

"我得敬老嘛，肯定得给你盛汤啊！"木青青赶紧地又去给他盛饭。

而他被她的话噎得说不出话来。

"叔叔，吃啊！别客气！"木青青给自己也盛了一碗汤。

林知茶黑着一张脸，默默喝汤不说话。

木青青把另一张椅子也拉开，将军高高兴兴地坐了上去，那模样坐得别提多端正了，就像个小人儿。

他抬眸的一瞬，就看到了将军那认真样，顿时无语。

菜一一上来了，有京都骨、糖醋里脊、烤鸡翅、焗羊排等等，丰盛得很。

木青青吃得可欢快了，她不挑吃，而且他请的私人大厨做出来的菜就是好吃，甚至还有从法国空运过来的蜗牛，用黄牛焗，蜗牛壳里塞满蜜汁的佐料，好吃得她恨不得把自己的舌头也吞掉。

而且还有饭后甜点啊，也是特别棒的法式甜品。木青青把甜点全摆到了自己这边，像只小松鼠一样埋头苦吃，嘴巴被美食塞得鼓鼓的。

林知茶轻轻咳了两声。

"叔叔，你也吃啊！"木青青又把一大勺草莓蛋糕送进嘴里，还发出极为满足的一声"唔"。

其实林知茶没什么胃口，见她吃得香，他忽然问："真的那么好吃？"

"好吃！好吃！"木青青猛地点头，然后将最后一只蜗牛拨拉进他碗里，"这道菜最好吃！"

林知茶尝了一个，的确不错。

看她吃饭，令人很有胃口，于是他夹起京都骨，优雅地吃了起来。

他虽然吃得不多，但每样用一点，也颇有些分量了。他就觉得油腻了，胃有些不舒服。

饭菜已经被木青青吃得差不多了，她摸了摸滚圆的肚皮，无视很想吃的两只狗，说道："叔叔，你一个人跑来开小灶，不厚道！"

林知茶取过纸巾，极为优雅地轻轻擦拭嘴角，然后才答："我过来是为了谈公事。这里是我公司的一个分点，就是要做检验某些东西的化学实验室。我还没开始谈，你就过来了。"

看来是自己打搅了他谈正事啊！木青青正要说话，又听见他说："青青，我今年刚满二十七，所以，别再叫叔叔。而且，我不是你叔叔。"

木青青好看的眉头都拧成小疙瘩了，心道：叔叔是生气了吗？气我打搅他工作，还是气我叫他叔叔啊？

威武伸出爪子，不断扒拉木青青的手，她瞪了它一眼，它赶紧收回爪子。而将军围着她不断转来转去，尾巴摇得老高。

"将军别转了，我头晕！"

将军乖乖地坐好了，一直盯着她碗里的香肉肉。

木青青站起来，走到饭锅前，拿起两个空盘子盛了两大盘白饭，放到了威武、将军面前。

"吃！"她给出指令。两只狗狼吞虎咽，发出满足声。

林知茶看得一愣。

"林总！"一个高大的男人走了进来，见桌上饭菜几乎吃完，"咦"了一声，"饭菜不够吃吗？我就说了，你家厨子做得太少了！"然后打了个响指，他的随从马上往厨房方向走去了。

林知茶低声和她说："这是我在这边的一个客户，约了谈生意的。你叫他黄总就好。"

木青青甜甜一笑，露出一个极淡的俏皮酒窝，轻声说道："黄总好！"

黄总先是一怔，哈哈大笑起来："林总不厚道啊！不陪我用餐，却和自家小女友在这里甜甜蜜蜜。"

木青青脸有些红，连忙纠正道："他不是我男友，他是我叔叔。"

林知茶有点头疼。

黄总逗她："我比林总大两岁，那也算是你长辈了，来叫声叔叔听听。"

木青青脸更红了，嗫嚅道："我……我叫不出口。"

不知道为什么，林知茶心情马上大好起来，嘴角一勾，笑了。

黄总是个人精，看到一向冷淡的林知茶居然笑了，心道：还说不是小情人，骗谁呢！

林知茶就工作的事和黄总聊了起来，而木青青乖乖地坐在沙发上，盯着两只狗表演。

威武突然倒地，装死，惹得她咯咯笑。而将军实力卖萌，亮出白白的大肚皮，逗她去摸。

林知茶注意力被她吸引，朝她看了过去。她正摸着将军圆滚滚的肚子，眼睛亮晶晶的，笑得没心没肺，根本就是个还没长大的孩子。

黄总停下话头，朝着女孩子的方向看了过去。那个女孩子一对眼睛很有灵气。

他忽然醒悟过来，说："难怪你想留下来，在这里建厂房。放心吧，政府的批地不会有问题。"

"抱歉，你刚才说了什么？"意识到自己走神了，林知茶赶忙将注意力集中到公事上来。

"呵呵，没什么。"黄总哪会不懂，刚好看见用人端着菜品上来了，说，"来来来，尝尝本地的特色菜白云猪手。皮很脆，很清爽，酸酸甜甜，很不错。"

林知茶的目光又被木青青吸引了过去。只见这个傻姑娘，居然双手抱着脸，被一对狗逗得咯咯笑。他摇了摇头，也笑了。

黄总给他夹了最大那块猪手。

林知茶早就觉得油腻了，本来不想吃，但黄总太热情，也算是谈得上几句的朋友，就连他想在这里建实验室的地皮也是黄总帮忙找的，总不好拂了人家面子，于是吃了一块。而黄总过来时是带了酒来的，白酒烈得很，黄总给他倒了半杯，说："来来来，干了。这个菜送酒最好。"

林知茶只好又喝了小半杯酒。

厨子怕菜不够吃，又让用人送来了两碟肉菜。

一碟是清蒸河鱼，一碟是广式扣肉。扣肉炖得红红的，味道颇重，林知茶忍不住，猛地往洗手间冲去。

木青青一怔，也跟了过去，远远就听见他的干呕声。

木青青叹息一声，这城里来的少爷怎么这么娇弱呢？不是头晕，就是晕车、呕吐。

唉……

"叔叔？"想起他不高兴她这样叫，她连忙改口，"林知茶，你没事吧？"

林知茶拧开水龙头，将沁凉的水全泼到了脸上，洗好了，他才取出手帕仔细擦净。

"没事。"他转过身来看她。

木青青这才发现他脸色很苍白。

木青青顿时就心软了："你公事谈好了吗？谈好了，我和你回去休息吧。你身体弱，得多躺躺。"

林知茶脸色更不好看了，说："我身体好得很！"

木青青咬了咬唇，说："你就别逞强了。我们回去吧！"

木青青虽然有点皮，但还是挺善解人意的。见她那乖巧的模样，想起自己刚才说话很冲，林知茶突然有点不好意思，但又不肯服软，只是"嗯"了一声，就回到会客室里，和黄总打了个招呼，也不等她，直直往前走了。

木青青赶忙跑上去，双手扶着他："要不还是我扶着你吧！"

她那句"我怕你会晕"还没说出口，就听见他咬牙切齿的声音在头顶嗡嗡地响起："木青青，我好得很！"

"哦。"她讪讪地收回了手。

谁料，他才下了几级楼梯，就双眼发黑，晕了那么一下。他本能地一抓，人就往她身上靠了过去，双手抱住了她。

这一下，别说林知茶，就连木青青都觉得有点尴尬，她红着脸说："你可不可以抱下来一点点。"

林知茶猛地收回了手，刚才完全是出于本能，但他抱的地方有些尴尬，他一只手抱到她胸脯上了……

他加快了脚步往下走，木青青"哎"了一声，才发现，他后颈项全红了。

木青青的脸也蓦地红透了。

两个人一前一后走着，怎么看都有点别扭。两只狗看看漂亮淘气的女主人，又看了看这个新来的可以供它们消遣的男人，最后还是看不懂，只能挑了挑皱皱的眉头。

[3]

回程时刚好路过市集，赶上是周末，所以特别热闹。

木青青买了一大堆菜，而林知茶则负责替她提菜。

"喏，这个青瓜好，用点酸醋炒，可好吃了！"木青青把称好的

青瓜又往他那边塞，他连忙接住，脸色有点不好看。

他说："你买这么多干什么。"

木青青笑笑没说什么，他也就不说话了。

到家后，木青青挽起袖子就往厨房走去。

林知茶跟在她身边，问："你都不用休息的吗？"

木青青笑道："我给你煮点清淡的吃食。叔叔，六点半就可以开饭了。然后晚上，我们还得工作啊！得把今天采的茶处理好。"

林知茶怔了一下。

他抿了抿唇，才说："不是有厨子吗？"

木青青把锅倒进一点油炒热，然后把老鸭放进锅内去一去水："你也不是不知道自己脾气多大，嘴还挑。我做的，我看你还好不好意思不吃！"

待老鸭去掉血水，处理好了，她又将它盛出，放进一旁的炖汤锅里，将切好的冬瓜还有一小格排骨一起加进去，将火调猛，开始煲汤。然后，她又拿起青瓜削皮切片，一边做一边说："我给你做个老鸭炖冬瓜，清淡。就不做别的菜了，等汤好了，我拿高汤给你浇沙河粉吃。这里的沙河粉特别嫩滑爽口，又薄又弹，出了梧城，别处都吃不到呢！再给你炒个酸青瓜，那你就有胃口啦！"

林知茶坐在一张小凳子上等她。

木青青"哎"了一声，说："你回去躺着啊！"

林知茶臭着一张脸说："我没那么弱，就是有点水土不服……"

木青青吐了吐舌头，没管他。

她是绝对不会亏待自己的，虽然才下午五点，可是她有点饿了，便从冰箱找出一碟年糕来，开始炒年糕。

不一会儿，年糕的甜香味就飘出来了。林知茶站起，发现年糕被她煎得金黄金黄的，卖相非常好。

她夹了一小块，放在唇边吹了吹，然后尝了一口，又嘀咕："还差点火候。"于是又继续翻炒。

火猛了点，年糕煎至熟透时，不仅香，还溅起油来。木青青"呀"一声，被油溅到的手背马上红了一大片。

林知茶反应迅速，赶忙关掉火，对她说："用冷水冲。"然后握着她手，带着她到另一边，给她浇冷水。

他一遍一遍地给她冲洗，动作轻柔，就怕弄痛她。

木青青耳根有点红，轻声说："没事的。我不怕痛。"

他没说话，只是耐心地给她冲着凉水做局部降温。

五分钟后，林知茶关掉水龙头，拿手帕给她仔细地擦干净水珠，才说："烫伤膏在哪里？我给你涂。"

两人回到大堂，木青青指了指电视机下的落地柜，说："左边第三格。"

威武聪明，第一时间冲上去，拿嘴巴拱了拱第三格，然后乖乖蹲坐好，扬着一张大脸看着他！

木青青"扑哧"一声笑，说："它在求表扬呢！"

"乖！"林知茶摸了摸它圆圆的大脑门。

谁料这狗太高兴了，立马翻肚，求摸摸。林知茶当没看到，打开抽屉，取出烫伤膏。

他给她涂药。烫伤膏凉凉的，她抖了一下，被他一把按着，说："乖。"

她不动了，他给她轻轻涂了好几层，慢慢按摩待药吸收。

两人坐在沙发上，又靠得近，他的头发都被风吹到她脸颊上来了，她觉得有点热，退开了一点。

"青青，你父母呢？"林知茶忽然抬起头来，一对清亮的眼睛看着她。

木青青觉得心跳漏掉了一大拍，有些不自在地别了别碎发，才说："我十二岁那年，他们飞去巴黎看我，遇上了空难……"她声音有些低，"是我爷爷带大我的。我最初在巴黎求学那几年，爷爷甚至不管木堂春的生意了，跑到巴黎陪我读书。"

林知茶觉得心疼，揉了把她的头发，说："难怪你会自己做菜，把每样事情都做得很好。"

木青青笑着说："没关系啦，甜茶叔叔。你别难过，我也不难过！我父母是很好的人。他们给了我一个非常幸福的童年，虽然他们不在了。可是只要我想起他们，都是幸福温馨的画面，每一个回忆都是那么甜。而且，爷爷对我很好，从来不许我受半点委屈。还有我三叔，也对我很好。我觉得很幸福啊！其实，平常都是我三叔在打理木堂春，不过他熟悉制茶，却对管理和运营不太懂，所以出国进修去了，还得一年半才能回来。我现在也是帮着看生意的。哎呀，我二叔二婶也对我很好，

小甜茶

可惜他们都不在国内，也十多年没回来过了……二叔就是倔，和爷爷斗气斗了二十多年，唉……算了，不说啦！"

林知茶听了也笑了，又揉了揉她的头。

这么乖巧的女孩子，谁不喜欢呢？她虽然是孤儿，但天性乐观通达，这很好。爱笑的女孩运气不会差，她的亲人对她很好。

"乖！"他又揉了把她的头发。

这一下，木青青抗议了，嘟着嘴嚷嚷："叔叔，我不是威武、将军！"

"哦，"林知茶嘴角勾了勾，手伸了下去，在将军大脑门上揉了揉，"乖。"

将军："？"

威武："汪汪汪！"我也要！

其实，晚饭时，林知茶是不想木青青失望才勉强吃了一碗粉。

她给他盛汤，手背红起一大片，还带着两颗水泡。他就不好意思拒绝了，又喝了一碗汤。

老实说，她厨艺真的很好，用心做的每道菜都很可口。可是他的胃受不了。

等她吃饱了，放下碗那一刻，林知茶如临大赦，赶忙也放下自己的碗。

"叔叔，你饱了？还要来一勺粉吗？我怕你夜里饿。"木青青瞪着好看的杏眼看着他。

林知茶连忙摇头："饱了，饱了！"

歇息了半小时后，木青青带着他去制茶场看制茶。

跟在两人身后的依旧是那两只自以为很威风凛凛的狗。

林知茶问："你也负责制茶吗？"

木青青："我会制茶，毕竟跟在爷爷身边，从小看到大的，关于茶的事情都懂一点。像杀青，我就能做。不过这些都有老师傅负责跟进，说白了也没我什么事。我负责的是接待外宾，以及谈订单生意这类事务。"

已经进到茶场了，一群工人和几个师傅早早就坐下开始一晚上的工作了。见到她来，大家喊了声"小姐"，也有人喊她"青青"。

木青青笑着和大家打了招呼，然后领着林知茶往一边的储存室走去，说："我带你去看看存放了八年以上的特级茶。"

房间是一间很大很宽敞且通风良好的屋子。

进去后，木青青将灯打开，一百平方米的房间整理得十分雅致，中间置有泡茶用的根雕和木凳，根雕上放着好几只温润如玉的紫砂壶。

另一边靠墙处设有工作用的书桌。书桌上养着滴水观音。而其余地方则是整齐排列的一架架的铁架子，上面放有各式茶叶。还有整齐放在各处的一大箩筐的茶筐，还有比她还高的茶缸。

这个房间有着极为好闻的茶叶香。林知茶深深吸了一口气，觉得肺腑间都是清雅淡然的味道。

木青青从铁架上取出一个红色的锦盒，走到根雕边上坐下。煮茶的小炉子上烧着水，待她从锦盒里取出一饼茶，再用茶针仔细刮下茶叶，把一小搓茶叶放进透明的玻璃小茶碗后，水就开了。

林知茶坐在她身边，看她泡茶。

也不知怎么的，在袅袅茶香与茶气里，他生出了岁月静好的感觉。

她将茶杯递给他，白瓷杯子里，汤色红浓明亮，透出血珀一般的色泽，漂亮至极。

林知茶先是闻香，然后微抿了一口，只觉舌尖上渗出微甘，而后慢慢滑过舌苔、喉头，回过味来后，甘醇依旧在口腔里缭绕。

"醇和细腻，略感甜滑，香气醇陈，有槟榔香味，而且很丝滑。"他赞道。

"这是金花茶。就是经过陈年累月的自然发酵，茶饼里带有一朵一朵的金花。"木青青道。

林知茶先是一怔，然后说："这么神奇？"

"是。"木青青将茶饼拿到他面前，指着上面一朵朵的金黄色说，"这就是金花。是有益品质的黄霉菌，它能分泌淀粉酶和氧化酶，可催化茶叶中的淀粉转化为单糖，催化多酚类化合物氧化。经过科学实验验证，六堡茶含有人体必需的多种氨基酸、维生素和微量元素，所含脂肪分解酵素高于其他茶类。长期饮用，对身体很好。而且，还具有很强的抗氧化功效。女性和老人喝也可以，因为它是温性茶。而这种金花，只有黑茶里的六堡茶有。"

林知茶那对清澈如水晶的眼眸，此刻看来，像盛满了盛夏的星星，那么亮，那么亮……她一抬眸，刚好就撞进他的眼里。

木青青有些慌张地移开了目光。

林知茶过于激动了，他一把抓着她的手，说："青青，我可能找到了需要的那款茶了！"

就是那朵金花啊！

木青青耳根红了，被他执着手，想抽却被他握得更紧。

"青青，我可以拿一小格去化验吗？不远的，就在今天中午我们吃饭的地方。后面那栋小楼就是化验室。"

"可以的，叔叔。能帮到你，我很开心。"木青青吸了一口气。

林知茶这才发现，赶忙松手，摸了摸唇才说："我太高兴了，青青，实在抱歉，弄疼你了。"

木青青莞尔："没关系。"

木青青将这饼茶包好，又放进了锦盒里，递给他，说："你拿去吧。"说着俏皮地眨了眨眼睛，"化验用不完的话，可以自己泡茶喝。"

林知茶忽然说："我对泡茶不太在行。"

还真是少爷啊！十指不沾阳春水，什么都不会做！木青青在心里腹诽着，出口的话却是："那我给你泡吧。"

不知道为什么，听她这么说，林知茶只觉心情大好，笑着附和："此提议甚好。"

木青青吐了吐舌头，嘀咕："毛病真多。"

林知茶挑了挑眉说："你说我坏话？"

"没有！"木青青绝口不认，心里想的却是：哼，以后再治你！这满身少爷病，的确该治治了。

她站了起来，说："我们出去吧，我教你制茶。"

[4]

来到工场，杀青用的锅早备好，并且烧到了160℃。

老师傅一个个都准备好了，将叶和芽投进锅去，开始杀青。

木青青给林知茶科普做茶的知识，而他一边认真地听，一边用手机录制视频。她的声音真好听，他怔忪了一下，然后听见她说道："每锅投叶是 2 ~ 2.5 千克。如果是用杀青机，每次投叶就是 7.5 克左右。我们高档茶和中高档茶都做。高档茶只用全手工的锅炒。你看——"

她来到一口锅旁，老师傅微笑着站了起来，让她来做示范。

木青青也不扭捏，大大方方地坐了下来，讲解道："下锅后先闷炒后扬炒，然后闷扬结合，嫩叶多扬少闷，老叶多闷少扬。像这锅的叶芽都很嫩，就多扬，一般杀青5～6分钟。"她戴着手套的双手飞快地抄起青叶又扬下，再度抄起，一遍一遍，中间夹杂轻闷十来秒，又扬，又轻闷十来秒，以此反复。五分钟后，她停下来。

她离开座位，老师傅继续接手，将炒好的叶子取出摊在筛子里，再度将别的叶芽放进去炒。

木青青将刚才炒好的叶芽拿起来给他看，说道："你看，这些芽叶柔软，茶梗折而不断。"她做了个掰折的动作，的确是折不断，叶芽经炒、扬、闷，起了胶，有了韧性。

他听见她说："叶色转为暗绿为适度。摊凉后进行揉捻，有手揉和机揉两种，手揉一次可揉1～1.5千克，机揉则依揉捻机的大小而定。"

她补充道："这是初制过程，后面还有复制、精制过程。"

林知茶按下手机录制里的停止键，跟着她继续在工场慢走，他说道："过程很复杂。制茶真是十分不简单。"

木青青笑眯眯道："甜茶叔叔，这世间事，哪有什么容易的呢？都是得一样一样地熬啊！"

他细细回味她的话，觉得很有道理。

"其实做茶叶还是讲究心静而细，工活要细腻。就像现在，经过初制后，就要开始过筛整形－拣梗拣－拼堆－冷发酵－烘干－上蒸－踩篓－凉置陈化的过程了。"她揉捻给他看，并解释道，"六堡茶揉捻以整形为主，其实就是要达到细胞破损的目的，叶破损率在40%即可，揉时加压要适度，一般1～2级茶揉40分钟，3级以下的茶揉45～50分钟。揉好之后，进行沤堆，就是将揉好的茶坯放入箩内或堆放在竹箕上进行沤堆发酵。这是决定六堡茶色、香、味的关键工序。"

她顿了顿，牵着他手带他走到另一区，指着一箩箩装着湿茶坯，堆高在3～5厘米的茶叶说道："你看，每箩平均在15千克左右的茶叶，沤堆时间就要在15小时以上，茶堆温度一般在40℃左右为宜。如温度高过50℃，则会烧堆。这点真的很重要的，看顾茶叶的人在沤堆过程中真的不能打瞌睡，要注意翻堆散热。但如果沤堆时温度低，同样会出问题，要马上用60℃左右的火温将茶坯烘至五至六成干，再沤堆。经过沤堆发酵之后，茶条会轻散一些，因此要进行复揉5～6分钟。

六堡茶烘干也分毛火和足火两次进行。传统的方法是用烘茶锅，摊叶厚度在3.3厘米左右，最好是用松明火烘，烘温在80~90℃之间，每隔5~6分钟翻拌一次，烘到六至七成干，下焙摊凉半小时，即进行打足火，足火温度50~60℃，摊叶厚度6.6厘米，烘2~3小时，茶梗一折即断即可。等到这个时候，才算是完成了一半，可以打一会儿瞌睡啦！"

"复制过程需要15个小时。而精制过程则需要等待7~10天，这段期间内都是在沤堆，以补初制发酵不足。精制过程更加复杂，而且耗时长，现在我就先不说了，等你来日慢慢体会。而且，六堡茶是熟茶，和别的茶在后期的处理非常不同。它的陈化是独特的标志，这个环节也非常关键。我可以悄悄告诉你的秘密就是，一定要放进干燥通风的特殊洞穴里去进行陈化，促成它的转变。而最好的洞就是防空洞。而且还要是相对湿度在75%至90%、温度在23℃至28℃、无异杂味的洞穴中陈化；然后移至清洁、阴凉、干爽、无异杂味的仓库中陈化。陈化时间不少于180天。不经过陈化这道工序的茶，都不能叫成品。所以这个'陈化'是重中之重，这个山头乃至其他茶村，只有我家附近有防空洞。所以我家的茶味道最特别，也最香。"因为是秘密，她几乎是咬着他耳朵说的。

林知茶耳郭红了，然后是脸，跟着是整个人，他觉得烫极了。

"甜茶叔叔，你很热吗？"始作俑者却还什么都不知道，直愣愣地问他热不热。

林知茶离开她一些，才说："这么重要的秘密你居然告诉我了。"

"是呀，所以我是在讨好你啊，叔叔你看不出来吗？"

"为……为什么你要讨好我？"他心跳快了半拍。

木青青一双清澈灵透的大眼睛骨碌碌转，狡黠得像只小狐狸，她笑眯眯地说："因为你长得好看呀！"

她是有心逗弄他，觉得这个城里来的小少爷实在是太好玩了。谁料，林知茶却道："你这样，我会当真的。青青，这个玩笑不好笑。"

说完，他转过身继续观看熟练的技师如何看火翻堆和沤堆。

木青青"啊"了一声，脑袋还是没有转过弯来。

一旁站着看火的老技师无奈地摇了摇头，这个从小满山头疯跑的野丫头，她的心也真是忒大了。

十天前新做的一批茶经过初制、复制和精制，可以进行陈化了。

所以木青青找来工人将几百斤茶运进防空洞前，还问了林知茶，有没有兴趣去看看。

听见"洞"这个字时，联想到的就是黑暗、潮湿、肮脏，林知茶本能地想拒绝，后来一想，脏的话，茶叶会被毁掉的，那个地方肯定不脏，但是防空洞都是在地下啊，肯定很黑暗啊，难免不会有一些爬虫什么的……

他眉头紧皱，可是一对上她亮晶晶的大眼睛，拒绝的话，他是无论如何也说不出来了。

见他不说话，木青青大杏眼骨碌碌地转，忽然开窍了，哈哈笑道："啊！我知道啦，城里来的小少爷怕黑！"

"谁说我怕！"林知茶红着脸马上反驳。

"那你敢不敢去啊？"她将他军。

"去就去，谁怕谁！"他气得薄唇紧抿，抿出一个圆圆的、陷进去的酒窝来。

她笑着踮起脚尖，拿食指戳了戳他那只漂亮的酒窝："美人儿，别怕！我会保护你的！"

林知茶窘。

几十筐茶叶被运进了防空洞里。

和林知茶想象中的完全不一样，这里面空气流通，虽然带有一点别的味道，但那是干燥的土地，青草和陈旧的味道混着茶香，绝对没有一点难闻气味。而且地洞里通有节能灯，一盏一盏地铺开，还是光亮的。

地面扫得非常干净，根本不可能有鼠虫这些生物。空气带着一点水汽，是恰到好处的潮湿。就是越往里走越昏暗，灯光变得弱了不少。

突然，传来一点"吱吱"的声音，林知茶吓得"啊"一声，猛地抱住了木青青的腰。

她的腰身修长纤细又婀娜，还很柔软，林知茶抱着有点不想松手了。

木青青了然地拍了拍他的手背，哄着："小少爷乖啊！别怕，没有老鼠。这里很干净的。而且养有三只猫呢，它们专门负责抓老鼠的。"

然后她叫了声，"小花，小黄，小咕咕。"

最先出来的是小咕咕，它是一只通体雪白、异常干净和注意仪表的大肥猫！它肥胖的身形使得林知茶惊呆了！

"这坨肥野（肥东西）会捉老鼠？"林知茶一急，本能地说出粤语。

木青青也是粤语地区长大的，听得懂他的话，用粤语秒回："你才是一坨呢！我小咕咕多美貌！"说着将小咕咕抱起亲了亲。

小咕咕高兴地发出"咕咕"声。

林知茶终于明白它为什么叫咕咕了，就是胖的，胖得呼吸急促发出咕咕声。

小花是一只三色猫，小黄是一只漂亮的小橘猫，身材纤细。林知茶喜欢那只小橘猫，那么纤细貌美和她多像啊！于是，他戳了戳她腰眼儿，道："你看，你和那只小橘猫挺像。"

木青青丈二和尚摸不着头脑，看了看林知茶，又看了看一脸萌萌的小橘猫，心道：我和小黄哪里像了？

小黄对着林知茶撒娇，拿毛茸茸的小脑袋去蹭他西装裤。他轻轻蹲下，抬起手来给小黄挠痒痒。

木青青笑嘻嘻："叔叔，小黄拜倒在你西装裤下了呢！"

林知茶"嗯"了一声："我知道。"

他站起，往工人放茶叶的地方走，背对着她说道："我知道我魅力很大。"

木青青朝他后脑勺做了个吐舌头的鬼脸，又听见他说："你像小黄一样花痴。"

木青青一蒙。

她快走两步追上他，喊："叔叔。"

"嗯？"他声音懒洋洋的。

木青青又说："叔叔，我真想揍你！"

林知茶听了她的话，"扑哧"一声笑了出来，见她瞪大了一对眼睛显然是真的生气了，那些话鬼使神差地冒了出来："只有我老婆可以揍我。而且，我绝不还手。"

木青青脚步一顿，高高举起的手忘了捶下来，脸红了一片。即使洞内光线昏暗，他还是看见了她绯红的脸庞，真是太可爱了呀！

他轻笑了一声，说了句"好吧"，执着她的手，往他肩膀上捶了一下，说道："就让你打一拳吧，省得你说我以大欺小。"

木青青紧握的那只小拳头还被他手包裹着，她的脸更红了，却嘴硬道："叔叔，才一拳啊？我可以打一圈吗？"

他挑了挑眉，似警告道："你说呢？"

工人将茶筐一一卸下，搬到安置有室温调节器的内洞里，然后和木青青打了招呼后先行离去。

林知茶想拍一段视频，但他举起手机对着她时，她忽然按着他手腕，轻声说道："叔叔，不要拍了好吗？这个是行业内的一些小秘密。"

"好的，青青。"他笑着揉了把她的头发，"是我心不够细，没想得那么深远。"

然后，他又说："要不我给你拍张照吧。不放出去。"只有我可以看。最后那句话，他又闷回心里去。

"好呀！"木青青高高兴兴地走到茶叶筐边，将竹篾编织的盖子打开，顿时满室茶香缭绕。

她一一观察那些茶叶，用手指在茶叶上戳了戳，全然是工作时的认真专注模样。他变换着角度，给她拍了好几张照。

她本就生得好，有一种都市里难得一见的清新脱俗气质，再加上年轻，特别地上相。她侧脸弧度很美，他给她侧脸拍了好几张照。

她捏了一小撮茶叶起来，放在鼻尖下轻嗅，一对漂亮杏眼眯起，眉心蹙了蹙，眼尾往上勾去，那侧脸的弧度漂亮得不可思议。

他再度按下按钮。

"茶叶的湿度还是大了点，我得把除湿器打开。"说完，木青青盖好盖子，走到另一边去调试除湿机。

林知茶问："那如果过度干燥了呢？"

木青青则答："还有加湿器呀！"

她一回头，对着他笑，一对眼睛亮晶晶的。

洞的山壁上刚好开有一株殷红野花，十分漂亮，十分招摇。

他走到山壁旁，伸手摘下那朵红花，对她招了招手："小丫头过来。"

"怎么了？"她乖乖地走了过去，在他面前站定。

她有一米六五，其实是很标准的身高，可在他面前还是矮了太多。此刻，在昏暗的地洞里，她才觉出他的压迫感来。他始终是一个陌生

小甜茶

的盛年男人。

闻着他身上雪松和大海以及一丝淡淡月下香的香水味道，她的心莫名地一紧，往后退了一步。

"青青。"他低声唤她，一手伸出压在她背后，阻止了她往后退，几乎将她禁锢在了怀里，而另一手将那朵艳丽的红花插进她浓密、蓬松的发间。

他细细打量她，赞美道："真是漂亮的小丫头。"

木青青从他漆黑如星夜的眼眸里，看到了自己的模样，脸小小的、红红的，还有一朵和她脸一样红的花。

她看着他，怔住了。

她心怦怦跳，殷红如朱砂的唇微启着，可是她说不出话来。

这么个小丫头片子，居然害羞了？林知茶莞尔，弹了弹她额头，说："原来野丫头也会害羞啊！"

"林知茶！"

他居然敢逗她玩？

这个什么都怕的小少爷，胆儿肥了是吧？

木青青哼了一声，心想，待会儿给你好瞧！

[5]

林知茶在防空洞里四处观看，这里面放了太多茶叶了。茶叶数量多得数也数不清。

在最靠近外室的地洞里，有五十筐贴了红纸的茶叶筐。他问："这些贴了红纸的是什么意思？"

木青青走了过去，解释道："这批茶在这里放了两年，可以移出去，放在家里的仓库里继续陈化。而且也随时可以卖出去了。"

林知茶十分不解："可是你昨晚不是说陈化时间180天左右吗？为什么要放在这里这么久呢？"

木青青答："其实六堡茶是越陈越好的。在防空洞里放多久都可以。180天仅仅是完成了陈化，可以喝，也可以继续存放陈化。我家里有顶级的老六堡，都是陈化时间超过十年以上的。二十年，甚至三十年的都有！那些十年以上的老六堡都可以入药。非常了不得！"

木青青将盖子掀开一点，一股独特的香气缭绕，很香醇，有一种沉、静、美的气息。他鼻翼轻动，细嗅着茶香。

木青青又将盖子盖好，说："叔叔，你刚才闻到的，就是经过防空洞陈化才会出现的槟榔香，还是特级槟榔香。这种香气，只有六堡茶才有，别的茶是没有的。"

林知茶轻声笑："我可以想象到，你家的茶叶卖得非常贵。"

这一下，木青青有些不好意思了，挠了挠头，说："是有点贵。"顿了顿又辩解，"可是我们做的茶都是精品，像打磨艺术品一样去打磨它们啊！我们是讲究匠心精神的，每一道工序，不仅仅需要心血，还需要时间一道一道地熬啊！"

"知道了。"林知茶又揉了把她脑袋，"你很了不起，小不点！"

在听到"你很了不起"时，木青青很高兴，看不见的小尾巴快要摇上天了，可是他下一句的"小不点"又把她打回了原型。

她不服："不准再叫我小不点，我哪里小了？"

可能是她的话太别有深意，他听见后，看了看她显小又娇嫩的脸庞，视线顺着她下巴、锁骨滑了下来……

木青青猛地捂住心口，骂他："你这个流氓！"

林知茶笑了笑："是你自己问的。"

"我只是诚实地回答了你。"他继续补刀。

"你这个臭茶！"她气得跺脚。

林知茶啧啧了两声："看不出来呀，小不点。"

看着她毫无淑女形象，气得上蹿下跳又奈何不了他的模样，他心情大好，心想：和我斗，你还嫩着呢！

其实木青青狡猾着呢！得罪她的下场可是很惨的，只是林知茶没有明白这一点，等他明白过来，已经迟了。

木青青的工作已经处理好了，可以回去了。林知茶人高腿长，自然走得飞快。他见到洞口外阳光明媚，心情大好，叫道："小短腿，赶快的。"

呵呵，小短腿是吧？木青青咬着狗尾巴草，慢慢地走着，懒散又悠闲，丝毫没有加快速度的意思。

林知茶走到洞口时却惊呆了！

此刻，洞门口竖着一道铁门，铁门紧锁。他猛地回头大声问她："怎么锁住了？"

木青青慢慢走了过来，看了看铁门，"哦"了一声道："可能是刚才工人们顺手关上了。"

"你有钥匙或者是遥控器之类的吧？"他抱着一丝希望问道。

此刻，他还真有点求人的姿态了，一对眼睛黑黑的、湿漉漉的，非常好看，带着点求饶的味道，黑眸里又跃起动人的水光。

她几乎就要心软回答他了，最终只是歪了歪头叹气道："没有。叔叔，我真没有开门的钥匙或遥控器。"

林知茶一怔，看向她时，那对湿漉漉的眼睛露出一丝惊慌。她瞧着觉得特别好看！

"那我们怎么出去？"他声音颤抖地问。

这里手机没有信号，他一进来时就发现了，根本没法打电话求救。

木青青做无辜状："明天还会送半个月前制作好的茶叶过来啊，到时就会发现我们啦！"然后，她像安慰小孩子似的拍拍他背脊，哄道，"乖啊，别怕！待一晚上就好了。"

"青青……"他几乎要抓狂了，很绝望。

"你是怕鬼吗？"她指着洞门口不远处的一口枯井，"没事的，我没有讲鬼故事的爱好。我们难兄难弟互相扶持啊！兄弟，稳住！我自己也怕啊！那口井看见了吧？听说里面死过人啊，一个穿红衣服的女人……我们离这里远点好不好，叔叔，我也怕啊……"

林知茶要很克制才没有尖叫出来，他牵着她的手猛地往里跑，只想离那口井远远的才好。

"叔叔。"她喊他。

他猛地停住，突然转身抱住了她，说："乖，让我抱一会儿。"

木青青一愣。这个小少爷不会是快要被吓哭了吧？

此刻的林知茶内心真的很崩溃，他很害怕。他从小胆小，怕黑，怕老鼠和一切可疑的会扭动的虫子！所以，现在他很惊恐，可是为了保住面子又不能承认。他硬着头皮说下去："别怕，有我在。"

木青青从小天不怕地不怕，这里还是自家地盘呢！可是她偏要整治他，呵呵，弱点被她找到了，他死定了。

她忽地装出很惊恐的模样说："叔叔，你有没有听见什么声音？我刚才好像听见有女人在哭泣……"

"啊！"林知茶憋不住了，一把抱紧了她。他双手箍在她纤细的腰间，箍得紧紧的，几乎要将她勒断气了，而他这个大男人……居然好意思把脸埋进她怀里？

木青青脸红得能滴血，想要推开他一些，可是他抱得更紧。

木青青那个尴尬啊……

最后还是他回过神来，又拉着她跑回了之前放茶叶的地方。这里的灯最亮，而且茶香闻着让人心安。

木青青这个时候真的有点不好意思了，就怕会吓破他胆子，钥匙她是真没有，但她可以编造点东西出来安抚他。

于是，她喊："叔叔。"

林知茶伸出手来揽着她肩膀，完全是保护的姿势，说："别怕，我会保护你。"

木青青从衣服底下取出挂着的红绳和坠子，说："叔叔，这是开了光的翡翠，给你戴上吧！"她踮起脚把红绳挂到他脖子上，"是我爷爷帮我求来的呢！"

林知茶马上解了下来，给她戴了回去："你戴着。"

木青青觉得很温暖，他这个人啊，关键时刻很靠谱，总是先想着她的安危。

两人坐在地上，幸而是夏季，所以并不冷。木青青和他聊了许久，要打发掉一整天的时间，除了聊天也没有别的事做了。

聊着聊着，太阳都下山了，她觉得肚子空空，打了个哈欠，最后决定坦白。

她说："叔叔，其实我是骗你的。我就是想整整你，把你关在这里吓吓你。到晚上就和你一起出去，可是钥匙真的掉了，掉在哪里我都不知道。"

林知茶一怔，垂下眸子看她。她一边说着一边对着手指，头垂着，很丧气的模样。他叹了口气，说："别垂头丧气了。我没怪你。我没生气。"

"真的？"她忽地抬头，眼睛亮晶晶的。

他笑了，忍不住又揉了把她的脑袋，像揉小猫一样，轻声说道："我像是心胸那么狭窄的人吗？这么容易就生气？"

"不像不像！叔叔你最好了！"

她头摇得太猛，看得他头晕。他双手一扶，捧着她脸蛋，说："别摇了。"

两人离得近，被他这样捧着脸颊，她眼睛一闪，避开了他炙热的视线，可是身体的热止不住地烧了起来。

他调戏她道："脸全红了。"

"咕噜……"

她肚子叫了。

林知茶放开她，问道："你有带吃的东西进来吗？你背的袋子挺大的。"

"对！"她马上解下袋子翻找，可是里面装了那么多湿巾呀、小本子呀、小镜子、矿泉水什么的，居然吃的没带多少，只带了两根鳕鱼甜香肠。

"你吃。我不饿。"他看着她吃完了一根，另一根也塞回她那里。

可是她非要他吃，两人推来推去的。最后，林知茶只得把包装拆了，然后趁她说话时一把塞进了她嘴里，摊手做无辜状："我没有吃人家小姑娘口水的习惯。"

木青青张了张嘴，一向伶牙俐齿的她再度被他噎得说不出话来。

她垂下头去，一口一口地将香肠吃完，脸蛋红扑扑的。

林知茶只觉得心猛地一揪，有种很想吻她的冲动。

林知茶被自己的想法吓到了，身体动了动，坐得离她远一些，就怕自己会情难自禁……

木青青不明所以，抬起漂亮的小脸蛋，看了他一眼，样子蒙蒙的，问他："叔叔，你怎么了？"

为了打破尴尬，林知茶站起来走了走，问道："防空洞里还有别的去处吗？"

木青青眼睛一亮马上想起来了，在前面带路："有的有的。为了以防万一，例如失火呀、小偷造访之类的，有一个值班室，里面有个保安，还养了只大狼狗。但这两天碰上他放假，另一个换班的生病了没法来，所以我们还是出不去的。不过可以到那里找找，肯定有吃的。"

防空洞里很空旷，林知茶跟着她走，但路面还是挺漆黑的，拐了一个弯后，出现了地下河，他没注意，一脚踩进了水里，那双漂亮的棕色皮鞋湿透了。

他低声骂了一句。

木青青吐了吐舌头，加快了脚步。

又拐了一道弯，只有那只很萌的小黄跟着两人，林知茶说："怎么不见一黑一黄？平时那两只不是很爱跟着你的吗？有它们在，起码能回去给我们通风报信。"

木青青"扑哧"一笑，说："今天隔壁家狗妹妹美美过来，两个帅哥忙着相亲去了呢！谁还乐意跟着你跑，看你脸色呀！"

林知茶不作声了。

又走了十分钟，值班室到了。

里面大概十五平方米大，有电，有灯，有一个大柜子，里面放有许多杂物，甚至还有急救箱，上排的架子上摆放了一些关于茶的书和一些打发时间的小说。此外，房间里还置有一张桌子、三两张凳子、一张沙发和一张床。

木青青摸到门边上的按钮，把灯打开。

室内一下子变得明亮起来。

林知茶也没闲着，翻找了许久，终于找到了十包方便面。他很高兴，回过头来对她说："青青，你不用饿肚子了！"

木青青心头一动，他这个笨蛋，首先想到的还是她啊！

这里还有保温壶，里面是温开水。

林知茶喝了一杯。

木青青说："少喝点，不然要去厕所就麻烦了。"

林知茶执着杯的手一顿，脸色又黑了起来："这里没有厕所？"

木青青嘟嘟嘴，指了指旁边摆着的三个痰罐："开大开小都用它。"

林知茶揉了揉眉头，许久没说话。

木青青嘿嘿笑了两声，又喊："小少爷？"

"别说话！你一说话，我就会有想掐死你的冲动！"

木青青马上举起一根手指，放在唇边，做了个"不说话"的手势，嘿嘿地笑，讨好他。

林知茶又道："你这个样子，我更想揍你了。"

这个值班室还是很舒服的，林知茶躺在沙发上，无聊得一根一根地去数小黄的毛，小黄就伏在他小腹上呼呼大睡。

床，他让给了木青青。

可是木青青趴在床上太无聊了，翻滚来翻滚去，她拿手做扇状扇呀扇的，然后喊："太无聊啦！你陪我说话嘛！"

本已闭上眼睛小憩的林知茶，懒懒地说道："谁让你皮痒，把我关在这里了。你就是欠揍。"

"哼，说得好像我没有关在这里一样？难道就你一个人关在这里了？我不是人是吧？那我是什么，是那种无影飘飘？"

她跳下床，哒哒哒跑到沙发旁："起来，让一点位置给我坐。我们来聊天。"

"这里很热，你来了，增加二氧化碳，更热。你回床上去。我们得画楚河汉界，你别越界。"他还是闭着眼睛，而且一动不动，根本没有让她坐下来的意思。

真的很无聊啊！木青青只好走到一边翻箱倒柜。啧啧，居然还存放有大量猫粮，应该就是喂小花、小黄和小咕咕的。

她拆了一袋，倒了一点出来喂小黄。

不过十分钟，小咕咕就来了。

隔得老远，林知茶就听见了它因太胖而发出的"咕咕嘀嘀"的声音。

他坐了起来，饶有兴致地看着那只大肥猫挪了进来。

"小咕咕，闻到香了吧！哈哈，这里还有猫零食小鱼干呢！别急，都给你吃！"木青青一边喂小咕咕，一边撸它。

"你再喂，它要胖成一大坨了，快要走不动了。别说抓老鼠，等着一群老鼠来把它拖回洞当晚餐吧。"林知茶毒舌。

木青青回过身来瞪了他一眼。

小丫头是那种有着小尖下巴的鹅蛋脸，大方精致又漂亮，一对眼睛也大，现在这样瞪得铜铃一般大看着他，可爱极了。

他就爱和她斗嘴。

[6]

两只猫儿伏在沙发上打起呼噜。而木青青泡茶去了，茶就从山洞里取。她试的是刚到日子的茶，这批茶和贴了红纸的两年龄的那批茶，将会一起运出去。

"甜茶叔叔，过来尝尝。"她招呼他来喝茶。

水已经烧滚了。

她坐在小方桌上，慢慢地泡茶，施展的依旧是最纯粹的茶艺。

泡茶时的她是另一个她，贞静、淡雅。

林知茶喜欢看她泡茶。

她做了个凤凰三点头，那姿势漂亮极了。

当他端起杯子细嗅香气时，脑海里依旧是她斟茶时，玉手翻跹、衣带飘飘的神仙模样。他抿了一口茶，说："以后不知是哪个好福气的小子能娶到你这样的小丫头。"

木青青放下闻香杯，轻声笑："我会做菜煮饭，又会泡茶，长得还漂亮，哈哈，娶到我很有福气的！"

"嗯，是很有福气。"他隔着袅袅茶香与水汽，摸了摸她的头。

"觉得茶味如何？"木青青认真起来，询问他的意见，"你是第一个喝这批茶的人。"

林知茶抿了抿唇，细想一番回答："我对于茶始终是门外汉，但觉得茶汤入口很丝滑，有股淡淡槟榔香，很甘甜。我觉得不错。当然，就像你说的，是在能接受槟榔香这股特殊香气的前提下。六堡茶毕竟是熟茶，我想也不是所有人都爱喝。"

"对，如果是喜欢喝清茶的，或是生茶、绿茶的，例如碧螺春、龙井、毛尖、生普洱这类茶，就是属于要摘了制作好后就喝的，不能放，一放这类茶就变味了，入口不再清鲜。清茶，尝的是一口回春与新鲜。这和六堡茶这种熟茶不同。所以，我们的目标群体是爱喝熟茶、红茶、黑茶和乌龙茶的人，然后再谋求别的渠道和途径，打动更多的人。"

木青青又说："其实这款茶，还是差了点年份。现在喝只是丝滑，但不算太生津。再放上两年喝，那种甘甜就能从舌、口腔漫溢至喉头，又从喉头回甘至口腔，香味许久不散。"

一提起六堡茶来，木青青就特别认真和热情，说起茶时，神采飞扬。

他特别爱看她那带笑的清亮明媚眼睛，那么亮，像夜里最闪耀的星。

她给他再斟了一杯茶，他细品。只听她说："六堡茶除含有人体必需的多种氨基酸、维生素和微量元素外，还有一个特别的地方就是所含脂肪分解酵素高于其他茶类。所以六堡茶具有更强的分解油腻、降低人体类脂肪化合物、胆固醇、三酸甘油酯的功效，长期饮用可以健胃，更能减肥强身，也因为能减肥又不伤胃，所以俘获了女性群体。要知道，女人和男人不同，长期喝清茶、生茶、绿茶，是会造成女性

缺铁性贫血的，唯独熟茶不会。熟茶包括红茶和黑茶。六堡茶是黑茶。我们已经打通了部分女性客户渠道。两广地区许多女白领都喝六堡茶了。"

林知茶透过袅袅茶气，看着她。

她一颦一笑都那么生动。他点了点头，说："青青，你小小年纪，倒很会做生意。"

她拍了拍胸脯，傲娇道："我是能干又漂亮的小仙女！"

林知茶听了，莞尔。这个小丫头，还真是皮！

两人喝茶聊天，快意人生。

不知不觉，已是月上中天。

饿时，木青青就给两人泡了碗面。

网红方便面——火鸡面，辣得人快要活不下去。

木青青口味独特，既爱吃清淡的，也爱吃辣的，还是特辣。这种火鸡面对于她来说，是小儿科。可是林知茶不能吃辣，他吃得牙齿都在抖，两片薄厚适中的唇，此刻殷红妖冶，是被辣的。

她看了他一眼，叹气："你简直就是妖孽啊！"女人都没他那艳色好不好！

林知茶气得不轻，他也是太饿了，不然哪肯碰方便面，还是那么辣的！都怪这一壶壶茶把他给喝的，快饿晕了！

"你才是妖孽！明知道我不能吃辣！我好像看到有一盒面是不辣的！"

木青青很无辜地摊了摊手："叔叔，真没有。你自己去看，全是火鸡面。刚才肯定是你眼花，才会看到包装不一样的。"

林知茶是真饿，一边吃，一边吸气，汗珠滚过额间，晶莹的一片。他漆黑浓密的发黏了汗水成了一缕一缕，贴在白皙的额头上。

小丫头站了起来，拿纸巾替他擦拭汗珠。他一抬头，就对上她亮晶晶的杏眼，那么大、那么明亮，夜里看温温柔柔的，像蓄了一汪水，清清泠泠，那么讨人喜欢。

她说："别吃啦。我给你泡一碗清淡的。"

然后，她把另一盒面拆了，把辣椒油包拿了出去，只添加一点味精和素菜包，然后又在柜子里拿出两根香肠切成段放进面里，加了热水，等了一会儿就好了。她递给他："吃吧。尽管不好吃，但好歹不辣了。"

林知茶还要傲娇："我可是很挑的。"

木青青一对眼睛弯成甜月亮，笑眯眯地说："吃吧，那两根香肠我可不舍得吃，特意给你留着的呀！"

林知茶将最大的一段香肠夹到她碗里，说："你也吃。"

"不用啦！你是长辈，我得敬老啊！还是你吃吧！"她把肠又夹回到了他碗里去。

敬老……林知茶嘴角抽了抽，脸色有点不好看了。总有一天，他一定会揍她的！一定！

饭后，木青青在林知茶的沙发上滚。

他还要克制着，觉得自己真是艰难。

他坐在沙发的最边上，此刻她还在滚，嘴里大喊"好无聊啊"。他侧过脸来看了她一眼，说："你到底是个年轻女孩子，要知道收敛。"

木青青气鼓鼓地蹦了起来，再盘腿坐下，瞪他："这里就你我二人，难道还要一本正经端坐，腰板都得挺得直直的吗？"

"我是个男人。青青，男女授受不亲，你应该离我远一点。"他揉了揉眉心，叹气。

谁料小丫头听了，"哦"了一声，倒真的乖乖坐回到床上去了。

不知道为什么，他心底又涌出了一丝失落和说不清道不明的渴望。

"够远了吗？"她坐在床边，晃动着白莹莹的小脚丫问他。

他看了一眼，赶紧收回眼神，"嗯"了一声。

室内气氛突然有些怪，其实是暧昧。小丫头没闹明白，林知茶是知道的。他看了她一眼，小丫头低垂着头，一对小脚丫晃呀晃，也不知她在想什么，他正要说话，突然停电了。

防空洞里一片黑暗，只听得见呼呼的风声，夜里听来像鬼哭。他一慌，整个人已经跪到了凹凸不平的地面上，双手撑着地，粗糙的地面带着沙砾摩擦过他手心，一片刺痛。

听见他这边好大一声"咚"，她又看不见，有些急。于是，她跑了过来，手摸索着，说："阿茶别怕，我来找你。"

她没有叫他小少爷、叔叔，或者是甜茶叔叔，她喊了他的名，叫

他阿茶。

他心里很暖，说话的声音也镇定了许多："我不怕。青青，我等着你。"

她听声音辨方位，先是摸到了他的发，然后手滑下来一点，抚上了他的脸颊，他的脸有点冰凉。她两只手都碰到了他脸颊，还摸到了他的唇。黑暗里，两人都怔了怔。然后，她的手被他握着，她顺势将手按在了他肩膀上，而他双手也按在了她腰侧，像一个拥抱。

木青青听见了自己强烈的心跳声，扑通扑通。

"可能要黑上一个晚上了，阿茶你怕不怕？"

他牵着她的手，站了起来，然后和她一同坐到沙发上，声音嗡嗡："有你陪着我，不怕。"

时间也不知道过去了多久，一分钟，五分钟，半个小时，还是一个小时……

两人变得有点沉默，觉得彼此之间有点什么东西变了，那点平衡好似也被打破了。

"阿茶……"

"青青……"

两人同时开口，然后又顿住了。

这里是洞穴里，没有一扇窗，月亮都照不进来。没有灯，就真的是黑得伸手不见五指了。在黑暗里，两人安安静静地坐了许久，直到听见一声狗吠。

狗吠声越来越响，它喘息的声音也听得出它很激动。木青青高兴得一把抱住了林知茶亲，大喊道："将军太威武了！它找到我们了！那是将军的声音，我认得！"

她亲的是林知茶的脸颊，他的脸红了一片，很庆幸，此刻她看不见。

又过了十分钟，木青青已经听见了将军吭吭哧哧的声音，她正想站起来，突然小腿被一股猛力一拱，她扑进了他怀里，而唇贴上了他的唇……

"青青！"有点苍老的声音。

木青青心头咯噔了一下，心道：糟了！

一道手电筒的强光照了过来，来的是三个人。

"青青！"这一次，老者的声音相当严厉了。

木青青哀叹了一声，贴着林知茶耳根说："我要完蛋了，我爷爷来了！"

这一下，别说是小丫头，就连林知茶脸上的颜色也是变了又变，可以去开染坊了。

第三章

时光里的青梅竹马

Sweet Tea

[1]

坐车回家的路上，木老爷子大致了解了事情的经过。木青青是他孙女，她那性子他是知道的，简直和皮皮虾差不多。

木老爷子板着脸教训："你怎么能把贵客锁在防空洞里，青青你皮痒了是吗？"

木青青嘟了嘟嘴，很委屈地说："谁让他那么欠揍！他还喊我小短腿呢！"

林知茶有些尴尬，正襟危坐，一副十分正派的模样，也不敢答话，只好眼观鼻，鼻观心。他是什么时候都很注意形象的，即使现在是夏季，他也是穿着轻、薄、透的麻质西装，一副"衣冠禽兽"的模样。木青青暗暗踹了他鞋头一下，哼道："装，你就装！"

"回到家，到小祠堂里反省。爷爷仁慈，就免你跪了。认真反省，写三千字检讨书，第二天交给我。整个过程不准吃东西。"木宋闲闲道来，也是算准了她在防空洞里饿了一天了，继续不给吃的，惩罚她！

木青青委屈极了。

林知茶拿出手机迅速敲了一句什么，按下发送。

"嘀"一声，木青青看着林知茶挑了挑眉，然后拿出手机来看。

林知茶：我让陈姨给你做好吃的，等夜深了没人注意了，我偷偷给你送过去。

木青青秒回：我要加一个大白切鸡腿。

林知茶：好。等我。

木青青俏丽的小嘴角忍不住翘了起来。

木老爷子宠溺地摇了摇头，当什么都不知道。

后来，林知茶不仅给她送来了丰盛的夜宵，就连她的检讨书都是他代劳给写的。三千字啊，可不是三百字。当他写完给她看，她挑了挑眉："哟，声情并茂！写得这么真情流露，不知道的，还以为你写的不是检讨书，而是给我爷爷的表白书。"

林知茶咳了起来。

木青青笑嘻嘻。

她捧着鸡腿啃着，那模样像只得到鱼的小猫，还是一只有着亮晶晶漂亮黑眼仁的小猫。

她的嘴边沾了一点鸡油，他拿纸巾替她擦了，靠得近时，能闻到鸡油的甘香。

白切鸡、清蒸河鱼、白灼河虾、炒竹笋，全是顶新鲜的食材。城里很难吃到土鸡、河鱼和河虾了。陈姨了解她爱辣，还给她炒了一道田螺加了几只田鸡进去，放了辣椒、酸笋和紫苏一起用大火炒，又香辣又鲜口，野味十足。她吃得太香甜，连手指也吸吮了好几下。

见他不动，她说："你也吃啊！整只鸡我也吃不完。"

他把满满一碗的虾一一剥好，码在另一个小碗里，然后递给她："我没什么胃口。刚才喝了半盅海鲜粥，不饿，你吃。"

木青青挑了挑眉，估计是傍晚时难吃的方便面坏了他胃口。

她大快朵颐，而他看着她吃。等她吃饱了，他才说："青青，我帮你把检讨书写出来了。但是你得自己抄一遍，不然笔迹对不上。"

"哦，没事，其实爷爷不看的。有一次，我也被罚写检讨书。我在第一页写了几行字，也挺声情并茂，然后就憋不出来了，只好默写了几首古诗；到第二页时，我画了一只大大的千年王八。第二天，我爷爷看了，对我说，'写得不错，下次继续'。"木青青说完，又吮了一只大大的辣田螺，再塞了一嘴香辣田鸡腿。

林知茶听得目瞪口呆。

由于青青爷爷回来了，所以林知茶按足礼仪，很早就起床等候了。

一听见木老爷子起床了，他就去给老爷子请了安，然后和老爷子还有青青一起用早餐。

木青青对着林知茶挤眉弄眼，揶揄道："哟，难得叔叔起得这么早。"

林知茶脸红了，看了老爷子一眼，小声辩解："我每天都很早起来陪你去摘茶叶，哪里有赖床。"

其实这几天，林知茶还真的是没有闲着的。他跟着木青青了解茶，学做茶，然后还会在自家的实验楼里提纯已经被制作成茶叶的金花六堡茶，以及从摘取下来的鲜茶叶里提取有效护肤物质。尤其是昨晚，他在实验楼里通宵工作，终于把实验数据表填了出来，证明金花茶，以及鲜叶里的抗氧化成分很适合加进护肤品里。

他把这个好消息告诉了老爷子和青青。木青青可高兴了，还吃着饭呢，猛地放下饭碗，扑到他身边一抱住他，喊："天啊，太神奇了！"

她是真的太开心了。然后，她小脸一抬，一对亮晶晶的大眼睛看着他，问道："你做护肤品时，我可以去参观吗？我从来没有见过女人用的那些漂亮的瓶瓶罐罐是怎么'变'出来的呢！"说完又摇了摇头，自言自语，"哎，这些都是商业机密，我是没法看到了。"

她还抱着他的腰呢，在那儿嘀嘀咕咕。

林知茶的脸一下子红了，看了看她，又偷觑了一眼木老爷子，不敢有一丝遐想，轻声而认真地答："可以看的，青青。我可以带你去参观。就像你放心带我去参观你们制茶工场一样，我不会泄露制茶的秘密，你也不会泄露我制作护肤品的工艺秘密。我信你，如你信我。"

木老爷子看了一眼这个年轻俊俏的男人一眼，然后倒了一杯茶抿了一口，才说："青青，注意形象，别整天像威武一样。"

一样的二，看见漂亮的人就撒娇卖蠢！

木青青讪笑着坐回了自己座位上。

由于林知茶已经决定了要做茶精粹系列，所以需要买下部分占地面积颇广的茶田，以及得到土地租贷令用来建厂房。

就在这个上午，他先和木老爷子签订了合同，木老爷子卖出几块茶田给他，并且提供养护种植服务，而林知茶则付给茶农费用。

土地使用权，以及建厂房的事，有专业的人员去负责。林知茶则乖乖地陪着木老爷子聊天品茶，以及商议合同细节。

当最后两人签名时，林知茶看到老爷子龙飞凤舞地签下"木宋"

两个大字时，他一愣，说："您就是木宋木老爷子？"

其实，木宋一直觉得林知茶眼熟，听见他这样说，一怔，忽然问："林雪园可是你亲人？"

"正是我爷爷。"林知茶一喜，拉着木青青手，"你还记得，我跟你说的来这里的原因吧？一是为了工作，寻找适合加入护肤品的有效成分，一是为了探访故友。我爷爷腿脚不便，身体也不太好，已经有近五十年没有回来过故乡了。就连我和爸爸也很多很多年没有来过这里了，不记得我爷爷故友住在哪里，而要寻找的正是木宋老先生。"

木宋笑眯眯地说："我们真是有缘啊！得来全不费工夫！"

"等等！"木青青一对小耳朵突然就竖了起来，那模样鬼灵精似的，她上上下下打量他，"你就是十多年前喊我肥妹的那个坏哥哥？不仅仅坏，还胆小，白瞎了一张好看的脸，晚上睡觉打雷还会尿床，却哄骗我，让我第二天傻愣愣地说是我尿床了！"

林知茶那句"你就是从前的小肥妹"还没出口，就一把捂住了她的嘴，脸红得像烫熟的大虾，说话声越发低了下去："我那时还小，不记得了！没有这回事！"

"十二岁，不小了！我四岁，我记得很清楚！那晚我们两人父母去别处茶场的庄园里看茶叶，因为雷雨天气赶不回来。所以你怕得非要躲我房间，和我挤一床。半夜打好大的雷，还停电，然后你就吓尿床了！我，绝对没有记错！你尿床了！"

木青青嗓门子很大，清脆地嚷那么一嗓子，端茶点心上来的用人都忍着笑，站在门口不敢进来了。

林知茶一张脸涨红了，看着她简直就是有苦难言。这个该死的小肥妹！

木宋嘴角噙笑道："青青，明明就是你尿床了。你小时候最爱尿床，还是爷爷抓龙虱给你吃，才把你这尿床的坏毛病治好的。"

"我没有！"木青青表示不服。

木宋一对深邃眼睛亮晶晶的，眼里是戏谑的光，笑着合上合同，就离开书房了。

剩下书房里两人大眼瞪小眼。用人送上茶点，赶忙走了，走到门边没憋住，"扑哧"一声笑了出来。

林知茶脸红了白，白了红，淡淡地睨着她，喊："小肥妹！"

"这么能吃，小肥妹！"

那是十五年前，他第一次见到有一张圆圆可爱小胖脸，和软乎乎圆滚滚小胖身体的木青青时，林知茶对她说的第一句话。

但林知茶依旧记得，十五年前那个可爱的小肥妹，除了小圆脸、小胖身，她还有一对格外明亮的大眼睛。

即使胖，她也是顶可爱的小肥妹。又因她姓木，他恶作剧般地喊她："肥木头。"

木青青从小到大都是个颜控，对一切长得好看的人都打心底欢喜。更何况那时候她还只有四岁呢！

一直住在淳朴简单的村镇里，她见到的外人少之又少，乍一见到这么个漂亮的大哥哥高兴得不得了，每天都想黏在漂亮哥哥身边，被那个俊俏少年嫌弃地喊她"肥狗皮膏药"。但她完全没有脾气，每天一睡醒，大清早的就想溜去他房里找他玩。

无论他怎么把门反锁，她都会用铁丝把锁撬开，韧得很，特别倔，还赖皮。后来，他就把桌子搬到门后顶着不让她进来。

她毕竟只有四岁，会开锁是一种天赋，但没有什么力气啊，哪能推得开门后的桌子呢！开始时，她就坐在他门口哭，低低地哭泣，像小猫儿一样。

城里来的小少爷可傲娇了，根本不想搭理她，任她哭。他懒懒地躺在床上，闭着眼打算补个回笼觉，后来在她娇娇的、低低的好听似安眠曲的哭泣声里真的睡了过去，还做了一个好梦。

他梦见大热天里，他在尝甜甜的雪糕呢！雪糕真好吃！不过这个雪糕怎么这么胖胖的？那形状像小肥妹？他又伸出舌头舔了舔甜甜冰冰的雪糕，然后……雪糕也伸出了舌头来舔他？

咦，还在舔？雪糕变妖精了！十二岁的胆小怕黑又怕鬼的小少爷被吓醒了，他一睁开眼睛就看到了一对蓝色的神经兮兮的眼睛，然后就是蓝眼睛再度伸出了湿湿的大舌头把他嘴巴以及整张脸再度舔了一遍！

舔他的，不是成精的雪糕，而是一只哈士奇……

小少爷被吓得跌下床，惊恐地指着那只哈士奇说："哪……哪儿来的？你怎么进来的？"

"小哈很可爱的！我送它来给你做朋友好不好？我把锁撬开了，然后小哈就帮我撞开了门！所以，现在我又可以见到你啦！漂亮哥哥，我们一起玩好不好？"

小少爷很生气，拂开她伸过来扶他的手，说："以后你再让那只蠢东西进我房间，我就不和你玩了！连话都不和你说了！如果你再让它给你推门进来，我就……我就不住你家了！"

小肥妹木青青很受伤，一张可爱的肉乎乎的胖脸蛋都挤到了一起，一对大眼泪汪汪的，轻声喊："漂亮哥哥，别不理我哇！我想和你玩……"

"闭嘴！别哭！"小少爷百般不情愿地起床了，然后又被她拉着满山跑。

他是随爸爸过来探访木爷爷的，但木爷爷去云南的原始森林里去了，说是要去寻找一些植物，移植到这边的园子里来。木爷爷已经去了大半年了，归期未定，且不怎么联系得上他。

他爸爸和她几个叔伯也很聊得来，且他爸爸也爱茶，于是打算在这里住上一段时间。说起来，其实是他爷爷和小肥妹的爷爷是好朋友，但因年纪都大了，不怎么走动。这次，是他爸爸以他爷爷的名义来拜访的。

林知茶从小娇生惯养，且有洁癖，离开城市哪里能习惯，更何况是这样满山跑。不过这里的景色真的很不错，居住的地方也雅致，他喜欢那些贴了蓝瓷的栏杆平台，一座掩映在浓翠森林里的漂亮小洋楼。

刚到时，他从车上下来，他爸爸和他说："知茶，这栋小洋楼是法式的，特别漂亮，你会喜欢的。这里还有一个很可爱的小女孩，是木老爷爷的小孙女，你要和她做好朋友哦！"

那时，林知茶不以为然。

十二岁是一个半大少年最为别扭的时刻，总认为自己与众不同，且特看不上比自己小的孩子，怎么可能去和一个四岁的小女孩做朋友？而且还是一个小肥妹？！

不可能的！

那时的木青青还小，五官根本没长开，再加上胖，一张小圆脸把五官挤在了一起，除了一对清润水汪汪的大眼睛和唇边一粒甜甜的小梨涡能看，那模样还真是丑！

小甜茶

所以，要和一个小肥妹做朋友，小林知茶是拒绝的！偏偏小肥妹很黏他，一看到他眼睛就发亮，好像她家的那只蠢东西见到了肉！

在山里跑累了，林知茶走不动了，指使她脱掉罩在短袖套头衫上的背心，他把她衣服垫在一棵苹果树下，自己坐了下去。

木青青想坐他身边，被他瞪了一眼，她嗫嚅着坐到了另一边。离他是两米远吧！可是她一心想亲近他啊，于是悄悄地往他那里挪，越挪越近，一米半了，一米了，半米了……

"leave me alone（让我自己待会儿）！"林知茶吼了那么一声，但用词还算是客气，实则只想吼一句：离我远一点！

"什么意思？"木青青来了个歪头杀，一张胖脸凑到了他面前。

简直是忍无可忍！林知茶用中文吼她："别来烦我了！"

木青青有点受伤，忽然看到树上有红彤彤的苹果，一看就很甜，她嗫嚅："小哥哥，你吼了这么久渴不渴？我摘甜苹果给你吃好不好？"

林知茶被她这样一说，还真是有点渴了，"嗯"了一声就不搭理她了。

四岁的木青青像个小猴子一样，飞快地往苹果树上爬，动作灵活得很。他看了啧啧有声："真粗野！"

木青青给他摘了好几个红苹果，他就坐在树下吃。一开始他有点犹豫，毕竟没水洗啊，但太阳那么猛烈地照着，最后流汗不断的小小少爷只好向现实低头，将苹果擦了又擦，几乎要将苹果皮给擦掉了他才肯吃。

咬下去第一口，是真甜！他嘴角一勾笑了，老实说这是他吃过的最清甜的苹果。

"好吃吗？是不是很甜呀？"木青青笑眯眯的，一张胖脸皱成了灿烂的向日葵。

林知茶撇了撇嘴道："如果看不到你的话，会更甜。"

四岁的木青青又来了一个歪头杀，道："不对呀，哥哥，你的逻辑很有问题。苹果甜就是甜，不甜就是不甜。和我有什么必然关系？"

哟，这么小，居然能张口就来逻辑学？

林知茶说："和逻辑学没关系，和个人感情有关系。"

见她不懂，他又咬了一口苹果回答："就好比，你得了一只甜苹果，却是在猪栏里吃的。那种滋味，你自己体会。"

真的只有四岁的木青青卡壳了，于是，她疯狂地求他解答，最后把他缠烦了。他回应她："小肥妹，待会儿你留一个苹果，带回家后，到猪栏边去吃。你会找到答案的。"

"好吧……"还是不懂的木青青咬着手指头，一脸无辜又萌萌地看着他。

"下来，回去！"小小少爷开始发号施令了。

木青青飞快地爬下来，但因小背包里苹果太重，她脚下一滑，从半米处摔了下来。

这一下不好了，小胖妹把脚扭了。

林知茶骂了一句"肥妹，你真麻烦"，还想立即转身就走不理她，但到底是好心，蹲下来看她。

她右脚脚踝肿了，可以想象到底有多疼。她一对漂亮眼睛泪汪汪的，只是看着他却不说话。

"痛吗？"他问。

"不痛。"她声音细细的，就怕他嫌弃她。

他扶她起来，才走了几步，她就痛得全身都在抖，偏偏她倔，绝不喊痛，还硬是加快脚步又走出了一小段路。

他一把拉停她，然后蹲了下来，说："上来！"

"哥哥，你要背我回家吗？"她受宠若惊。

"别废话，上来！"他不耐烦地催促。

"可是我很重……"

他恼了，两手一把抄起她两只胖胖小短腿，往上颠了颠，背好她大步往前走。

真的走了很远呢！一向身娇体贵的小小少爷居然没喊一句累或辛苦，连嫌弃她胖的话都没有说。

他的汗从额间一直滑落，花了眼睛，视线都是模糊的。他的衣衫全湿透了，可还是坚持背着她走，还问了她一句："很痛是吗？回去赶快处理。"虽然声冷，可是她知道，他心肠很好，还柔软。

"不痛，哥哥，真的不痛。青青给你擦汗吧！"说着，她以手背替他拭去满头汗水。

她手肉嘟嘟的，很白，白得透明到能看见淡青色的血管，还很润，而且香香的，是苹果汁的清甜味，她身上全是苹果的甜香，还有青草的芳香。

小甜茶

其实，这个小肥妹挺可爱的。

"哥哥你真厉害，能背着我走这么远。"小肥妹对俊俏的小少年真的是一脸崇拜。

林知茶轻哼："我可是篮球队的，还是校队！我体能很好的，小肥妹！"

他顿了顿，又说："所以你不用担心我。我顶得住！"

最后，小小少爷林知茶还是凭着一股蛮勇，以及坚强的不服输的意志，终于将小肥妹背回了家。

当把她放下地时，林知茶觉得自己两条腿一直在抖……

他忽然问："肥妹，你多少斤？"

木青青脸猛地就红了，支支吾吾："女孩子的体重……是……是秘密！"

"你也算女孩子？"林知茶上上下下扫了她几眼，"你就是个肥妹，算不得女孩。说，到底多少？"

她依旧是支支吾吾，飞快地比了几个手指，以为他看不懂。

谁知，他几乎要呕出一口血来："什么？四十六斤？你才四岁，超过三十八斤就是肥胖了。你简直是胖到肿了！"

他说："你可以胖成球了！"

太打击小美女爱美的一颗心了嘛！她也是有自尊的好吗，于是，自认是小美女，即使胖，也是小"胖"美女的木青青伤心欲绝，伤口都不肯让陈姨处理，就走到了猪栏边上吃苹果……

剩下一脸懵懂的陈姨和一脸忧伤的小哈，一起疑惑地看着她……

小哈的内心世界：汪汪汪，我的鼻子可是比人类的要灵敏无数倍啊！虽然吧……我闻到苹果真的很香甜，可是这猪的各种混合味道也是真的臭啊……小主是中了邪吗？好忧伤啊……

最后，只啃了半个苹果的小胖美女吐了，还把隔夜饭都吐了出来。

她两眼泪汪汪，把半个苹果往猪栏里一扔，忽然大声哭了出来："真的好臭啊……太难吃了！"

陈姨无奈。那你还要跑猪栏来吃东西，不是自己找虐吗？

小哈："小主小主，你是香的，别哭！你还有我呢！我不嫌弃你臭的！"

木青青哭得很惨，一边哭一边说："原来哥哥是嫌弃我在，所以才导致苹果难吃啊，我就好比是这坨猪屎一样！"

一边的猪哼哼唧唧，关我们猪和屎什么事，逻辑不通！

后来，是陈姨将她抱走的。抱着她回房时，她还在哭，哭得非常伤心，最后太累了，睡着了。

陈姨摇了摇头，给她上药，叹："这个漂亮的男孩子，简直就是青青的劫难啊！"

小哈："汪汪汪！"可不嘛！一个男孩，没事长这么漂亮干吗？简直是在遗祸人间嘛！哼！

[2]

后来的几天里，木青青都刻意避着小小少爷。

她觉得，漂亮的小小少爷是嫌弃她的。可是她也是有自尊的呀，怎么可以将她和猪作比喻！

每天，没有小肥妹来打扰，林知茶乐得轻松。

可是大人永远是不守信用的，他们都很忙，忙得根本没时间理会你。林爸爸本来说带他到处去游山玩水的，最后就把他一人扔别人家了。

这里没有别的孩子，只有一个木青青，但她也不理会他了。他倒是有点想念这个天天想着各种法子进他卧室的小肥妹了。

第四天了，她依旧不来找他，他这一整天无聊得快发霉。

他去到她房间，敲门，喊她名字。

她赌气，不给他开门，还隔着门大声说，她不是猪！

林知茶想了想，从衫袋里拿出一块特别甜特别好吃的巧克力块，从她门缝里塞了进去，说："小肥妹，我没说你是猪。即使是，也是顶可爱的小乳猪。小乳猪你见过的吧，特别招人喜欢，蠢萌蠢萌的。小肥妹，我给你带了好吃的，开门。"

这一次，门开了。小肥妹梨花带雨地站在他面前，说话声糯糯软软的，别说还真是软萌。她说："哥哥，你不讨厌我了？"

林知茶摸了摸鼻子，说："你这么可爱，我怎么可能会讨厌。你就是有点胖，少吃一点，等瘦下来就很漂亮了。"

于是，两个别扭的孩子神奇地和好了！

事后，林知茶万分庆幸地觉得，幸好两人在白天和好了，不然晚上打雷时，他就惨了。

事情是这样的，当天傍晚时分，下起了暴雨。暴雨很猛烈，来势汹汹，还伴随着呼啸的狂风怒吼。跟木青青叔叔去了别的山头茶园的林爸爸回不来了。于是，这一夜，林知茶吓得不轻。

林知茶什么都好，就是胆子真的特别小，比他这个岁数的男孩子胆子都小。平常是没什么问题的，在他六岁时也早早地和父母分房睡了。

但这里好歹是别人家里，还是在山里，人影都不多一个。夜里狂风大作，雨和风打得玻璃窗都在哭似的。他是真怕，抱着被子缩在被窝里瑟瑟发抖。

而这时，伴随着一阵狂浪雷声而来的还有一阵尖锐的狗啸，像狼叫一样，把他吓哭了。窗前的灯，也在"嗞"一声后，灭了……

恐惧、黑暗，铺天盖地涌来。

从前看过的惊悚电影里的那些厉鬼向着他扑来。他"啊"地大叫一声，跳了起来，跑到走廊尽头木青青房间前，用尽力气捶她的门，还狂喊："青青——青青——"

木青青是被他惊醒的，揉了把眼，起来给他开门，问他："哥哥，怎么了呀？"

"很晚了呢，还不睡吗？"她就站在门边。但一切太黑了，他几乎看不清她，在一道闪电猛地划破天际时，他蹿进她房间强装镇定说："打雷太可怕了，你别怕，我来陪你！"

木青青一脸懵懂，呃了半天，刚想说她不怕的，她睡得可香甜了，可是脑子一转，突然悟了！于是，她乖巧贴心地说："那哥哥你陪我吧！"

木青青睡的是实木床，很宽大，睡三个她都可以，更何况他只是一个身子单薄显瘦的小男孩。于是，两个孩子凑在一床睡，当再度打雷时，把屋子也震得抖了起来，他就躲在被子里也跟着抖。

小哈对着窗户"啊呜"一声长啸，他才知道不是狼，是这只蠢东西！小哈叫完了，也跳上了床，正见到它的小主轻轻拍打着被子里的男孩子安慰："哥哥，别怕哪！青青在呀！闪电打雷下雨就是自然现象，不可怕的！"

她将妈妈给她科普过的气象知识一一道来。最后，在她一下一下的轻拍下，林知茶很没脸没皮地睡着了。

"真是胆小的漂亮哥哥。"怕他气闷，木青青替他将被子拉开，盖到肩膀处。

然后转过身去，抱着小哈，木青青打了个哈欠说："小哈，太困了，睡吧！"

木青青依旧好梦，但到了半夜时，在丝毫不见减弱的暴虐雷雨里，她梦见自己被水浸了！整座房子都被水浸了。她是水性极好的，双手划水，猛地一探头，不仅从水里冒了出来，也从梦里醒来。

天啊！床褥都湿透了！

她猛地一摸，心道：我尿床了？不可能啊！

可是，裤子是干的。她一愣怔，心道不会是哥哥尿床了吧？他都12岁了啊……

事实就是，真的是林知茶尿床了。

他愣愣地醒来，发觉裤子被子床褥全湿透了……

真的是超级尴尬啊……要知道，他从两岁开始就从未尿床过了……

他咳了一声，然后说："青青啊，你看这样吧，这件事我们不要对任何人说好吗？就当是你和我之间的小秘密，嗯？"

然后，他还说了许多大道理，十分会唬人，对她又恐吓，又哄的，软硬兼施下，木青青只能傻愣愣地直点头。

而且还是她把湿掉的床单被子拿到了外面洗衣房里去。

他自己则是把湿了的衫裤直接扔垃圾桶里了。

只是第二天，当用人洗被单时，说："呀，小小姐尿床了啊！是不是昨晚给吓的，真可怜！"

站在一旁的木青青很无辜，不会撒谎的她摇了摇头。

用人黄姨摸摸她头，说："没关系啦。洗干净就好了。"

刚好走到这边来窥视的林知茶赶紧走了上来，也摸了摸她头说："是的，别怕。下次再打雷，哥哥保护你。"

黄姨笑笑，干别的活去了，心道：这两个孩子，感情真好！

后来，三天后，林知茶就随林爸爸回家了。

木青青那个伤心欲绝啊！一直拉着他手哭，不让他坐车离开。

林爸爸笑眯眯地说："青青真可爱，这么喜欢知茶，以后来给我家知茶当小媳妇儿吧！"

木青青一脸无辜，咬着手指糯糯地问："什么是媳妇儿啊？"

林爸爸说："就是以后要和知茶做一辈子的好朋友啊！每天一起

吃一起住一起愉快地玩，青青好不好呀？"

"好好好！"木青青高兴地点头，然后猛地往上一跳，林知茶只能本能地抱着她，她在他脸颊上大大地"啵"了一个："哥哥，以后我和你做一辈子的好朋友！"

林知茶脸红了，很红很红，只是极轻地"嗯"了一声，然后又似想到什么，连忙说道："别忘了我们的约定，那是我们的小秘密，你要保守！"

"知道了，哥哥！"木青青甜甜地说。

"所以，我们从小就定下娃娃亲了？"

想起往事，木青青忽然很苦恼地问林知茶。

林知茶脸红透了，一是想到了那不靠谱的娃娃亲玩笑话，一是想到了曾经的自己……尿床了！实在是太丢人了！

木青青委屈地对着手指："可不可以不作数？你看，你都是我叔叔了。我每天叔叔、叔叔地喊你，你可是我长辈……"

林知茶一张脸很黑，心里在呕血，面子上一派平和。但他不想理会她，于是直接转身走掉了。

"哎，叔叔，生气啦？"她对着他背影喊。

他加快脚步，无视她！

这个该死的小肥妹！

[3]

每天，木家都会采摘下大量的鲜叶。

将一些顶级的好叶芽筛选出来后，剩余的中档级别鲜叶很多，量颇大，所以木家会选择拿出去卖。这也是木家的另一个进项，这条线拉得挺长，生意额不是小数目。

当看到一卡车一卡车的装叶车开走时，就连林知茶都不得不感叹，木家的生意做得非常大。他说："你家的茶叶太多了。"

"因为不止六堡镇这一个地方的茶园啊！我家在别的村镇上都承包有茶园茶林，有专门的人负责管理。"木青青说，"你有兴趣的话，我可以带你去别的镇上或者村落里瞧瞧。一路上都是可入画的风景。"

木青青一提到工作的事，就充满干劲。尤其是她这周都得去不同的镇上所承包的茶园里查看工作进度，有人陪着，真的很不错。

林知茶觉得也挺好，他挺想和小丫头亲近亲近的，于是答应下来。可是，接下来他发现，他错了。

每两天跑一个镇，当夜住在别的镇上，舟车劳碌还是小事，最大的问题是这一路上九曲十八弯的，还要带着两只傻狗上路，一路走来，车一边飘，一边疯狂地拐弯，最后，他吐了。

到了第五天，到第三个镇上时，林知茶足足瘦脱了五斤。

看着他瘦了一圈的身板和脸颊，木青青笑嘻嘻地说："叔叔，你是水太多了，虚胖。你看，吐掉一点水，你就瘦了。"

林知茶很想揍她，可是他没力气了。他半死不活地说："我想回去。"

木青青忽地将车停下，对着手指道："叔叔，我们开出很远了……"

这一次，林知茶杀人的心都有了。

将军是一只很懂人性的神犬，它摇着黄黄的大脑袋和狗尾巴，从车厢后叼了一瓶矿泉水，又跳回到后座上，将水送给他。

看着矿泉水瓶上属于傻狗的口水，林知茶觉得这人生更是一言难尽了……

木青青又将车慢慢开动起来，一边开车一边说："中午就到 × 镇了，那边的盘点我下午就能完成，吃完晚饭，我带你从那条山路开，刚好是拐回来的，通往我要去的黑石村。黑石村在六堡镇的深山里，离我家还很远，但好歹是在一个镇子上了。而且黑石村里有一座茶庄园，屋舍房宇玲珑有致，还对着一片湖泊，风景特别秀丽。我们在那里小住两天权当休息吧！好不好呀？"

林知茶有气无力，咬牙切齿地回应："我还有反对的权利吗？"

木青青摸了摸鼻子："好像是没有。"

"哼！"傲娇的小少爷气得躺倒在车后座，闭上了眼睛。

于是，这一整天又是马不停蹄地转啊转，刚到 X 镇上，她就在茶园里收了上好的鲜茶装了车往六堡镇上的木堂春本家送去。

待一应该办事项都处理得差不多了，看了看时间，也快下午三点了。木青青给林知茶泡了壶好茶，熬了一锅黄蛤粥，两人就在书房里吃了。然后，她就坐在 X 镇上茶园里的办公大楼书房里开始盘点工作了。

说是办公大楼，其实就是在茶园里的农舍，都是一栋一栋的小洋楼，既是办公地，又是茶园管理者住宿区。她接下来要做的是文书工作，

所以一直留在书房里。

而林知茶则打算去茶园里走走，他和木青青打了招呼，就往茶园深处走去。木青青思考了一会儿问题，真的怕他会迷路，于是对威武和将军说道："你俩，去！去保护我家阿茶美人儿！"

"汪（主子，遵命）！"将军回应。

"汪汪汪（美人儿，我来保护你啦）！"威武回应。

林知茶其实也没闲着，他在仔细查看茶园里的茶树，研究它们的生长和种类，特别好的茶树，尤其是适合提取茶精粹的，他会带回他的化学实验室进行移植。

他正对着阳光仔细辨叶的脉络，心道这么些天跟在青青身边真的学到许多东西，这叶芽的脉络通透，这株茶树长得很好，是有了树龄的老茶树，叶茎却很嫩，也适合他拿来提纯，他把一段红丝带绑在了树枝上；过后，青青会命人替他将这株看似高大实则枝叶都很嫩的"好苗"移植到他在六堡镇上的实验楼花园里去的。

突然，他觉得脚很痒，低下头一看，将军肉乎乎的脑袋贴着他膝盖。他浑身一震，不知何时，他膝盖上居然多了一条三根男人手指那么粗和长的灰黑毛毛虫，毛毛虫浑身长满了尖尖的刺，灰黑色的虫体上还有鲜艳的红色斑点，它正一挪一挪地往他大腿上爬！

林知茶怕脏怕黑还怕各种爬虫鼠蚁，他"啊"地尖声惊叫。

将军一愣，然后一对乌黑的大圆眼睛一凝，伸出前爪一把将带刺的毛毛虫拍飞了。

整个过程有趣极了，那二哈威武居然是和林知茶一样怕虫的，"呜呜呜嗷呜"地怪叫着，一边叫一边转圈跑，只想离毛毛虫远一点。

拿手机拍下了全过程的木青青再也忍不住，"扑哧"一声笑了出来。

林知茶一抬头，就见她手举着手机在那儿笑。他觉得糟糕透了，自己最差劲的一面总是被她瞧见。

"青青……"他走上前来，声音低低地唤她。

木青青鬼灵精地做了个将嘴巴缝上的动作，说："知道的，这是我们的秘密。我不会告诉别人的，叔叔，放心。"

他可不是好蒙骗的，说："你刚才拿手机拍 Vlog 了？"

木青青嘿嘿两声："还一个手滑，放到网上了……"

林知茶太阳穴跳了跳，一张好看的唇轻轻开合，说出的话十分冷，像在扔刀子："木青青，你这是言而无信？！木青青你好样的，别以为没有把柄在我手上，你上次在防空洞里，在床上滚来滚去时睡着了二十分钟，流了一枕头口水，我拍了段视频，一直在我手机里。我心情不好时，也会一个手滑的，嗯哼！"

木青青眼眉挑了挑："我当时有睡着吗？我记得没有！你想诓我？！"

林知茶淡定地取出手机，挑出视频，给她看了十来秒，怕她使诈，马上把手机收回了裤袋里。他笑了笑，十分雍容华贵，那眉眼在傍晚落日的橘黄霞光里显得更为秀致，连嘴角勾起的弧度都是美好的。他戏谑道："就算手滑，放到网上也是可以删掉的。"

"是是是！"这一次，木青青狗腿得不得了，巴巴地将手机捧到他面前。他倒像古时皇帝翻牌子一样，指尖在她手掌心划过，又痒又麻的，只听他低笑一声，取走了她的手机。

林知茶翻开她微博，她还真把他的短视频以Vlog的形式发到了微博上，还置了顶。当看到博文内容时，他嘴角一勾，笑了起来。

小丫头的置顶微博写着：我家美人儿叔叔。

Vlog不算长，一分半钟。

他俯下身观察茶株的叶子时，她给了他侧脸一个特写。漫天的橘黄霞光落在他额间和眉骨上，显得他深陷进去的眼睛更为深邃，鼻子也更为挺拔，就连他抿唇的小动作，在她镜头下都是美好的。而他给茶株绑上红丝带时的细致、娴雅更被她捕捉到了，就像他在抚摸的不是一株茶树，而是一个亭亭玉立的俏丽姑娘。他的眉眼居然透出了一抹深情和温柔来。

视频到这里就结束了。

转发点赞和留言快过万了。

大家都在嚷嚷，木堂春居然找了个帅哥来做代言人，甚至已经有人私信了，说要买茶叶，最好能附送他的照片。

林知茶莞尔，这个鬼精灵，什么时候都不忘做生意赚钱！

木青青偷偷观察他神色，见他原本绷紧的俊朗轮廓渐渐柔和了起来，她走到他身边，扯了扯他衫尾说："叔叔，我们删掉它吧！"

"你还挺乖，没有把我出糗的模样拍下来。"他看了看她，似笑非笑道，带着点威胁意味。

木青青呵呵两声："我当然是很乖的啦！"

"叔叔，要删掉吗？"她又偷偷睨了他一眼。

林知茶把手机还给她，说道："把'叔叔'二字去掉。"

"哦。"木青青木木地答。

她把置顶的微博编辑了一下，删掉了"叔叔"二字。

突然，她脸一红，"哎"了一声。

他刚走出几步又回过头来："嗯？"

木青青又把话憋了回去。

我家美人儿？！

哎呀，太羞耻了呀！

林知茶心情大好，负着双手，一边走一边说："走吧。我想吃你下午时煮的黄蛤粥了，很清甜。整天坐车颠来颠去的，没胃口吃不下饭。粥正好合适。"

木青青对着他背影做了个鬼脸，心道：哼，看我下不下泻药，拉死你！

[4]

用完晚饭后，两人再度启程。

这一次，木青青放缓了车速，再加上已经是这一趟任务的最后一程了，所以她整个人也放松了下来，没有那么紧绷了。

林知茶抱着抱枕，整个人靠到了将军身上，将它当成了狗肉垫子，好脾气的将军只是挑了挑眉头，又耷拉着头继续昏昏欲睡。他说："哎，你做事情总是绷得这么紧的？"

木青青笑了笑答他："我只是一个女孩儿，资历太浅，即使宗族里的叔伯们都很护着我，但我总想做出点成绩啊！怎么也不能丢了我爷爷他老人家面子吧……"

林知茶怔了怔，说："明白了。"

威武没有得到阿茶美人儿的青睐，特别伤心，使劲在他面前蹦，往他身上蹭，被他嫌弃地推到了一边，人依旧是慵懒又娴雅地靠在将军身上。

木青青从后视镜上看了那仨一眼，说："叔叔，威武特别喜欢你呢。"

林知茶闭着眼睛，五指张开，在膝盖上轻弹着，说："我更喜欢你像小时候那样叫我哥哥。"

"哥哥？"木青青被噎了一下，"你年纪大我那么多，做叔叔比较合适。叫哥哥，你听了不会觉得羞耻？"

她这是拐着弯说他老了？

林知茶决定不理会她，睡觉！

"嗨？"她叫他。

没人回应。

后来，她开车开了四个小时，又累又困，都打瞌睡了。于是，想他陪她聊天，可是叫了他很多声，根本得不到回应。

她实在太困，将车停在山边，然后她从车前座爬到了车后座上来，又喊了他一声。

他继续装睡。

她捏了捏他那张俊脸，问："生气啦？"

他将她双手拨开，翻了个身，背对着她。

"哎，小少爷！"

没人理会。

"喂，林知茶够了啊，别作了啊！"

没人理会……

最后，她泄气了，双手撑在他腰上，将头往车背上探去，极轻地喊了声："哥哥……"

林知茶心跳猛烈起来，他忽地转过了身来，而她没准备，他一动，她身体一滑，就直接扑到了车靠背那儿，而头贴着他头，唇不小心亲到了他嘴角。

他嘴唇还带着淡淡的茶香，渗出独特的槟榔清香，她想许是他刚才喝了茶提神吧……

他半抱着她，温柔地说："多大的人了，还会撞到靠背上。"

她喏喏："还不是你突然转过身来。"

她脸全红透了，这大半夜的，和一个男人抱在一起，她心中很突然地生出了一丝怪异……之前，她一直是拿他当长辈看的啊……可是，怎么心里就起了旖旎呢？她都不敢看他了，视线只能四处飘，没有什么焦点，然后又看到了他放在脚边的保温壶，壶里是她在上车前给他装满的六堡茶。果然啊，他唇上是茶香……一想到这里，她就像受到

了惊吓似的，急忙离开了他怀抱，直愣愣地坐在地毯上，有一下没一下地撸着威武。

林知茶虽然从未有过女朋友，对恋爱、女人一向不感冒，但也是活到了二十七岁的盛年男人了，小丫头的心思怎么可能逃过他眼睛。

他微微地笑了笑，心道很好，小丫头算是开窍了。这一刻，他不再是长辈，在她眼里，是一个男人了。

他忽地伸出手来，在她头上揉了揉，说了声："乖。"

木青青无语。

"林知茶，人是不能太作的！"木青青觉得，叫哥哥，她好难过心里那关啊……

林知茶挑了挑眉看她，他还是半倚在车后座上，整个人慵懒地横躺着，那模样莫名地令木青青又想起了"东床快婿"那个典故。她别开视线，哼了一声。

这时，林知茶才注意到附近环境。刚才她车拐了一个弯后，还是能看到稻田边的农家小屋的，吠声也挺近，但现在……他又看了看，觉得离开村落挺远了，是在一个前不着村后不着店的地儿，而且还特别的静，过路的车明明刚才还时不时有三四辆，现在真是鬼影都没有一个！

一想到鬼影，他打了个寒战，赶忙坐了起来。

然后，他就顺着车前灯看到了不远处树影影影绰绰，而这里是在一个小山坡上，但车前灯照着的地方刚好有一口井……

"嗯，那是一口枯井。"木青青舔了舔嘴唇，笑得特别邪恶，"哥哥啊，你知道吧，嘿嘿，这里原本就是一个急道，下了坡就拐弯，所以交通事故特别多。然后有一次，我和隔壁阿春哥运茶叶到了这里，本是要送到春合苑，就是我们待会儿要到的黑石村茶庄园。但开车太累了，阿春哥就将车停在这里，这里安静，也能看清下面过往的车辆，地势挺好的，但前面就不太好了，那里经常死人啊！然后阿春哥正困着呢，就看到了前面井边坐着一个红衣女人，还对他招手呢。他就问我看见有人吗？我摇了摇头说，没有。阿春哥马上开车飞也似的逃离了。"

"啊！"林知茶哪还顾得上什么优雅形象，一把抱住了她的腰，将头埋进了她的脖颈里。

木青青一怔，怎么好像是自己挖了个坑给自己跳呢？自己还真好像是和枯井磕上了啊？

啊，对了！他不是还有她睡觉流口水的"万恶"视频吗？！不如趁现在……于是，她将手伸进了他衫袋去摸手机，但没有。她脸红了一点，咬了咬牙，趁着夜色将魔爪伸向了他裤袋……

可是他裤袋东西挺多啊，有一片钥匙，还有卡片什么的，她摸不到……只好又伸进另一边去摸。

而林知茶此刻就很不好受了，他不安地、极轻微地扭了扭身体，然后一把按着怀里的她，手一下一下地在她后劲窝里按揉，哑着声音说："你别动。"

可她还在动……

"青青，你……你要干什么……"他要十分克制，才不至于"失礼"。

可木青青没有想到那些旖旎，只想着毁尸灭迹，她干脆将他猛地一推，双腿压着他膝盖，将他压回到了车后座上。车子震了震，林知茶只觉得自己一张老脸红透了……

这个小丫头还在那儿上下其手，最后双手往他胸膛上一撑，她十分泄气地说："为什么找不到呢？"

"找……找什么？"林知茶聪明绝顶的脑袋早短路了！

"你手机呀！你藏哪里了？"她整个人都压了上来，又在他裤袋里摸，忽然发觉他的休闲西裤有六个袋，屁股后两个，前面两个，两小腿外侧各一个。她将手往他屁股后面摸，他整个人都僵住了。

还是没有！

她真是气馁了。

这小丫头还伏在他身上呢，真要命！就不能像个正常女孩子一样懂得害羞和避忌吗？！可是看到她嘟着粉莹莹的樱桃小嘴，气鼓鼓又不甘心的模样，他心就软了，喊了她一声："丫头。"

"嗯？"

"你摸摸我右边裤袋。"他说。

木青青瞪着一对无辜大眼道："叔叔，刚才摸过了，没有呢！"

林知茶说："叫我哥哥，我告诉你。"

"哥哥。"她有点困了，喊他时，带着点娇和懒，像只小猫咪，害他心里痒痒的。

他说："右边裤袋，往下摸，有一颗扣子是暗袋，外面看不见，但能直接到再下一格。"

她再度将小手伸进了他大腿右侧的裤袋里，避开钥匙和餐巾纸，果然摸到了袋子底部还有一个暗扣。她摸索了一下，"嗒"一声，暗扣解开了。她真的从暗袋里取出了手机。

她高兴得跟什么似的，赶紧去看里面的巨丑视频，找到后当着他面毫不犹豫按了删除。

"其实挺可爱的，你真的要删吗？"林知茶极轻地问了一句。

她从删除库里找到那个视频，做了终极删除，然后很得意地看了他一眼。

月亮从乌云里出来了，月光正好落在他清隽秀致的脸庞上，他深邃的眼睛那么好看，叫她一时失了心。

可是他脸色潮红，好像喝醉了一样，她"咦"了一声，问："哥哥，你怎么脸红成这样？出糗的？被拍巨丑视频的又不是你。"

林知茶轻咳了一声，唤她："青青，你还要在我身上赖多久？"

这时，木青青才回过神来，手忙脚乱地从他身上爬下来，还羞得一下子跌到了地毯上，头磕碰到了前车座，痛得她"呀"了一声。

"小心一点。"林知茶将她扶起来。她就势靠在他的脚边，他和她一个在座上，一个在座下，而她依着他时，是万分心安的。她是真困了，头歪了歪，居然真的靠着他小腿睡着了。

林知茶无奈地摇了摇头，喊她："青青，可不可以开过了这里再睡……我……我怕……怕鬼……"

无人理会他，只有她轻微的呼噜声传来。

林知茶看了眼前面颓靡的枯井，双手猛地捂住了眼睛，心里叹道：林知茶，人果然是不能太作的！

[5]
天将微曦时，木青青醒来了。

她躺在车后座里，而身上盖着林知茶的亚麻西服，薄薄的一件，还带着雪松的木质调香水味，很舒服。而他人则坐在副驾驶座上。

她开了车门坐上驾驶位时，才发现他根本没睡，眼睛直勾勾地盯着前面那口井。她"呃"了一声，说："哥哥，你不会一直没睡吧？"

"我要盯着它，不给它出来作妖的机会！"林知茶睁着眼睛说道，眼底下一片乌青。

木青青"扑哧"一声笑了，她将车发动，说道："你睡吧。到了我叫你。"

这一次，他没再说什么，头一歪，靠着车窗就睡着了。

木青青失笑。看来是真的很累很累了呀，哥哥！

到黑石村时，天已经大亮了，木青青揉了揉眉心，看了眼时间，快九点了。

威武、将军是熟门熟路的，两只狗直挠车门想下去，于是木青青给它们开了门，它们顿时风一样跑进茶庄园子里去了。

又等了半个小时，估计早餐快弄好了，她拍了拍林知茶的肩膀，喊："哎，哥哥，醒啦！"

林知茶睡眼惺忪，顺从地应了声，跟着她下车了。

一路走来，这园子的风景确实是美。

依山傍水，沿着湖泊还建有九曲回廊，回廊上每隔一百米就有一个凉亭，在里面品茗观景的确是赏心乐事。

因是夏季，雨来得快，但不大。那水汽淅淅沥沥地润着大地，倒像是三月里的小雨。薄薄的一层雨雾落在湖里，美得不像话。

早有用人把早餐备好，就在最靠近两人停车地方的那处凉亭里。

林知茶随她走进凉亭，造型古朴的石桌上，放着豆浆油条，还有一碟包子，远远闻着就很香。

"是豆沙包呢！"木青青赶紧坐下，她最爱甜食了。

油条炸得香脆，很酥，一口咬下去脆脆的。林知茶又喝了小半碗豆浆。他依着美人靠，看到凉亭下有金色锦鲤游弋，姿态慵懒，偶一甩尾，寸寸金鳞闪动金色光芒，漂亮极了。

得了好处的威武和将军又回到了木青青身边，绕着石桌，盯着肉包子打转。

木青青吃着叉烧包，把两只傻狗给馋得直流口水。她轻笑了一声，掰了包子白白嫩嫩香喷喷的面皮喂给两只傻狗，有时则扔一点进湖里，惹得各色锦鲤不住涌动，浮光掠影，好不热闹。

她就那样坐着，就是一景了。美人就是美人。

林知茶心中一动，取过手机给她拍了一段 Vlog。

"我看看。"她咯咯笑。

他把视频转发给她。没多久，他就听见"叮"一声，是她微博更新了的提示音。

只见她在微博上发文写道：今天的早餐，很美味哦。也算是收茶路上的一道风景了。我就是景！然后附带了一个比手势 V 的表情图。

下面留言都是羡慕的。

旅游大 V 漫游客：真是神仙式田园生活。

小可：慕了。向往这样的生活。比李子染还要李子染！

我家大丫头：早餐是自己做的吗？（谜之微笑）

林知茶放下手机，又吃了一只晶莹剔透的虾饺，喝了口豆浆，说："这样的生活挺好的。慢生活，慢节奏，一切都是慢悠悠的。"

像是有感而发，他说了句："要是现在有一壶好茶就好了。"

"你是喝茶喝上瘾了？"木青青对着远处招了招手。

"算是吧。"林知茶回答，又说，"记得早先少年时，大家诚诚恳恳，说一句，是一句。清早上火车站，长街黑暗无行人，卖豆浆的小店冒着热气；从前的日色变得慢，车、马、邮件都慢，一生只够爱一个人；从前的锁也好看，钥匙精美有样子，你锁了，人家就懂了。"

也不知道，是谁的心意，谁又懂了……

是木心的《从前慢》。

用人将茶盘、茶具一应用品端了上来。木青青耳朵尖红了，低垂着小脸，看着水慢慢烧开。

气氛一时之间变得微妙起来。林知茶有些懊悔，不该读什么诗。

"哎，丫头，怎么不说话了？"

木青青依旧低垂着小脸，在洗茶杯、茶壶，半晌"哦"了一声，道："你以前的生活很忙碌吧？所以才会突然向往静美的田园生活吧……"

林知茶接过她递来的茶，抿了一口，是极好的茶，特别清冽，香醇回甘，入口又丝滑无比，带着独特的槟榔香。

他答："以前忙于追名逐利，哪有半分闲情逸致。"

木青青抬起头来，一对眼睛亮极了，笑眯眯地弯成了一对甜月亮："现在怎么有闲情了？"

他笑："可能是老了吧。"

木青青笑嘻嘻："你也知道，你老了啊！"

"就你皮！"他以食指在她额头上揾了揾。

她赶紧捂着额头，"嘶"了一声，喊："很痛的！"

"青青，我给你拍一段泡茶的Vlog。"

"好呀！"

泡茶，其实还是很讲究仪式感的。

木青青让人将吃剩的早点全撤掉了，石桌也反复擦拭了好几遍，简直是光可鉴人，她才满意。

她看了四处一眼，眼睛一亮，满心欢喜地跑到廊道上。

林知茶喊："小心。"

她回头笑："喊，你还怕我会掉到湖里去吗？"

她在回廊摆着的一盆月季上，摘了两朵花，然后又哒哒哒地跑回亭子里，将青花瓷的圆形茶海装满清水，又将两朵黄色月季放进了清水里，缓缓漂浮，花姿轻曼。

"挺有仪式感的吧！"她笑眯眯地邀功。

林知茶答："挺好。"

他刚才就注意到了，这座亭子有牌匾，小小的牌匾上写有"且停亭"三字，极富野趣，也很有意境和意思。

他离开凉亭，从外面给了凉亭一个整体的特写，视频镜头对准"且停亭"三字，然后才将角度切换进亭子里。

亭子里，穿着黛青色茶服的木青青临水而立，微风吹拂起她阔松衫子的衣摆，而她鬓发也乱了，她轻轻别到了耳后，露出俏丽的一点雪白弧度，是隐于漆黑鬓发里的雪色耳垂和一粒米白珍珠耳钉。

她在石凳上坐下，开始泡茶。依旧是邀客的"凤凰三点头"。

这段时间，他看她做这个姿势，看了许多遍。可每次看都不会腻，依旧是那么赏心悦目。

他忽然说："如果你手腕上戴着一对翠色的通透镯子，更是锦上添花。"

"美人镯吗？"她一回眸，对着他笑，那笑意隔了雨雾，薄薄的，轻轻渺渺的，和平常的她都不一样。

林知茶不禁看得怔住了。

过了一会儿，他才说："是。纤纤细细的镯子，戴在纤纤细细的美人身上，自有一股子婉约又灵动的风情。"

她轻笑了一声，又别了别垂下的刘海，将白如籽玉的白瓷杯端起，细细嗅了一下，说道："这是拥有十四年年份的特级茶，茶饼上可见朵朵金花，入口有独特槟榔香。"说完，她又将茶饼拿到镜头前。林知茶给朵朵金花做了一个近景拍摄，然后再度切换视觉，落回到她身上。

她做了几个斟茶动作，他才合上手机。

木青青又给彼此倒了两杯茶，她细品了两杯后才说："我的微博号你是知道的，密码后来我改了，是你的生日。我这个人比较懒，你帮我打理吧！在你手机登录，直接发视频就可以啦！"

林知茶心跳快了起来："你怎么会设置我生日为密码？"

木青青没有往别处想那么多，答道："我以前不玩微博，都是你说这个好宣传茶文化，我才申请的，所以当时拿你生日当密码了。你看，现在这样多方便，你帮我操作了就行。涉及到专业茶知识的，我来写。嘻嘻，我们一起打理微博好啦。"

林知茶双颊绯红，道了声好，低下头来喝茶。

"欸，你脸怎么那么红？"木青青暗暗往额间抹了把汗，夏季的确是热啊……

林知茶极力让自己镇定下来，才答："茶太烫了。"

"也是。"她喃喃。

林知茶抿了抿嘴，说："你就是傻。"

"啊？我才不傻呢！哼，整天拐着弯想挤对我，你这个坏家伙！"木青青不满地嘟了嘟嘴。

用完早餐，木青青并没有休息，就直接工作了，她要到附近山上去。她问林知茶要不要一起，他倒耍赖了，怎么哄也不肯去。

他双手一摊，理直气壮道："我要补眠！"

木青青听了，"扑哧"一声笑了出来："你是昨晚被女鬼吓怕了吧？"

"我要补眠！"林知茶气得不轻。

木青青只好先给他安排了房间，就在她房间旁边，景色极佳，一推开窗户，就能看到凉亭、太湖石、一个清丽的小花园，以及不远处的秀美湖泊。

林知茶的房间里，窗户边上还挂有一只酸枝木做的精致鸟笼，里面住着两只青鸟，唱起歌来特别婉转动听。她说："你看，我对你好吧。我房间都没有小鸟儿唱歌呢！"

她甚至还体贴地替他从衣柜里取出被铺来，一一铺好，轻拍了拍米黄色的空调被，轻声道："我让这里的用人提前准备好的，很干净，知道你有洁癖，你看，还有鸢尾薄荷清香呢！"

　　她又拍了拍床褥，说："来，睡吧！"

　　两只傻狗噌噌噌地跑了过来，要往上扑，被她一瞪眼，两脚一拦挡了开去，哼哼道："你们，跟我上山！"

　　两只傻狗瞬间蔫了。

　　林知茶在床边坐下，见她要走，手一伸，本能地抓住了她手腕。

　　"怎么了？"她疑惑地问。

　　他不自觉地在她纤细的手腕间摩挲，感觉到了掌中那抹柔若凝脂的温软馨香，他心头不禁为之一荡……

　　"痒……"她轻轻缩了缩，他手一松，她将手收了回去，只觉整只手腕都是酥麻的。

　　他说："你还真是一只打不死的小强，每天跳上跳下的，那么好精神。"

　　这都要剌她？哼！她斜睨了他一眼，笑道："是你老了，跑不动，跳不动了！"

　　林知茶语塞。

第四章

♥

欢喜冤家

Sweet Tea

[1]

林知茶后来是被饿醒的。

可当用人给他端来午饭时，他看了一眼菜色就搁下了筷子。

看了眼时间，快下午三点了。于是，他问："青青呢？"

"青青在教本家的孩子们怎么分辨茶叶的好坏呢！"用人何妈笑眯眯道，"我家青青一提起茶呀，真是十分热情，连吃饭睡觉都忘了。"

吃饭睡觉也不用了，那是神仙……他别扭了半天，只吃了两样清淡菜色，连饭都没有动，就说饱了。

何妈一愣，问："林先生，是哪里不合胃口吗？你喜欢什么，我现在让厨房再做一点过来。这么少的饭量，你肯定不饱的。"

木家的用人们每一个都和青青一家处得很好，对于木家来说，他们可不仅仅是用人，所以林知茶没有摆什么架子，只是说："你帮我叫青青过来，就说我不舒服。"

何妈看了他一眼，也不像不舒服的样子，突然就懂了，笑眯眯地说："先生想我家青青了吧？嘿呀，我家青青还真是人见人爱的孩子。"

林知茶脸一红，轻轻"嗯"了一声。

何妈哪还不懂，这个小伙子是犯相思病了啊，于是笑眯眯地往外跑去。

可是跟小姐一提起这事，小姐倒好，只是嘟了嘟嘴，说："这个小少爷，作的！"

　　木青青小手一挥道："何妈，别管他了！他就是病娇，又作。爱吃不吃，不吃拉倒。"

　　何妈有些为难地道："可是他几乎没动几口，这样下去，他身体可撑不住。"

　　木青青还在给那些十三四岁的小家伙说着茶叶呢，不耐烦地一挥手："饿不死他。"

　　到了晚上，林知茶还不见青青来。

　　他饿得慌，可是真没什么胃口，估计是坐车进山九曲十八弯的，再度被颠着了，见到吃的就恶心想吐。

　　晚饭时，木青青嘱咐了何妈给他送些清淡的菜肴和一锅子菜羹粥。

　　林知茶再度问何妈："何妈，青青到底去哪里野了？"

　　他都病入膏肓了，青青还不来看看他！

　　何妈依旧笑眯眯道："青青在跟她阿春哥商量生意来着，可能得忙到下半夜了。你吃了早点休息呀。对啦，青青说了，你无聊了，可以去她房间玩，她房间里有电脑，也有一个小的家庭影院，里面有很多影碟。你看电影也行，上网也行。不会那么枯燥。"说着，她从衫袋里取出钥匙交到了他手上，然后就出去了。

　　林知茶抿了抿唇，觉得自己被全世界遗忘了。

　　于是，可怜的小少爷坐在阳台上，忧伤地望着月亮，等待心上那个可爱的姑娘归来。

　　后来，他伏在阳台上睡过去了。等醒来时，只觉得鼻子塞了，吹了一晚上湖风，他成功地把自己折腾出感冒来，病倒了。

　　木青青回来时，还是聪明的将军发现了异样。

　　它用力一撞，林知茶的房门就开了，它率先冲了进去。

　　林知茶的房间里一片黑暗，居然没有开灯。木青青心头一突，喊："阿茶？"

　　没有人回应，只有将军有些焦躁的叫声。

　　木青青赶紧把灯开了，才看到林知茶晕倒在阳台上了。

　　"天啊！"木青青赶紧跑过去，喊了他许久，他才醒转过来。

　　她扶他回床上睡，他一把揪着她手不放，十分委屈地说："木青青，你这个坏丫头，居然现在才来看我。"

木青青放软了声音说道："哥哥，你要讲点道理。我来这边是要干活的啊！"

他鼻音重，木青青也猜到他肯定感冒了，于是给他泡了杯感冒冲剂，说："趁热喝吧，别弄发烧啦！"

看他乖乖地喝了，她又说："你病了，就在这里多住几天吧。不然我怕你坐车回程时，得一路吐着回去了。"

然后，她又问："为什么不好好吃饭？"

林知茶有气无力道："没胃口，吃不下。"

木青青秒回："人是铁，饭是钢。"

"不想吃！"某人别扭劲起来了，一路作下去。

木青青看了林知茶一眼，他那病恹恹的样子，别说，还挺好看。这个病美人，连歪在床榻上的模样都好看得一塌糊涂，还带着点难得的风情。而她此时才注意到，他左眼角旁有一粒极小的褐色泪痣，随着他蹙眉而生情，待他顾盼而含笑，真真的生动。

这样的人，是怎么也不能使人生气的吧……木青青说："不作不会死。"

"那我现在死了！"他头一歪，闭上眼睛。

啧，还真就作上了啊！

"哥哥，要不要我现在给你弄点吃的？我会做桂花糕。"她俯下身来挨近他，脸几乎贴着他脸说话，呵出的气息全拂到了他耳郭上，痒得他几乎失去了克制力。

他将她推开一些，道："没大没小，好好说话。"

顿了顿，他又说："别做了。你也累了。"

"明天有什么活要干？"他问。

木青青在他床前坐下，说："我们明天还要去黑石山上，那里有几棵百年老树，得尽早把所有的茶叶摘下。那是今年我们木堂春的特级茶。而且我还得赶回去，把从防空洞新起出来的陈年特级茶送去参加茶王大赛。参加茶王大赛的茶，用的茶叶就是从那几棵百年老树上摘下来的。"

林知茶听了一怔，才知道她的工作绝不轻松，特意跑这一趟，也是为了把好质量关。于是，他说："明天我和你一起去。"

"要爬山啊，很辛苦。而且你还病了……"木青青很担心他身体吃不消。

林知茶脸一红，说："我身体好得很！"

"那得很早起来哦，四点就要出发了。哥哥，只有五个小时不到了，你赶快睡吧！"木青青轻笑，也不知为什么，听到他要和她一起上山，就觉得很快乐。

她说道："欸，我还挺喜欢你哒。有你一起去，那敢情好。"

"你……喜欢……喜欢我？"他还真没想到她那么直白，令他不好意思了。

谁料，她哈哈一笑道："是呀，有你在，有人给我消遣嘛！"

林知茶无语。原来，此喜欢非彼喜欢。这个没心没肺的坏丫头！

他一翻身，十分不爽地说道："我要睡了。好走，不送。"

凌晨四点二十分，木青青和林知茶已经来到黑石山上了。

有威武和将军带路，两人很快来到了那四棵百年老树跟前。

木青青大喊一声："阿大、阿二、阿三、阿四，我来啦！"

老树很高，连在一起形成一小片特有区域，老树枝叶茂盛，四树相对，枝叶互相伸展，几乎遮挡住了那一小片天空。

林知茶"唔"了一声，说："树比我想象的要高大粗壮。"他伸出双手，合抱不住一棵树。

木青青很认真地解释："它们活了好几百年，几乎见过世间沧海桑田，肯定不像一般树那么单薄。它们有种厚重感。"她紧紧地抱着阿大，充满着感情。

林知茶认同地点了点头，又注意到每棵树身上——就是离地三米高处，绑有红色缎带。

"那是图吉利的。"她解释。

这一次，木青青开来的是辆厢车。此刻，就着淡淡月色，她从车里取来梯子，林知茶帮她将梯子搬到树下，找到最好的泥土，将梯子打开，并插进泥地，又牢固地靠在粗壮的树干上。

这时，木青青才看到了他的另一面。在工作上，其实他是一个很认真细致的人。

"谢了！"她说完，正要爬上去时，另一辆车到了。

车响了一下喇叭，林知茶和木青青同时回头，只见一个年轻俊朗

的男人从车上走了下来。

　　四周夜虫唧唧，轻悦动听，星光点点，透过层层枝叶洒下，落在那个年轻男人的眉眼上，男人英挺硬朗的脸部轮廓都变得柔和了。

　　男人很年轻，看起来不超过二十五岁。他是那种硬朗英气的气质，但一笑时又十分温柔，有一对动人的眼睛，眼里盛着无数星光。他笑着喊："青青，不等我就跑了！"

　　林知茶嘴角一压，毫不客气地拦着木青青，问道："你是？"

　　"这是我阿春哥啊！"木青青笑嘻嘻地跑了上去，一把挽住了男人的手臂，"反正你也是这个时候到的嘛，所以我们的时间刚刚好。我们可以开始干活啦！"

　　林知茶看着两人挽在一起的手，目光有些黯然。他揉了揉眉心，又打起精神来，走到她身边，不动声色地将她一拉，又回到了自己身边。

　　那个叫阿春的年轻男人怔了怔，然后笑着伸出了手："你好，我叫沐春。你叫我阿春就行。"

　　林知茶听见他姓氏，只觉天空一下子亮了起来，伸出手和他轻轻一握，道："林知茶。你是青青堂哥？"

　　沐春笑了笑，露出一口漂亮的贝壳牙："我是三点水的沐，是青青出了三伏的表哥，没有血缘关系了。不过我和青青从小玩到大，她就似我家小妹一样。"

　　青梅竹马啊……林知茶看木青青和他十分熟稔，顿觉眼前这个人真是个强敌。

　　跟着沐春来的，还有五个采茶工，他们架好梯子，爬上树干活去了。彼此身后，都背有一个大箩筐，而车上还有十多个大箩筐。看来，是拿来轮换装叶子的。

　　木青青和沐春商量了一下，也准备干活去了。两人都是熟练工，看他俩爬梯的姿势就知道了。

　　林知茶没有事可干，只能站在树下看他们工作。

　　沐春就着夜色，唱起了山歌，音质臻纯，非常好听。他唱的是一首当地的采茶歌。

　　木青青偶尔和他聊几句，然后几人又安静地采茶。彼此间，非常有默契。

　　在天快亮时，大家采了满满二十筐茶叶。

林知茶仰着头，只见木青青坐在粗壮的枝丫上伸了个懒腰。

他是带有专业相机在身边的，于是从背包里将相机拿出来，调整好光圈，给她拍摄录像。

木青青知道他要拍Vlog，于是就在微曦天光里，再度开始采摘茶叶。透过她嫩白的五指，他甚至还能拍摄到茶叶上晶莹剔透的露珠。

晨露，多么美好。犹如海上初升的泡沫，纯美、轻盈、稚嫩，又脆弱。

而坐在古茶树上的美好女孩子，不就像最稚嫩脆弱的晨露吗？！娇娇盈盈，缀于枝头，既是娇艳欲滴的晨露，又是在晨曦中伸展的嫩绿新叶，所有的美好都是她。

沐春也停下手头工作，看向地面。那个男人，待青青十分专注。沐春握紧了新摘下的嫩叶，又轻轻地松开。

木青青看到他动作，轻声笑："阿春哥，你摘叶子太用力了。这张叶不能要了。你是不是累啦？太阳也要出来了。我们回吧。"

"好。"沐春笑着道。

阳光恰好挑开淡淡蟹壳青透了下来，落在他温柔的笑意里，他整个人都暖暖的。木青青看怔住了，最后连自己都笑了，摇了摇头说："阿春哥，你的笑容使人想起春天。你这个样子，得把镇上所有的女孩子都迷住了。"

沐春垂下浓密眼睫没有说话，但样子十分温柔可亲。似是想到了什么，他又说："青青，叫林知茶上来坐坐吧。马上日出了。坐在这里看日出，那种感觉非常震撼。"

他说话的声音不高不低，是恰如其分的醇厚动听。不用木青青转达，林知茶在树下也听到了。

谁料，木青青撇了撇嘴："算了吧。城里来的小少爷可不会爬树。"

林知茶被噎得一口气几乎缓不上来，低骂了句"你走着瞧"，然后就来爬梯子。

木青青一惊，喊："哥哥，你千万别逞强，摔下去可不是开玩笑的！"

"你给我等着！"林知茶咬了咬牙，一步一步仔细往上爬，他忽然低头看了看地下，已经离地四米了，还真是有点高……

风吹过，吹得他阔松的裤管空空的，还凉飕飕的，他动作有些乱了……

沐春喊："小心一点，别往下看。"本来想自己下去，但想到林

知茶是个要强的人，便压低声音对青青说，"你下去，陪他爬。"

木青青心都快要飞出来了，哪里还坐得住，马上沿着脚下梯子爬了下去。

她下去两米，刚好和林知茶持平，而且两把梯子靠得近。她伸出手来按了按他肩头，说："阿茶，稳住。我们慢慢爬上去，别急。"

"好。"林知茶庆幸，自己不畏高。但因为是第一次爬树，才会有点心怯。两人一起慢慢往上爬。

不过半刻，林知茶已经站到了梯子顶端，但有些不知所措，不知道该怎么迈腿，又该踏上哪一根树枝才稳。正犹豫间，沐春抛了一段粗绳过来，说："系着吧。当多一重保险。"

林知茶接过粗绳在自己腰间捆了个结，再扯了扯，发现粗绳另一头绑在树身上，十分牢固。他双手并用，缓慢地爬上了木青青原来坐着的那根十分粗壮的树干。

待他坐稳了，木青青才坐到他身边来。

沐春说："我们先将茶叶带回去了。你们可以在这里慢慢聊，风景很不错。"

说着，沐春将一个小背囊从背后大箩筐里取出，递给她道："里面有青艾团子和包子。团子很清甜，饿了可以当早餐。"

"阿春哥，你想得太周到啦！"她笑眯眯地接过。

沐春笑着揉了把她的头发，说："小孩子！"然后对林知茶点一点头算是打过了招呼，就从梯子那儿敏捷迅速地爬了下去。

另外五个工人也跟着沐春一起离开了。

林知茶状似不经意地道："沐春对你很好。"

木青青脸红红的，嗔怪地看了他一眼："阿春哥对谁都很好，很温柔的。"

林知茶心头一突，问："你喜欢他？"

木青青更加不好意思了，扭捏了半天才说："阿春哥是我喜欢的那个类型，特别有安全感。你别看他年纪轻轻的，今年才二十五岁，但他是木堂春的品质监控大师，也是内容总监。茶的制作和管理，整个品控都由他操持，非常了不起呢！不过我觉得，他对我只是对小妹妹的那种喜欢。"

"那你呢？你喜欢他吗？"林知茶又问。

木青青想了想，又摇了摇头："我从小就喜欢和他亲近，跟在他身后，但好像没有特别的心跳加速的感觉。我想，是好感吧，并不是爱。"

说着，她又偷偷瞄了林知茶一眼，只是一眼，心跳便开始加速了。她想，哎呀，真是冤家！

如果没有遇到令她心动的林知茶，她或许会一直以为自己对阿春哥的喜欢，是男女间的喜欢。但现在才发现，其实不是，对阿春哥，只是妹妹对哥哥的喜欢。

也是在这一刻，她才清楚地意识到，她对林知茶心动了。她喜欢上他了！

嘿，这个认知，好像也不赖嘛！她伸了个懒腰，在心里飞快地计算着，反正她是个敢爱敢恨的人，既然认定了，那就追他吧！

死缠烂打，十八种武艺用上，就不怕拿不下这个从城里来的病娇少爷。这么想着，她心情大好，拿了一个青团子出来慢慢吃着，"啧"了一声："真清甜。哥哥，你也吃。"

林知茶哪里知道她心里已经滚过了无数计策，把他里里外外都算计了不下几十遍，但也心情很好地接过她递来的团子，心不在焉地吃了起来。

此刻，他心里想的是：青青不喜欢沐春就行。他有的是时间！即使她对沐春有那么点喜欢也不怕，他会把一切扼杀在萌芽状态里。反正，他还真不介意来个横刀夺爱。

两人各怀心事，都没有注意到太阳刺破了天幕，将要跃出来了！

霎时，一点金芒越来越大，从遥远的东方天际跃出，将万丈光芒洒向大地，四周豁然明亮了起来，一片小小的浓绿树林似要滴翠。风过，一层一层绿浪招摇，而两人坐在树上，可以看清这遍布黑石的黑石山，以及不远处的溪流，还有近处的美景。

林知茶惊叹，这真是他这一生见过的最美的景色了。

透过金橘色的，还很稚嫩的初阳，透过高树上层层轻涌的一波波绿浪，他似乎是听见了水飞溅又落下的声音。

木青青往更高处爬，然后对着底下的他招了招手，说："快上来，从这里可以看到对面山崖的飞瀑。"

他心中涌起轻狂疯癫，再顾不得优雅从容，随她一起往上爬。

两人越爬越高，后来，当他和她肩并肩坐在树顶上的枝干上时，

小甜茶

他叹道："青青，这是我做过的最疯狂的事。"

木青青哈哈笑，笑声朗朗，又清脆又飒："很刺激是不是？！"

"是。"他含笑睇她。

木青青脸忽地红了，她有些别扭地转开脸，指着那一道白练似的光，说："那就是瀑布，不算壮大，但在山中也活得精彩。"

两人肩并肩，听风声、鸟语，与瀑布急溅清越之音。

许久后，林知茶才说："真是美好的一天。"

[2]

下山时，林知茶才从木青青那儿了解到，原来黑石山是因泥土里含有特殊的矿物质，所以这里的石头才会是黑色的。也正因此，长在这里的茶树也就更显特别，无论是矿物质，还是微量元素，都是对人体有极大好处的。

她指了指另一处突出来的山包，山包里有一栋简陋的小木屋，木屋视野正对着那四棵百年老树。她说："你看，这里就是有人在管理这片区域茶园，尤其是以这四棵树为重点。"

木青青还带着林知茶巡视了附近半山坡上的茶树园，这里的茶树都是低矮的，不像那四棵几百年树龄的古树，而且这里的茶树都是一片一片占地极广。

林知茶本来就是管理着家族生意的，于是说道："青青，木堂春的生意额数量上肯定得非常大。不然单是你家管理着的这几十个占地面积极广的茶园，就能把木堂春拖垮。"

"尤其是一年里就有春茶和秋茶，两次茶，无论你制不制茶，只要销不出去，都是死路一条。"木青青点头道。

林知茶松了一口气，她总算不笨，极有生意头脑，似乎天生就是吃这碗饭的。

两人在茶园的一处办公处歇息了一会儿，威武和将军刚好巡逻完黑石村的所有茶区回来。

木青青马上把羊奶倒给它们喝，摸了摸它们的大脑袋说："两位老兄，辛苦啦！今晚给你们加鸡腿！"

一听见吃的，它们的尾巴摇得可欢快了。

林知茶说："你介意我看看茶园的账本吗？"

门外响起"嘚嘚"声，林知茶抬头一看，就见一个佣工端着刚做好的米饭过来了，还有简单的两菜一汤。

现在刚好是九点的光景，午饭时间没到，但这里的负责人考虑到两人半夜爬山采茶，本家小姐肯定饿了，所以备了饭菜。

佣工平时也是制茶工，所以听到林知茶的话，看了林知茶好几眼，大有暗指他做事僭越了的意味。

木青青于大事上并不迟钝，她敲了敲桌子，说："放下吧。"

佣工也就明白了她的意思。于是，他走时替两人将门关好。

木青青从锁着三道大锁的书桌里，取出好几叠文件，一一放到了林知茶面前，还把平板电脑里的部分账本调了出来。

林知茶感谢她信任，也没拘束着，直接翻开浏览。

看了四十分钟后，还剩下小半叠没看，但他得出了结论："自三年前，你家大肆买下附近几个乡镇和村里的茶园后，木堂春开始出现小额度亏损的状态。早四五年，经济发展势头颇好，所以木堂春对市场挑战跃跃欲试，一口气买了二十多处茶园。

"那一年制茶后，销量很不错，但跟着又买入十多处茶园，已经出现负增长，虽然都在合理可调控范围内，但长期下去将会出现问题。目前，你们必须打通更广阔销路，不能仅仅只占粤港澳份额，更何况粤港澳人，尤其是那些富豪家族用度很传统，更喜欢极品的普洱。

"我建议，你们要马上进入广告营销，强行直插式安利，首先将所有人的目光吸引过来，要第一时间使人知道'木堂春'这三个字。其次，不再买进任何茶园，多优质都不能再购入。跟着就是，将五个茶园卖给我吧，还有四棵古茶树的一小部分茶叶提供我做研究，我不会伤害这些古树你可以放心。暂时是这么多吧！"

木青青抿了抿唇，木堂春目前看似春秋鼎盛，一切搞得如火如荼，但实则内里开始被挪空，的确就是林知茶说的那样。这段时间，阿春哥从美国进修完管理课程，回来和她说的就是这么一回事。阿春哥提议她，减少茶园的支出，应将重点放在制茶上，做好一切品质监控。不然，以她一个小姑娘有限的眼光和经验，虽能察觉到木堂春表面繁盛实则暗涌不断，却不能有所决断。

她将所有文件放好，并锁好书桌抽屉，才懒懒地回到林知茶身边坐下，闷闷地又夹了一口菜吃。是她最爱吃的当地绿茶云雾青焖炒鲜

虾仁，但她这一回食不知味。

林知茶小心翼翼地看了她一眼，伸出手来在她头上揉了揉，轻声问："青青，你不高兴吗？"

木青青声音闷闷的，又似恳求："叔叔，你要对我的阿大、阿二、阿三、阿四干什么啊？叔叔，那四棵树，是我的命根子啊！"

这个时候，他又从哥哥变回叔叔了？林知茶有些哭笑不得，温柔地说："青青，那四棵古树其实和你所有茶园里的任何一棵树都是不同的。它们是最特别的。我只是想截一段树枝，在我的实验室花园里进行移植栽种，我这里有专门的人才，比你想象到的都要厉害。他们可以培育出这些树，它们会从小苗变成一棵小树，然后是大树，一棵接着一棵地培育出来，全是那四棵古树的后代，以后还会有许多的茶叶供我们享用。青青，我知道它们是你的命根，我怎么可能伤害它们呢？！"

见木青青吸了吸鼻子，他大惊失色，正想问她话，她忽然一把扑进了他怀里，哇哇大哭起来。

这一下，林知茶手忙脚乱地抱紧了她，并一边轻拍她背脊，说："青青！丫头！你到底怎么了？"

他哄了许久，她才抽抽噎噎说道："叔叔，我一个人陪着爷爷担这个担子，担得太累了。太累太累了！"

林知茶心头一动，唇贴着她婆娑泪眼轻吻，然后不断地抚着她的背，安抚道："青青，以后有我陪着你。青青你看，我是一个很严谨很认真的人，做事是经过深思熟虑的，我决心培育阿大它们这一支的后代，为的是做成顶级的茶精粹护肤品。要小苗成树，最快也需要七年的时间。这七年，我都会陪伴着你。我对企业管理在行，也能为你提供最合适的意见。青青，相信我。"

木青青终于破涕为笑，可是眼泪鼻涕却还挂在脸上，还把他衣服也糊湿一片。此刻，她又不好意思了，在那儿嘿嘿干笑。

"花脸猫。"他无奈地摇了摇头，取出内袋里的蓝色纯棉手帕给她擦眼泪。

木青青几乎被他半抱着，此刻有点儿害羞。但她一双狡黠的黑眼珠一转动，心想，阿茶对我这个幼年玩伴，兼半个晚辈没有抵抗力；作为一个长辈，肯定是要关照后辈的，既然这样，就赖着他嘛！

于是，她又将他抱紧了一点，脸还往他修长的颈项里蹭，像只可怜的小猫一样。她的唇不小心擦过他锁骨，才惊觉他的锁骨十分性感，像一对修长又飘逸的翅膀向肩膀两边张开，振翅欲飞。

她一手沿着他坚硬胸膛往下移了移，本来只是累了，想换个姿势抱，并没有什么过分的念头，却意外地泛起了涟漪，她不小心摸到了他坚实的八块腹肌。她心里暗暗称奇，咦？我家美人叔叔那么身娇体弱，平常肯定缺少运动的啊，居然有八块腹肌？身材还那么好？

那只小手根本就是在他身上作恶，又点燃了一把火啊……林知茶口干舌燥，说话声音带着颤抖："你……你干什么？"

木青青是个管不住嘴的大舌头，手又沿着他紧实流畅的腰线滑下，最后在他腰眼上掐了把，啧了声："你身材真好。"

林知茶瞬间僵住，一张脸红成了蒸熟的螃蟹。

他叹气，将所有旖旎压下，又揉了揉她头，说："心情好点了吗？"

"以后有你啦！当然好呀！"木青青还赖在他怀里，双手抱着他腰摇了摇，然后问出了她的疑惑，"阿茶，你在这儿研究、培育阿大后代，等它们成树了才能提取茶精粹，还要经过无数次的萃取和提纯，这样得花许多时间。就像你说的，最快也要七年，那你得投入多少钱啊？这笔账怎么算都不划算嘛！"

林知茶问她吃饱了没有，她点了点头。他说："我们去茶园走走吧。"

两人又沿着茶园慢慢走，两只傻狗跟着一路哼哼唧唧，偶尔逗逗青蛙，拍拍小虫，而每当遇到毛毛虫，威武就会抓狂，突然发足狂奔，沿着茶园跑好几圈。

林知茶看了轻声笑，然后说："威武那傻样，和你以前养的小哈一样蠢。"顿了顿，他又补充，"不过蠢得很可爱。"

他在一片和他一样高的茶树下站定，风过，他举起手来，风从他指缝间走，然后他闻到了属于茶树，和茶树叶子特有的清逸气味，很好闻，混着淡淡的泥土香。他忽然又再度想起，四岁时的木青青拉着十二岁的他满山地跑，以及满茶园地跑，那时也是像现在这样，吹起的风都带着茶树叶子独有的淡淡清逸香气。

他忽然说："我终于明白，你为什么那么喜欢和留恋这里了。茶园、茶山，就是你的亲人，你的家。"

木青青一怔，才明白林知茶虽嘴毒腹黑，但其实是个极有心之人。

小甜茶

他懂她。

她眼睛弯了弯，笑了："因为威武就是小哈的儿子啊！母子嘛，当然像！"

林知茶也笑了，"嗯"了一声，然后揉了把停在他脚边的威武的大脑袋，说："我很喜欢你。"

二二的威武听见了林知茶的"告白"，激动得翻肚了，又惹来木青青咯咯咯地笑。

林知茶说："青青，我想回答你刚才的问题。"

两人走到一个小亭子里坐下，这个亭也有名字，叫"且看亭"。

亭子旁，有一个小水洼，水洼有三平方米，一米多深，且连通小溪四季不枯竭，水洼里居然有荷花，此刻荷花开着，底下有游鱼，青蛙，时有蜻蜓独立花枝之上，偶尔还有一两只野鸭游过。野趣十足。荷花有点弱小，不饱满，不漂亮，但开在这水洼里，也自成一景了。它有它的美好，有它的快活。

林知茶看着一只青蛙跃起，稳稳落在碧色荷叶上，他才说道："我的家族累代经营，'香妆'的品牌非常成功。它更是雄霸法国，甚至欧洲小半壁江山的百年老品牌。再兼有其他的一些企业，形成了庞大的产业链。可以这么说吧，虽然有点不要脸，但我家不缺钱。而创业难，守业更难，其实我是守成者。

"幸好，我不是败家子，也一直学的是企业管理和生化研究这两个专业。我们家在全球都有属于自己的'香妆花园'，哪里的植物适合入肤，我们就会在当地保护和培育该类植物。像建立在摩洛哥阿特拉斯山脉的藏红花花园，喜马拉雅山的冰川水保护源地和极地花花园，哥斯达黎加的绿咖啡树园区，希腊希俄斯岛乳香木树园区，还有意大利撒丁岛的橄榄园等等，许多地方都有我的花园。"

看她好像不太明白，他又打比方："就像娇兰。娇兰你总听说过吧，她家的御庭兰花系列是高阶的尖端护肤品，但娇兰的兰花选取的是来自我们云南原始森林里的金兰，是一种珍稀兰花。而娇兰的御庭兰花负责人在云南有长期的据点，成立了属于他们的金兰保育种植园区，他们出钱保护、养护、培育金兰，然后从金兰里提取可供入肤的护肤精粹。而御庭兰花系列一整套就能卖出过万，甚至几万的价钱。从眼霜、精华水、精华，再到面霜、乳液、面膜一整套。青青，我这样说，你理解了吗？其实娇兰为了培育御庭兰花就花了十几年的时间。所以，美肤产品真的开发起来，也是需要时间的，就像你们做茶、养茶树一样，无法急功近利，花草树木，它们皆有各自灵性。"

"正所谓，一花一叶一世界。"林知茶终于把他想说的话都说完了。

木青青十分聪慧，马上就懂了。她拍了拍他肩膀，说："嗯，我完全明白了。哥哥，你是做大事的人，等得起！嗯，有钱任性！"

林知茶听了，哭笑不得。最后，他只是摇了摇头，说："行吧！你懂了就行了。我会留在这里很久，我会陪着你。"

[3]

六堡茶的杀青是晚上才做的，所以整个下午木青青都挺空闲的。

她拉着林知茶参观她在这里的"豪宅"。

纯天然的"豪宅"，一土一木，一砖一瓦，基本上都是自己和自家人搭建。

而林知茶拍了不少短视频，这些都是要放到微博上的。

两人寄工作于娱乐，倒也玩得不亦乐乎。

就好比，林知茶让她通过宣传茶道来宣传她家的六堡茶。她就真的很认真地打扮了起来，还化了点淡妆，将一张茶席铺在一个开满漂亮的野花，又能看见山坡下小溪的草地上，然后泡起了茶。

茶点十分精致，也是她特意做的。

就连本家里的几个漂亮娃儿，都被她抓了来，穿着可爱的小汉服，坐在一边茶席上，跟着她有模有样地学泡茶。

两只傻狗会在一边卖萌打滚，企图引起大家注意。而五个漂亮娃儿一边很认真地泡着茶，一边又很想去逗傻狗，那拼命忍着的劲儿特别憨厚可爱，都被林知茶一一拍摄记录了下来。

林知茶做了一个简单视频，用青青的微博发了一个，看效果十分不错。底下留言点赞的人很多，多得超乎他意料。他想，人啊果然还是奔着颜值去的，都是颜狗！木堂春有木青青这个活招牌，好使！

他微笑着，又在手机里调出了联系人一栏，找到了他们家平常合作惯的网络营销推广公关，让他们负责木堂春的微博运营。

半小时后，对方负责人给了回复，说会做一份详细的方案发到他

邮箱里。

对于木青青的微博，林知茶一向是主张一问一答来使得大家更好地理解的。所以，林知茶问："黑石村山上的石头都是黑色的，有什么典故吗？"

林知茶没有入镜，但他的声音是录了进去的。木青青优雅地端着茶杯，隔了几席茶席向他睇了过来，未语先笑，一对漂亮的杏眼弯弯的。

她很调皮地问一众小童："你们知不知道呀？"

一个胖乎乎的十岁小男孩，放下闻香杯，含着手指问："我好奇黑石头能不能吃？！我爸说，黑石头里长出来的古茶树，泡的茶很好吃！"

旁边的十二岁女孩子很鄙夷地看了他一眼，说："你就知道吃！是阿大它们结出来的茶叶子泡出来的茶很好喝吧！"

木青青笑着回应："是啊，阿大、阿二它们是活了三百多年的老树呢，它们全身都是宝贝。它们长的叶子，比一般茶树的叶子要有灵性，但还是得靠我们这些做茶的匠人用一颗赤子之心去对待它们，用最传统的制茶方法制作它们，才能得到最最完美的茶啊！"

"我知道！我知道！我阿妈整天和我说'匠人之心''匠人工艺'，那是老祖宗留给我们的宝贵东西，不能丢掉！我们一家世世代代都是最优秀的茶人呢！"一个十四岁的半大少年很自豪地拍了拍胸脯。

木青青看到木堂春培育出来的下一代茶匠们，感到很窝心。或许，有一天，这些孩童、少年会找到真正的理想，出去读书，见识世界，不一定回来这里做茶，但他们的心和根一定是在这里的。

木青青抿了一口香茶，对黑石村的来历娓娓道来："相传，很久很久以前，王母途经六堡，一时渴了，又见这里的山泉清澈非常，心下喜爱，于是喝了一口山泉。这清甜甘醇的山泉令王母大喜过望，于是令仙女们趁夜到华山取五色石来此筑井，以护泉水供过往的仙人饮用。于是，不同彩石在空中风驰电掣，五色闪烁，光耀夺目。为不惊动凡人，王母指令彩石轮流发光。当这些彩石飞到六堡上空时，刚好轮到白石白光闪耀，一时亮如白昼。山中一熬酒翁见状，以为天亮了，忙起床蒸酒。

"殊不知，瞬间又漆黑一片，伸手不见五指，酒翁用力一拍酒饭箕，自语道：'唉！还未天亮呢！'王母听到人声，不便多留，便赶忙上天归宫。王母和众仙一走，并也忘了筑，一瞬之间所有彩石全部从空中掉落全变为黑色，成了一座黑石山。

"后来，黑石山脚陆续有人定居，人们将此村称为黑石村。虽筑井不成，但王母仍留恋这里的甘泉，想到为当地老百姓做件好事。有了好泉怎能没有仙茶呢？！于是叫石蛤含一粒茶籽放在黑石山上，早晚以泉水浇之，日复一日，山上便长出了一棵仙茶树。村民用此仙茶叶冲泡茶汤，味道特佳，众人大喜。这样一传十，十传百，传遍了十里八乡。后经人们连年不断地繁殖、培育、扩种，便成了今天遐迩闻名的六堡茶了。而我的阿大、阿二、阿三、阿四据传就是这棵仙茶树的后代呢！"

说到自己的命根子，木青青又特傲娇地拍了拍胸脯，笑得纯真可爱。明明只是一个穿凿附会的神话故事，她居然深信不疑。

林知茶笑着摇了摇头，但心念一转，或许，这就是信仰；和神话无关，只是青青，以及一众茶人工匠的信仰；他们凭着信仰和赤子之心做出最好的茶！

这，不就是茶文化吗？！是扎根于制茶人心里的，也是扎根于这一片土地上的！林知茶一时深有感触，把这一段感想化作文字，再附上一张阿大等四棵古树的图片，带了 # 木堂春 ## 青青说茶 # 等话题一起发到了微博上，并做了置顶。

"哥哥累了吗，过来喝杯茶呀！"木青青换了一次茶叶，用刚烧开的水，给他新沏了一壶茶。

"好。"林知茶坐到她身边，她手中那白瓷的杯子被他取了过去，而另一手握住了她的手。

木青青歪了歪头瞧他，心道，这样我没法子泡茶了啊！于是，她问："哥哥，干吗抓着我手不放？"

"哦，忘了放。"说完，他放下她的手，然后端起茶杯抿了一口，"很香。丝滑甘醇，色香味俱佳，红浓醇厚。这壶茶的年份，最少十年以上。"

果然，她的注意力成功被转移了，很高兴地说："哎，你品茶的功夫出来了呢！你刚到镇上时，啥都品不出来。"

"每天耳濡目染，你拉着我念经一样念，恨不得睡觉也在我耳边念，我再不会品茶，就是一头猪了。"林知茶揶揄。

木青青挑了挑眉，瞪了他一眼。不过一瞬，她又莞尔："说到底，

小甜茶

还是因为你和茶有缘。像我五叔，他从小在茶园长大，我爷爷奶奶天天在他耳边念叨，他还是什么茶都不认得。如今跑国外定居去了，当起了成功的商人，喝的是咖啡，注定和茶无缘。但你不同，你才来那么几天，就什么都懂了呢！"

茶是青青，他哪是和茶有缘啊，是和她有缘吧……

见他有一瞬眼神十分温柔，木青青笑着举起手来戳了戳他深深的酒窝，说："你看，你名字就带茶呢！是知茶！你知道，你懂得茶！"

"是吧！"林知茶捂住了她的指尖，"别瞎戳！"可是警告的话说完了，他还是舍不得放开她的手。

呀！他又忘记放她的手了呀！哎，这城里来的少爷，怎么那么健忘呢？果然是老了啊……木青青抽了抽手，他看了她一眼才放开了手，闲闲道："哦，不好意思，我又忘了。"

木青青叹了口气，说："好了，不用解释了，我懂的。"

木青青见他满脸疑问，于是说："叔叔，你果然是老了，记不住事情了。"

林知茶无奈。

两人丢掉一众孩子后，又跑到庄子后院玩去了。

那里有一座木搭的凉亭，里面有一架像秋千一样的长沙发，躺在上面摇可爽快了！木青青献宝似的把他拉进亭子里，让他坐在上面晃荡。

这座凉亭虽然没有上油漆，只是几根粗壮木头搭成，但可谓十分女性化了，天顶用透明纱幔围着、搭着，在四周垂了下来，而天顶上还搭上了稻草起固定和遮阳功能。帷幔随风而动，里面这架秋千"沙发"也轻轻缓缓地摇摆，有一种天然的美好安逸和野趣。

见他露出欣喜的神色，木青青拍着小手，邀功道："我设计的呢！用料简单，搭建简单快速，我阿春哥帮我搭的！又省钱又省力！"说完，她比了个 V 的手势。

林知茶再说话时，有点酸溜溜的："哦，想不到沐春连这个都会干。"

"我阿春哥木工可好啦！家里的好多木家具都是他做的呢！多好的老木头放他手里，都不会被浪费。他做出来的一整套明式家具，连外省老板都争着要。还有人把整块的酸枝木给他雕琢成沙发和书柜呢！"木青青提起她阿春哥就十分自豪。

林知茶在心里较劲，他这个情敌十分强劲！他一和自己较上劲，就坐在那儿闷闷的，也不作声。

木青青哎了好几声，他也没反应。可是他低垂着脸的模样，实在太美了啊！灵机一动，她拿着手机跑出凉亭外，隔着飘飘的帷幔，给他录了一小段视频。

视频里的林知茶仙得不得了！她笑眯眯地看了又看，很满意。于是，她编辑了一段文字，把视频发到了那个他和她共用的微博上：我家美人儿叔叔，真的又仙又美！咳咳，另外，这座凉亭和"秋千"是我设计的！

转念，一想到之前林知茶让她把"叔叔"二字去掉的那条微博，她马上做了修改，改为"我家美人儿"。

留言如雪花般涌来，都是在舔林知茶颜的，还有就是要买茶叶的，毕竟这"代言人"颜值太高了！

还有八卦的，在底下留言问博主是不是在和代言人谈恋爱。

还有人赞她和林知茶配一脸的，看得木青青在那儿偷偷抿嘴乐。

本来林知茶很低落，但听到微博响时，料到她是发了新微博。他打开手机一看，看到"我家美人儿"五个字时，心情瞬间就好了。

他看了她一眼，小丫头正捧着手机乐呢！呵呵，这小丫头孺子可教嘛！

不过一瞬，林知茶又觉得很甜。

这个小丫头就像最甘甜的茶，令人回味无穷啊！

木青青还在刷着评论，刷得不亦乐乎，没注意到身边有人走近。而凉亭里的林知茶也在捧着手机心里偷着乐，甜得不得了，更注意不到别的。

来人看着手机，将其中一条留言读了出来："在这世外桃源来一场倾城之恋，实在是太美！"

然后，来人加了句自己的想法："唔，确实是神仙爱情了啊！这想法，想想就很好。"

木青青听了点头同意："就是就是！和我家阿茶来一场爱之桃花源记！神仙颜值神仙爱情！嘿嘿！"

等等，是谁和她说话？

木青青猛一抬头，就见爷爷一脸笑嘻嘻地看着她，他点了点头道："神仙颜值神仙爱情。不错，挺有想法啊，青青。"

"啊！"木青青一声尖叫，只觉得羞死了，恨不得此刻马上钻地洞！

木青青红着一张脸，抱着爷爷手臂摇啊摇，说："爷爷，你要帮我保密！"

木宋宠溺地摇了摇头，又说："青青啊，你还小，今年才十九岁啊，别那么急着恋爱啊……"

唉，好歹这孙女还是在自己身边多留几年吧……木宋实在是不舍得啊！

林知茶赶紧从凉亭出来，喊了声："爷爷。"一时之间也有点窘迫，他一急跟着青青喊了爷爷……

木青青赶紧对着爷爷做了个"缝上嘴"的动作。木宋笑着道："跑这边住着还习惯吗？"

这边的庄子风景秀丽，其实一切都是很好的。但林知茶就是有点水土不服，虽然风景是好，但住宿上比青青爷爷家那边的木堂春宅还是要简陋和不够"卫生"……不过，他在老人家面前还是收起了那些"作"，道了一切都好。

木青青问："爷爷，你怎么跑这边来了？早些天我还听见你咳嗽来着。你的小心脏可受不了，还是悠着点儿哦，通山跑的小老顽童！"

木宋拍了她额头一下，说："没大没小！"

然后，他说道："古树采茶可是大事，我肯定得过来的。而且制茶的整个过程都不能出一点差错，我会跟着。"

木青青陪着爷爷回到庄子上的大堂去坐，早有茶工将一筐新叶拿了过来给木宋检验。木宋轻轻捧起一捧茶叶，放在鼻子下轻嗅，叹道："真的是好茶啊！"

然后，又有负责人带着账目和一些项目书过来和木宋商讨，木青青全程跟着。而林知茶就坐在一旁听得十分认真。

等谈得差不多了，木宋似是终于想起了什么，才转过身对林知茶说道："知茶，没有闷着你吧？"

"没有。"林知茶微笑道，"听大家说茶，很有意思。"

中午休息时，木青青就简要地将如何减少成本、控制和不再购进茶园的事做了一份报告，发给了木宋。所以木宋是知道林知茶针对茶园，提出的极为有用的建议的。

此刻，他和林知茶聊了起来。林知茶问及为什么会在三五年的短时间内购进这么多茶园时，木宋有刹那的愣怔，最后摇着头笑了笑说："是我三儿子的建议。他对制茶还是抱有很大抱负的。我也一心想做大，当时也请专人来做了评估，本来也是可行的。但最近这一两年，外面发展太快了，我们当时的一时判断就出现了偏差，也导致积下了很多货，销不出去。"

林知茶想了想，说道："幸好六堡茶是熟茶，有越陈越香醇和名贵的优势。即使放上二十年也不怕。不像绿茶和一些生茶，一旦过了季，就会变味发涩，价钱也会掉一半。但一下子积了那么多，终究也会造成短期内的资金周转困难。"

"的确是这样。"木宋对他很是惊讶，他看待事情非常全面和犀利。

林知茶说："木堂春底子还是很厚的，这次的事能扛过去。只需要进行企业内部的一些改革就可以了。"

再斟酌了一下，他道："我看见青青卖出许多鲜叶，虽然只是中档的叶，但其实也从侧面证明了你们的产品供大于求了。不如将部分茶园承包出去……"

"茶园外包，是可行的方法。可以解决短期的资金链问题。"沐春从廊道里走过，右脚一抬，跨过了四十厘米高的门槛，走了进来。

他说："我同意知茶的提议。"他看向林知茶友好一笑，"你不介意我这么称呼吧？"

林知茶抿了抿唇，说："没关系。我叫你阿春就好。不然加个先生，叫着也挺怪的。"

[4]

大家还在商谈生意上的事，庄子外面忽然传来骚动。

好像有什么人在很激烈地喊叫，发生了争执。

"发生了什么事？"木宋蓦地站了起来。从现在开始接下来的半个月里，每晚都是制作古树茶的关键时期，如果有人捣乱后果不堪设想。

可能是站起太急，木宋猛地咳嗽起来。木青青赶紧给他顺背，而

林知茶体贴地给他递上了一杯温水，说："会不会是坐车进山太疲劳所以感染了风寒？要不要找医生来看看。"

"没关系的。"木宋摆了摆手，接过温水喝了两口。

而沐春早跑了出去了解事情去了，不过十分钟，他就转了回来，说："是一个茶人在闹事。是隔壁村的黄何，他家茶园经营不善，所以倒闭了三家茶叶店，连制茶场和祖辈留下的四个茶园都保不住。但卖出茶园的是他的大伯，他想要赎回茶园，可是又没有现钱，所以在闹事。"

木青青斟酌了一下道："买卖茶园的事是林伯在管。但林伯每个阶段都会把项目进度告诉我。所以这半年内购进的茶园我都有印象，是合乎一切章程的正当买卖。我们没有压价，以市场价购得，大家可以放心。"

木宋笑着点了点头："有青青在，我很放心。"顿了顿，又说，"去吧，我们出去看看。"

出到庄子外，只见四个外镇青年和护院扭打在一起，而另一个二十多岁的外镇青年已经被护院领队揪住，反剪了双手，疼得他在说着什么，一张脸通红，但吐词仍很清晰，有理有据，看起来也并不是蛮横无理的人。沐春喝了护院领队一声，道："都是斯文人，这么揪着来客干什么，放开！"

那个被反剪了双手的年轻人才得以解放，一张脸涨得通红，但还是不肯掉了气势地嚷道："让你们负责人出来！我是要来谈赎回茶园的事的！"

一边站着的制茶工一挥袖，不悦道："你哪里还有钱来赎茶园，你这不是闹事吗！"然后走到沐春身边，和他说了晚上制古树茶的事，表明得赶快把闹事者赶出去。

沐春刚才给好几个负责人打了电话，已经清楚事情来龙去脉，沉吟半晌后，和木青青商量道："青青，黄家其实是二房在当家。二房做茶很用心，一直将'黄家六堡茶'这个品牌经营得很好。但大房一直在暗中搞鬼，兼占有许多股份，联合别家一起斗垮了二房，所以把黄家茶变卖套现。但我觉得眼下是个机会，不如将茶园承包出去，就让黄家二房经营自负盈亏，等他有钱了再赎回茶园。但这段期间，所有风险他自己承担，无论是否有盈利，都必须交出约定金给我们。"

木青青说："我之前也了解过，黄何做茶不差，他家态度很好。

我们接管茶园时，也发现他家四个茶园打理得非常好。既然那是他的祖业，是他的根，我同意外包给他。只要他有本事，能赚到钱赎回茶园，我们绝不抬价，就按原价卖回给他。"

如此一来，木堂春不以大压小，认真做茶的态度也会被外界所知，这是一种口碑的建立。且还解决了茶园过多，茶叶供大于求的问题。林知茶赞赏地点了点头。

"爷爷，怎么看？"毕竟爷爷才是一家主持，木青青很乖地虚心受教。

木宋听了，乐呵呵地道："你和阿春分析得头头是道，好得很！就按你们年轻人的想法去做。有时候啊，我们年纪大了，判断和决断能力也会出现偏差。"

沐春谦虚地道："爷爷说笑了。您是重量级的人物，还是制茶界的泰斗，我们还要学习的东西太多了。"话毕，他走上前去和黄何进行交涉。

黄何听了，先是不敢置信，后来激动得一把握住了沐春的手，连连道谢。

沐春叹了口气道："我家的本家小姐才具有决定权。她很同意茶园让你承包，也答应了五年内，不会变卖黄氏的四处茶园。你要谢就谢本家小姐和老爷子吧。我这边先整理合同，你明天上午十点来签。到木堂春和林伯签，这边我们得锁庄子制茶了。"

黄何千恩万谢后，带着本家的四个工人离开了。

一场风波，就这样平息了下来。

木宋拍了拍青青肩膀说："丫头，这次的事处理得很好！"

木青青腼腆起来，揉了揉头发说："爷爷，有我在，你放心哦！对啦，你身体怎么样？我让何妈煲中药给你吧！如果觉得还不舒服，得去看医生了。"

"好好好。"木宋笑着，由三人陪同往堂屋里去。

制茶的整个过程是由沐春负责的，因为他是首席的茶内容和品质控制大师。在他的带领下，由五个制茶大师一起做古树茶。

晚上，木青青也会去偷师，一般过了九点她就会离开不再跟进。但无论多辛苦，木宋始终会跟紧，他一个老人了，每晚不到凌晨一点

都不愿睡觉。

木宋今年八十岁了，他从十岁就跟着父母制茶，有七十年的制茶经验。那些茶叶在他手下，就像孩子一样，他会用很慈祥疼爱的眼神看着它们。

木青青在制茶场看制茶时，林知茶也必然在场。

林知茶这时才注意到，沐春、五位老师傅以及木宋一行七人，都是不戴手套直接用手来炒茶的。

而且炒茶前还有一道仪式。由沐春焚上一炉淡淡的香，然后木宋取来山涧泉水，先将泉水从一只人头大的紫砂石蛤浇下，将石蛤润透了，才开始用泉水烧水，烧沸了，泡上一小壶上好六堡茶，将茶水再度浇灌石蛤。然后一众人分喝完这壶茶，才开始一晚上的工作。

这个过程，林知茶觉得不仅有趣还很有仪式感，所以特意拍摄了下来，整理好短视频，将一些细节模糊处理后，发上了微博。

宣传效果是很显著的，据木青青的统计，这几天的生意额多了许多，都是外省的订单。木青青同时还经营了淘宝、京东等几家电网上的茶叶店，她将一些 Vlog 上传到店铺后，宣传工作比起以前要到位。很多人收藏了她的店铺，也关注了她的微博。

这时，木青青在一边坐下，开始刷淘宝店铺的订单额，居然一个小时内多了两百份订单，是价位在六百一斤的中高档五年茶。

她马上给木堂春仓库盘点阿莱发了微信，让他明天寄出新成交的两百份订单茶叶。看到生意有了起色，且向着很好的方向发展，她心里乐滋滋的，嘴角都忍不住翘了起来。

林知茶就坐在她旁边，见她那小模样忍不住也勾了勾唇，问道："你不看制茶了？"

木青青"嗯"了一声，回答他："我们回去吧！你看今晚月色很好呢，肯定很多星星。"

林知茶倒没有多说，安静地随她离开了。

山里到了晚上风很大，非常凉爽。木青青带他到后花园去坐，那里有一小片向日葵花田，漂亮极了。她铺了席子，在花下坐着，仰起头来看满天的星子。

这里的星星太多了，而且亮，像整片银河都漫到了地上来。林知茶躺了下来，头枕在双手下，忽而叹道："在城市里根本看不到星光。"

他伸出右手，似是想要摘下星星。

木青青咯咯笑："城市里污染太严重了，星星都被挡住了。越是大城市，越是看不到最简单美好的东西。"

林知茶想了想，答："好像的确是这样。"

木青青也躺了下来，头一转看着他时，几乎和他头贴着头。

林知茶耳根有点红，看向她的眼神也异常温柔："青青，其实我经常在野外仰望星空。"

见她很专注地在倾听，他说："还记得我和你提过的属于我的花园吗？它们散落在全球各地。我每年都会去其中一个花园，看望那里的植物。它们都是生长在野外，荒无人烟的地方。有时候，当我伫立在那里，就有一种全世界只剩下我一个了的感觉。但那种感觉又是那么好，一点也不孤单，我的脚边和手边全是漂亮又野蛮生长的植物，而星光就在我的身边，我伸手就能触到，就像现在这样。"

听着他细说每一种可入肤的花和别的植物，木青青脑海里闪过一帧帧绝美画面，她笑着说："听你这样说，实在太美好了。你说了那么多种花，我都没有见过呢！"

"青青，以后我带你去我的花园看它们。每一个动人的时刻，我都想和你分享。"林知茶说。他的话，已是近乎告白。但他始终没有勇气，把那句"青青，我喜欢你，你愿意做我女朋友吗"说出来。

林知茶在心里给自己打气，下次吧！下次，我一定向青青表白，告诉她，我有多么喜欢她！

见她笑着闭上眼睛，林知茶一颗心变得恬静而安定，有一种很安心的感觉在他心中滋生。他觉得，现在这样很好，他和她可以慢慢来。

"青青，你今晚没怎么看制茶？"林知茶还是把心中疑问再度问了出来。

木青青睁开眼睛，看着他，说："阿茶，我真正在做的是家族企业管理，而不是制茶。当然，制茶的功底我是有的，我绝不是个外行人。但一个人的精力有限，根本管不完所有的事务。所以我很明确分工在哪里。再者，制作顶级和特级茶，肯定是由阿春哥和爷爷负责的。我不适宜插手。整条产品线的品质把控，都靠阿春哥。其实这些道理我不说，你也明白。你今晚只是在试探我罢了，我说得对吗？"

林知茶揉了把她头发，说："孺子可教！我和你都是一个企业的

管理者，就像所有的 CEO 其实都是从销售做起。销售看起来只是其中一个环节，却是很重要不可忽视的因素。一个企业，要生存，要拓展开来，就必须打开销路，否则一切都是空谈。而你要负责运营销售管理和其中的各项协商，工作量已经很大。我也不建议你再参与制茶。"

想了想，林知茶又说："青青，木堂春的品牌运营，我已经和我的团队商量过了，你可以用'绿色乐活区'这个概念来做。就是把你们最原汁原味，原生态，高度自然化的产品包装起来，让大家在品茶的同时，体验'绿色乐活'概念。我留意到这里的风景很美，我们应该做专业的拍摄风景视频。等我的团队以及我那边的乐活区内容总监过来了，可以开始专业的拍摄和跟进。而乐活区总监是一个奇才，所有植物到他手上，都能大放异彩。你阿大的后代们，就靠他了。他是个英国大快活，叫唐大山。"

静静听他说完，木青青愣怔了许久，然后一把抱住林知茶亲了亲他脸颊，赞道："天啊，阿茶，你实在太神奇了！"

不过短短几天的时间，他就已经替她计划好了一切。

她说："你就像会魔法！"

林知茶拍了拍她头："都不知道你那小脑瓜整天想些什么乱七八糟的东西。"

林知茶说："具体项目书三天后我给你看，没问题我们就可以签合同了。"

木青青忽然小脸一皱，有点难办的模样："叔叔啊……你的宣传团队会不会很贵……"

林知茶无奈又好笑，宠溺地刮了刮她的小鼻子，道："给你友情价怎样？四折好吗？"心底想的却是，等她成了他女朋友，肯定是得免费的！要全力为小女友服务嘛！当然，这话现在不能说，不然会吓跑她的！

"天啊！叔叔万岁！"木青青高兴得一把跃了起来，绕着花园跑了好几圈。

而林知茶尴尬地放下要拥抱她的双手，心里说道：叔叔万岁的下一个动作，不是应该给他爱的抱抱吗？

唉，果然恋爱的路上，任重而道远啊！

[5]

木青青起得极早，才六点半就和沐春一同出发了，是到隔壁镇去谈一笔生意。

等到九点多，林知茶醒来后又找不到她了。

然后，林知茶继续在那儿和自己较劲，生起闷气。

其实木青青很是体谅他的，怕他会无聊把威武和将军留给了他。

此刻，他歪斜在床榻上，看着桌面上的饭菜生着气呢！两只很爱吃的傻狗也不馋吃了，就坐在脚踏上看着他！

"咳咳……"林知茶一手托腮，闲闲地看了两只傻狗一眼，一只脚伸了下去，去撩脚踏上的拖鞋。

威武"啊呜"一声，突然翻肚，装出一副萌萌样。林知茶似笑非笑地睇了它一眼，嘴角又再弯起一点。

将军黄黄的大脑袋往拖鞋上一拱，用嘴把拖鞋叼起并拱进了他脚上。

林知茶笑着斜睨了将军一眼，说："大黄傻狗可以嘛，都会给我穿鞋了，智商要比这只二哈高。"

何妈进来时看到的就是这么个情景，一个姿态优雅的男人歪在古色古香的床榻上，和两只狗说话。而一桌的早点，居然没动。她实在看不下去了，劝说："先生，你昨天全天就没怎么吃东西。现在得吃点啊，不然真的会熬不住的。"

林知茶抿了抿唇，露出两只深深的酒窝："青青这坏丫头又不见了！"

何妈也很无奈，揉了揉眉心，捧起装有鸡粥、油条和一笼子虾饺以及两只蟹黄包的托盘打算再去热热。她说："青青很快就回来了，你先吃东西。乖啊！"

"真的？"一听说青青很快回来，林知茶一双深邃星眸顿时亮了起来。他两只酒窝深深的，而他鼻梁高，好看得像从画里走出来的人儿，把何妈给看呆了。

何妈老脸一红，只好继续哄他，别让他真的熬出病来，说："嗯。应该是很快的。你吃完早餐，估摸着就该回了吧。"

可是，林知茶的确有点水土不服，他只吃了两个蟹黄包，就觉得腥腻，再喝了几口粥，怎么也不肯再进食。

他打开电脑，开始做策划案的拟题报告。而通过电话后，那位全球乐活区内容总监唐大山会在三天后坐飞机从摩洛哥过来，协助他完成古树的移植栽种等多个项目。

他的报告写得很详细，等停下来时，已经是下午两点了！他连午饭都没有吃，就一直等木青青，等啊等，都不见这个野丫头回来！

林知茶有点耄毛了，又一把倒回了床上，在床上滚来又滚去，还不断地捶床板，惹得不明所以的两只傻狗也跟着在地板上滚来又滚去。

木青青进来时，就看到了那极为幽默的一幕！而且两只狗的翻滚和他简直是神同步啊！

她举起手机悄悄地录了下来，做成一小段 Vlog，然后直接发到了微博上。

木青青刚从别的乡镇回来，爬了山，在镇上办事来回跑了好几趟，又去了几个办事点，一直没有休息，连午饭都没用，一张小脸被太阳晒得红通通的，戴了草帽也几乎要被晒掉一层皮，辛苦得快要累垮掉，但现在一看到林知茶又可爱又俊俏的模样，她立马不觉得累了。

不过她饿啊！于是，她跑去厨房找好吃的去了。

何妈做了荷叶鸡，木青青一揭开荷叶，闻着香喷喷的，她眼睛都亮了，活像那只蠢萌的二哈威武！

她夹了一筷子鸡肉进嘴里，"唔"了一声，天哪，实在太美味了！

何妈笑得特温柔，慈爱得就像是妈妈一般，说："慢点吃，别噎着了。来，青青，还有刚炸的蟹黄卷酥，里面除了蟹黄，还有虾肉。还有这个炸鱼子团，特好吃！"

木青青咬了一口炸鱼子团，好吃得她几乎要把自己的手指也吞下去了，里面一粒粒金黄色的鱼子爆开来，味蕾瞬间被填满！太香了！

她又把荷叶鸡肚子挖开，里面是蒸得香香的糯米，糯米里还带着鸡肉的甜肉香味，以及荷叶的清香味，她对着何妈比了个大拇指！

她把一只鸡腿切了下来，放在一只小碟子里，然后一手拿蟹黄卷酥，一手拿着另一只鸡腿，吃得可香了。

何妈看到本家小姐吃得那么香，她也别提多高兴了，笑眯眯地问："青青，那另一只鸡腿你是留给林先生的吧？"

谁料，木青青小手一挥，连忙又从鸡腿上咬下一块嫩肉，吞咽完了才说："这么好吃才不留给他呢，我今晚继续吃，我最爱吃鸡腿啦！吃了鸡腿，有力气！我还得继续满山跑呢！很辛苦的！我的腿需要以形补形！"

何妈宠溺地摇了摇头，青青这心性，真的还是个孩子！

何妈看她吃得香，忽又说："青青啊，林先生这两天几乎没吃什么。这样下去，我怕他真会病倒啊！你看吧，这城里来的少爷，身子骨肯定没别人硬啊！"

"他有八块腹肌呢！"木青青抹了把嘴唇上的汁液，又吃了一口荷香鸡。

"什么？你们发展到……到那个地步了？"何妈吓了一跳，一张老脸通红的，难怪那个林先生整天吵着要见青青！

木青青有点小尴尬，小手一挥道："没有啦，我们之间很清白的！"不过嘛，再下去还能不能清白就不知道啦！她肯定是要找机会扑倒他的！

哎呀，现在这情况……林知茶不肯吃饭这个问题很严重啊……木青青说："何妈，还有吃的吗？我还是给他送点去吧。不然我怕他真的会饿晕过去，毕竟他感冒还没有好。"

"有的。我多煮了几样，一直在锅里暖着呢！"何妈等的就是本家小姐这句话啊！

有玲珑八宝鸭，微辣的紫苏炒田螺，一小碟蒸卷粉，香气扑鼻。木青青嘟着粉唇哼哼："哎，何妈，你偏心，一整只八宝鸭都给他！你偏心，你就是看他长得好看吧！哼！何妈，你已经不爱我了，呜呜！"

何妈笑着戳了戳她额头："你就继续作吧！"然后和她一起，端了托盘和菜，送到了林知茶房间。

这个时候，已经下午三点半了。林知茶连午饭都没吃，在床上歇着，有气无力。

何妈给她递了一个"看吧，人是铁饭是钢，他快饿坏啦"的眼神。

木青青背着双手轻轻地靠近他，俯下身来看了他一眼，而一头青丝垂了下来，发尾扫过他颈项。他身体颤了颤，人从睡意蒙眬里清醒了过来。

"青青？"他猛地转过身来，恰好和她探过来的小脸蛋撞在一起，"咚"的一声。木青青抱着头，疼得吸着气傻掉了。

林知茶也有些尴尬，他磕到下巴和嘴唇了，他也痛啊，但是再痛他都得强撑。看见是她，他又哼了一声："你这个没良心的野丫头！"

"我在这里给你写项目书，你却连个招呼都不打，一去一整天不见影！"

何妈笑着摆好菜和碗筷就退出去了。

木青青依旧抱着头，痛得有点生气了，看了他一眼，突然一转身在桌子前坐下，一声不吭就去抓八宝鸭的鸭腿吃。

林知茶有点讪讪的，走到她身边坐下，一手撑着桌托着腮，然后拿穿了猩红软缎拖鞋的脚去撩了撩她脚背："哎，生气了？"

哟哟哟，他那小模样真是要多俊有多俊啊！木青青半眯着眼似笑非笑道："林知茶，你再这样，我可能不吃鸭了，改吃你了，煎皮拆骨那种吃法！"

林知茶脸瞬间红透了，他的确是存心说了些暧昧的话，也对她做出了轻佻举动来试探她，可是她的话，真是令人捉摸不透啊……

林知茶这时才有时间看看微博，不看不打紧，一看脸黑得可以揭下锅灰了。

"木青青！"他叫她叫得极为咬牙切齿。

木青青已经吃完了一只鸭腿，说："叔叔，你很受欢迎啊！比当红明星还要爆火，你看阅读量过千万了，点赞六百万，评论数不清了。叔叔可以C位出道了！看看这条，"她迅速翻到其中一条大V的留言，"他居然说要当你经纪人呢！这个经纪人带出来的全是天皇巨星！"

林知茶马上给负责人打了个电话，语气十分不善："我是让你多想点推广方式，不是给我机械地转发刷浏览量和点赞！"

对方也很委屈，说："这条微博发的时间不长，我们团体也是现在才看到啊！不过效果很好啊……要不要我再找几个大V加点话题来推，木堂春的知名度马上就火了。等我想个好方案啊，你看找当红国际超模李雯怎么样？她爱减肥，但又热衷健康饮食，这个茶本来就有养胃减肥的作用，李雯也是我们香妆世家的美妆代言人，有她带私货，可行！还有一个方案就是……"

他的话还没说完，就被林知茶挂断电话了。

看林知茶一张脸黑出新境界，木青青笑得嘴角都翘了起来。

他赌气似的把那只八宝鸭抢了过来，筷子也不要了，直接手撕，不过十来分钟，一块肉也没给她留下。

木青青看得目瞪口呆，心想，我的鸭腿啊……

她气鼓鼓地瞪了他一眼，说："叔叔，你悠着点吧！"

"你年纪大了，饿了几天，一口气吃这么油腻的，小心有你受的！"

林知茶洗了手和脸，一把倒在床上，哼了一声，转过身去不肯理会她了。

"你就作吧！"木青青叫上二傻，"二傻们，走！"

后来的事情，真的被木青青不幸言中了。

还没到傍晚，林知茶就呕吐起来，还伴随着腹泻。他又拉又吐，加上之前也没有好好吃东西，整个人几乎虚脱了，只能像泡熟了的面条一样挂在床上。

木青青坐在他"病榻"前唉声叹气的，最后只好说："阿茶，这几天我都不去工作了。我留在这里陪你。是我不对，你远到而来是客，我应该多照顾和考虑你的感受。你看，你还要帮我做木堂春的品牌营销和推广工作，还帮我考虑怎么做产品包装的事，而我却一点时间都不肯抽出来关心你。你大人有大量，原谅小的吧！"说完，还很郑重其事地站起对着他鞠了一躬。

林知茶虚弱地抬了抬手，最后还是放下，有气无力道："你以后多照顾我一点就行了。也不要把工作落下。"他极不好意思地咳了一声，"嗯，多陪陪我。不然我一个人很无聊。"

"好咧！"木青青高兴得蹦了起来。

到了晚上八点，林知茶还是不肯吃东西。

木青青亲自煮了菜梗粥，很清香，还给他做了三碟不同的清淡爽口配菜。可是无论她怎么哄，他都吃不下，仅仅是勉强吃了半碗粥。

这一来，可愁坏了木青青。

这么下去，他铁定熬不住，小病变大病啊！

她给他夹了一块桂花马蹄糕，放在小碟子里捧到床边递给他，说："阿茶，你再吃点。"

林知茶看着她，这次他神色很温和，但还是摇了摇头，唇边笑意有点无奈。他说："青青，我不是故意和你作对。我是真的一点胃口

也没有，看到吃的就想吐。"

木青青在他身边坐下，说："可是你不吃，真的会生病的。"似是突然想到了什么，"阿茶，我给你泡壶好茶吧！"

听见茶，林知茶倒没有肠胃翻涌的那种不适，于是点了点头。

他看她一眼，她那对眼睛亮晶晶的。她"哎"了一声："等我。"然后哒哒地跑了出去。

木青青跑去储藏室左翻翻右翻翻，哎，怪了，要找的茶叶找不到呀！

正巧这个时候，沐春推了一箱刚从防空洞里起出来的半年茶进贮藏室继续陈化。他走到她身边，看她额头上都是晶莹汗珠，取出纸巾替她擦了，才问："你要找什么？"

"龙珠茶！"木青青语速飞快。

沐春想了想，说："这个茶挺好销的，没有存货了。我房间还有几袋，我拿过来给你。"

木青青很高兴，说："不用多了，一袋就够啦！"

沐春带着她往房间书房去，茶叶放在那里，他工作时也可以随时泡茶喝。

沐春的书房，里面的每一样家具都是他自己打造的，有个黄花梨博古架子，上面放了各式茶壶，木青青可喜欢他的博古架了，尤其喜欢摆在上面的一只小松鼠抽象形状的紫砂壶。

她把松鼠壶取了下来，爱不释手地把玩着。松鼠壶的造型线条非常优美，壶嘴那里是小松鼠的头，装茶叶茶水的扁口壶身是小松鼠圆滚滚的身体，然后手柄那里是线条比之壶嘴更为圆润的松鼠尾巴造型。三个点面相连，浑然一体，不用任何笔画雕琢就是小松鼠的形态。

她摸了又摸，紫砂温润的质感更是令她爱不释手。

沐春将一袋三斤装的龙珠茶递给她，然后说："喜欢就拿走吧。"

木青青笑得憨憨的还有点不好意思："君子不夺人所好，我每次来摸摸就行啦！"

沐春笑着摇了摇头，见她把松鼠壶放回架子上了，他又取了下来，说："难道以后你嫁人了，还整天来我这里摸松鼠？拿走拿走！"

其实木青青馋他这壶馋了好几年了，从她还是十四岁不懂事少女开始馋到现在呢，于是也没有客气，赶紧揣兜里了。

沐春简直哭笑不得，说："我给你拿个盒子。"他一边走去拿盒子一边说，"其实这个造型，女孩子都喜欢。不太适合男人用。我当时买来就是想送你的。"

木青青一愣，歪了歪头哼哼："哎，阿春哥，你干吗不早说！"

沐春摊了摊手："每次我说给你，你都说不要。"

"嘿嘿嘿，"木青青对着手指干笑，"因为我每次见你用这只壶泡茶都很小心翼翼，还整天拿来把玩。我以为你很喜欢嘛，哪能夺你心头好呢！"

沐春找到盒子了，是一只紫檀木盒，盒里是金黄色的软缎包裹，形状刚好可以放下那只壶。

"其实我也觉得这只壶很可爱，这是只单人壶，壶身小，是拿来自泡自饮的。"他想了想，又再去翻箱倒柜，最后找了一个没有开过的壶出来。

他把圆滚滚壶身的紫砂壶一并递给她，说："这是莲子壶，可供两到三人喝。莲子寓意很好，适合你。"顿了顿又说，"你和知茶拿来喝茶不错。"

莲子，寓意就是多子。"莲子"壶形，一圆叠一圆，寓意"连生贵子"。他希望她幸福。

木青青把玩着这只胖乎乎的壶，越摸越喜欢，一对眼睛笑眯眯的，成了一对甜月亮。她翻到壶底，看清落款，上刻：岁在辛卯中冬虔荣制时年七十六并书。

居然是清乾隆至道光年间宜兴制陶大师虔荣的作品。他拿手的壶型就是莲子壶。莲子壶，是紫砂茗壶光素造型中的佳器。虽然造型极为简朴，却最考功力。好的莲子壶，质地温润细腻，造型简朴而不简单，壶形突出莲子（又称掇只），骨肉亭匀，看似素面素心，却体现出壶艺家的功力和纯熟深厚的技艺。而且最为难得的是，虔荣的莲子壶存世极少，每件都是珍品。

木青青有些着急了，把壶推了回去："阿春哥，这太贵重了！"

"好壶也需对的人来养，和玉一样，都是有灵性的东西，得看缘分。你和它挺有缘的。"沐春把壶又推了回去给她。

她抱着茶壶，嘟了嘟嘴，说："阿春哥，你哪里看出来我和它有缘啦？"

"它胖鼓鼓圆乎乎的，一看就很适合你。你也很喜欢它。真要形容，

怎么说呢？就是你和它一样能吃，爱吃的模样！"沐春忽悠她。

木青青脸颊气得胀鼓鼓，像只河豚鱼："你笑我！"

沐春看她那样子，忍着笑，给她把两个茶壶装好盒子，放进袋子里，又把龙珠茶拿另一个袋子装好了，一并交给她，说："走吧。我也要去茶场了。"

[6]

木青青先让何妈去做了几样茶点，然后她就提着东西回到林知茶房中。

她找来一应器具开始烧水，准备泡茶。

等一切准备好了，水也开了，她开始泡茶。

她今天穿的是绛红色的薄纱茶服，宽宽松松，带着点民国复古味道，下身也是宽松的同色系裙子，就似开在暮春里的一朵粉色桃花，漂亮得柔和又美好。她泡茶时举手投足都很温婉，刚到手肘的袖口宽宽的，像一朵水红色的花，她一双手也很漂亮，纤细白皙。林知茶只觉得，她哪一处都是那么美好。

要真的说有美中不足的地方，就是她的皓腕上少了一对像她一样纤纤细细晶莹剔透的美人镯。他端着专业相机给她拍视频。

她的茶道展示，做得就像茶艺表演一样精彩漂亮，翩若惊鸿，婉若游龙，还带着独属于她的优雅含蓄与风流蕴藉。

透过镜头，只见视频里的她温婉地说道："龙珠茶的营养价值高于普通茶叶，含有十几种氨基酸，以及粗蛋白、粗脂肪、糖类、单宁、维生素等营养成分，还含有人体所需的微量元素。"

……

由于精神不太好，拍完视频后，后期的剪辑林知茶不做了，将视频直接发给了运营团队。刚好，她的茶也泡好了，倒进了透明的闻香杯里，递到他面前放下。

林知茶这才注意到，茶壶里的茶有点不同，是一粒一粒圆圆的，不是茶叶形态，更没有叶子、叶芽和叶柄，倒像茶渣，但又很圆润，颗颗饱满。

"这茶形态有点奇特。"林知茶说。刚才，他就给茶来了好几个特写镜头了，只因它们太特别了。

"嗯。"木青青只是点了点头，没有多做评价。

林知茶觉得她怪怪的，她之前可是很爱介绍茶的呀，就刚才茶艺表演时，她也只是随意提了一句："这种茶清香远溢，其清香之气，远比其他茶叶要清、淡、甜、清逸。还有健脾养胃、治暑气，和治肠胃不适等功效。"

"你闻闻香呀。"她提醒他。

林知茶细细闻着，觉得果然芳香无比，那种香很清，闻着很舒服。于是，他拿起另一只品茗杯，抿了一口，然后又抿了一口。

他神情放松，嘴角微弯，看来是很喜欢这种茶的口味了。

这样，木青青也就放心了。

两人静静相对品茗。

不一会儿，何妈送上了许多茶点，每一样都是可口的。

林知茶喝了一壶茶后，在她换茶叶时，他吃了几块糕点。

"这茶很独特，口感很清爽。"林知茶说。

"这茶，在清朝时，和六堡茶一样是贡茶。"木青青说，"而且这种茶有治呕吐腹泻的功效。直接说有点不雅，所以刚才拍 Vlog 时，我没有说。"

"它不是六堡茶吗？"林知茶又问。

木青青顿了顿，道："它的制作工艺有点复杂，是用有药用价值的野藤、极品六堡茶，和换香树叶一起制作出来的。由于工艺烦琐，所以做的量很难多起来，每年只有那么一点。而且极为好销。暂时，这里的庄子没有这种茶了，我是在阿春哥那里匀了一点过来。"

林知茶又喝了一壶茶，通身舒泰，还有一种清爽感，就连刚入夏的一点暑气也消散了。林知茶忽然说："青青，我好像饿了……我想吃饭。"

"哎！"这一来，木青青又高兴得眉开眼笑了。

木青青跑去找何妈做好吃的，而林知茶在房间待着，看木青青带回来的两个壶。由于两个壶造型优美，他也给它们来了个多方位多角度的拍摄。

他有了精神，于是又开始折腾。他把好些花啊、书本呀都搬了出来，用来和壶搭配。还把松鼠壶放到窗台上摆着的一棵青翠罗汉松下，还挺有趣，小松鼠和松树！

他拍得兴起，又给它们换了好几个造型，最后还自己写了篇有趣的通稿，再用青青的微博发了出去。

底下留言依旧热闹。这一次，团队的人很有创意，马上联系了紫砂茶壶收藏家大 V，让其做了推荐。搭配的是软文，不是强行安利，还提到了这是清虔荣大师的壶，单是那个底款就价值千金。

博文一出，属于木堂春的青青的微博，以及木堂春的淘宝茶叶旗舰店和京东茶叶旗舰店马上订单量急增。

林知茶很是满意。

他又看到此时那个紫砂壶收藏家大 V 居然开了直播，正在说这款极难得的莲子壶的。收藏家说："'莲子'壶形，一圆叠一圆，寓意'连生贵子'。寓意非常好，放在家室里，简直和好女子一样宜家宜室。"

那个收藏家妙语连珠，一番话说下来，不过短短三分钟的视频，木堂春的生意额直接爆了表。

就连木青青都一阵风似的跑了进来，抓着他手说："叔叔，天啊！木堂春火了！今天这短短一个小时的订单，已经破四万了！其中卖出去的有一款是三十年的老茶，五斤装，价值两万五的茶王。"

木青青高兴坏了，只恨不得马上跑去仓库里把那筐茶起出来，直接寄出去，省得对方反悔！

于是，她马上打电话，让人把茶从六堡镇里的防空洞里起出来，明天一早就寄出去。

林知茶笑着摇了摇头，说："你还真是风风火火的！"

这一下子，木青青又变得狗腿得不得了，巴巴地趴在桌面上看着他，说："叔叔，肯定是你的功劳吧！那个大 V 我看了，他肯定是你请来的。"

林知茶抬起手来，本来想摸摸她头的，又改为拿指尖戳了戳她眉心："你呀，这个精力无限的捣蛋鬼！"

他又说："青青，我又有了好点子。我觉得你们可以多做一条线，就是卖紫砂壶和各式茶宠。这个和茶匹配，相得益彰，比不断买入茶园要好。"

"可是正宗的紫砂壶很难寻。"木青青抿了抿唇。这条线开发起来是很好的，能带动很多利润，不仅仅是带动卖茶。但是她没有资源，很难拉到好货。

林知茶又抿了口茶，说："这个不用你担心。我爷爷是爱茶人，不仅爱好茶，还爱收好壶，所以认识了宜兴的一位制壶大师，可以直接从他那里拿货。通过那位大师，我们还能认识别的卖壶人和老宜兴制壶大师。"

"叔叔万岁！"木青青高兴得直接蹦了起来，然后又马上给他捶背、捏手臂，笑嘻嘻地说，"让小的伺候你吧！"

林知茶对她的厚颜无耻见怪不怪了，说："我饿得很！"

"让小的伺候你用膳！"木青青马上去给他盛汤。

汤很香，但考虑到他脾胃弱，没有煲老火靓汤，只是简单的冬瓜老鸭汤。

他笑着摇了摇头："你这是古代剧看多了吧！"

"你是皇帝，你说是就是。"木青青圆圆的杏眼骨碌碌地转。

他无奈地摇了摇头。

最后，他还是要逗她一逗："若我是皇帝，等朕登基了，以后这三宫六院里，你会是朕的皇后。"

木青青装出受宠若惊状，半捂着心道："可是皇上以后有了宠妃，就会忘记皇后了。"

林知茶怔了怔，这丫头是入戏了吧……他看着她，温柔地说："朕没有宠妃，只有一个宠后。"

啧啧啧！木青青脸瞬间红透了，捂着脸从指缝里偷眼看他。只见他嘴角是往上翘着的，那他肯定也是喜欢她的吧？

唉，猜不透呀猜不透！

"别傻愣着了，陪我用餐。"他强装淡定道。

"好嘞！"木青青欢快地坐到他身边，给他布菜，把好吃的全堆他碗里去。

不一会儿，他碗里的菜就像小山一样高了。

第五章

♥

心生欢喜

Sweet Tea

[1]

这三天来，木青青每天都喂林知茶吃龙珠茶，将他喂成了一条俊俏的茶虫。

茶虫吃了茶，饿饿的，也就吃下了许多饭。于是，林知茶神奇地治愈了，又成了活蹦乱跳的小少爷。

身体一好，林知茶就给木青青引荐了爷爷的那位好友，制壶大师黄逸朗老先生。当黄逸朗和他们开视频会议时，木青青向黄逸朗订购了一批造型优雅古朴的壶。

林知茶想了想，说："我们可以适当地扩展女性客户群。这类目标客户更喜欢精巧些的东西，像古朴的壶型虽然简洁大方，更能凸显紫砂的温润性，但我们还可以购入精于装饰技巧的壶。例如那把有一只绿莹莹的碧玉青蛙镶嵌在壶盖顶珠的壶就很不错。还有壶身上有许多雕花的，蜻蜓、莲花，或者直接造型成南瓜、竹节的壶都很有趣，甚至能入一些老顽童的眼。我记得我爷爷有一只钟形壶，壶身上还雕刻加彩绘了一个可爱的小和尚在撞钟。我爷爷喜欢得不得了，几乎天天带在身边。那只壶，就是黄老师的得意作品。壶名，我记得是叫'茶禅逸趣'。"

黄逸朗微微一笑，答："可以。如果不介意，我想随性发挥。"

木青青黑眼睛骨碌转一圈，一口答了："没问题。您老请随意。"用人不疑疑人不用，她是懂的。

♥

然后，她一回眸，似笑非笑地睨了林知茶一眼，说："叔叔，看不出你挺懂女人心思啊！"

林知茶："咳咳。"

视频里的黄逸朗呵呵笑，又道："我认识知茶有很多年了。这孩子脾气臭得很，我从没见过他对一个女孩子这么上心过。"

"黄老师！"林知茶赶紧打断他，"我们再聊聊茶宠。"

经过商谈后，木青青和林知茶确定下了一批或站或坐的小和尚茶宠，特别的可爱，还有禅意，很适合茶道。还有会喷水的三脚蟾，以及十二生肖，甚至还有一些造型比较奇特的玩意儿。

当一切商定好后，木青青忽然问了句："黄老，您会做虫宝宝吗？就是茶虫，胖乎乎的，昂着圆滚滚的大脑袋，要特别可爱的！我自用！我要每天给它浇茶水，养得它胖胖润润的！"

黄逸朗七十多岁了，穿着一件月白唐装，仙风道骨，可以想见年轻时也是一个美男子。他留有修剪得很漂亮的花白胡须，他摸了摸胡子，被这个有点奇怪的要求怔了一下，看了一眼正在喝茶的林知茶，"唔"了一声，说："好的。"然后又问，"知茶，你在喝哪个年份的六堡？"

林知茶把手边的茶壶打开，取了一点泡过的茶出来，说："我也不知道是哪个年份的，就是觉得这个茶没有叶，有点别致。"

黄逸朗看了眼茶籽就知道是什么茶了。这类茶说好听点，叫虫茶；优雅的说法，叫龙珠茶；至于通俗叫法就叫……虫屎茶。林知茶是他从小看到大的，洁癖严重，是不可能喝这种茶的，那根本原因就是他不知道这茶的来历了。

"龙珠茶啊……"黄逸朗摸了摸胡子，笑呵呵，"在清朝，可是皇帝钦定的贡茶。"

木青青知道黄老肯定猜到了内幕，于是赶紧说："嘿嘿，叔叔他上吐下泻，这个茶专治这个病。"有病嘛，得治，嘿嘿嘿。

"咳咳，"林知茶斜了她一眼，"早几天有点肠胃不适。"

哦，肠胃不适是比上吐下泻来得文雅！不过啊，小少爷你就作吧！木青青笑得一脸狡黠。

黄逸朗问："这一批货我现在开始做，大概三个月后，能出来十件。其他的，则从我的店铺里，发一批货过来。那十件，我做完后寄过来给你吧，青青。"

木青青想了想，说："黄老，三个月后，我带上好茶来拜访您！您是前辈，我们这些后辈得跟着您多学些东西。"

　　黄逸朗连连点头，非常高兴地连说了三声"好"。

　　关掉视频后，林知茶不明所以地摸了摸俊挺的鼻尖，问道："你怎么会喜欢毛毛虫？"

　　他对各式爬虫可是深恶痛绝的，她一个女孩子家家怎么会想到要一条虫。

　　木青青揶揄："茶虫嘛，挺可爱的，像你。"

　　林知茶半天后才反应过来，她居然将他比作了一条虫！

　　"木青青！"他气得抓狂。

　　木青青赶紧避回了自己房间。

　　她将房门一关上，终于憋不住了，哈哈大笑起来。

　　而另一边，林知茶房间里，只剩下他和两只傻狗大眼瞪小眼。

　　这一天一早起来，林知茶就觉精神很足。

　　他和木青青在大厅用完早饭后，他的电话突然响了。他接起听完后，嘴角不自觉地扬了起来。

　　木青青眼尖，轻踢了他一脚道："阿茶，有什么好事，说出来听听呀，让我也沾点喜气。"

　　原来是林知茶的团队到了。

　　他们从摩洛哥和哥斯达黎加过来，转了好几趟长途飞机，然后林知茶在梧城的人接到他们后，又经过几趟车换转，才找到了这里来。

　　木青青很高兴，随着林知茶去见他们。

　　一行来的有四个人，一个叫"The One"的团队。

　　为首的是一个中文名叫唐大山的英国男人，四十岁上下，会专业摄影，以及是种植培育界的大师，生物植物学家、化学家，主管林知茶家族企业在全世界各地花园的植物培育工作，以及护肤品研究工作。

　　唐大山的助手韦晓汤是个上海男人，小汤哥三十二岁，是植物家和化学家，负责知茶花园的培育，和护肤品的研究工作。

　　另一个叫陈迪云的北京男人是专业摄影师，项目策展人。

　　最后一个叫史丹，新加坡华人，负责统筹和公关，还拥有协助团队成员的多种技能。

最为难得的是,唐大山会说一口流利的汉语,大家交流完全没压力。过来的时候,唐大山就拉着当地村民大侃特侃了。

林知茶显然和唐大山很熟,快走几步,一把抱住他,说:"唐大山,你需要休息吗?大家需要休息吗?"

大家笑着摇摇头,而这个英国男人一对蔚蓝眼睛眨呀眨的,说:"茶,你又不是不知道。我这个人上天下海从来没有累的时候,哪里需要休息!我最近替你在海底找到了一种海藻,能抗极残酷环境和气候,具有自我修复的超强能力。我已经加进当地的研究实验室了,在研究怎么提取。这边的情况我在飞机上也了解了,我对你提到的六堡茶金花很感兴趣,也会和你一起做最佳萃取。至于你说的几百年古树移栽,这个我需要先实地考察,全面了解这种树才行。"

林知茶身后的木青青心中感叹道:叔叔请来的团队果然是顶级的。每一样事情基本都规划好了。

她上前一步,伸出手来,主动打招呼:"大家好,我叫木青青。"

林知茶一一介绍了四人,三人都和木青青握了手。就唐大山突然给了她一个热情的拥抱,说:"我叫唐大山!哈哈,美女呀,我最爱和美女打交道。"

林知茶脸一黑,赶紧将他的小丫头从大山那儿抢回来。他不动声色地挡在木青青身前,说:"好好说话,不用这么热情的。"

木青青笑着摇了摇头,这个林知茶怎么比她还保守啊!

一行人根本没有闲着,唐大山由当地的一个茶农陪着去实地考察古树的种植环境,以及了解四棵古树。而另外三人则跟着木青青和林知茶在黑石村附近转一转。

木宋听到消息后,还专程追了出来,主动提出带唐大山到古树黑石林那里看看。

唐大山见到古树时十分惊叹,欢喜得不得了。

他说:"木先生,我可以爬到树上去吗?"

"可以,请随意。"然后,木宋交代了一些注意事项,见他很认真倾听完后,才说,"不好意思了,因为古树珍贵,如果它们受了外伤,则会不结好叶,所以我才谨慎些。"

"应该的。我们应该遵从每一行的规矩。更何况我对这些树非常着迷。"唐大山回答。

木宋早在两天前，已经从林知茶那儿了解到了唐大山的履历，唐大山此人简直就是为植物而生的。所以将古树交给他，木宋也是放心的。

叫阿贵的茶农将梯取出，唐大山很轻巧就爬了上去，连树叶和枝干都没有动一动。

木宋感叹，这个老外不仅是个植物学家、化学家，看他那强健体魄还是个常年在户外，尤其是原始森林行走的探险者。

唐大山坐在树上，摘了一张不能制作茶叶用的叶子。他仔细研究了许久，观察其叶茎脉络，和阿贵聊了许多茶知识；在得到同意下，又摘取了好几张能制作茶叶用的叶子，他将叶子小心归类放进朔料袋里贴好标签，一一放进了背包里。然后，他又开始了攀爬，研究每一段形态各不相同的树枝树干。

木宋到底年纪大了，他由助理陪着，坐在树下休息，并回答唐大山的一些关于古树的生长情况，以及古树和普通茶树的不同特质。唐大山用一个笔记本做了些极简单的标记符号。

这时，山风吹来，带着一丝水汽，竟是将不远处瀑布的水汽吹了一些过来。

唐大山很高兴，还和大家聊了一些在亚马孙原始森林见到的奇景和趣事。

木宋忽然咳嗽了几声，助理立即给他加了一件背心，并替他轻捶背脊。

唐大山外表看起来是个不修边幅的糙汉，但其实心极细。他说了声："木先生，我们先回去吧。这里风大，你得注意身体。"

木宋咳嗽加剧，也就没再逞强，说："好吧。我们先回去。"

而另一边，陈迪云在发现了一处绝美深潭时，二话不说就脱了衣服裤子，拿着防水照相机一把跃进了深潭，而他身后是震耳欲聋的瀑布。

木青青看着他一气呵成的流畅动作目瞪口呆。

史丹友好地一笑道："青青别见怪。迪云和大山的性格刚好相反，他很静，非常闷骚。他肯定是发现了可以用作宣传的东西，所以先去探一探。等他上来后，我会配合他的工作，出文稿。"

不愧是搞公关和维持团队平衡的，史丹聊天很有一套。木青青笑眯眯地回应着。

而来自上海的小汤哥走到潭边蹲了下来，从背包里取出一应仪器，对深潭水样和土壤以及黑石头都一一做了采样，放进相应标本盒子里。

史丹连忙解释："我们想研究一下六堡古茶树的生态环境，到时候做宣传时，这些都会用到。而我们团队不仅仅为木小姐服务，同时还要对林氏负责，我们会为林氏香妆的美肤研究室提供详细的研究方案。"

木青青点点头，说："只要是工作上的事，在不破坏茶树及其生态环境，以及对木堂春制茶事宜对外保密的前提下，其他的请随意。"

[2]

第二天上午，八点尚未到，唐大山和韦晓汤在沐春的陪同下，再度去了古树那里作研究。

而在做了一晚上通宵工作后，摄影师陈迪云也交出了满意的答卷。

陈迪云对这次的作品非常满意。

电脑里，一段极致唯美的短视频呈现在木青青和林知茶面前。

倾泻而下的瀑布似碧山中的白练。深潭一边是与飞瀑的交汇，灵动悠远；而一边是安静到极致的幽深，静谧，波澜不兴。

深潭还有一个小小的分支，就像泉眼一样，将飞奔而下的热情瀑布引向了山涧溪流，绕着这片土地滋养这里的茶树。

潭水清澈幽深，泛着碧色的盈蓝水光，随着陈迪云的纵身进入，泛起圈圈涟漪，而镜头里的潭水中，有通体透明的游鱼，还有美丽神秘的水下世界。

镜头再度切换，山里，风呼啸而过，和着水声，令人如置身茫茫宇宙的中心。

镜头再度切换，这时的景像是处于瀑布的顶端，位于峡谷之上，一种震撼人心的力量使得观看的人身心为之一振。

再然后，又归于寂静，镜头视野所及，全是悠然安静的深邃蓝色水源，有一种疗愈的味道，明明是一个冷色调，却让人觉得温暖。是绿色，是蓝色，是活力，是治愈，是属于我们人类的乐活区！

这时，一只手轻轻握住了水底的一株植物，这种像草一样的异常柔软又坚韧的植物，被人轻轻抚摸，然后一双手充满虔诚地将它采摘下来，这株生于水里的"芝兰杜衡"就被这样轻轻带了上来。

视频到此结束。

关于这段被剪辑成三分钟的视频，是陈迪云在史丹的协助下完成的。

两人居然还是自由潜爱好者，可以在水下闭气三分多钟。

史丹解释道："我们制作 Vlog 的目的，就是要在第一时间抓住人的眼球。这段视频将来可以在木堂春以及香妆的茶精粹广告里同时使用。茶的灵活是什么？其实是水，尤其是活的、美好的水。水源，本身就有活和灵的特殊灵气。茶叶的广告，不一定要在于茶叶本身，可以是绝美的风景，可以是滋润茶树茶叶的水源和土地，并以美景衬托出茶叶的灵性和美好。"

涉及到史丹的专业，他在讲解时特别的神采飞扬，整个人像会发光一样。

他又详细阐述了他和陈迪云的理念，木青青觉得非常棒。就连林知茶都说："果然和你们比，我的那点构思就像幼儿园过家家。"

陈迪云听了，抬起头来只是友好地一笑，没有别的话。

史丹轻拍了拍林知茶肩膀，说："没有的事。我已经看过你给木青青打理的微博、抖音、推特等一系列社交媒体了。我觉得你的定位很好，有精准性，对目标群体也很了解。我这边配合着再做一套方案就可以了。具体是这么个构思理念，我先和你们说一下。"

木青青说："接下来就拜托你们了！合同我会在明天下午四点前准备好，没什么问题，到时就可以签约了。"

"好的。"史丹是个爽快人，本来他们的主要任务就是为林家服务，而现在什么都讲究跨界创作和合作，就好比高定服装设计，会邀请来雕塑大师为衣服设计雕塑型。建筑师也会被美妆公司邀请来为美妆品设计盒子插画。一切都是皆有可能。更何况是林氏的茶精粹系列护肤品，和木氏的茶文化的一次激情碰撞呢！

这一个月，The One 团体在六堡镇、黑石村，以及周边几个镇之间来回探寻，和当地茶农打成一片，已经基本了解了六堡茶茶树的生长情况。

当第一阶段的调研结束，团队回到镇上木青青家时，他们马上开会谈论方案，在跟木宋以及几位古树的养护者（镇上的植物学家）研究了一番后，决定用嫁接法来栽种培育新古树。

这个项目被定为"焕发新机"。项目如果能成功，新育古树可成活并成功培育出古树的下一代，那林知茶的茶精粹系列的顶级产品线就开发成功了一半。

唐大山很有信心，拍了拍林知茶肩膀说："马上会进入第二阶段调研了，香妆顶级实验室的三位成员已经从巴黎赶过来了。不过他们只是做一个小测试，先把从四棵古树的树叶、根茎等别处地方做一个细胞提取，然后进行美肤核心成分精粹提纯，我会配合他们做。如果提取物优质，那负责育树的第二小分队的五名成员也会马上过来，进行古树移植与培育。"顿了顿，又对木宋说，"大宋，届时还需要您和当地的树农以及植物学家大刘帮助我们。我们保证绝对不损伤木堂春的任何一棵茶树，尤其是阿大、阿二、阿三和阿四！"

这些都是白纸黑字签了合同的，也是林知茶这边，对木堂春做出的承诺。

木宋也很放心，因为他们都是技术人员且本身又是植物学家，爱护每一种植物的理念是深刻在他们骨血里的；而林知茶虽是商人，但也是个有责任心的商人，所以木宋并不担心。

木青青和沐春也是全程参加会议的。

沐春整个过程不发表意见，但做了很多笔记。

而木青青双手捧着脸，看着林知茶时一双眼睛亮晶晶的："阿茶，你家的产业好高大上啊……"

林知茶抬起手来弹了弹她额头，轻笑："就你皮！"

沐春依旧目不斜视，继续写写画画，偶尔和 The One 的人交流几句。

木宋看了林知茶一眼，发觉这一个多月下来，他晒黑了那么一点点，人看着也粗实了点。他脸色红润，脸颊也比初来时丰满了些，整个人神采奕奕，竟是漂亮得令人移不开目光，也难怪自家孙女那么喜欢他了。

木宋又想，还是自家孙女厉害，每天好菜好饭养着，这茶虫看起来越来越精神咧。于是，他笑呵呵来了一句："青青呀，我房间里还存有几斤龙珠茶，拿出来孝敬你叔叔吧！你看，这茶水滋养得你家叔叔胖了呢！"

木青青一回头，就对上自家爷爷别有深意的笑容。嘿嘿，看来龙珠茶那点事快要瞒不下去了呀！她回转头，又看了看林知茶，叹气，他吃这茶是挺好的，可是总有一天，他是会知道这茶是什么做的呀……

小甜茶

唉，好担忧……唉，好忧伤……

她默默对起了手指。

林知茶听见爷孙两人的话后，说："青青，替我多谢爷爷。这茶喝着很好。"

说来也奇怪，林知茶居然喝这种茶喝上瘾了。

木青青给了他一个谜之微笑，嘿嘿了两声。

会议结束，唐大山是个风风火火的人，马上一支箭射了出去，打算进六堡深山里去探险，寻找奇花异草。

可他才踏出门槛，就被一个矮矮壮壮的黝黑村民给一头撞了回去，黝黑村民大叫着救命，而他身后的另一个村民怀里还抱着一个七八岁的男孩子。

"怎么了？"木青青和沐春反应最快，已经先一步跑了过来。

沐春一看到男孩子脸色发紫，身体轻微抽搐就明白是怎么回事了。

沐春问："惊风了？"

木宋马上让人去把家里的老中医请来。

沐春帮忙把孩子平躺放好，并取来布条让孩子咬着，以防止他咬伤舌头。

陈姨刚好端了茶点进来，一看就问："咦，这不是庄子上老李的孩子吗？"

跟着来的村民点头："是，老李家的。他父母还在别镇收茶没有回来。他暂时住在我家，但他上午在学校时被老师批评了，逃了学跑回来，我才呵斥了他两句，他就全身发抖跟着抽搐了。"

老中医到了，黄医师把完脉后，就去开药。

木宋说："孩子还是得送医院检查。"

村民点头道："我是李胜的表叔，他的病情我多少了解，他一直有看病，大问题是没有的，就是不断根，偶尔还会发作。西医说了，还是得靠中药调理，中西结合一起治疗。"

木宋说："阿春，你让黄医师送点老六堡过来，老六堡搭配一些药材冲泡一起服用。现在可以做一碗，煮一大锅子，要浓点。"

听说要煮一大锅茶，陈姨马上去帮忙了。

等沐春和黄医师再过来时，除了提了大包小包的药材，还有一碗浓浓的茶汤，汤色红浓偏于红黑色，满满的茶香漫了上来，而李胜也不再颤抖，在黄医师的帮助下坐了起来。等他顺气后，黄医师又扶着他坐到椅子上来。

此时的李胜，出了一身的冷汗。陈姨也从厨房过来了，挺心疼孩子的，拿了温毛巾来给他擦脸和肩颈。

木青青问："小胜，好点了吗？"

李胜有点虚弱，没什么力气说话，只是点了点头。

看到黄医师要喂小孩子喝六堡茶汤，林知茶扯了扯木青青，说："这么儿戏吗？"

而一边的唐大山和韦晓汤看得津津有味，连深山探险也不去了。

木青青说："叔叔，你不懂可以百度。我家六堡茶可入药的。六堡茶也是这么多种茶叶里唯一可入药的。五年以上老六堡兑冬蜜可以治痢疾，还可以治小儿惊风！"

林知茶看着李胜把一大碗兑了其他药材的六堡茶汤慢慢喝完。后来，李胜还在这里休息了一个多小时，待没有问题了，一众人才放心让李胜离去。

村民很感激木宋，说："宋老爷子，我们过来时急，没带钱，我回头……"

他的话被木宋打断："李胜的安危才是大事，钱不钱的小事而已不值一提。老陈茶不够了，找阿春拿。不要提钱。"

那个黝黑的憨厚村民很不好意思，两个村民最后说："那如果不嫌弃粗茶淡饭，请您老人家赏脸，我给您做一桌菜。"

"好！"木宋是个爽快人，大手一挥笑眯眯道，"赶紧让孩子回去休息吧。"

到了此时，别说林知茶了，就连唐大山和韦晓汤都惊奇地发现李胜的脸色又恢复了红润。

唐大山一脸惊叹："太神奇了！"

"是吧！六堡茶是个宝藏吧！"木青青十分傲娇地挺了挺胸。

一直不说话的陈迪云走过来，把刚拍摄的录像给木青青看，说："我待会儿把视频再剪辑得更完美些。我觉得这个作为噱头很好，将六堡茶的功效展示出来，让更多人知道。不过为了显得不过于'刚'性，我打算联系国内的一些名人或网站来推。"

林知茶反应极快，说："让雁雁来做吧。"

小甜茶

雁雁？木青青眼睛瞬间眯起，像一只被挠了一下很生气的猫咪。

"雁雁啊，听起来是个美女哦？"连她自己都没有注意到，话说得有多酸。

林知茶瞬间心情大好，看着她笑了笑，然后点头："嗯，雁雁是美人。"

"哼！"被踩了猫尾巴的木青青拉着沐春说，"阿春哥，我们走啦！今天可是要去把城里的那十家分店都巡视完的。你看，现在都快中午啦！"

沐春有些无奈又同情地看了林知茶一眼，然后跟着木青青走了。

这一下，被踩着猫尾巴的是林知茶了，他咬牙切齿道："木青青，你给我回来！"

唐大山嘿嘿笑："老兄，你这样是一辈子都追不上女孩的！"

林知茶黑着一张俊脸说："唐老鸭，你是想被扣工资是吗？"

唐大山很委屈，自己怎么就成老鸭了？于是，他拉了韦晓汤一把，说："走走走，我们探险去！"

于是，偌大一个木堂春大堂里，又只剩了林知茶一个孤家寡人了。

哦，不，还有两只狗陪着！

将军将黄黄的大手连同黑黑的爪子搭到了林知茶膝盖上："汪汪（帅哥，别哭了）！"

威武直接跳了起来，给了他一个火辣辣热吻："汪（你不孤单，你还有我）！"

林知茶哭笑不得。

[3]

第二天晚上，当木青青拉着沐春高高兴兴往庄子外走时，林知茶站在阳台上，目光幽怨地看着她的背影发呆。

沐春回头看了一眼，暗暗扯了她一把，说："知茶看起来不太高兴。"

"本小姐还不高兴呢！"木青青牵着他的手快步跑，"爷爷下午老早就过去了，肯定是去李胜叔叔家里偷吃最好吃的菜了！我们可不能太迟了！听说有爆炒香田鸡，我最好那口啊！还有香辣黄鳝、香焖泥鳅，天啊，全是香喷喷的野味！"说着说着，她简直是口水流一地。

看着她那个模样，沐春宠溺地摇了摇头，揉了把她头发，说：

"走吧!"

小李的家走到村口就到了,四十分钟路程。两人也不爱坐车去,就当锻炼快步走过去,但一路上行来,沐春心事重重。

木青青察觉到了,问:"阿春哥怎么了啊,你有心事呀?"

沐春说:"你和知茶是不是有什么误会?"

一听见林知茶的名字,木青青的火气就噌噌上来了!她折了路边一根狗尾巴草,叼在嘴里,哼哼道:"他不是有雁雁吗?雁雁、雁雁地叫着,多亲热啊!哼,这头花心大萝卜!咬死你!嚼烂你!"不过须臾,一根狗尾巴草被她咬烂了,然后她"呸"一声吐了出来。

将军摇了摇头,一对黑溜溜的眼睛看着她,满心的疑问:漂亮的主人,你为啥和"我的尾巴"过不去啊!

就像会读心术一样,木青青撸了一把将军说:"这不是你的尾巴哦!这叫狗尾巴草,是根草懂不懂?!"

看它一脸萌萌,不懂的样子,木青青叹了口气,原地坐了下来,又撸了把它圆圆的黄脑袋,说:"将军,还是你好。你看,你兄弟威武都变节了,有好吃的都不跟我走,留在家里陪那棵坏茶!"

沐春往四周看了看,才发现这里风景其实挺好。有一条河从两人跟前流淌而过,这一带的树上挂着红灯笼,而四处都是野花,开得十分灿烂。

不远处,码头上的那棵百年老樟倒映水中身影婆娑,两岸掠影碧黛如练,轻轻在河上掠过,很灵。他一直觉得家乡的山与水都很灵。即使这些年,他也曾在欧洲居住过,国外景色如画,但都不及家乡一山一水一草一木动人。

"我们到那边凉亭坐坐吧。"沐春指了指那边的小亭子。亭子边还有两株野生芍药,艳如红云,亭亭立于一棵黛色芭蕉树下,黛色浓叶的俊逸不能夺其漂亮分毫。

"好呀!"木青青一蹦一跳跑到亭下,就坐在芍药旁,对着他招手笑得甜甜的。

沐春的一颗心如被什么猛地击中,有欢喜,有惊艳,也有涩疼。幸好,他是通透洒脱的人,不过一瞬,看着她如花笑靥,他心中涩然又尽数化为欢喜,只要她幸福开心就好。

沐春是站着的,他在看远处码头上那棵老樟树,提议道:"过几

小甜茶

天有活动，你带知茶过来看看，还可以挂红绸。你们把愿望写在红绸上，挂到老樟树上去，一切愿望都会实现的。"

"他和雁雁去好了。"木青青嘟嘴。

沐春笑着摇了摇头，在她面前蹲下，说："青青，别耍小孩子脾气。你连一个解释的机会都不给他。或许他和雁雁只是普通朋友。"

"有叫普通朋友叫得那么亲切的吗？雁雁，雁雁，雁雁是个美人！你没看到他说话时的样子，那眼神多温柔啊！"说着说着，木青青吸了吸鼻子，忽然想哭了。

沐春无奈又好笑，说："那我也叫你青青呀，你也叫我阿春哥。难道我们之间有什么不可告人的秘密和感情吗？"

"肯定不同，我们是最纯洁的兄妹！"木青青双手撑在他的肩膀上，特认真地说，"我们从小青梅竹马，你是比我亲哥哥还亲的！哦，不对，我妈我爸就生了我一个，你就像我亲哥哥一样！你叫我青青，我叫你阿春哥，多天经地义啊！哼，雁雁……"

她一说到雁雁，就觉得牙筋疼！

沐春一怔，心里酸软，也庆幸刚才那些想表白的话被他忍住了，憋回肚子里去了。他只是温柔地说："青青别小孩子气，你该给知茶解释的机会。不然你们因一些小误会而错过了，我看你回头也别找你阿春哥来哭了！"

木青青吸了吸鼻子："好吧……"

可是等到木青青酒足饭饱了，又把这事给忘了。

她哼着小曲，晃着脑袋往自己房间走去。将军跟在她身后也摇头晃脑地走，险些撞到墙上。

原来是她喝得有点上头，一时忘记了，也就把酒瓶随手搁地上了，然后将军趁机偷喝了酒，它也醉了。

林知茶是一直在等她回来的，听见动静，马上把门打开，喊了声："青青……"

"花心大萝卜！"她哼了一句当回应。

林知茶有点摸不清头脑，自己怎么就花心了？

威武很兴奋地围着将军转，将军忽然开口打了个酒嗝，威武发了傻地在走廊来回奔跑。

林知茶很无奈，伸手来扶摇摇欲坠的木青青，最后半扶半抱才把她抱进她房中。

还差两步路，她居然歪了下去，抱着他大腿打起了呼噜。

林知茶赶忙将她抱起，放到床上，叹道："你这个孩子，好好的，吃那么多酒干什么？"

刚睡了几秒钟，木青青就醒转过来了："叔叔，你知道吧，我不开心！"于是酒疯说发就发，她抱着他哭了起来。

她哭得惊天动地，还直接把林知茶扑倒在床褥里，而她伏在他身上。

"青青，别哭了，好吗？"他温柔地哄，"是不是最近工作上的事压力太大了？你放心，我会帮你打理好一切。我还给你找到了一位职业经理人，他和沐春配合，能将木堂春打理得很好。你也会轻松许多。青青，有时候我总在想，你那么年轻，或许，你真正爱着的东西，并不是茶，或者说并不仅仅是茶。青青，我偷偷看过你放在杂物房柜子里的画板和画作。我才知道，原来你是个画家。是昨天沐春告诉我的，也带我去杂物房把你藏的画板、画笔和画作都找了出来。青青，我想让你重新执笔，你说好不好？"

"好。"木青青吸着鼻子，贪婪地嗅着他身上的淡淡香气，有鸢尾、松木香，令她安心。她莞尔，"我要画你！"

"阿茶，我要画你！"她一边说，一边将眼泪鼻涕糊了他一身。

他抱着她，哭笑不得道："好，就画我。青青，我从来没有让任何人画过我。你是第一个，也会是最后一个。"

不过很可惜，木青青是个喝醉了就忘的人。所以此时此刻，她做了什么，他说了什么，第二天，她是铁定不记得的。

"青青，你先放开我。我去给你打水洗脸好不好？"他温柔地哄着，轻拍了拍她肩膀，而她伏在他身上，睁着一对无辜的水汪汪大杏眼看着他，唇瓣如花娇艳欲滴，红润里泛着少女特有的香泽，让他忍不住想要吻她。可是，最终，他都不舍得吻她，不舍得轻薄了这个姑娘。他捧在手心里的小姑娘。

"叔叔！"她忽然喊他。

这一声，又让林知茶苦恼不已。明明他又不是她的谁，他们也没有血缘关系！可不可以不叫叔叔了？！

林知茶叹气："青青，你坐起来说话。"

“偏不！”木青青噘起嘴来。

林知茶只觉全身血液轰一下全冲上了头，扶着她腰的手紧了又紧。

“哎呀，叔叔，你轻点，疼……”她疼得刚抹走的眼泪又出来了。她眨了眨盈盈泪眼，红润的小嘴还嘟着。

真要命！

林知茶“嘶”了一声，身体有了本能的反应，自己已经臊得不得了，只好将她抱上一点，不让她发现他的那些“龌龊”念头。

他要说点什么来分分神，于是说道：“青青，你今晚就扔我一人在家，而自己跑去吃好吃的。”

木青青歪了歪头咯咯笑：“村民的家很简陋的，他们的厕所真的就是茅坑，坑里面爬满了粪虫，一拱一拱的，你看到会崩溃的。叔叔，那些地方不适合你。而且，我让陈姨给你煮了好吃的呢！青青怎么舍得你饿着呀……”说着，她温柔地俯了下来，乖乖地窝在他怀里。

林知茶顺势搂着她翻了个身，她侧躺在床上。他捏了把她嫩嫩的小脸蛋，说：“什么话到了你那里，都能把那点旖旎气氛赶跑了。”

“真的！”木青青揉了把自己被捏疼的小脸蛋，抗议道，“凳子油腻腻的，一屁股下去，裤子都是油。桌子也是怎么擦都油。没有铺瓷砖的地板凹凸不平，墙壁也是黑黑的。你去了，根本坐不住。”

林知茶将她头按进怀里，说：“只要有你在，无论什么地方我都想去。”

“青青。”他轻唤。

“不生气了吧？”虽然他完全不知道她为什么生气，但作为一个绅士，他有责任把心爱的姑娘哄开心了。

“你让我亲一口，我就不生气了！”刚说完，木青青也不等他回答，突然仰起头来，衔着他唇，亲了一口。

她喝醉了特别热情还大胆，居然撬开了他嘴唇。

林知茶蓦然一惊，将她往床里一推，赶紧跳下床去，然后“嘭”一声，将她的门关紧，逃回了自己房中。

他想，如果再迟了那么一秒，即使明日醒来她会后悔，他也肯定会做下去……

而另一边，木青青愣了一秒后，抱着被子嘤嘤嘤地哭：“唉，叔叔他果然不喜欢我……”

第二天，木青青醒来后，把什么都忘了。

她一开门，就见到林知茶猛地将门打开。他顶着一双乌青的眼睛，说："我……昨晚我……你……"

"哼！"木青青不记得醉酒后的事，只记得他喊雁雁的事，于是对他没什么好脸色，"什么你你我我，话说清楚。"

林知茶愣了一下，突然明白过来，说："昨晚你做了什么，说了什么不记得了？"

"不好意思，我喝醉了不记事。你有事吗？"木青青见他沉默不语，又说，"没事，那我走了。"

"青青……"他低声唤。

"嗯？"木青青走了两步又回头。

"昨晚你去吃好吃的。我饿了一整晚，什么也没吃。"他的表情特别委屈，一对深邃的黑眼睛水汪汪的，比水底的黑曜石还要漂亮且会说话。

木青青险些就心软了。

她又哼一声："陈姨备有菜。是你自己作！"

"青青，我究竟哪里得罪你了，你告诉我好不好？"他对着她无辜地眨了眨眼睛。

这茬不提也就算了，一提起来，木青青就来气。她说："城里来的小少爷，你没得罪我！你是大人物，你这样说，我这小人物哪里受得起！"说完，她头也不回地走了。

木青青心里那个气啊，连自己哪里错了都不知道，可见就是个没有心的大浑蛋！

她再也不要理他这棵坏茶了！

见到雁雁，是在四天后。

尽管百般不情愿，木青青还是和沐春一起出庄子去迎接了。

不过在看到雁雁时，木青青才明白了一点什么。

她拽了拽沐春的衣摆，说："哎，阿春哥，你看她是不是和林知茶很像啊？"

"是，看起来有五六分相像。如果没认错，她应该是他亲妹妹。"

沐春嘴角含着笑。好了，这下子误会全解开了，他戏谑道，"别说，雁雁小姐的确就是如知茶说的，是个美人，非常标致的美人。丫头，比你漂亮太多了。和她一比，你很粗糙。"说的自然是玩笑话，青青那股子灵气，根本是没有人可以比的。她是山野间的精灵，是这大地的精华，是这人间的美好。

但很显然，木青青此刻羞死了。她怪叫了一声，一把捂住了脸。

林知茶回过头来，看了她一眼，问沐春："她怎么了？"

沐春依旧是笑："估计觉得自己丑得难以见人吧！"

"阿春哥！"木青青红着脸瞪了沐春一眼。

林知茶一脸莫名，但还是先走一步赶去接妹妹，喊了一声："小妹，你总算来了。"

"嗷！"木青青哀叹了一声。

林知茶的这一声小妹，更是让她无地自容了。

"哥哥，这位可爱的妹子就是青青吗？"林雁雁声音好听，又娇又清脆。尽管她和木青青还有些距离，但木青青听见她问话了，赶紧放下了捂着脸的手。

这时木青青才发现，林雁雁穿着一身简洁却略修身的天蓝色运动服，脚上是一双同色系板鞋，精致的鹅蛋脸上一对眼睛烨烨生辉，绑着一个马尾，整个人精神得很，很有活泼劲儿。

看到木青青看了过来，林雁雁对着她挥了挥手："嗨，你好，我叫林雁雁！我哥经常提到你呢！只要他一打电话回家，必定要提到你呀，小可爱！"

林知茶的脸微红，以手掩唇轻咳了一声。

沐春笑着说："青青放心吧。看得出来知茶一家都很有教养，也很喜欢你。"

木青青主动走上前去打招呼："雁雁姐你好，我叫木青青。"

林知茶摆出一张扑克脸："小妹和我同年同月同日生，我们是双胞胎。凭什么你喊她姐姐，却喊我叔叔？"

木青青有点窘，林雁雁以手肘轻轻撞了他一下，道："你不会说话就别出声了。"

林雁雁的确很好相处，为人处世圆润通透，性子比起林知茶可爱多了。更难得的是，她一个千金大小姐丝毫不挑剔，也没有任何洁癖，不像林知茶那样嫌东嫌西，坐车还晕车！

木青青对她很好奇，于是问："雁雁姐，你是做什么的呀？"

林雁雁说："我是做线上旅游产业的。其实就是做高阶和小众精品路线的定制旅游。我负责运营，但早几年我还是会亲自去实地体验的，所以跑过许多国家。"然后她回过头来，看了哥哥一眼乐呵呵道，"如果我像他一样洁癖龟毛，大概我已经死了一万次了。"

木青青听了，抿着唇偷偷乐。

林知茶黑着一张脸道："木青青，你这个臭丫头，我看到你尾巴翘起来了。"

"哪有！"木青青怼他，"我才没有尾巴呢！"

正说着，威武、将军这两只傻狗跑了出来，对着林雁雁卖萌。林雁雁"呀"了一声，抱着威武和将军的头亲了又亲："你们好可爱！"

见她喜欢狗，木青青更高兴了，连忙说："这是我两个弟弟，黑的是威武，黄的是将军。"

"你弟弟好可爱！"

"谢谢！"

林知茶无语。

沐春憋笑憋得难受，将林雁雁的一个大箱子提到了她的房间，说："林小姐，你就住在青青隔壁吧。"

林雁雁说："叫我雁雁就可以了。你呢？"

沐春说："我叫沐春。"

"阿春。"林雁雁笑眯眯的，"你名字很好听，人也好看。我觉得你是个温和的人。"

沐春一怔，耳根红了起来。

木青青看了两人一眼，觉得帅哥美女的，很有戏呢！她努力踮起脚尖和林知茶咬耳朵："欸，这是要姐弟恋的节奏啊！"

林知茶巴不得沐春赶快有主，这样就不会惦记他家青青了，闲闲道："只要喜欢有什么不可以。姐弟恋什么的，谁在乎！"

木青青一脸神秘："看不出啊，叔叔。你思想挺开放嘛！"

林知茶简直无语。

都是年轻人，凑在一起快乐得很。

林雁雁先去见过了木老爷子，给老爷子带了许多补品，其中有一

盒是一根千年野生老参,非常珍贵。

木宋笑眯眯道:"雁雁、知茶,你们太客气了。"

"我爷爷一听闻哥哥找到您了,不知道多高兴呀,他恨不得马上从法国飞过来呢!不过他年纪大了,身体也不太好,所以我们都不让他来了。这不,他让我这个小可爱过来给您请安问好呢!他说您最喜欢孙女儿啦!"林雁雁比起木青青来还要活泼,逗得老人家笑呵呵的。

木宋说:"是呀,囡囡就是可爱,比起臭小子可爱!"然后从袋里取了一个红包出来,递给她,"雁雁,吉吉利利。"

"呀,大红包,我最爱!多谢爷爷!"林雁雁笑嘻嘻地又说,"爷爷,我给您泡壶茶吧!"

木宋惊讶极了,他早听林知茶说过,他们家其实等于是长期定居在巴黎的。由于香妆的业务,所以会中法两国经常往返。林知茶是长期住在上海的,但林雁雁陪伴爷爷的时间更多些,长留巴黎。所以,木宋以为她是一个很西化的女孩子,没想到会竟会泡茶。

沐春替她搬来了茶具,开始烧水。

等水烧好了,林雁雁坐在茶桌上泡茶,虽然没有木青青的茶艺那么漂亮,但也有模有样。

茶泡好了,林雁雁将杯子亲自递给老爷子。

老爷子接过抿了一口,说:"泡得极好!"

"林海教导有方啊,一对孙子孙女皆是人中龙凤。"木宋心情很好,眼睛望出窗外,像是想起了许多。

都是从前的峥嵘岁月了……

窗外绿植遍布,还有一个花园,后面还有菜园,种着每个季度的当季时蔬和瓜果。样样都小而精美,十分雅致。

林雁雁赞叹:"这里真像世外桃源。"

木宋终究是老了,再加上刚从茶场回来,在这里坐了一会儿就有点累了。木青青看出他倦了,于是便哄着他回房睡一会儿。

四个年轻人在房间里哪里坐得住,于是木青青又带林雁雁去庄子附近逛逛。

林雁雁很喜欢后花园里瓜棚下的那架秋千,她越过花丛,轻快地坐到了秋千上荡了起来,笑声传出很远。

她喊："我好喜欢这架秋千呀！"

木青青自豪得不得了："是我阿春哥做的呢！他可厉害了，什么都会做！你看，旁边的木桌木凳，也是阿春哥做的。他还捡了许多树枝，做了一个灯呢！"

林雁雁停下秋千，走到桌边，原木的桌面和凳子，几乎没有做抛光，有种自然和粗犷之美。桌上的天花板里吊着一盏灯，就是沐春用枯树枝做的灯罩，里面亮着橘黄色的光。这一切，都很有古朴美感。林雁雁二话不说，拿起挂在脖子上的相机，做了一帧摆拍。

木青青看了效果照，赞叹连连："取角刁，寻常景拍出不寻常但又融入了自然氛围里，不突兀。"

林雁雁笑眯眯地说："和你家庄子的景致很像不是吗！木堂春也是融入了自然氛围里，不突兀。"

林雁雁的一番话，让大家都得到了启发。

"你说的，让我有了许多创作想法。"一直不作声的史丹从隐于瓜棚浓绿处的一角走了出来，手上还捧着一杯六堡茶，淡淡茶香溢出，合着瓜果芳香，一切野趣十足。

林雁雁斜了他一眼："你还是像以前一样喜欢突然出现吓人一跳。"

史丹脸上带着淡淡的笑，说："知茶，青青，我想将木堂春打造出一种企业文化。我昨天从市里回来，看过十间铺面了，还有这里无数的茶园、青山绿水，和这里的庄子。有了企业文化，木堂春能走出更远。关于饥饿式营销，昨天我也和相关负责人说了，他们在做广告，广告片出来了，我会再跟进。"

史丹的初步构想其实是和林知茶聊过了的。林知茶说："青青，我觉得可以将庄子半开放，也引进茶文化品茗大会，每个季度一个主题，让一些喜欢户外家庭聚餐、公司聚餐的活动能在庄子里进行。"

"有点像农家乐那样的体验？"木青青马上理解了。

"对，但又不全是。会提供中餐和晚餐，但主要体验是茶，带大家去参观茶园，还可以参观开放的茶场并观看制茶。这一带景色很美，能令人体会踏青的户外乐趣。"林知茶又说。

"但这样得花费许多人力物力。"沐春皱眉，但一瞬之间又有了主意。

见他笑了，林知茶说："你也想到了吧！"

小甜茶

"是。"沐春点头。

这两人是打哑谜打上瘾了？木青青小眉头蹙得高高的，摇了摇林知茶手臂说，"啥意思？"

林知茶轻笑，伸出手来对沐春做了个你讲的手势，十分绅士。

沐春说："青青，知茶的意思是，可以联系这里的茶人，将每一家都调动起来，搞一个茶文化生态村，集旅游、开发、品茶、经营茶、体验田园式生活为一体。当这个生态村发展起来了，长远来看，是能将全国各地，甚至别国的目光都吸引过来，能引来一些我们意想不到的客户。"

林雁雁说："我是做定制旅游的，可以做这方面的宣传。现在很多人想抛开烦恼事做一个'出逃'的人。这里就是我们要打造的世外桃源。之前有一个上海的综艺节目组找了我，想做一个田园牧歌真人秀，让我推荐地方。你这里就很好。而且主题也有了，就是茶！茶文化！"

The One 的另外几个成员也到了，大家聊得热火朝天。年轻人想法多，点子灵。大家你一句我一句，把项目补充了许多点建议。

厨房做了许多菜色，大家就坐在瓜棚下用餐。

喝了些酒，大家谈得更来劲。

木青青也是太高兴了，喝了许多酒。最后，还是林知茶拿开了她手中酒瓶，说："青青，别喝了。喝多了要闹头疼的。"

林雁雁看过去，从来没有发现原来她哥哥如此温柔。她嘴角一勾，好了，我哥这别扭精，终于被人降服了！

林雁雁和坐在身边的沐春碰了碰杯，说："我哥和青青多般配！"

"是。"沐春噙着笑，十分温柔。

林雁雁看着他，一时竟看呆了。

而另一边，林知茶还在哄着他的小女孩。

可是喝醉了的青青疯得特来劲儿，她抱着林知茶的手以为是酒瓶，嚷嚷着："我高兴呀！让我喝嘛！来，我们干杯！"

后来，她醉得几乎坐不住，是林知茶半抱在怀中的。

林知茶低下头来，轻声喊："青青，我送你回去休息吧。"

他看了一眼桌上喝得东倒西歪的伙伴们，于是直接抱起木青青回房了。

回到房中，木青青嚷嚷口干要喝茶。林知茶给她泡了一壶养胃的熟茶，将茶杯递到她唇边哄道："慢慢喝，小心烫。"

不是品茶的那种小杯，是喝水用的玻璃杯，满满的一大杯，温度也刚好合适，是温的，入口很舒服。他还加了点冬蜜，有一种别样的滋味。

她咕咕笑，像只小鸽子："好甜。"

其实这也是六堡茶的一种泡法，养胃醒酒，喝了嗓子不干。

她靠在他怀里，轻声说："阿茶，谢谢你。你为我做了很多，我都知道。"

林知茶轻声笑："那我喜欢你，你知不知道。"

可是，她睡着了。

他怀里的丫头小小的一团，他只是抱着她就心生欢喜。

[4]

林知茶和木青青都是行动派，两人还都是工作狂，且都是那种要么就不做，要做就做到最好的性子。

经过大家商议，木堂春的策划案已经初具规模，所以林雁雁一就位就开始帮助木堂春做宣传工作。

林雁雁本就是拥有几千万铁粉的旅游大V微博达人，包括她的抖音等社交媒体都是大V号。她在六堡镇和别的小村落之间做了许多拍摄和实地考察，把景色一一放到网上。有时，她也会拍自己捧着茶倚着凉亭享受"写意人生"的Vlog。当然还不忘把六堡茶的盒子放在一个恰当的地方做背景。

她的通稿也写得很好，以极简短的文字说出时间、地点、人物三要素，还突出了当地的特色。

这样一来，微博下很多人就会问她在哪里旅游，喝的是什么茶等等。

林知茶的The One团队安排的旅游大V号，和抖音大号互相转发林雁雁的Vlog，木堂春的名气渐渐传了开去。

林雁雁也是大忙人，有别的工作要做，所以留在六堡镇的时间只有十天，行程非常紧。当竹筏游河等等新铺设出来的景点一准备好，她和木青青以及沐春一行人就马上去体会了一遍。

林知茶铁定是不愿意坐那看起来就很"危险"的东西的。他带着两只傻狗，坐在一条稳当牢固的船上。

小甜茶

木青青则和爱好冒险的林雁雁坐在竹筏上玩得不亦乐乎。

木青青对着前头的船用力摇手："哎，阿茶，别怕哈！威武和将军会游水还能救人的！"

林知茶听了，脸黑透了，别捏地转过视线不理会她。

两岸青山如黛，各色飞鸟掠过，甚至隐隐还能听见猴子的叫声。山林空幽，划筏的梢公拿一对长长的竹筏以巧劲滑动，竹筏就沿着流水往下游划去，轻轻盈盈的似过江的一叶扁舟。

林雁雁一边拍摄，一边和木青青说话，她道："青青，你们效率真高，这么快就能安排下来竹筏队和船队了。这里景色太美了，还有两种体验，一种像我哥那样坐大船，还可以在上面泡一壶六堡茶慢慢品着，再感受这大好景色；一种是像我们这样的坐竹筏，享受当地特色。"

木青青说："其实不是我们效率高，应该说在六堡镇每家茶农都是有几条竹筏的。"

见林雁雁很好奇，坐在另一条竹筏上与她们并肩同行的沐春说道："其实也是六堡镇的一种传统吧！因为六堡茶从前就是靠这条江河慢慢运出去的，运到梧市后再改大船运出广东下面经十三行运出南洋，最远的时候能到英国。"

"真神奇！"林雁雁叹了一声，结束了拍摄。这一段 Vlog 拍得很自然，还含有许多知识点。等回去了，再剪辑一下，她会发到自己的旅游博客和抖音上，甚至她的脸书、推特、海外版抖音都会一起放，面向的是国外的华人以及对中国有兴趣的欧美人。

沐春那条竹筏上的 The One 团队也是忙个不停。

木青青看了大家一眼，心中感动。

等木青青回过神来时，才发现竹筏已经追上林知茶的船啦！她一转头就对上了林知茶似笑非笑的眼睛。他戏谑道："这么慢，乌龟都游得比你快！"原来是林知茶命船工将船停了，他正懒懒地等着大家。

木青青看着他一对倒影了极美湖光山色的晶莹眼眸，浅黑色的一圈漂亮虹膜都似染上了山水绿意，盈盈的激滟着水光，就像他眼眸里藏了春山和清溪，真是漂亮得不像话！

"欸，阿茶，你不过来我们的竹筏上吗？你看你一个人多寂寞啊！"

林知茶抿唇，现出两只深深的酒窝："才不要！"

竹筏和船真的贴得太近了，而且林知茶的船是那种很古老的，没有玻璃窗，并空置一大片地方看风景的那类。木青青一双大眼睛滴溜溜地转了一圈，突然站起来一扑，整个上半身就已经探进了林知茶的船里，但她刚才为了借力双腿蹬了竹筏一下，此刻竹筏被推远了好几米，她的下半身还空着，胡乱地蹬了蹬。

林知茶吓得脸色白透，连忙将她拽进船里来抱紧了她，才呵斥："胡闹！"

木青青抵在他怀里，朝他甜甜地笑："阿茶，你现在不就接着我了吗！"

他一回头，只见那五条竹筏已经离他的船有十米远了，连对方的表情都看不清楚了。林知茶心道，雁雁真是知情识趣。

他将她放开，她却像个狗皮膏药一样贴着他，挨着他坐。

两人越挤越紧，林知茶只觉得热。木青青伸出手来拭去他额间汗珠，调戏道："咦，你很热吗？"

林知茶脸上淡淡的，指了指一边的空位置道："你到那边坐。"

木青青嘻嘻笑："不行的，阿茶，我要保护你的！我过那边坐了，万一你掉下水了怎么办，嗯？"

见他红着脸沉默不语，木青青玩心大起继续调戏："贴身保护，好不好呀？！"

林知茶不理她。

见他还不作声，木青青又说："阿茶，你不会是害羞了吧？"

林知茶轻咳了两声。

木青青又开始怂恿："我们木堂春马上就要'出茶'啦！'出茶'就是把茶装上车运出城里去。但茶博会马上就要开始了，周边来了很多游客和爱茶之人，所以每年这个时候的'出茶季'我们都会做一个仪式，就是把部分茶叶装上竹筏，按照古时候的模样，用最古老的方法一路将竹筏子划出小镇去，沿途所过地方，还会有搭出来的吃饭和休息的小亭和茅屋，可好玩了！阿茶，难道你不想和我一起坐竹筏送茶出去吗？那也是许多人一生都不一定有的一种独特体验哦！"

林知茶黑眸一动，说不心动是假。他的确眷恋和她一起的时光，看着她盈盈大眼，水汪汪的，倒映着岸边云杉，一切如梦似幻，朦胧婉约里似隐藏了一片美好的世外桃源。他受她所惑，鬼使神差地说了声"好"。

"太好啦！"木青青激动得一把抱住了他，高兴地嚷嚷，"我最喜欢你啦！"

她太激动，动作很大，就连船都摇晃起来，吓得他紧紧地抱着她，双手勒着她腰。他弱弱地说："可不可以当我刚才没说。"

他心下默默道：欸，好吧，我的确是有点怕水……

"不可以！"木青青立即驳回，"一言既出驷马难追。不守承诺是小狗！"

林知茶无奈。

周末这天，天气特别好，是一个美丽的大晴天，但凉风阵阵，冲淡了不少初夏的炙热。

这一天，是赶圩的好日子，又兼离茶博会近了，村里茶业工会的老者搞了庆祝活动，预祝茶博会成功举行。

茶博会在广州举行，木青青并不去，而是由沐春领队去。木青青留在镇上搞茶文化展。这个展会，会有四方各界的茶人、茶商和茶客出席，并不比茶博会冷清。是六堡镇上，乃至市里和区里一次热闹的活动。大家都非常重视。

以前的活动仪式相对简单，但今年则不同了。因为林知茶来了，更有了专业的 The One 团队！

史丹早早地联系了这里的茶叶大户，大家联合起来打造了初版的茶叶生态园。因为林雁雁的推广，以及 The One 的规划拓展，镇上和市里的十六家茶人联手接待外来的游客。

刻有"茶坞"二字的两座牌坊不过六天就建好了，高高矗立在六堡镇茶山山口处，以及通往生态茶园森林的入口处。

今天木堂春接待的第一批客人是从云南过来的茶文化爱好者。他们本身不制茶，但在广州有铺面，做以卖云南普洱为主又兼卖别处好茶的生意。

林知茶虽通宵工作了一整晚，和唐大山他们成功提取出了古树叶的茶精粹，但他却十分开心，精神也很好，所以他坚持陪木青青一起游河。

坐在大船上时，一路所见青山绿水，河水先是浅窄，然后越来越深，河面越来越开阔。行经某处山间时，还能听见瀑布的激流之声，河面上弥漫上一层水汽，白雾蒙蒙的，金色的阳光透过薄雾落下时，析出橘子黄的光，暖着碧色的水面，无数碎金滴银融进碧翠，船在河上行，如行进了画轴里。

大家轻叹出声："景色太美了！"

"之前在旅游网页上看到这里还觉得是新炒起来的景点，肯定没有通稿上写得那么好，但现在看真是名不虚传啊！"另一人赞道。

木青青在人前还是装得很淑女的，毕竟她是生意人，要做大生意不能失了礼仪，显得轻佻啊。可是此刻，见有人赞她的活动策划得好，还发自肺腑地赞赏她的家乡，她可是激动得恨不得马上跳进河里游两圈的。

"你的尾巴都快翘起来了，收好它吧！"林知茶附在她耳边轻声说。

"叔叔！"她跺了跺脚嗔他。

她一对杏眼娇媚，眼波潋滟，简直是在撩拨蛊惑着他的心。他一怔，手按在了她肩膀上轻轻摩挲："真的，别让人见到你的小尾巴。"

毕竟啊……她的真面目可不淑女。想到这里，他忍不住笑了。

木青青气鼓鼓地别开脸，调整了一下呼吸后，开始给众人表演茶道。

一边是美景，一边是美人，简直不要太赏心悦目！

即使还没有品到茶，已经有几位茶商一下子就各要了五十斤今年新出防空洞的茶。

木青青克制地微笑着，实则心里乐开了花。

她优雅地做着凤凰三点头，给大家敬茶。

当茶进入各人口中，甘冽之味瞬间充盈整个口腔之中。一个客人忍不住惊叹："天啊，这香味十分独特！"

木青青微笑着解答："这是六堡茶中的兰花香型熟茶，是花香类茶之最！我个人也觉得比口感独特难寻、独此一家有的槟榔香，还要芬芳清逸，又兼是温和的熟茶，不仅仅适合男士饮用，女士和老年人也能饮用，口感极佳。"

林知茶也抿了一口茶，觉得十分清香雅致。

木青青脸一红，手按在他洁白如玉的腕间，嗫嚅道："叔叔，你喝错杯子了，这是我刚才喝过的杯子。"

"哦。"林知茶淡淡地说，"那你再拿一个杯子喝吧。"说着，把杯子里的茶慢慢抿完，"好茶，很甜。"

木青青只觉得"轰"的一声，全身所有的血都冲上了脑袋，然后从内里爆炸了……

等游河活动结束，木堂春里的几位负责人继续接待来客，带他们去镇上的临水小店用午餐，下午还会有许多活动。

中午用餐时，依旧是木青青和林知茶两人坐在偌大的大堂里吃饭。

古董西洋落地钟在正午一点时，发出了"当"的一声响。巨大的响声在大堂里回荡，更显得大堂里安静得落针可闻。

陈姨端冬瓜老鸭汤上来时，还疑惑地"咦"了一句，不明所以道："奇了怪了，怎么老觉得怪怪的。"至于哪里怪她又说不上来，最后走到门边了，才想起什么似的，回头喊了木青青一声，"青青，平常你吃饭叽叽喳喳说个不停的呀！今天怎么这么安静！"

说完，陈姨又走了出去。

留下两人坐在那里越发安静了。

林知茶心情大好地看了她一眼，她脸红红的，脸上红霞就没有退下来过，太可爱了！

"喝汤。"他给她盛了一碗汤。

她乖乖地接过："谢谢叔叔。"

"下午有什么节目？"他问。

木青青从汤碗里抬起头来，一对眼睛亮亮的，像从天上跌落凡间的星辰。

只听她说："镇上赶圩呢！很热闹！我们这边安排了美食好茶一条街，由每家每户当街摆出好茶，供人品茗，选出最有游人缘的一款农家茶！特别好玩有意思啊！"

"而且还有我最喜欢的向老樟树祈福活动。叔叔，你陪我一起去看老樟树好不好？"她说得兴起，小手一把握着他的手臂轻轻地摇。

林知茶低下头来迁就她的高度，看着她红苹果一样的可爱小脸，点了点头说："好。"

走过美食街时，木青青眼睛都瞪大了。

林知茶嘴欠，说出的话十分噎人。

他说："再瞪，可以拿去当铜铃摇了。"

木青青瞪了他一眼。

忽然，她鼻子动了动，闻到了香味。

她沿着香气走去，原来是牛杂萝卜摊档。

"叔叔，要不要试试？我们这里的特色美食哦！"

林知茶看了一眼两个大热锅里煲着的东西，又看了看她不作声。

那里还摆有好几张小圆桌，她牵了他手跑到小圆桌上坐下，点了一大堆好吃的，还嚷嚷着说："加酸加辣啊！"

当伙计把牛杂萝卜分成两个碗端给两人时，她的那个碗红彤彤的，全是酸辣椒油，林知茶那碗要清淡很多。

店家笑眯眯地招呼道："快尝尝，早上运来的牛杂特新鲜！"

"好嘞！"木青青高兴得眼睛全弯起来了。她咬了一口脆骨，在小檀口里咬得嘎嘣嘎嘣响，不知道多美味。

林知茶从不吃路边摊，但见她吃得那么香，也夹了一块牛肉丸进嘴里，一尝才惊觉非常入味，牛肉新鲜浓香又 Q 弹，而配的酸辣汁中和了肉味，十分开胃。

他又尝了尝萝卜，很甘甜，没有因为是反季节而干涩。

"好吃吧！这些萝卜都是当地的菜农用原始肥料种的，特别鲜甜。泡了这个每家秘制的酸辣汁人间极品啊！"木青青从另一桌要了一壶茶，倒了一杯来清口，"这家茶做得极不错，很生津。"

旁边的茶叶伙计马上接口："我们这个生六堡甘香醇，以农家茶制法做成，发酵时间不及木堂春，但口感十分佳，夏日饮用生津解暑。"

木青青点了点头，在打分栏那里勾了三星半。

两人沿着小河慢走，这次她手里捧着的是烧烤，烧螺丝大虾，那虾比她手掌还大，制法独特，用盐包裹再加炭烧，口感也是野趣十足，和城市里的精致菜色比不是同一回事儿。

"你也尝尝！"她从油纸袋里拿了一支烤大虾出来递给他。

林知茶接过，不大习惯边走边吃，就在河边小坡下，慢慢吃着烤大虾。

啧啧，连撸串这么接地气的事情，经了林知茶来演绎处处都透出优雅啊！木青青忍不住调戏了他一把："叔叔，你就连吃东西都这么好看。"

她双手捧着脸，仰望着他，一对眼睛好似小太阳，发着光。

"咳咳咳……"林知茶被她那小花痴模样给呛着了。

小甜茶

她手没有擦拭干净,现在这样捧着脸,嘴角和脸蛋都蹭到了一点灰。他连忙取出湿巾给她擦脸蛋:"多大的人了……"

她没说话,微笑着看着他。两人依偎得太近了,河里倒映着彼此的身影,即使透过朦胧河影,她的一对眼睛还是那么亮。

林知茶看怔住了。

他微微俯下身来,离她红唇又近了一些。

他喉头一滑,抿了抿唇,双手按在她肩膀上,而他唇快要贴到她唇上了……

"妈妈,他们是要啵啵吗?"

一声稚嫩的童音使得两人俱是一颤,双双回过神来。

林知茶红着脸望向河心,而木青青羞得垂下了头。

这里民风淳朴,没有那么多的拘束,那位妈妈温柔地说:"呀,那个哥哥害羞了,下次就亲到心上的姑娘啦!"然后拉着小男孩走了,不愿打扰两人。

林知茶保持着面子上的淡定,看了她一眼说:"童言无忌。"

木青青抬起眸来飞快看了他一眼,才发现他脸上虽没什么,但耳根锁骨全红了。她忽地轻笑了一声,移开了目光,拾起一块小石子片了出去,小石子在水面上漂出极远。

林知茶拿起相机,看刚才拍的好几条关于美食街的视频。都市人肯定很喜欢看这些的!

"我去那边茶寮拿两杯茶过来。"木青青往坡上走,那里有凉亭,亭里正好摆着一个茶叶档。

她用两个大的玻璃杯装了茶又走回来。

林知茶回头往亭上望去,是木搭的凉亭,上题:望江亭。

他接过茶杯喝了一口,十分清香,带着一股特有的参香味。

"这里的生活日出而作日落而息,真的很好。"他叹了一句,"这茶很香,比刚才那家要佳。"

"尝出来了吧!有股独特的参香。我给了四星,也会在定制的生态游阅览册子里推荐这家'一禅茶'。一禅茶主做生茶类,是生六堡。生六堡的槟榔香和熟六堡的槟榔香味不同,会更张扬一些,还会有花香味、果香味、参香味多种味道,以及檀香、沉香等木香味。其中,以花香味里的兰花香为上佳。一禅茶的生意做得很不错。"木青青站了起来，"我们走吧。茶杯放在这里，待会儿店主会过来收的。"

林知茶跟着她慢慢走，问道："那一禅茶岂不是木堂春的对手？"

木青青轻笑："其实还好，我们两家关系过得去。这次的生态园项目，她家也参与其中的。她家的当家是个女人，叫洪茶，和我有些交情，我特别爱喝她家的兰花香味茶。"

林知茶好奇道："木堂春本就是制茶世家，难道你做不出兰花香吗？"

木青青则答："术业有专攻，每家茶都有自身文化和特色，这里的茶文化才会更繁荣。我们木堂春也做生茶，但主打的始终是熟茶金花槟榔香。而且发酵的时间、地点乃至换了制茶的人，茶出来后，味道上的转化也会有千差万别，不是你说想有兰花香就能有兰花香哦。不过木堂春有木香，这类茶特别特别清冽，回去我找出来泡给你品品。至于兰花香在城里的旗舰店里有，我们也可以找个时间出去尝尝。"

"好。"林知茶轻声笑，一边走一边说，"想不到，这茶里面的学问那么多。"

两人走着走着，不知不觉到了老樟树下。

那里靠着一个古码头，古时的茶家就是从这里和家人告别，坐上船，把一筐一筐的六堡茶运往城里去，有些人甚至跟船一起下南洋。快则两三个月，慢则三两年才能回家。所以，这里的村民总是在这里挥别亲人，慢慢就成了传统习俗。

也不知道从什么时候起，老樟树落了地生了根发了芽，古码头说不出年岁，它也说不出年岁。但村里最老的老人说，这棵老樟活了四百年了，看了不知多少风云。后来古码头、老樟树成了这里的保护神。而大家喜欢来这里向老樟树祈福。

老樟树下摆有长桌，铺着红桌布。桌上有红丝绸系着的宝牒，可以在上面写上心愿，然后把宝牒扔到树上去。

"叔叔，我们也来写愿望吧！"木青青老高兴了，眼睛看着红绸宝牒发光。

林知茶说："我给你拍 Vlog，你去把愿望写好。"

"好咧！"她高兴地跑到了红桌边，那里放有毛笔、钢笔和签字笔。她选了最传统的毛笔，写下了愿望。

她写时特别认真，一张小脸蛋上全是专注，而眼睫微颤，小嘴抿了起来，端端正正的坐姿，写下最虔诚的心愿。

他拍摄时被她所吸引，目光久久不能移开。他录好了，走到她身边，柔声问："你写了什么心愿？"如果可以，他一定全替她实现的！

木青青一惊，赶忙把写了"我要和林知茶在一起相亲相爱"的宝牒压到了心房上，因为被他来得突然给吓的，胸脯剧烈地起伏着。林知茶一怔赶忙移开了视线，轻咳了两声。

她脸红红的，赶忙解释："说出来就不灵啦！叔叔，不能说的！不过嘛，如果我的心愿达成了，我会告诉你的！你和我一起祈祷！"

林知茶嘴角噙笑，轻声答了好。

他没有写任何心愿，他只知道，他喜欢的东西，得靠自己去争取的。不过，他倒是帮她把宝牒扔到了最高的树枝上去。

原来，她扔了好几次，都掉了下来，都快急哭了，说一些"挂不上去，我的心愿就不能实现了，怎么办怎么办"什么的。

然后，他就问她："挂在哪根树枝上有什么讲究吗？"

她嘟着小嘴，努力憋着泪说："肯定是越高越灵验呀！"

"我给你挂吧。"他轻声说。

她还真的乖乖地把宝牒递到了他手上，他接过时指腹轻触她掌心，那么软那么软……他本能地握住了她的一双手腕。

"叔叔？"她一脸懵懂地看着他低喃。

林知茶温柔地说："青青快许愿。我们手握着手力量就会很大的。"其实是他想牵她手编出来的谎言，可是她信了，赶紧闭上了眼睛。

夕阳的余晖笼在她身上，将她黑如鸦羽似的浓密卷曲的眼睫也沾了淡淡的蜜粉色。她的脸庞逆着光看不真切，却又那么美，他深深地看着她，将这一瞬永恒印在了灵魂里。

她才十九岁半，还那么小。他想等她长大一些，才告诉她，他爱她。这段时间，他就默默守护在她身边吧……

"好啦！"木青青睁开了眼睛。

她那对笑眼那么美，漆黑的眼底里是他雾白的身影，她眼里有他。风过了，吹起她的碎发，黏了一丝在她嫣红的唇瓣上。

他轻笑一声，替她将碎发别在耳后，低低地说："青青，看我帮你把宝牒抛到最高！"

"好呀好呀！"她高兴得跳了起来，而双手还握着他的手，彼此的手中是大红色的丝绸和宝牒。

他放开她，走到树下三米处，说："这棵老樟树真壮大，还很高。估计十个人都合抱不过来吧！"

"所以它真的有神力呀！我们都相信它！"木青青说。然后，她举起相机给他拍录像。

林知茶根据力学原理，找到了最佳抛掷点，用巧力将宝牒高高地抛上了天。

然后，宝牒拖着红色的绸，在空中划出了一条十分漂亮的抛物线，"嗒"一声轻响，稳稳地挂在了最高的枝丫上。

"啊！叔叔万岁！"她高兴得一把扑了过去抱着他。

她将头埋进了他胸膛里，双手抱着他腰，激动地摇着他。

林知茶宠溺地摇了摇头笑了，双手虚虚揽着她，说："小不点。"

第六章

出茶

Sweet Tea

[1]

　　林雁雁是知名的旅游博主，别说在国内，即使是在国外都十分有名气。所以，The One 以及木青青的意思就是让她来出镜，做木堂春"出茶"的外景主持人。

　　这一来把林雁雁给高兴坏了。她就是个天生的"大玩家"，在做她家旗下的旅游业的各项内容时，她都是一路玩着去的。出镜和玩，是她拿手好戏。

　　其实出茶的活动，一向是六堡镇每家茶人都会做的仪式。

　　今年，木堂春决定大搞，于是联合了大家，做成了茶文化生态园原生态风情项目。说白了，就是带有表演的成分。为此，除了每家茶人都做漂漂亮亮的仪式，茶商会还特意请来了歌舞团的班子，做出茶活动时的表演。

　　歌舞团那个班子是真真正正的表演，放在竹筏上贴了红纸的竹筐里没有装任何茶叶，只是做做样子而已。而顺着水流而去的竹筏子上的"茶女"还会唱山歌，沿途跟着跑的"情哥哥"们会和她们对歌，非常有趣。

　　这个节目是安排在周六上午九时进行的。

　　六堡镇是种在茶园上的小镇，镇上就连流动的空气里都透着茶香。每家每户都会泡茶喝，茶气缭绕，清香远溢。

所有进来镇上的游客都感叹这里的风景秀丽，这里的姑娘特别水灵。

从生态园区开园开始，六堡镇已经接待了五千人次，那些来旅游的、来探访名茶的宾客全都住在各家茶人的庄子上和附近旅馆里，还有些甚至住到了临河居民区的吊脚楼上，体验农家风情，整个镇一片热闹。

早上八点，吃过了早饭的木青青就拉着林知茶去镇口的老码头，看歌舞团班子的表演。

因为天气炎热，林知茶穿了一件短袖白衬衣，搭配亚麻色休闲西服裤，一双白板鞋。他站在那儿，整个人年轻又干净，一对明眸灿若星辰，那么清澈剔透，纯净得纤尘不染，像个十七八岁的少年郎。

木青青笑："阿茶，你真好看。"

他脸有点红，"嗯"一声掩饰过去。等她拉着他跑到镇口，靠在古码头围栏上时，他才留意到，今天的她穿了一条水红色的无袖连衣裙，真是顶漂亮的颜色，衬着她那么漂亮的一张小脸，和高挑纤细的身段，真有一种吾家有女初长成的美感。

她一双堆雪似的手臂就搭在围栏上，旁边一棵柳树嫩绿的叶子垂下，不时拂着她肩膀。

"哎，快看，出来啦！"木青青高兴地指着远处的一队竹筏跳了起来。

林知茶看到站在第一排竹筏上的红衣姑娘，很漂亮，穿着当地民族服饰，戴着银头饰，她身前是一个半人高的竹筐，竹筐上贴有红纸，红纸上用毛笔写着大大一个"茶"字。

红衣姑娘身后还跟着好几支竹筏，上面都是明丽的采茶姑娘。

姑娘们开始唱歌了，在岸边跟着船跑的壮族青年，穿着传统民族服饰，追着姑娘们的船跑，一边回以歌声。

对歌非常好听。

看热闹的人也越来越多了。

林知茶说："明天雁雁的表演，也是穿民族服饰吗？"

"是呀！就穿大红色的！雁雁这么漂亮美艳，她穿肯定更好看，出彩！"木青青一张小脸放起光来，"雁雁穿，肯定艳压全场！"

茶文化节为期一周，每一天都有不同的节目。

明天，木青青也会和林雁雁一起做"出茶"仪式，由史丹和陈迪

小甜茶

146

云掌镜替大家拍录像，后期制作好后，会在木堂春的微博、抖音和网店里播放。还会在旅游网站，以及林雁雁的旅游公司里做宣传。

其实林知茶觉得，如果是他的小姑娘穿红衣，一定非常美，比雁雁还要美。

"青青，你也会穿红衣吗？"他说话时，十分温柔，近乎柔情，可他自己却未发觉。

他声音本就醇厚动听，此刻曼声温柔，使得她一怔，耳尖都红了，看了他好几眼，她才慢吞吞地答："明天你就知道了呀！"

他的小姑娘，害得他心痒痒呀……

中午时分，两人是在镇上吃的午饭。

风情街上，全是食肆，做各种特色美食。木青青让店家上了一壶好茶，就坐在临河的雅间里，看着窗外风景。

出茶的队伍壮观，一般大的茶家都有各自的出茶队伍。有些茶人的竹筏是壮实清秀的制茶师汉子领队。

木青青抿了一口茶道："哎，这个挺帅的啊！不过吧，和我阿春哥比差远了。我阿春哥穿上蓝白色传统服饰当领队，绝对帅爆全场，让无数女孩子拜倒在他脚下！"

林知茶默默地给自己倒了一杯茶，不作声。

因为两点过后，木堂春还有许多活动，所有木青青也没有和他拌嘴了。两人吃饱了，就走着回去，权当消食了。

下午，木青青穿着豆绿色的飘逸茶服，领着游客参观木堂春的制茶场。

一箩一箩的鲜叶整齐有序地摆放在地上，十多个制茶师正在炒茶。

他们没有戴手套，以他们饱经沧桑的手掌和指腹，去扬、揉和闷叶。

一张张完美的鲜叶，渐渐卷曲，在他们手里像下起了一场雨，这种雨淅淅沥沥、迷迷蒙蒙，由微微的嫩绿纷纷化作一场柔黄。

宾客纷纷拍照和录像。

木青青则陪着大家，慢慢讲解。

认真工作时的她，不再像个没心没肺的十九岁孩子。林知茶就静静地伴在她左右，倾听她，陪伴她，守候她。

忽然有人提出了质疑："木小姐是木堂春这个老牌子的掌舵人？"

木青青抿了抿唇答："可以这样说。"

那人继续质疑："可是木小姐如此年轻，真的懂制茶吗？"

坐在那儿工作的一位老师傅不高兴了，马上驳他："我家青青从小就跟着木老先生做茶了，没有人比我家青青更懂茶！"

木青青笑着对老师傅了摇头，对着大家做了个少安毋躁的姿势。然后，她说："这位先生，你是怕我做掌舵人，不能保证茶的品质吧？"说完，她去净手，然后在锅前坐下，开始做炒茶的工作。

没有丝毫演示的成分，对于她来说，就是工作，不是表演。她做得极其认真，没有戴手套，以她娇嫩的手去扬、闷和揉，该扬还是该闷，她在时间上控制得非常好，将茶叶最佳的成分都保存了下来。

等一切做完，她无视有些通红的手，道："其实呢，六堡茶是需要时间去发酵的，它是熟茶，是经由时间去打磨的。但是新炒出来的茶叶，也具备了六堡茶的原始香气。各位，请试试这茶。"

她让人去烧水，而自己则用茶勺取了标准的八克茶叶出来，让一众人坐于左角的安静地方，那里是一张很大的八仙桌。她就在那里泡茶。

水烧开了。她按着茶道，认真地做完了每一道工序，再请大家闻香。

林知茶"唔"了一声，说："好特别的味道。和我平常喝的有些不同，不太像槟榔香。"

大家皆赞茶香气独特，望着淡红汤色，都没有喝，似是等着木青青的话。

木青青又说："是。因为是新叶，没有经过陈化，所以还没有醇厚的质感，但留取一段清雅意。为了质感更佳，我刚才将一克装四年陈化时间的熟六堡茶叶和新茶一起拼了，所以除了新茶自带的生槟榔香，还带有草木香气。据我分析，这次的新茶，用的是顶级叶子，如果经过三年陈化时间，生的槟榔香会转化，从而得到极少有雅致的兰花香型六堡茶。"

大家听了全都瞪大了眼睛，然后都似回过神来般，抿了一口茶。果然，新茶清逸淡雅，那种香味异常独特，所欠缺的仅仅是因为少了时间沉淀而带来的丝滑、陈厚、甘醇质感。入了喉，新茶还是有些涩。但这批新茶已经具备了顶级茶的标准。

然后，木青青又说："阿，其实六堡茶的槟榔香也是富于多种变化的，它有生槟榔香、熟槟榔香，以及带有清新味道的槟榔香和陈

仓味道一样怪异的沉闷型槟榔香，以应对不同人的口味。你现在尝到的是有别于之前的熟槟榔香味道，生槟榔香更清冽，用我们的行语来说，还是有点'冲'，带点刺激性的。喜欢的人会很喜欢这份'冲'，不喜欢的，也无法习惯的，就选择沉稳细腻内敛的熟槟榔香。"

一番话，使得在座各位宾客叹服不已。刚才还有所质疑的客人，连忙拱拱手道："刚才多有得罪了。木小姐很了不起，对茶是熟悉得如同自己的家人一样。"

听了他的比喻，木青青先是一怔，然后歪了歪头笑了，露出一颗俏皮的小虎牙，她"哎"了一声，说："是呀！茶，也是我的家人。"

这个时候的她，又像个十九岁的顽皮小女孩了。

林知茶心头一动，手不自觉牵住了她放在桌上的手。

木青青心跳漏了一拍，转过眸来睄了他一眼，意思是说：怎么了啊？

林知茶说："我还想再尝尝。"

"好咧！"木青青站起，为他又斟了一杯茶。

她笑眯眯地递杯子给他："慢慢尝。"

他默默接过，指腹轻扣在她手背和纤细的手指上，轻轻地摩挲着。

木青青愣怔了下，心里有说不出的感觉，又闪过一丝怪异。她连忙抽回了手，心道：美人儿叔叔，这是撩我了吗？

因为要梳妆打扮，所以木青青起得特别早。

林雁雁也早早起来了，跑到木青青房中，和她一起打扮。

木青青会化妆，但现在不是在大都会，一切可有可无。所以她的化妆品少得可怜。

当看到林雁雁整整一大箱的化妆品时，木青青目瞪口呆："雁雁姐，你也太厉害了吧？"

"我经常周游世界，不同的衣着要打扮不同的妆容啊！"林雁雁笑道，把她认为最好的全推到了木青青面前，"来来来，一起画，一起玩，我们的目标是——艳压全场！"

两人各自换装，林雁雁按说好的，换的是红色的民族裙子。她不太会弄，尤其是那个银头饰还特别难戴。木青青帮她捆好腰上红缎带，再给她慢慢弄头饰。

林雁雁看着她，忽然说："青青，你真是心灵手巧。谁娶了你谁有福气！”

那一刻，木青青的脸很红很红，嗫嚅了半天才说：“我还小呢，不急着嫁！”

林雁雁哈哈笑：“可是我家哥哥都等到老了啊！”

木青青的脸更红了，说：“八字还没有一撇呢！”

“那就是说，你喜欢我家哥哥了！”林雁雁得到了想要的答案，高兴坏了。之前，她也曾试探过小姑娘，可是小姑娘在生活上大大咧咧的，感情上却胆小得很，一直打着太极，现在看她那模样，分明就是喜欢啊！

木青青不是扭捏的人，喜欢就是喜欢，更何况现在她对林知茶可不仅仅是喜欢了，她知道自己爱上他了。她“嗯”了一声，答：“我爱他。”

林雁雁很开心，拍了拍她的肩头，说：“加油，拿下他！放心，像他那种挑剔狂洁癖精根本没有人要的！”

“才不是呢！”木青青这时又气鼓鼓的，噘着嘴说，“他现在别说是整个六堡镇之花了，连城里的女孩子都迷他。从梧城坐车绕两百多个大弯，都要追到镇上来看他！他这个花心大萝卜！”

“哼！”说着说着，她把自己给说来气了。

“咚咚咚！”

门外传来平平稳稳的三下敲门声。

木青青愣了一下，正要说话，就听见林知茶的声音响起：“青青，你打扮好了吗？你今天穿什么裙子，我可以进来看看吗？”

门是虚掩着的，木青青大大地“啊”了一声，然后说：“你别进来！”然后猛地跃到门边，“嘭”一声把门关紧了。

门外很安静，衬得木青青一颗心“怦怦怦”跳得厉害。

林知茶抿了抿唇，温柔地说：“我家青青打扮起来肯定是最漂亮的。开门好吗？”

“好不好？”他的声音更柔了。

木青青只觉得甜，好像品到了最甘美的茶，那些甜从舌尖，从唇齿一点点渗了出来。

木青青额头抵着门，低低地说：“等会儿再看吧！你在上竹筏的小码头上等我好吗，那时候你就能看到我啦。”

"那是你给我的惊喜吗？"林知茶手抚上了门，他知道他的小姑娘就在门的另一头。

木青青轻轻"嗯"了一声。

林知茶嘴角噙笑，温柔地道："好。"

等木青青回过头来，才发现林雁雁看戏看得正欢快呢！

她嗔了一声："雁雁姐！"

林知茶听见了，眼底的光亮那么盛，小姑娘的声音多娇啊！

林雁雁戏谑道："哟哟哟，这是小情儿们爱玩的游戏吗？"

木青青噔噔噔地跑过去捂她的嘴："你再这样坏，我就不理你了！"

"好好好，我们快打扮好，就该去小码头了。青青，你是上天给我哥这一生最大的惊喜！"林雁雁本是笑着的，但说出来的话却变得无比认真。

林知茶已经迈出了脚步，又回过头来看着那道门，可不是嘛！青青就是上天给他最大的惊喜！

她，是他此生的欢喜啊！

小码头上，林知茶等了许久了。

那种感觉，就像过了一个世纪那么漫长。

等木青青出现时，林知茶一颗心，嘭地被击中了。

她穿的是类似汉服的那种茶服，宽松飘逸，是绛红色的，那种红很浅、很淡、很雅，可衬着她那一张明亮的小脸蛋，却很艳！

她的发编成了一条长长的鱼骨辫，随意地搭在胸前。

多么漂亮的一个小姑娘啊！

她轻快地跑到他身边。她上衫的纱质衫摆子拂过他垂在身旁的手，微微地痒。他说："很漂亮！"

"阿茶，和我一起登上筏子吧！那么我们就可以在一起了呀！不然从这里的小码头到村口的老码头，还要分别四十分钟呢！"她握着他手臂摇了摇，似是在撒娇。

林知茶应了好。

但是上了竹筏，又是另一番光景了。

那竹筏摇摇晃晃的，河里的浪头大一些，竹筏就不太稳，吓得他一直坐着，就在她身后，抱着她一只脚。

木青青有些无奈："阿茶，这样拍出来的视频不好看的。"

一旁的竹筏上是 The One 团队，史丹笑说："别啊！这样挺好，信我的，这条 Vlog 一旦放到网上，绝对热爆！"

林知茶一张俊脸黑极了！

"汪！"威武和将军在岸上跑，可不乐意了，于是一起蹦到了竹筏上。

竹筏剧烈地摇晃起来，溅起好些水花。林知茶"啊"一声，猛地闭上了眼，双手一把抱住了她的右腿，抱得死死的。

木青青一怔。

另一边筏上，传来 The One 团队的大笑声。

主要跟拍的对象其实还是林雁雁。她今天很美，一身火红色民族服饰裙子，戴着灿亮的银头饰，一张明艳的脸蛋上薄施粉黛，只一张唇涂了正红润泽的口红，漂亮得如一颗红宝石。

但站在她旁边的木青青丝毫没有被她比下去，绛红衣袂飘飘，仙女一般清雅脱俗，站在竹筏上，宛如山中精灵行走于江面上。林知茶仰起头看她，她的轻纱衫摆再度拂过，轻拂着他脸，带起香风阵阵，是一股清淡的草木香，与她和茶为伴有关系，她的唇齿、手指、发肤，甚至是她的身体，都带着淡淡的茶香或草木香。

"好香。"他吸了吸鼻子。

木青青脸一下子红透了，嗔他："阿茶，你不能这么轻佻！"

大家都笑了。

上竹筏时，林雁雁打了一下滑，沐春马上扶稳了她。

"没事吧？"沐春问她，见她站稳了，连忙收回了手，十分绅士体贴。

林雁雁微笑着说："没事。谢谢你。"

木青青一对杏眼骨碌碌转，看了眼林雁雁，又看了眼阿春哥，觉得两人有戏。

竹筏顺着水流慢慢漂了出去。

撑筏人就坐在筏子后头，一双长杆一撑，竹筏滑出很远。

沿河景色秀丽，两旁是黛青色的山林，还有被抛在身后的数不清的碧绿茶园。

深深吸一口气，进入肺腑的全是茶香和极其清新的空气。

在刚才要登筏子前，史丹掌镜，给贴了红纸的竹筐做了特写，是

由木青青亲自掀开了盖子，再掀开防潮纸，露出里面的茶叶来。茶叶是上等的好茶，朵朵金花绽放，一看就是存放了十年以上的熟茶了。

这个只是要个仪式感。当拍摄好这一段的录像，就有工人过来，放下一个一模一样贴了红纸的空竹筐，然后把装了茶的竹筐搬走。

木青青给林知茶解释道："因为好茶难求，花费了匠人十年的光阴、心血，才得出这茶。所以不会真的放到竹筏上来。因为六堡茶忌潮。"

林知茶懂得举一反三："如果在运输的过程，真的受潮了呢？那茶叶就毁掉了吗？不能再喝了吗？"

木青青咬了咬唇，道："也不是不能喝。可以将茶拿出来放到干燥通风见太阳的地方晾一晾，等干燥好了，就是我们所谓的'晒茶'，再把茶放到干燥通风恒温的地方去继续陈化，然后还能喝的，口感变化不大。当然没有原来好是真的，所以我们对防潮很看重，措施都做得很好。"

林知茶抱着木青青脚，问："这竹筏会不会翻啊？感觉不能盛多重啊……"

木青青轻笑："阿茶，这个大竹筐是吉（空）的，竹筏可以容纳七八个人，但现在只有三个，除非你是超级大胖子咯！"

林雁雁都笑他："就这出息！"

原本狭窄的河面忽然开豁，四周青山也似退去了，露出前方宽阔的河面以及村镇的轮廓。木青青低声说："我们快到老码头啦！嘻嘻，不知道能不能看到挂在老樟树上的，属于我们的许愿宝牒呀？！"

两岸慢慢变得热闹起来，人越来越多，木堂春的竹筏队找来的是二十多个眉清目秀的采茶姑娘，她们穿着统一的柳色茶服，站在竹筏上，此刻见了人，开始唱采茶歌，歌声清脆，飘出很远。

一片片筏子，如一叶叶柳叶，划开水面，一群仙子踏水而来，这一切景从画里走进了河里，每一处都美到极致。

木堂春的出茶仪式，是最打动人的！

六堡镇这几天全是世界各地来的游客，其中有几个外国摄影师拿着长枪短炮在拍照。

林知茶见了，戏谑道："青青，你简直是在用美人计啊！"

这队竹筏清一色全是美人呢！

木青青咯咯笑："女子都是水做的，又是泛舟，多轻盈的逸致啊！

找女孩子来，是最适合的。"

竹筏滑过了百年老码头，林知茶看到了那棵老樟树，还看见了树顶上的一点红。他扬起嘴角来，指了指天边黛色下的一点红道："你看，那是我们的宝牒。"

那一刻，木青青的心蓦地跳慢了一拍。

他说，我们。

到了老码头后，大家要上岸补充吃喝，这也是按照古时那一套来演的。木青青顺势下了竹筏，林知茶也跟着上了岸。

沐春从林雁雁那条竹筏转移到了木青青那条来。接下来还有大半天的行程，将会由沐春和林雁雁一起完成。而木青青则留在镇上，带游客参观茶园、看制茶、欣赏茶道以及品茶。

而林雁雁这个满世界飞的大忙人，也在做完"出茶"仪式后，就和大家告别了。

林雁雁要飞往加勒比海，那里还有工作等着她。

沐春送她出梧城，去了机场。

分别时，两人都似有话要说，但最后还是什么都没有说。

沐春想，若是有缘……

或许一切随缘吧……

[2]

黄师傅做的胖乎乎肉嘟嘟还非常可爱的紫砂茶虫宝宝完工了，他将茶虫和第一批量的茶宠以及茶壶寄了过来。

木青青看到茶虫时非常高兴，捧在手心里，亲了又亲。

是 Q 版的茶虫，它的脑袋圆圆的，一对眼睛很大很水灵，软乎乎的小嘴嘟着，真是可爱得不得了。木青青忍不住又亲了它一口，喊它："胖茶。"

林知茶将那坨东西拿起来，眼睛微眯，晒道："这坨东西有什么好亲的！"

"还给我！"木青青想抢回来，无奈林知茶举高了手，木青青踮起脚尖伸长了手去捞，最后几乎是手脚并用往他身上攀，才把虫宝宝抢了回来。

她又亲了亲它软乎乎嘟着的小嘴唇说："它比你可爱多了！什么叫这坨？它是我的胖茶！"

　　木青青当即开了一饼好茶，用烧滚的水将茶泡开，又拿红浓醇香的茶水来养它，当茶汤浇下，胖胖的紫砂虫宝宝通体润泽得发紫润亮非常，几秒后，一道浅浅的茶水自它嘟着的唇里喷出，十分逗趣。

　　"太可爱了呀！"木青青把整个过程都拍了下来，也没有修饰剪辑，直接发了微博和抖音。大家的留言都说很可爱，想要购买。

　　那批两千件形态各异的茶宠和顶级的三百件紫砂茶壶已经拍摄好视频了，林知茶也让团队在第一时间发到了木堂春的淘宝、京东店铺里去，下单的人非常多，不过十分钟，两千件茶宠和三百件茶壶就抢完了。

　　连带下单的还有许多茶叶，茶宠和茶壶只不过是大家选购茶叶时的一点童心和点缀。木青青感叹道："没想到现在的网店成交量如此巨大，比起实体店还要厉害。"

　　当时，林知茶就问了木青青木堂春总共有多少实体店。木青青答："广东下面有五十家，梧城里有二十家，区里有三十家。"

　　林知茶说："可以在上海开一家体验旗舰店。卖最顶级的六堡茶。届时，等我的茶精粹系列做出来了，可以在林氏里的广告宣传里做材料原产地的推荐，以及你们木堂春上海体验店的推荐。我们林氏的高端美容院以及医美整形医院里的高级茶饮已经加入了六堡茶。我觉得兰花香六堡茶就很有噱头，女士们应该也喜欢。"

　　那时沐春还翻查了最新的生意额数据，无论是实体店铺还是网店，销售量都呈爆炸级的指数飙升。木堂春积了三年的茶叶已经全部卖完。而达成这个拓展销路，将过多的茶叶卖完的指标，林知茶和他的团队只用了三个月的时间。

　　一想起这些，木青青眼睛就红了。她将胖茶轻轻放下，突然抱住了林知茶，说："阿茶，谢谢你。原本就是你一眼看出我们企业内部的各种隐患，让我们开拓销路，指出我们茶叶积压过多，最后还是你帮我做到了这一切。"

　　"青青，我们去城里啦！城里销售打了电话来，说我们的茶叶卖得非常好，新回来的茶宠非常吸引顾客。这是一笔赚头。而收藏级的紫砂壶更是吸引来了八方宾客，更有三个是从新加坡过来的华人大客，他要了五件紫砂壶，其中一个紫砂茶壶卖出了五十万天价。这只壶我记得进货价是黄师傅友情价给的，只收了我们十八万。我们去巡巡店铺，看看最近的威猛战绩！"木宋笑眯眯地走进了工作和议事用的书房，然后就看到了那一幕，自家孙女抱着人家林知茶撒娇呢！

"呃……"木宋一时愣住了，然后看到两人弹起来似的分开了，他一脸"我懂的"的表情，咳了两声才说，"青青啊，你们要不要去啊？不去，我就自己去了啊！"

"去去去！"木青青一下子从泡茶的桌子里跳了出来。

依旧是木青青开的车。

林知茶和威武坐在副驾驶上，而爷爷和将军坐在后座。爷爷到底是年纪大了，再加上他身体真的不好，木青青十分担心，车开得很慢，绕弯时尽量稳一些，又说："爷爷，你觉得不舒服就和我说哦。"

"爷爷壮得可以打死一头牛。你少担心！"

木青青抿唇道："爷爷你就别顽皮啦。前段时间你一直咳嗽，反复感冒。你心脏不好，真的得多注意啊！"

这段时间以来林知茶留意到木宋的身体的确很不好，私下和青青了解过，爷爷有很严重的心脏病，之前看的医生都建议赶快做手术，可是他一直拖着不肯做。

而木青青了解过，这种手术的成功率只有百分之五十。她也不敢拼，不敢冒这风险。她想和二叔说，让他从英国回来，可是被爷爷呵斥，阻止了她。

爷爷就是太倔了，让二叔做茶，可是二叔不愿放弃自己的理想，于是两父子闹得关系非常僵，僵得甚至不再联系。这么多年了，二叔一开始时还会回来，但一回来就吵架，吵多了，他干脆就不回来了。他已经有十多年没回来过了。但木青青知道，爷爷非常想念他，爷爷常常拿他的照片来看，有时青青还会看到爷爷看得掉眼泪。

这些，林知茶都是知道的。他是心疼这个小姑娘，被这些不该是她肩负的担子压得喘不过气来。幸运的是，木堂春是股份制，上市公司，公司里除了沐春，还有木氏一族里的其他成员在运营，不然青青真的会被生活的重担给压垮。而林知茶最担心的，还是木宋的心脏病，他已经暗中联系了一位德国医生，史密斯医生下个月会到上海的一家

高级私人医院替一位特殊身份的病人做手术。之后还有时间，也可以为木宋看诊并确定手术方案，手术也会由他主刀。

林知茶忽然说："爷爷，我和青青约好了的，会在下个月去看望黄师傅，并接收他亲手制作的一百把紫砂壶。爷爷也一起去上海玩玩好吗？而且青青的木堂春体验旗舰店也会在上海开幕。"

具体的，木青青早两天就和爷爷提过了的，木宋也很感兴趣，于是答："好。"

林知茶抿了抿唇，抿得深酒窝都出来了，但又觉得接下来的话不好开口。木青青伸出一只手，拿指尖戳了戳他深深的酒窝，说："可爱。"

顿了顿，她问："怎么了啦？"

林知茶说："爷爷，其实我已经为您找到了一位医生，是心外科圣手，来自医学大国德国……"

本来，他还以为自己要花很多心思来说服木宋，毕竟青青说过了，当时三叔劝他做手术时，他态度很坚决地表示不做。但这一次，木宋只是"嗯"了一声，道："知茶，我听你安排。谢谢你了。我知道你为请动医生花了很多心思。"

他是通透的人，当然知道得有很大的面子才能请动国际一流的心外科手术医生，更不要论花出去的金钱。

木青青看了林知茶一眼，又很担忧地看了爷爷一眼。林知茶握住了她放在方向盘上的手，说："别担心。"

其实木宋这个病根本不能拖了。木青青和三叔这两年也从全国找了许多专家，都说这个手术风险很大，有时候甚至成功率只有百分之三十的可能。但是如果不做，爷爷可能活不过五年了……

见小丫头有点沮丧，林知茶也不知道该如何安慰。还是老爷子发话了："青青好好开车。我好得很呢！就你胆子小！"

过了三个小时后，车子到了城里。

木青青是个吃货，还没到店铺，就给店长打了电话，提前要了好些茶点，让甜点店送到木堂春来。

车子驶过彩虹桥，桥下桂江和浔江汇流，形成半壁碧绿半壁浑黄，成了鸳鸯色的奇景。

林知茶将车窗摇下，看着浔江浩渺、水流滔滔，而桂江碧绿、波光粼粼，两江交汇处，一浊一清、泾渭分明，恰似戏水鸳鸯，相互依偎、相互拥抱、长相厮守、难舍难分。

他看着滚滚奔流而过的宽阔河面叹道："真是漂亮，可称为奇观了。"

木青青侧过头来看了他一眼，轻笑道："苏轼途经梧城时，除了曾留下'日啖荔枝三百颗，不辞长作岭南人'外，还曾写下'吾爱清流频击楫，鸳鸯秀水世无双'的千古名句哦，更以鸳鸯秀水之泾渭分明，寓意自己为官清正廉洁的坚定立场。梧城的文化底蕴很浓厚，是千年岭南重城。"

林知茶点头说是："这样的土壤也很适合茶文化的普及。"

木宋也说："我们虽然没有云南的茶马古道，但在古时，甚至是八九十年代，在车不通的年代，河运就是最了不起的，能做到运通天下。茶文化也是河运文化。这条西江曾经非常繁荣。"

当驶过桥，木青青在一处停下，指了指远处的一座山，说："阿茶你看，那是火山，碧与黄的河流交汇处，对着的那座火山，当夕阳落下，就是'鸳江春泛'八景之一'火山夕焰'。因为春夏之际，才能形成泾渭分明的黄色和绿色。"

林知茶回望，只见夕阳将那座火山点燃了似的，绯红的云落在火山口上，一层一层，红得美丽而野性。

"真美。"他喃喃。

木青青将车发动，往店铺开去，笑嘻嘻地问："怎么样，爱上这片土地了吗？你整天关在六堡镇上的实验室里研究化工，埋头做数据，出来走走不错吧！"

林知茶看向她，嘴角一动，说："爱上了。"

不过是，因为一个人，爱上一座城啊！

到了店铺已是晚上六点了。

这个时间段处于吃晚饭的时间，顾客相对少。

店内装饰古典优雅，摆有多株盆栽，古色古香。好几盆罗汉松造型优雅又有意趣，绿意浓郁，令人喜悦。

木宋最喜欢那几盆罗汉松，连忙取来小水勺给罗汉松添水。

而木青青则将摆在茶托里的两个小和尚茶宠取了来，又从柜子里捣鼓了几样东西，——摆到了罗汉松旁。

林知茶走过来一看，居然是两个小和尚坐在松下下围棋，还有一

个小和尚围着小火炉烧茶水。

真是趣致极了。他摸了摸小小的围棋桌、凳子，和棋盘上的围棋，每一样都做得精美异常，更不要提三个神情可爱的小和尚。

"可爱吧！"木青青扬起小脸蛋笑着看他。

"嗯，呆萌。"他说。

跟着，他又补充："和你一样。"

木青青一愣。

一旁的木宋哈哈笑，揉了把孙女的头，说："是有点呆萌。"

憨憨的将军还以为是在说它呢，高兴得四脚朝天亮出黄黄白白的大肚皮。

木青青撸了把它大白肚皮，说："真二！别整天学二哈威武。"

刚好有一位顾客进来，是个二十七八岁的女子。木青青保持着得体微笑上前询问："这位小姐，是想找够年份的六堡茶吗？"

那女子说："马上到我爸爸生日了，他爱茶，我想拣两饼好茶叶。不过我不太了解茶类。"

木青青让人去烧水，她从柜子里取出了一饼茶，说："坐下慢慢品。好茶得挑，还要合缘分。"

店主从后库房出来了，他刚盘点好新入库的茶叶，正好遇上送茶点过来的伙计，于是他将茶点推了过来，说："可以一边品茶一边试试点心。是粤西楼最出名的虾饺和烧卖，还有香蕉煎饼、冰晶马蹄糕和招牌肠粉。"

美食摆了一桌，木青青说："别客气。"

林知茶和爷爷的美食在另一桌上。

林知茶单手托腮看她泡茶。

冷不丁，爷爷问了他一句："我家青青漂亮吧？"

"非常漂亮。"林知茶看入了神，被套了话。等他回过神来，一张俊脸红得要滴血。

木宋笑眯眯道："我看得出来，你很喜欢我家青青。"顿了顿他又说，"如果这次手术，我……以后青青就拜托你照顾了。"

林知茶抿了抿唇，露出了那两只深深的酒窝。他斟酌了一下措辞说："爷爷，您会好的。别担心。而且，我会一直陪伴着青青的。您也请放心。不说远的，青青也算是我的妹妹，您和我爷爷又是最好的朋友，我们两家是有亲缘在的。我一定会照顾好青青。"

木宋微笑着垂下头去，取过杯子，轻轻抿了一口。

林知茶说："爷爷，你还在吃药，少喝些茶。"

木宋说："我只喝两口，不碍事。"

这时，木青青端了茶壶过来，给林知茶和爷爷斟了刚泡的茶，说："阿茶，你试试这个我之前说的木香味。非常清逸。"

林知茶试了一下，果然是很独特的木香，清冽得不可思议。是一款没有任何人能抗拒的茶，清冽而回甘，喉头划过丝滑甘甜，但含在口腔里的清气却不散，犹如清溪甘泉一般。他说："就算是江浙一带，或云南一带，甚至是北方人，即使只爱喝生茶类的，都会爱这一个口感。"

"是。"木青青点了点头，"六堡茶的熟茶，或许北方人和江浙人不一定爱喝。但带有独特花香、木香、参香、果香的经过发酵的生茶，他们会喜欢。"

木青青一共泡了三饼茶，每一饼都只取八克来泡。

那女子爱参香味的，但听了木宋的建议后给爸爸买的是两饼十年年份的熟六堡茶，而给自己买的是那饼参香味的。

在包装时，女子又问："这套小和尚下棋的茶宠卖吗？"

木青青含笑摇了摇头："这几个小和尚太逗了，我自己很喜欢，不卖的。不过还有新回来的一批茶宠，你可以看看有没有合眼缘的，还有紫砂茶壶。如果有喜欢的，连茶叶一起全部给你一个八折吧。"

最后，那女子要了一把紫砂壶和几个茶宠玩意儿。木青青亲自送她出店面，她高高兴兴地离开了。

林知茶走到木青青身边，问道："好奇你这一笔赚了多少？"

木青青嘿嘿笑："贵的是茶叶，一饼一千多。那个紫砂壶只是中端产品线，八百而已。我这一笔嘛，赚了近两千。"

林知茶呵呵道："暴利！"

木青青斜了他一眼，说："叔叔，我这么大家店面租金和灯油火蜡很贵的！"

林知茶摸了摸她头，说："小财迷。"

茶喝多了容易饿。

林知茶和青青又点了一碗老友粉，青青的是酸笋加劲辣，而给他点的是清水瘦肉窝粉。

等汤粉送来了，一个清水，一个满是红辣椒，林知茶看得吸了一口气，忍不住道："青青，你还真是重口味。"

木宋胃口不佳，喝了一碗瘦肉粥。

粥和粉都很清淡，瘦肉新鲜，搭配的生菜也清甜，林知茶叹："很好吃。"

木青青笑："不比你家的山珍海味差吧！"

林知茶只是笑笑不说话。

饭饱后，林知茶说："我还没有试到兰花香。"

木青青说："阿茶，我们进小茶室去品。这里是打开门做生意的地方。如果客人看上了我们泡的茶，我暂时还没有太多货可以出。兰花香是稀缺品。"

[3]

于是，大家转进了小茶室。

店长让人从恒温仓库里取来了一个古色古香的暗红缎锦盒，然后将锦盒打开，里面放一饼茶。

茶纸尚未掀开，已能闻到淡淡兰花香气，比之刚才清逸的木香还要清、还要雅，以及芬芳。

那种芬芳也是清的、淡的，绝不馥郁。

木宋精神也是为之一振。

他说："爷爷好久没泡过茶了。"

木青青立马会意。遇到好的茶，茶人是会技痒的。于是，她让出位置，让爷爷来泡茶。

林知茶一直在做视频录影。他忽问："爷爷介意出镜吗？"

木宋说："我都一把年纪了，还有什么好介意的。"

林知茶调整好角度，继续拍摄。其实木宋很英俊，穿着月白唐装，眉眼慈祥里还隐见年轻时的风流恣意。木青青五官就长得很标致，而她挺像爷爷，所以想象得出年轻时的爷爷肯定很英俊，而现在的爷爷道骨仙风的，那气质是绝佳。

果然，他沏茶行云流水，茶道已趋臻境，比之青青要有味道太多了。

林知茶又给茶饼做特写镜头，"咦"了一声，问道："没有金花？"

木青青给他讲解："六堡茶的制茶工艺非常复杂，而经过发酵，演变也是千变万化，这就是即使是同一个师傅，同一个批次的做茶环境，同一个地方的陈化，但最后出来的每一筐茶叶都会有不同味道的原因。要想得到固定的兰花香说难吧不难，我们都能做都会做，但要看机缘。而金花是属于熟六堡茶特有的，生的六堡茶没有。我们的六堡茶制茶时就分熟制和生制，而生制的茶叫生茶，但成茶后同样经过时间陈化，由生茶的制法又最后变成了有时间年份的陈茶。"

"很复杂……"林知茶无奈地摇了摇头。

木青青简而化之："生茶制法的没有金花。不是顶级茶叶做的熟茶也没有金花。但没有金花的生茶不代表就比有金花的熟茶差。"

最后，她成功把林知茶绕晕了。

木宋呵呵笑，对着两人招呼道："快来尝尝。"

林知茶珍而重之地托起杯，先是闻香，而后才抿了一口。

极品！

茶中极品！

没有喝过的人，是无法形容那种香气的。

林知茶忽道："不枉此生了。"

刚好进房来的店长听了，哈哈笑："兰花香的确是珍品里的极品。"

木宋给他斟了一杯，说："请品。"

店长在这里工作了十年了，也是好茶喝尽，此刻再品兰花香也是感慨连连。

林知茶问："一斤要价几何？"

木青青嗤他："品茗这么仙这么雅的事情，你却来说钱，阿茶不要这么俗。"

林知茶眨了眨眼睛："好奇而已。"

木青青比了比手指头道："一斤五千。其实比起你家的一套就能去好几万的高端护肤品，我觉得可以接受。"

林知茶轻声笑："其实我家也做中端产品。高端的，例如要用到大溪地珍珠的逆时光之匙系列，其实是给贵妇名媛用的。本身针对的就是有钱人。"

说起做生意，其实也是一通百通的。木青青点了点头，道："同理，木堂春也做平民百姓的生意。而且这个阶层非常广。各家分号店铺以及网店里，也同样经营五六百一斤的茶叶。三四百一斤的也做，还卖

得很畅销。"

林知茶思考了一下，说："我觉得兰花香也可以做一个招牌，引进到上海的木堂春旗舰店里，能吸引到贵妇们。你们能做到批量生产吗？"

"可以。"木青青答，"阿春哥是个中好手。他能做出兰花香，同批次的生产量里，十成的茶叶，可以经过陈化最后出来四成的兰花香。剩余的六成里，会变化出参香、木香、别的花香，以及果香。"

"真神奇。"林知茶叹道。

店长刚才进来时，没有把门关紧，此时一位客人刚好品茗完，从另一个茶室出来，经过门口时，鼻子动了动，赞道："唔，好香。"

木宋笑了笑，道："既是有缘，可进来一会。"

"那我就不客气了！"那人还真的就进来了。

木青青抬眼看去，是个四十岁左右的男人，西装革履气质温文。

木青青是个鬼灵精，已经认出他是区里负责茶博会和茶王大赛的主席，还是今年新上任的。

不过木青青很有分寸，并没有过度热情，只是笑着敬他一杯茶，问道："不知道陈主席介不介意说说，刚才您喝了什么茶呀？"

"哈，被你看出来了。"陈怡生轻笑，转了转手中杯子道，"刚试了二十年的金花，和木香，以及生熟不同的槟榔香，还没有机缘尝一尝传说中的兰花香。"

木青青端了端杯子说："现在有了哦。"

陈怡生轻抿了一口后，赞道："好茶！"

"既然喜欢，就拿两饼回去吧。"木宋淡淡地说，"这批茶所剩不多。剩余部分是要给我这个世侄子的。我家沐春这孩子还做了一批，算上时间，也是近期开封出仓的。届时有好的茶，我再给您送过去。"

"有劳。老爷子爽快，我也就不推辞了。"陈怡生说完站了起来，然后从公文包里取出一个红彤彤的红包道，"祝老爷子身体健康。"

"谢谢。"木宋没有推辞。

木青青替爷爷接了过来。

陈怡生还有别的事，于是告辞了。

当茶室里只剩下自己人时，木青青伸了个懒腰一叹："没想到茶叶商会的大佬还会'微服出巡'。"

木宋笑眯眯地又给大家斟了茶，才说："为的是茶王大赛吧！他也要每家的茶都试试，心里有个谱嘛！最后他会推送出本区的茶王，将送到上海的国内顶级茶王大赛呢！这个名额，大家都想抢。"

店长说道："据茶商会内幕消息说，有从外国来的茶商有意挑选几家茶企业为他们长期提供货源。有一位英国的，一位法国的，两位新加坡的茶商。"

木宋没有说什么，木青青则道："我有信心，我们木堂春肯定能拿到这笔大订单的。"

林知茶也算是在六堡茶行业里浸淫了挺久了，他说："外国人喝茶喜欢加很多东西进去。就像锡兰红茶，除了加奶，还会加其他。国内的其他茶叶只能纯冲泡，加了别的饮品会非常怪，但六堡茶不存在这种问题。更不要提加冬蜜还能治痢疾这种好处。所以我觉得会选择六堡茶以及木堂春出品的概率非常大。"

木青青也说："是，六堡茶还可以拼茶，还会产生新的独特香味，也不影响本身的味道。我也觉得真的要比其他名茶更适合老外。"

木宋只是笑笑，淡定从容地取了一块糕点仔细品尝起来。

"想好晚饭去哪里吃了吗？"林知茶自斟自饮起来。

木青青斜睨了他一眼，道："可以啊，阿茶。连你这种神仙，都需要吃东西了。"

木宋坐得离青青近，和她说悄悄话："还不是被你当茶虫养的，天天好茶灌溉着，多弱小的一根苗都被你养起来了。"

林知茶一抬头就见到爷孙俩在说悄悄话，他有点哀怨道："爷爷，不带这样欺负人的。你们肯定说我坏话了。"

他那俊俏小模样，委屈小眼神，惹得爷孙俩哈哈大笑起来。

林知茶抿了下唇，玩起抽屉来，他开开关关的，发现茶桌的每个抽屉里都有很多好玩的玩意儿，有茶宠，还有一些玉器摆件、茶壶、茶叶等零散小物。

他把玩着一块白玉蜗牛摆件，摆件就他拳头大，用的是巧色雕工，在蜗牛的背壳处是绿莹得喜人的翠色，而蜗牛的身体是羊脂般的白色。

他将蜗牛摆件摆到了茶托旁边，刚好放在一个碗口那么大的碧色植物下。看着别有意趣。

小甜茶

这是不对外人开放的私人茶室，所以放了许多宝贝。

林知茶又摸到了一个紫檀木雕刻而成的小盒子，他好奇心起，将盒盖打开，一阵清香扑鼻，居然是龙珠茶。

他这段时间看了那么多次泡茶，自己也学会了泡功夫茶。于是将龙珠茶取出，泡了起来。

等茶好了，木青青取过杯子抿了一小口，对他比了个大拇指："阿茶，你上道了啊！"

"泡得很好。"她又笑着补充。

店长也取过杯子给自己倒了一杯，喝了才说："嘿，补充蛋白质、氨基酸和各类微量元素咧！这个虫茶营养价值高，还能治各种小毛病。"

木青青："咳咳咳！"

林知茶："虫茶？"

两人同时发出声音。

林知茶又说："什么是虫茶？"

店长没有接收到木青青频频传来的眼神，说："就是吃了野藤、换香树枝叶和顶级六堡茶叶后，茶虫拉出来的屎啊！虽然说出来制作过程俗了点，但茶是真的好。这虫吃下去的可是好东西呢，要不然也拉不出这么金贵的屎啊……"

店长的话还没有说完，林知茶已经冲进卫生间疯狂地呕吐起来。

木青青扶额。

木宋忍笑忍得厉害，最后拍了拍孙女的肩膀说："看来今晚知茶除了清粥，什么都不会想吃了。"

木青青取了湿巾走到卫生间，只见他还在呕着。

傍晚吃下去的全都呕出来了，而现在，林知茶除了水什么都呕不出来。他很难受，还在一味地干呕。

木青青轻轻说道："叔叔，要不我给你擦把脸吧。"

他双手还撑在洗手台上，而水龙头打开着，他的脸已经洗过了，衣领子和肩膀都湿了，可他直接将头递进了水龙头下，清洗着。

噢，忘了，他还是有洁癖的。木青青看不下去了，一把关了水龙头，然后将他下巴扳了起来，她一手托着他轮廓深邃、光洁白皙的下巴，一手替他擦拭掉水珠。

湿巾淡淡的绿茶兰花香飘出，她取来毛巾替他将鬓发也擦了。

水珠沾在他长睫毛上，他一对眼睛湿漉漉的，此刻显得有点脆弱，有点狼狈，还有点委屈，那么传神漂亮的一对眼睛啊……木青青看得心都打战了，又见他嘴角抿得紧，一只酒窝现了出来，她嗫嚅了下："叔叔，说句话呗……"唉，美人儿叔叔真的生气了呀？怎么办好呢？

林知茶看着她，她一对眼睛亮亮的，明明清澈得如透明的水晶，偏偏坏得很，他叹道："青青，你这丫头怎么这么坏呢？"

木青青牵着他右手尾指摇了摇："叔叔，讲点道理。自从你喝了这个茶，你水土不服、动不动就晕的毛病都跑了。你还能吃能睡能跑能傲娇，不再病娇，你还想咋样呢？"

林知茶看着这个丫头，他真的是无话可说，偏偏还是他喜欢的，宠着的，捧在手心上的，连一句重话他都不舍得说她，他还能咋样呢？！

私心里，他还真是想胖揍她啊！

林知茶不理会她，径自转了出去，而木青青只好嘿嘿笑了两声也跟在他身后出了洗手间。

木宋一脸"我懂"的高深莫测表情，笑眯眯道："知茶啊，你看也快七点半了，也饿了吧。我们去吃私房菜，菜做得很棒。"

林知茶嘴角抽了抽，又想吐了，那股不适被他生生压下后才说："我不饿。你们随意，我只要一杯清水就好。"

木青青叫了起来："叔叔，你不会想以后都绝食吧？呃……这个虫屎茶的阴影不至于这么大吧……"

林知茶眼皮一跳，脸黑了下来，说："不会绝食。你放心！"

木青青嘻嘻两声："那我这几天亲自下厨给你做清淡的小菜和小粥，好不好呀？"

有了台阶下，总得见好就收的，林知茶"嗯"了一声。

然后，他就听见她说："好哒好哒，以后我会煮很多好吃的，又营养清淡的好菜来孝敬您老人家哒！"

"木青青！"林知茶气得不轻。

木青青对着他做了个鬼脸。

木宋看着这两个大小孩，无奈又宠溺地摇了摇头。

[4]

晚上也是品茶的时间。木堂春旗下的茶馆生意都很不错。

木堂春是上市公司，并不单单是木家一家人的生意，所以整体规划上，生意是做得成功的。

而木堂春旗下还有一个高级会所，名唤"春溯"。

春溯会所坐落在河对岸的郊外田园，与主城只一江之隔，出入非常方便，又占了风景优美静雅的优势，主要接待各财团老总、企业人，是商谈生意的好去处。在独立的包间里，泡上一壶好茶，就能倾谈生意。还是各公司年会的选择地，往来热闹非富则贵。

会所拥有辽阔的河岸线，河滩沙质洁白细腻，人在沙滩上走，河风轻拂，真是好不惬意！

会所里还有一处跑马地，拥有十匹马，除了享受各种旅游度假设施，还能沿着河边骑马，或者是在跑马地上小溜达上几圈。

今晚，木青青和爷爷还有林知茶就在会所里住宿了。

刚从私房菜馆用完晚餐出来，等渡了河来到春溯会所，已经是夜里十点了。

会所的负责人是木青青二姨一家。二姨郎安宝远远就牵着一头马迎了出来，等一众人下了车，郎安宝叫了声"老爷子"，让大堂经理赶忙带老人家去休息，就笑嘻嘻地抱住了木青青，喊："青青，过来玩啦？哈，你看，我把你最爱的小母马小红点带过来了，就知道你肯定得骑着它溜两圈的。"

"二姨，我想死你啦！"木青青甜甜地喊，"最懂我的，肯定是你嘛！"

郎安宝早看到站于青青身后的俊俏男孩子了，于是八卦魂瞬燃，问道："这位是你的小男友啊？"

木青青红着脸嘀咕："他哪里小了？明明是个大叔！"

林知茶上前一步，说："二姨你好。"

他没有纠正什么，木青青看了看他，暗暗对手指，难道叔叔也对我有意思，所以不纠正小男友这个说法？

郎安宝早看出两人之间的你来我往了，笑眯眯道："青青啊，要不要给你俩安排一个无敌江景蜜月套房啊？"

"二姨！"木青青脸瞬间红成了煮熟的大螃蟹。

郎安宝笑眯眯："好了好了，不逗你了。这里就是你家，你随意。"

郎安宝说完，也真的不跟她客气，直接走了。

到底是女孩子，平常大大咧咧的木青青害羞了，两人就那样安安静静地走了一段，谁也没说话。

或许是夜色和月色都太美了吧……

风过，再度吹乱了她的发。

木青青的头发很长，因为一天的奔波，坐车坐船的，原本高高扎着的马尾乱了。林知茶走到她身后，替她将发松下，当取下头绳的那一刻，一头青丝瞬间倾洒，铺了他一身。他轻笑一声，替她将发以五指拢好，然后简单编了一条长辫子，搭在了她胸前。

风起，他替她将碎发别在耳后，指腹不小心轻触到了她耳郭，痒得她颤了颤，她微微仰着头，嗫嚅："叔叔……"

月色那样美，盛夏的月是招摇的，那种美美得不似秋日含蓄，落在他深邃如海的眼睛里，像墨黑色海上跃起了一汪融金碎银，那么那么美。

林知茶轻叹："我喜欢你叫我知茶，或者阿茶。"

两只傻狗围着小红点转来转去，小红点很温柔乖巧，只是低垂着头啃沙砾上的杂草。

林知茶见她耳尖都红了，醇厚的声音更是低了一个度："你上马吧，我牵着你慢慢走，就当消消吃。"

"好呀！"木青青很开心，立马一个翻身就跃到了马背上。

林知茶长身玉立，负手立于月下，仰起头来看着她，只见她眉眼间全是盈盈笑意，就知道她心中欢喜得很。他也笑道："看来你是个中高手。"

木青青带着点小傲娇道："我马术很不错的。"

林知茶牵起绳，小红点很懂意地跟着他走。他说："你就是个皮丫头，上山爬树下河捞月，猴子一样。"

木青青嘟了嘟嘴，没说话。

他轻笑一声，牵着她的马继续走。

等两人骑完马，回到会所大堂时，只见一个七八岁大很皮实漂亮的男孩子一把跃到了木青青面前，手里还捧着一个圆形玻璃缸，献宝似的说道："表姐表姐，你看，我家龟龟下的蛋又孵化出两只小龟仔来！"

木青青从缸里拿出一只萌萌的小乌龟放在手心上逗着，笑他："黄小可，看不出来啊，你还是孵蛋小能手啊！"

小表弟黄小可没有听出无良表姐的揶揄，自豪道："那是！"

林知茶抿了抿唇，笑得露出一对可爱的酒窝。

木青青把那一对小龟连缸一起塞进林知茶怀里，说："你不是喜欢养乌龟吗？这对给你！"

林知茶抿着嘴角，笑道："也好。和之前你给我的那两只做伴。"然后抬起手来揉了把小孩子柔软的发，"小可，谢谢你送的几只小龟。你喜欢什么，叔叔送你。"

"真的？"黄小可很高兴。

"嗯，真的。"林知茶答。

黄小可："我想要变形金刚，大眼萌版大黄蜂好可爱。"

林知茶："小可，给叔叔十天时间。然后大眼萌就会从美国飞到你怀里来！"

"哦耶！"黄小可高兴得跳了起来。

木青青也是笑："看不出来啊，你还挺会收买小孩子的。"

林知茶揉了把她头发，笑道："小孩子。"

[5]

林知茶八点就起来了。他去敲隔壁青青的房门，却只听到两头傻狗在叫。

"青青？"他又喊了一声。

这时，门传来"嗒"一声响，开了。

门里有些黑暗，他瞧不太清，于是又喊了一声："青青！"

他往门里走，却有什么软乎乎热热的东西扑了过来。

咦，这小家伙这么热情？他正张嘴，却被亲住了。

林知茶一怔，又往里进了一步，突然双手握住了两只爪子……

亲他的居然是威武……

林知茶一把将威武推开，黑着一张脸真想把它胖揍一顿，又喊了一声："青青？青青，我生气了！"

将军"呜"了一声，突然就往外跑，威武也跟着跑。

林知茶怕狗丢了，只好把门关上，去追两只傻狗。它们在疯跑了许久后，终于在一扇门前停住，他已经听见木青青的声音了。

他推开虚掩的门进去，只见两只傻狗正认真、严肃地蹲在门边，

169

用带着仰慕的目光看着它们的主人。

木青青对他招了招手，他坐到她身边来。他一抬头，就见木宋、青青的二姨，还有三个中年男人坐在一起，对面的PPT开着，显然是在做路演。

"这位是市里的领导陈秘书长，这位是梧城茶厂的经理，这位是姨丈黄亮。"木青青一一作了介绍，又对大家说，"这是我朋友林知茶。"

林知茶相貌气质清贵，举手投足显出的是大家气派，穿着谈吐都是拔尖儿的，没有人敢小看了他。而陈秘书长官场打拼多年，更是人精了，伸出手来，和他相握。

木青青又说："阿茶不是我们这一行的，所以这个会没喊他来。但木堂春的发展，也有他在旁出谋划策。"

大家又再聊了一会儿，林知茶就摸清状况了。

原来是黄亮为木堂春牵桥搭线，认识了陈秘书长。以后市里的招商会议，还有外来官员参加年会，或来办公，也会下榻春溯会所。

因重要事情都谈妥了，木宋回房间去小憩，而木青青则带着两位贵客游会所。

一众人先去了展览区。

展览区摆着好几组雕塑，还有制茶用的工具，凳子、椅子、炒茶用的大锅，加热的灶台，以及挂在墙上的图片文字介绍，还有许多茶叶从刚摘下来到炒制和进入防空洞发酵陈化的图片。也有好些人型雕塑，坐在大锅前展示的是炒茶。

跟着又到了茶展览区，红木的架子上是一饼一饼的茶，各种年份的都有。有饼装的，砖装的，以及砣装的。

木青青取来一些茶，打开包装做详细讲解。

等一轮游览完毕，黄亮带两人去吃饭了，下午还有游河、跑马、钓鱼等安排。

等人都散了，林知茶才说："木堂春和别的茶公司也有合作吗？"

木青青则答："梧城茶厂是做六堡茶做得最好的一家老企业，他们厂出的六堡茶最为正宗。而且整个梧城，只有他家拥有以防空洞做仓库的得天独厚的条件。有时候，区上面安排了接待任务，梧城茶厂也能给出很多指导意见。所以我们都会有合作。"

两人正商量着让厨房做点什么好吃的菜色时，一通电话打破了这

一切。

是"一禅茶"当家人洪茶打来的电话。

原来洪茶的茶园有一处是和木堂春的茶园接壤的，基本上是连在一处的。洪茶无意中发现木堂春的茶树，叶子打卷儿了。她在制茶这行里，是老人了，经验非常老到。她一眼就看出木堂春的茶树生病了。

茶树不是容易生病的树种，但一旦生病了会非常麻烦，因为茶树的叶子是需要制茶的，人直接饮用，对茶叶茶树的卫生标准要求就极高。而采下来的鲜叶是不经过任何清洗就直接加工的，而且整个茶园都是不能用农药的。

木青青刚给他解释完，就看到爷爷赶了过来。她有点急，跑过去扶着爷爷说："爷爷，你看你走那么快干什么！"

木宋当机立断："青青，我们马上回去。木堂春的茶园出事了！"

木青青沉吟了一下，道："这么快大家就都知道了？"

"没有，大家还不知道。是沐春发现了不对劲，已经仔细查遍了所有的茶园，茶树被下了一种真菌，叶子虽还看不出什么异样，但有些黄了。当然，只有极熟悉茶树的人才看得出来。"

木青青让厨房备了好些包子，带上两只傻狗，和爷爷、林知茶一起，开车上路。

一路上，木青青都很焦躁。

林知茶见了，劝道："爷爷，青青，先别急。尤其是爷爷，你要保重身体。青青，我虽然对茶树不了解，但急躁只会更办不好事。既然最坏的情况已经发生，那我们就把心放宽好了，总有解决的办法。"

林知茶虽然不是行内人，但他遇到过的生意上的危机不知凡几，大风大浪里过来了，自然知道解决事情最重要的东西是什么，其实说到底还是金钱。资金周转，就是最大的问题。

果然，他马上第一时间做出了危机公关，和给出了对策。

他说："青青，茶树出了问题，影响的应该是今年的秋茶和明年开春的春茶。茶树医治需要的肯定是时间。而你们现在马上抢时间把没问题的茶叶全摘了，还有一个月就入秋了，摘得多少是多少。

"第二就是，从别的茶园回收鲜叶，毕竟木堂春的制茶技术是完全没有问题的。第三，茶树出了状况，牵扯出的无非就是资金周转问题。我这边可以入股，所以资金问题不是问题。做好这三点，一切都能过度和解决。而现在最首要的任务，就是看看茶树到底病到了什么程度，再做后续打算。"

木宋听了他一番话，只觉样样都极为有理。这个年轻的男人，的确是个商业奇才。

木宋立即给沐春打电话，沐春意见和林知茶的基本相同，唯一不同的是，沐春建议向银行融资，来解决资金周转问题。因为茶商会已经把外国订单给了木堂春，木堂春的确需要大量鲜叶，不存在卖不出去的情况，所以可以向银行融资。但现在林知茶解决了这一问题。

木宋为方便大家沟通开的是免提，沐春和另一位负责人说："我们第一时间联系了几家和木堂春有合作的茶厂，他们都愿意向我们提供鲜叶。一禅茶的洪小姐更承诺把大部分特级鲜茶叶留给我们，就是售卖后的分配，和她是三七分。我已经答应。"

像是知道木青青想问什么，沐春马上接着答："青青，不要着急，也不要哭。青青，你最爱护的阿大、阿二、阿三和阿四，因为有专门的看护人看守，所以都没有染病。它们很好。"

木青青一怔，握着方向盘的手紧了又紧，然后一个急打转，把车停在了山路边上，解了安全带，一下子就扑到了林知茶怀里。

林知茶抱稳了她，温柔地哄着："好了，没事的。我说了，我会帮你一起打理木堂春的。别哭！乖啊！"

木青青吸了吸鼻子，把眼泪擦他肩膀上了，才哽咽着道："阿茶，幸好有你。"

大家集合的地方不是在木堂春，而是在大山的更深处。

那里的青山连绵，因为海拔高，云雾缭绕，一眼望去尽是白雾黛青，连绵起伏的青山上是一片一片的茶树，一级一级地往上生长着。

在一个小小的山坳里，四处皆是数不尽的茶山，而茶山下窝着一潭静静的湖水。是山中湖，湖水幽深静远，连着环绕茶山而去的溪流。

而木青青爷爷的家就在小山坳里，临湖而建。

从梧城的春溯会所渡江而过，车再绕了两百多个大弯开进六堡镇后，又连夜赶了的夜车，翻过了重重山岭才进入了这里的茶山。

当三人从车上下来时，已经是第二天的早上八点了。

不仅仅是沐春，就连"一禅茶"的洪茶都过来了，跟着过来的还

有几个木堂春的叔伯们，以及两位培育养殖茶树的师傅。作为植物学和生化学家，唐大山和韦晓汤都是懂植物的人，自然跟着一起了解情况，全程跟进。

木青青赶紧上前寒暄："洪老板，累你也要跟着跑动，真是过意不去。"

洪茶容貌秀丽，三十出头的年纪，圆滑周到，颇有种大姐大的风范。穿一身简洁得体的蜜色茶服，一头乌黑秀发只扎了一个低马尾垂在背后。她摆了摆手说："说这些，太伤感情了。"

然后她又道："这边的茶林最为严重，我家的茶园和你们的只是隔了几米，因为两家靠得近，所以我家在这里的茶园死了几株茶树。我带了我这边的人一起来研究是什么病菌，这么厉害。"

木青青抱歉得很，大家一起研究茶树的病况。

沐春指着一张看着还很新鲜青翠的树叶子道："你们看，这张叶子打卷儿了，很快就会黄。"说完，将这片叶子摘了下来。

林知茶终究是外行，问："会不会是茶树的新陈代谢啊？就像别的树叶会黄、会凋零，别的青草也会黄，而花朵也会随着时间花开花落。"

木青青答："阿茶，茶树和别的树不同，茶树是四季常青的，它们会因为过了采摘季来不及摘下叶子而变老、韧，但绝不会黄。"

沐春接着道："是的，而且一旦严重到了不能医治的程度，茶树即使治好了，保住了生命，但永远不再长叶子了——我是指那种能摘下来做茶的叶子。"

林知茶抿了抿唇，没有作声，也知道这次的问题很严重了。

因为林氏的香妆集团将来要研制茶精粹护肤品的，所以林氏也已经购进了高品质的茶园，一旦茶树生病，茶精粹系列的进程就会被延迟，所以以唐大山为首的香妆团体也很上心，一起商讨寻找对策，以防将来之需。

洪茶说："青青，我看还是有人眼红了。因为茶商会已经决定将向外国供货的项目给了你家。而六堡镇茶叶生态园旅游业的事，你们又办得是实在太漂亮了。沐春带领的团体，在广州的两广西南港澳地区的茶王比赛中又得第一，捧回了茶王称号，得到了直接晋级中国茶王大赛的总决赛机会。所以有人出来给你们下绊子了。毕竟，接下来，你需要大量的茶叶来应付突增的订单。我家和你家不相邻的茶园都没有事，我还问了好几家和你家相连的茶园情况，也都是没有事。所以可以确定，这次的事是冲着你们来的。"

木青青点点头，表示知道了。

见自己能做的都做了，洪茶点一点头，说："那我就先回了。"然后留下两位育树人帮助木堂春一起找病因。

大家都在忙着商量对策，只有林知茶眼尖，察觉到了木宋的不对劲。只见木宋一手按着心脏，脸色铁青，从下了车后就没有说过话。

林知茶上前一步，低声询问："爷爷没事吧？您莫急，有这么多人在，总会想出对策的，您保重身体要紧。"

他说话声压得很低，不想再增添大家的忧虑，又说："爷爷，您倒下去了，最伤心的还是青青啊！"

木宋握了握他手，说："你说得对。"

"知茶，我的药在我衣服内袋里，你帮我拿出来。"这个时候，木宋的一双手已然是在颤抖了。

林知茶赶忙替他揭下中山装的一排扣子。老爷子里面还穿了一件薄薄的白背心，而中山装的内袋有四个，他赶忙找出那只小小的药瓶，倒了四颗保心丸喂进老爷子嘴里。

他刚要去拿水，老爷子说："不用了。"

老爷子吞了药后，很快就恢复过来了。

林知茶和木宋坐在茶园的一张凳子上，陪他说话。

木宋叹："知茶啊，那些茶树就等同于我的孩子。我看着它们一天天长大，欣喜得很啊！可是，现在看着它们生病了，我心很痛。"

林知茶握住木宋的手，正想安慰的话，又听他说："还是你这个通透的孩子点醒了我。茶树是我的孩子，我很心疼它们。它们和木堂春是我一生的心血。但对于我来说，我最想看到的，不过是青青快乐幸福啊！所以，我绝对不能倒下！我还要以最积极的心态去治病。"顿了顿，他重重握住了林知茶的手，"知茶，青青就托付给你了。"

这一次，林知茶没有再逃避自己的感情："爷爷，我很爱青青。我在等她长大。爷爷，我会一辈子对她好的。"

等木青青察觉到不对劲时，很快就跑了过来，喊："爷爷，您不舒服吗？"她这一嗓子，几乎是带着哭音了。

木宋笑着摸了摸她头，说："瞧你，一蹦一蹦的，你是大白兔子吗？

小甜茶

爷爷没事，就是和知茶聊几句。毕竟，他也是木堂春的股东。"

　　木青青很仔细地看了爷爷的脸色，发觉爷爷脸色尚算红润，就是唇色有点白。她疑惑道："爷爷，您没骗我吧？真的不舒服，您要告诉我啊！"

　　"呸，好你个兔子青青，是要咒你爷爷吗？"

　　"不敢不敢！"大白兔子退缩了。

　　看着斗嘴的爷孙俩，林知茶忍不住笑了。

　　看到爷爷没事，木青青就放心了，赶紧回到了团体中继续忙医治茶树的事。

　　木宋对林知茶说："知茶，你既然喜欢她，就找个机会把心意说出来吧。青青下个月就满二十了，也是个大姑娘了。以前是我总想多留她几天，可是女孩儿大了，就留不住了。我看得出，她很喜欢你。"

　　林知茶听了，脸上漫过绯红，不自信道："青青真的喜欢我吗？她之前说过的，不喜欢我这种类型的……"

　　木宋笑眯眯地说："此一时彼一时嘛。知茶，去吧，把握住自己的幸福。"

　　接下来几天，林知茶陪着木青青翻越了好几座大山，把木堂春属下所有的茶园都跑遍了，发现所有的茶园茶树都生病了。

　　这是很恶性的事件了，木堂春第一时间报了警。

　　其实想要抓住犯人很难，因为茶山辽阔根本不可能处处装有监控，所以拍不到犯人的，就连证据都找不到。唯一能起到的作用只是敲山震虎。

　　幸运的是，木堂春所有的茶园虽然都染病了，但很多都能治好，明年的春茶休养一季，到了秋天，还是能提供秋茶的。这已经算是不幸中的万幸了。

　　不过，的确有好几个茶园的茶树病得很严重。

　　尤其以爷爷家的翡翠庄园里的那片占地面积极广，拥有两个山头的茶园的茶树为最。

　　这里地势高，云雾缭绕，水汽足，茶树的树龄都普遍较大，属于顶级的老茶树园区，出产的茶叶非常甘甜丝滑香味清雅，也是做"兰花香"型茶的最佳茶树。

当大家坐在翡翠庄子外的临湖游廊里时，看着美丽清幽的景致，都没有什么心情。

沐春不仅会制茶，还懂茶树，他对茶树的熟知程度，就像对自己一样熟悉。茶树的每一点变化都逃不过他的眼睛，他说："我和几位老育树人商量过了，因为茶叶是有标准的，农药残留稍微多一点，就会被作超标处理，取消优质资格。所以绝对不能打农药。我的看法是'以菌治虫'，或者说是'以菌治菌'，毕竟茶树遭受到的并不是肉眼可见的虫害，说到底还是菌害。"

育树人阿贵说话了："幸好，这次的菌害是半寄生菌，这类菌只吸收茶树中的水，不吸取别的营养；换了是全寄生菌吸取的是所有有价值的营养，那就真的无法治了。"

木青青是急性子，马上问："那现在要怎么办？"

沐春安抚她道："别急。我和阿贵，还有大山先生都还在研究。我们想培养出一种新的生态系的菌类，来抑制这一种菌。本来需要一点时间的，但因为林氏的香妆第二团体过来了，里面有好几位植物学家和生态化学家，他们不仅善于做实验室里的美妆品研究，还对植物相当有见解，且他们在全球各地培育不同植物，所以对治疗虫害菌害相对有研究，已经有了初步的对策，但需要一周的时间。这段时间里，木堂春负责把菌害降到最低，我们把通常治菌的基准菌通过输液放进了茶树里。也在泥土里培育了基准菌系，保证大面积下的茶树能活。"

木青青转过头来，声音有些哽咽："阿茶，谢谢你。"

终究还是靠他的，他说过会帮助她，他并不是说说而已，他将林氏最好的资源都用在了她身上。

林知茶揉了把她头发，说："小丫头。"

沐春看了两人一眼，又垂下眸来，研究手里的菌系成分表。

对这些林知茶一窍不通，但在别的方面他是行家，于是说道："目前，我们还要做危机公关。虽然在市里立了案，但这件事知道的除了木堂春和一禅茶，没有别的人。我想，这个幕后人一定会找机会将木堂春茶树生病的事曝光的，还会指责我们为了订单企图隐瞒这件事。"

沐春除了做品质监控，还在美国学了企业管理，所以对这些个手段也是了解的。但木堂春的一名叔伯就沉不住气了，说道："可是我们总不能和别人道出事情真相啊。茶树生病，茶的质量就会影响。

这些说了出去，就会让人有机可乘，趁机狙击我们。别的卖家也会担心质量问题，将目光转向别家了。"

林知茶说："我们的茶树病区已经控住下来了。虽然今年的秋茶，和明年的春茶需要休养不能取叶，但还有足够的鲜叶供我们周转。一禅茶，以及好几家和木堂春合作下来的茶园都愿意提供鲜叶可以应付订单，不够的部分，会从梧城茶厂和一禅茶以及沐春家的自制茶里供货，都是最优质的货品，所以不存在质量问题这一说。这一点，不攻自破。

"真正严重的茶树园区，只是两块。这两块茶园未来两年都不会用作产茶区，以供茶园休养生息，带动自身新陈代谢，建立良好的生态菌系。等到了明年的秋天，除了这两块茶园，其他所有的茶园都能提供鲜叶来做茶了，问题都不大。我们把事情向茶商会报备，真的被人曝光时，不至于手足无措。生意人讲求的是信誉，商誉。如果企图隐瞒，这个点会被对手抓着不放的，对信誉不好。木堂春做的是长远的生意，信誉对我们很重要，是和茶的品质一样重要的东西。"

"对。知茶说得很对。与其被别人踢爆，还不如我们自己先揭露出来，而且马上提出最新的检测报告，证明茶树没有大的问题。"沐春接着补充。

唐大山也发话了："十二天后就可以举行一个小型发布会了。到时，所有的茶树都会转好。即使是最坏的两块茶园，有了我们培育出来的新型真菌生态体系，都不成问题。这份报告也由我来做。再怎么说，我也是这方面的专家。我的名头在全世界范围内都是响当当的呢！"

木青青高兴坏了，知道事情算是雨过天晴了，一把抱住了林知茶说："这次真是多谢大家啦！"

唐大山很委屈，眨了眨眼睛，用一口怪怪的中文说道："青青，你不是应该给我一个抱抱吗？明明出大力气的人是我啊！"

木青青憨憨地笑，真的站了起来，张开双手要给唐大山一个抱抱，却被黑着一张脸的林知茶隔开了。

唐大山哼了一声："真是护食！"

木青青无语，她什么时候成食物了？

说到培养真菌这些事情，沐春毕竟才是行家，他将电脑转过来，将PPT打开，说道："我已经把这个生态项目和关于木堂春病树养护的报告都处理好了。已经将报告第一时间发给了茶商会会长了。因为有益真菌生态系统涉及机密，所以没有上报。但我挑了一些简单的、专业性术语，和可以公开的部分，一并发给了会长。十二天后的发布会，将由青青一起做演讲。"

说完，他将 PPT 演示给大家看。

看完后，木青青苦着一张小脸道："阿春哥，要不还是你去主持发布会吧，毕竟你也是木堂春的核心成员啊！让我去怪不好意思的。我会怯场……下面那么多人啊！还会有记者提问！"

沐春笑着安抚她道："青青，相信自己，你会做得很好。而且，青青，你才是木堂春的灵魂。这两年，都是你在打理木堂春，木堂春的代表是你。"

木青青一张娇俏脸蛋要皱成菊花了。

她还轻声叹气。

林知茶握住她手，轻声说："我陪你。"

"真的？"这一下，木青青又不怕了，追问道，"你真的陪着我，一起上发布会？"

林知茶含笑凝睇，点了点头应她："我陪你。"

"耶，阿茶威武！阿茶万岁！"木青青高兴得忘了形，直接扑他怀里仰起头就在他下巴上"啵"了一下。

林知茶的脸，迅速地红了……

第七章

♥

最美不过在一起

Sweet Tea

[1]

十二天后。

木堂春的发布会是在城中春溯会所举办。

到场的相关人员很多，而沐春还有林知茶也坐在台上。

背景是茶园的大幅照片，现场布置得清雅有古韵，还随处可见和茶有关的文化。

木宋以及茶商会的陈会长就坐在台下，木宋满脸微笑，用鼓励的目光看着孙女。

木青青一开始讲话时，舌头还有些僵，但触到爷爷的眼神，她就镇定下来了。

下面的座次里，都置有小桌，每个参与者手边都放有一个玻璃杯，里面装着六堡茶。

台上也设有简单的茶具，林知茶给她斟了一杯茶，低声说："紧张了，就抿一口。"

木青青的一颗心安定下来。她说完了开场致辞后，就让阿贵和唐大山一起做一个简单的报告。

因为涉及的是专业东西，所以接下来是唐大山接手的。沐春间或也会说几句，回答一些记者的问题。

与会的还有一些买卖中间商，与一部分潜在的大客户。他们其实

♥

并不太懂土壤、水源、有益菌群和茶树，以及茶品质之间的关系。唐大山、阿贵和韦晓汤等人毕竟是专家团，说出来的话过于深奥。于是在沐春的示意下，木青青拿起话筒准备说话。

而唐大山等人极有默契地安静下来了。

木青青对着大家微笑，清了清嗓子正要说话，却被一个男人打断了话头。

那个男人挂着胸牌，显然是个记者，只听他说："听闻木堂春的茶园出了问题，许多茶树都死亡了。而且茶树的治疗过程，用到农药的话，就会对茶叶的品质产生很大的影响。而木堂春对这件事怎么看？"

来了！幕后对手终于出招了。如果木堂春不是早有准备，即使能处理好这场发布会，但信誉商誉都会大打折扣了。

木青青感到手上一热，她垂眸，看到林知茶的手轻轻覆在她手背上，轻轻一握就放开了。

他在给她撑腰！

木青青淡淡地瞥了一眼发言的记者，然后说道："我们木堂春的茶园没有问题。刚才的专家团说了那么多，无非是想告诉大家一个道理。有益的共生真菌生态体系的培育繁殖与投入茶园，就是为了抑制病害，预防病害。我们的茶园之前的确产生了菌害，但已经在半月前处理好了，且鲜叶已经提前采摘，不影响后续的制茶。六堡茶卖的是春浓香醇，是时间！所以现在发货的，即使是远销海外的订单都是仓内十年前的熟茶，不存在品质有问题一说。而且园内菌害，我们已经第一时间报告了陈会长，做了报备和给出了详细的治疗及预防工作。整个过程得到了行业内多位茶友的鼎力相助，如果订单出现供不应求的情况，一禅茶和梧城茶厂，以及沐家茶行都会提供他们的顶级茶叶给木堂春。"

下面人顿时有了波澜。原来这场发布会风起云涌，有许多事情，大家险些错过了。

但也有人马上肯定了木堂春，说他们的危机公关处理得非常好。

茶商会的陈会长坐在台下，此时，他拿起话筒简单说明情况，证实了木堂春的话。且他也在整个茶商会的重要成员的陪同下，一起检测了木堂春所有茶园，只是两个茶园会闭园，其余的都在正常运作，不影响供货订单，也绝不会影响成品茶的品质。

陈会长做了总结："最为难得的是，整个过程，木堂春坚持不打

农药，全程用有益共生真菌平衡茶树的生态体系，治愈茶园区，从而保证茶叶的高品质。具体的，还请大家听木总的讲解。"

这句木总让木青青有点不好意思了。她的脸慢慢红了，一笑时有点腼腆，但还是镇定从容地开始了讲解。

木青青道："茶园本身，其实是一个稳定的生态体系。在这个健康稳固的生态环境里，茶树不易生病，抗病能力很强。它们不像别的植物，会经历新陈代谢，会黄叶、枯叶，甚至落叶。茶树是四季常青的。它们自身有调节系统，会自我调节繁衍有益的真菌来抵抗害虫与天敌，以此达到平衡稳定的生态体系。

"这种菌里含有一种病原微生物，这种病原微生物会使各种害虫染病和死亡，以此来保护茶树免受虫害。所以说微生物对害虫的繁衍起到抑制作用。通俗一点就是茶园的这个自我调控的生态环境，并不需要外物干预就能达到平衡的状态。但一旦这个状态被打破，茶树就会生病。

"菌系里，有些真菌是有害的，例如半寄生真菌和全寄生真菌，它们会吸取茶树的水分和营养，导致茶树生病，严重点茶树不再长新叶和死亡。而针对这种有害菌，可以投放入别的有益菌来制约它。这一种有益菌群体，木堂春的研发团体已经研究了出来，并且在申请专利。而那两块最严重的茶园，作为实验点已经证实了共生菌群体生态体系的项目是可行的。所以大家不需要担心这次的茶树病害问题。然后我要再说的一点就是，木堂春的茶树区发生病害，并非自然原因而是人为。我们已经报警立案，幕后的人，还请你好自为之。"

木青青的话一讲完，全场都倒吸一口凉气，然后有喝彩的声音传来。虽然一切顺利，是木青青早就知道的结果，但此刻还是大大呼出了一口气。

底下有许多人都对这个有益菌群投放项目感兴趣，问了许多问题，木青青和沐春都一一解答了。而更多的人，则看到了这个项目投入所带来的商机，纷纷交头接耳，或是想要得到这个项目授权的，或是称赞木青青极具生意头脑的，懂得第一时间申请专利商标。

接下来会有一些收尾工作，可是木青青再也不想和任何人周旋，将工作移交给木堂春的沐春总监后，和林知茶安静地从后门离开了。

当那道厚重的红色会议室门关上，她才叹："阿茶，谢谢你。没有你，我不能走到这一步。没有你，我根本想不到要申请专利商标。这个专利可以为木堂春带来很高的经济价值。"

林知茶只是轻笑了一声，揉了把她头发，温柔地喊："小丫头。"

一场成功的危机公关，将一场发难掐灭在了萌芽状态。

木青青仰起头看着他，心中满满的都是爱慕与悸动……

解决了危机公关问题，接下来的就是磨人的琐碎事情了。

每一件事情，看起来好像都不是太大的问题，但又得一一解决好。

例如抢摘仍处于健康状态的茶叶。这次因为茶树染病，所以木堂春得提前一个月摘茶叶做秋茶。健康的茶叶，叶芽都偏小和嫩了些，但总体不影响品质，只是最后的成品产量会很低。

经木青青点算过后，木堂春所有能采摘的茶树，收下来的叶子只有以前的三分之二。于是，她又调派了人手去挨家挨户地收鲜叶。

一圈儿忙下来，林知茶只觉得她瘦了，连原本有点小肉嘟嘟的鹅蛋脸都尖了下来，他是心疼得不得了。

幸好，忙过了这一段，木青青终于闲一点了。和国外供货商谈妥的订单，木青青按时交了出去。

她闲下来后，就开始和林知茶计划去上海的事了。

同去上海的，还有沐春。因为木堂春进入了中国茶王大赛的总决赛名单，所以木堂春派出的代表是品质总监沐春。

木青青还在做计划、看旅游攻略时，林知茶拿着一杯热牛奶走了过来，说："丫头，看你都瘦了。补补。"他放下杯子，揉了把她的头头，"哎，真有点舍不得离开这里。这里多漂亮啊！与世隔绝，风景秀丽，吸进肺腑的全是充满茶香的新鲜空气。真别说，远远看着，绿玉群山绕，白雾片片起，真像仙境。"

木青青嘿嘿两声笑："你刚进镇里来时，可不是这么说的。那会儿你还有严重洁癖，连这里的凳子都不愿意坐。"

林知茶敲她脑袋："你还把我关在有女鬼的防空洞里呢！你这个缺德鬼！"

木青青抱着脑袋抗议："很痛的，您老轻点，轻点！"

林知茶被说老，心底有气！于是，他直接回自己房中去了。

两人的房间一墙之隔。

这么久时间相处，她很了解他的习惯了，此刻肯定是坐在书房里看书，那里靠墙的地方放有一张摇椅。他肯定就在那里！

木青青房间的大厅就靠着他的书房。于是，她走到墙壁前，举起手来敲了敲墙壁，喊："欸，叔叔生气啦？"

他不作声。

但她听见他哼了一声。

"欸，阿茶别生气嘛！"

他又哼了一声。

这么傲娇真的好吗？哼！她想了想，他好像爱听她叫他哥哥？

"欸，哥哥，别不理我嘛……"她糯糯的声音本来有点大，后来就轻了下去，有种撒娇的况味。

对面墙传来几声咳嗽，然后她听见他淡淡的声音："你说什么？我没听清。"

哼，明明就是听清了！

"哥哥……"

"好哥哥……"

"亲亲哥哥……"

林知茶嘴角勾了起来，后来听见她喊"亲亲哥哥"时，误听成了"情哥哥"，他一张脸瞬间红了，然后猛地咳嗽起来。

林知茶后知后觉地觉得玩心重的小丫头刚才肯定是调戏他，拿他消遣的，一切当不得真。

他红着脸，从书架里随意抽了一本书出来，然后走下楼往花园去了。

翡翠庄园里的花园特别漂亮，种有四季皆开的花朵植物。

而且，木青青还劈出了一个瓜地，自己种西瓜。现在入秋了，西瓜没有了，但来年夏天又是碧油油的一片一片滚圆。

他喜欢她种的向日葵。

因为入了秋，向日葵盛极之后开始出现颓势了，但一朵一朵金灿灿的硕大花碗还是很漂亮的。看着它们迎风招展似在笑，他就心情大好。

因是在深山里，所以即使是中午时分也不觉得炎热，风太大时还有点凉意，所以坐在向日葵花海下，真的是一种特别的享受。

他啧啧两声："这个青青，倒是个懂享受的丫头！"

在最靠近向日葵花海的地方放有一张竹制的摇椅，青翠欲滴的绿

183

竹甚是喜人。

他在摇椅上躺下，竹子沁凉。

他闭着眼睛感受，一阵馥郁的花香飘来。他鼻翼翕动，是白玉兰的香味，夹杂了铃兰的甜香和茉莉的幽香，脚下青草的芳香，远处瓜地里香瓜的香味，还有另一处橘子树里飘来的果香气，所有的香气像一首交响乐，一点点渗透进他的世界里。

他记得，木青青说过，这里才是爷爷的家。木堂春那里也是属于木宋的，但年代最久远的老宅是翡翠庄园里的房子。

但因为翡翠庄园离城里太远了，来回很不方便，且木宋年纪大了，身体又不好，住在这里不太安全，所以才会搬到木堂春住。

而木青青整个童年时代都是住在这里的，说起来好笑，当初他尿床的地方，就是在这里。

木青青对花草很有天赋，种什么都活。于是，她大学毕业回来后，就在这里的庄子里还有木堂春的花园里种起了一片片的四时花卉和瓜果。

青菜蔬果也是她自己种的，非常新鲜，随时想吃随时摘取。她还别出心裁地用泡过的茶叶茶水来灌溉她那一片蔬果园。经过茶叶茶水的发酵，营养物质特别多，将蔬菜养得清清甜甜的，将瓜果喂得又胖又甘甜。

想到这里，他忍不住笑了一声，这个木青青简直是个人才！

她还种了五棵荔枝树，宝贝得跟什么似的。今年他赶上了好时光，看到了五棵树上都长了红彤彤的果子，但有三棵荔枝树熟了，他还没等到摘来吃，就被她半夜爬树上，先把荔枝吃光了。

他想去摘时，只有绿油油的树叶……而另两棵是迟熟荔枝，他还得继续等！

想到这里，林知茶睁开眼睛，往向日葵花海后睨去。还真是给他突然想起来了，还有两棵迟熟荔枝树，估计也是这段时间能采摘享用了！

他正想着今晚偷偷去尝鲜，手机微信响了一声。他打开来看。

茶是青青：欸，哥哥，你在看什么啊？

他勾了勾嘴角，正想回复，她的微信又来了。

茶是青青：嘻嘻，我种的花，我打理的小花园漂亮吧！

林知茶：漂亮。

顿了顿，他又打字回复：你在干什么？

茶是青青：我在考虑再劈一块地来种茉莉花。这次的面积得很广，因为我想做茉莉花茶，供应年轻女性市场。茉莉花茶味清香而幽淡，做得好很有市场。

林知茶秒回：掉进钱眼里去的小财迷。

小财迷给他回了个飞吻的表情。

莫名地，他的脸就红了起来。

又过了许久。

茶是青青：你在看什么书？

林知茶又看了十多页书后，才想起要回复，打字道：《请以你的名字呼唤我》。

茶是青青：夏日里的里维埃拉啊，意式小镇，橘子园，漂亮唯美的乡村风景。还有令人终生难忘的夏日恋情。

林知茶闭上眼睛回味了一下，然后回复道：青青，难道你没有发觉吗？你的家园，也是漂亮唯美的乡村风景，你的庄子，你种的花草青菜瓜果，还有你，构成夏日里最绚烂美丽的景致。

顿了顿，他又发了一条信息给她：青青，明晚我想和你说一件事情。一件很重要的事情。

他的心意，其实已经说得很明白了。她虽然是个大大咧咧的姑娘，但并不迟钝。他给她时间去缓冲，也让她考虑清楚。明晚，他将会向她表白。明晚，是她的生日。

小姑娘可能真的是领悟到了什么，没有再给他发信息了。

这个小坏家伙啊，肯定是害羞了。

林知茶看着书，看着看着就笑了。阳光有点刺眼，微风轻轻拂着，吹乱了他有些卷的黑发。他觉得困了，将书盖在脸上，像只优雅的猫儿一样打起瞌睡来。

迷迷糊糊中，林知茶好像听见了钢琴声。

他在梦里"哦"了一声，青青书房里有一架民国时期的白色老钢琴。

她在弹奏什么曲子？真好听啊……

是《秋日的私语》吧……

当林知茶醒来时，已是下午四点了。太阳还挂在天上，但有点摇摇欲坠的味道，就像落进了碧色的大海似的。风过，群山轻摇曳，绿浪一波一波，不就是碧色的大海吗……

他将书搁在膝盖上，仔细凝听她弹琴。

是那旋律优美又熟悉的《梦中的婚礼》。

原来，她也是有期待的……

林知茶抬起头来，书房的窗户打开着。她就坐在窗边弹琴，她穿着一袭粉蓝色的荷花领连衣裙，漂亮得不像话。

似是感受到他炙热目光，她向他看来。

那个英俊的男人，此刻正坐在躺椅里仰着头凝睇她，而他身后是一束一束的一人高向日葵。

他在花的阴影下。

一切美得像一幅画。

想起他刚才发的信息，木青青脸红了，但她多少能猜到一些，心中雀跃不已，又期待，又担心，担心的是自己或许是多情会错意了……

一向傲娇毒舌的小少爷这会儿再次幼稚了起来。

这么唯美动人的时刻，一个坐在花下，一个坐在窗前弹奏，可是这个让人气得牙痒痒的小少爷对着楼上的她说了一句："你这是有多恨嫁啊！"

哎，这人，真欠揍！

木青青嘴一嘟，怼了回去："你才恨嫁，哼！"

她猛地站了起来，回房间去了。

林知茶摸了摸脸，好像的确是自己把好气氛给弄跑了啊……

唉……

[2]

后来，林知茶在木青青门口敲了许久的门。

她根本不搭理他。

但林知茶很有耐心，一遍一遍地敲，不急不躁，声音也不大，敲累了他就歇一会儿再继续敲。

他持续了半小时后，木青青一把将门打开，她木着张脸说道："干吗？"

林知茶微翘的嘴角噙着一丝淡淡的笑，道："青青，天气很好，

我们出去走走？"

　　木青青依旧木着一张脸，双手背在身后走了出来。跟在她身后的，是高昂着头的、自以为很威风凛凛的两只傻狗。她决意要领先他，快步走到了他前头，让他和两只傻狗一样当她小跟班！

　　林知茶一想到那句"物出主人形"，实在忍不住"扑哧"一声笑了。

　　木青青一张脸黑了："笑什么？"

　　林知茶轻轻走近她，手在她后腰尾椎下来一点轻扯了一把，体贴地说："走吧。"

　　木青青马上领悟过来，她的裙子夹了一点进内裤里去了，哎呀，丑大了！

　　她"呀"一声，捂住了眼睛。

　　林知茶说："看路啊！"

　　木青青从指缝里露出一对亮晶晶的大眼睛，有点可怜兮兮道："你没看到什么吧？"

　　林知茶很绅士地回答："我没有看见。"顿了顿又说，"我会负责的。"

　　然后，他也不等她说什么，红着脸赶紧快走几步。

　　她落在他身后，看见他后颈红了一大截。

　　嘿，这个纯情 Boy 啊！一时之间，她心情大好！

　　四处都是茶山。

　　翡翠庄园本来就是建在山上的，地势很高，从窗户探头看去，时常看见云雾缭绕。

　　此刻，木青青带他去婆娑亭观景。

　　两人两犬，沿着一级一级的坡度往上爬。爬坡爬到半程时，已能看见那座古意盎然的简朴亭子。

　　两只犬最喜欢出来到处玩了，早早爬上了山坡顶，对着下面的两人"汪汪汪"地兴奋吠叫。

　　木青青脚打滑了一下，她稳住了，才想起这坡还是挺斜的，怕他吃不消，回过头来问："欸，你还行吧？"

　　林知茶俊脸一僵，心道有这样问问题的吗？真是一点说话的艺术都不懂的臭丫头！他似笑非笑地睨了她一把，道："我好得好。不知道刚才是谁打滑了。"

　　她哼了一声，转过头去不搭理他。

林知茶快走一步，手轻轻扶在她手肘那里，说："再打滑就拉着我。"后半程，倒是他扶着她走到了坡顶。

山风袭袭，无数茶树迎风伸展，淡淡的香气弥漫，风景真是独好。

木青青笑眯眯地看着他："想不到在这里养了七个多月，你倒是变强壮了。想你初到时，真的是风一吹就要倒了的纸片人似的。"

林知茶脸一红，低声说："青青，都是过去的事了。"

他之前一直有健身的，哪有她说的那么弱？他就是水土不服而已！而且，现在还多了一个她要他保护和照顾，他当然得让自己强大起来啊……

木青青牵起他手往亭子里走，说道："坐在亭子里观茶山，品香茶才是人生最大快事呢！"

林知茶有点惊奇："亭子里没有电，怎么烧水？"

"傻啊你！"她也不回答他，故意卖个关子。

亭子其实不大，实在精小，但一张润泽的黑石打磨而成的桌子，和三张黑石凳子都显得一切别有意趣。三边美人靠上也是黑石打磨成的长椅。桌子下放有三个保温壶，林知茶看了一眼，一壶是凉开水，两壶是滚烫的 95℃ 的水，要泡茶是足够了。但最令人惊喜的是，还有一个放炭火的小火炉用来烧水的。

一大筐茶叶就放在桌子下，想要饮用直接取出来泡就可以了。

美人泡茶，才是极为赏心乐事。林知茶只依靠在美人靠上，一会儿看风景，一会儿看她。

两人之间的那点小暧昧，就差去捅破那层窗户纸了。木青青大着胆儿问他："是风景好看，还是我好看？"

林知茶一怔，耳根漫过一点红，一本正经地说："你好看。"

"扑哧"一声笑，木青青垂下眸来，继续泡茶。

等茶好了，她将香茗递给他："喝茶吧。"

林知茶伸手接过，指腹轻触她的手背，一片馨香温软，他克制住了将她手攥在手心中摩挲轻抚的欲望。

木青青收回了手，不敢再瞧他眼睛。

她喝了两杯茶后，整个人都坐到了长椅上，双腿并着搁在长椅上，而双手交叠在围栏上，下巴则搁到了手臂上。

她往远处望去，这个小小的黑白色婆娑亭像嵌在群绿玉上的一点

小甜茶

别色籽玉。四处是高耸的碧山，这里只是凹在高山群落里的一个小山包，小山包左右也是一片连绵起伏的茶山，茶树一棵连着一棵，根本数不清了。

她伸着食指，以指尖在那儿一点一点的。

忽然，她说："这些都像是我的孩子一样。每一棵茶树，是一个孩子。它们都很特别，我很爱它们。"

这种心情，林知茶是懂得的。其实他和她都是相似的人，他们都是匠人，拥有一颗追求极致完美的匠人之心。正因为对所爱的太过于认真和执着，所以它们全都是有灵性的，是孩子。

这一刻，彼此都没有说话。林知茶想，他是要陪伴她一辈子的，他们的以后，也会像今天一样，在茶园里坐看每一天的日起日落，和风云变幻。

木青青很早就进大山里去了。

她带走了超二的威武，把特别能干又聪明机警的将军留下来给林知茶做伴。

林知茶昨天爬了山，今天就犯懒了。

一觉睡到了中午十二点。

他一醒就去找木青青，可是哪里还有她的踪影。

给他送饭来的佣工程姨笑道："别急嘛。青青带着两个种茶树的老师傅进山里找合适的土壤开辟新茶园了，她是个工作狂，一时半会儿没那么快回来的。"

林知茶用完饭后，就跑去了厨房里，在那儿待了老半天。

程姨闻到香，从大厨房跑来了小厨房，一看不得了，这个城里来的小少爷居然在动手做蛋糕，而且还做得相当不错！

程姨笑眯眯道："想不到你还有这一手啊！妙！说起来，今天是青青二十岁生日呢！这个生日礼物送得好！"

林知茶脸有点红，心道：我倒是更想将自己当礼物送给她……

不能多想了，想这些太过分了……她还是个小姑娘呢……他赶快收起荡漾的心。

林知茶说："我妈妈烹饪很有天赋，我虽然在烹饪上没有什么天赋，也学不到妈妈的五成功夫，但我做蛋糕、甜点这种小点心手艺还成。"

程姨说："够了！哄女孩子开心，会做蛋糕够了。而且我们青青啊做得一手好菜，你俩刚好互补了。"

她一番话，说得林知茶又红了脸。

"哟，真是害羞的小青年！"程姨笑着离开了。

林知茶做了一个红色爱心的草莓蛋糕。一切完成后，为保持蛋糕新鲜，林知茶将蛋糕放进了保鲜冰柜里，他就靠着冰柜等他心上的姑娘回来。

小厨房对着的就是花园，通向花园的门开着，凉爽的风将园子里时令瓜果的香气一阵一阵地送进来。

他鼻子轻嗅，又闻到了桂花香。

他看出门外，不远处有两棵金桂树。金灿灿的一簇簇小花缀于枝头，迎风招摇，又送来一缕颇为浓郁的香气。

不知不觉，已是十月中旬了。他来这里快八个月了。

他看着花树，想着她，不觉倦意袭来，枕在冰柜面上居然就睡着了。

梦里，青青站在桂花树下对他笑。

多么璀璨的笑意啊，像他的太阳。

梦里，还有美妙的歌声，是意大利歌剧《我的太阳》。

是一首歌者对着心中姑娘倾诉爱意的甜美情歌。

歌声里，他像回到了意大利。那里也有他的绿色乐活区，美丽的海边小岛——撒丁岛。

那座海岛，拥有白色的沙滩、碧蓝色的纯净海水、隐匿在内陆上的古老村落，以及居住在森林古老村落里的长寿村民，一切都那么美丽和神奇，是天堂之地，同时亦是全球皇室政要和明星们趋之若鹜的度假胜地！

在那座海岛上，靠近海边的森林里，有一小块属于他的私人花园，那里种植有几十种可供入肤的花卉，这些花卉无惧海风吹打，具有非常顽强的生命力；还种植有神奇的、长期吃用可令人长寿的橄榄；这些花卉和橄榄，都是林氏香妆集团用以制作护肤品的植物、果实。

现在，那座海岛不再孤单，因为多了一个她。她在海里嬉戏。她很顽皮，将水全泼他身上来了。

看见他一身湿透了，她哈哈大笑。

于是，他也跟着笑。

他走进海里，游到她身边，揉了把她湿淋淋的头，宠溺地说道："你喜欢，以后每年我都带你来撒丁岛看属于我们的大海和花园。好吗？我的太阳！"

阳光下，她那张盈盈小脸扬了起来，他人太高了，她只好将双手挽着他颈项，她靠到他身上来，闭起了眼睛："好。"

林知茶轻声说："青青，我爱你。"

然后，他俯下身来，亲吻了他心爱的女孩。

"啵啵……"有什么一直在亲他。

他睁开眼睛。

南梁一梦。

是将军在舔他嘴唇，和他亲亲，哪里还有他的青青……

林知茶哂笑。

[3]

林知茶给木青青打了许多个电话，但手机在森林里无网络，她那边没有信号。

最后，在找了一个养护茶树的茶农后，林知茶跟着茶农进了大山去找青青。

将军跟着林知茶，生怕他给走丢了。

茶农摸了摸将军的大脑袋，说："好将军，待会儿找你家主人去。"然后又对林知茶说，"别担心，青青去的地方我大概还是知道的。在一个山坡的背面，向阳，还拥有一大片平地，是个适合种茶树和茉莉花的好地方。"

后来，越野车一路往森林深处去，越走路越偏僻，林知茶不禁担心起来："青青没事吧，这一带简直是荒无人烟。"

茶农安慰他："青青就是山大王，你别忧心。而且这一带有几户村民住着，也有森林林业站的站点，其实还是挺热闹的。附近也有一整个村镇，是和六堡镇相邻的绿镇，所以这一带还有几个建在山坡上的集市，一级一级上去，全是吊脚楼式的商铺和民宅，非常壮观。有点像《千与千寻》里的世界。灵气得很呢。等青青闲了，让她带你去看吧！"

果然，等车拐过一个弯道，森林渐趋开阔，平原地势宽阔起来，那里有一座小站，里面有值班室，还有好几间屋子，就是林业站。

再过去一点，还看到了三四户分散的农家小院。

但再过去，院落不见了，再度进了密林深处。

四周萤火纷起，天地之间一片绿盈盈，又因为是在户外远离城市，天空十分清透，银蓝的天幕上星穹璀璨，和萤火连成一片，车似是在银河里行走。

忽然，林知茶看见了木青青停在森林边的越野车，就连将军都激动得吠叫了起来。

"哈，找到了。"茶农将车停了，"我就把车停在这里吧。我踩山地车回去。"

林知茶说："别。你还是开车回去，骑车危险。"

茶农哈哈笑，拍了拍他肩膀道："在这里再过几段山路就是我大哥家。我过去歇息一晚再回去。你不用管我，赶快去和青青谈恋爱去吧。对啦，往里走估计车是通不过了，车厢里还有一辆山地车，你踩进去，让将军带路，很快就能找到青青了。"

一番话说得林知茶极不好意思，等他反应过来，茶农已经踩着山地车走远了。

他也取下山地车往山林小道里骑去，将军在前面跑带路，一边跑一边兴奋地汪汪叫。

骑车大概过了三十分钟，他看一眼时间，已经晚上七点半了。忽然，前面响起了叫声，像是威武的声音，他高兴地加快了速度，可一层薄雾突然漫了过来，他越往里去，雾越浓，浓得几乎看不见路和四周景色了。

林知茶有些心慌，但将军与威武的叫声相应，这使得他又淡定了些。再过了十来分钟，他终于看到了站在路边对他挥手的木青青。

等他在她身边停下时，一切都有了尘埃落定的感觉。

她揉着鼻子说了句："嗨。"

林知茶敲她脑瓜："几点了？你不看时间的吗？还不回去！"

木青青有些不好意思："我和两个员工一起勘察四周的地，这片地太大，我走着走着，又走出实在太远了，发觉和他们两人都走丢了。雾气又大，根本看不见路。他们以为我有狗，所以大概走了吧。可是谁知道，这个二哈一点不威武，它自己本身就是路痴啊！"

小甜茶

"哦，山大王都会迷路？"他又敲了敲她脑瓜。

她抱着脑瓜嘿嘿笑。

被指名的威武有点委屈，在那儿呜呜呜地叫。

"我们沿来路回去，上了车才安全。"她说。

林知茶挑了挑眉道："刚才带我进来的茶农说这一带民风淳朴，即使一时迷路了也不要紧，等到白天都能找到路出去，还说了你常年备有睡袋在身边的。"

山地车后座没有位置，林知茶示意她坐到他车头来，他载她。

木青青眼睛骨碌碌转了一圈，于是决定将她山地车在前面那棵树后的事隐瞒了。

她红着脸道："嘿嘿，我有点重。"

"上来！"林知茶说。

木青青乖乖地坐了上去，两人靠得很近，他双臂圈着她，几乎是将她整个人抱在怀中了。她贴着他胸膛，甚至能听见彼此之间强烈的心跳声。

彼此都有些不好意思了。

木青青说："阿茶，这里的确民风淳朴没有坏人……不过……"

"把话说全！"林知茶简直想胖揍她。

"不过……"木青青嗫嚅，"有野猪出没……野猪还是挺凶狠的……"

"闭嘴！"林知茶咬牙道。

他想，他的运气总不至于那么差。

四处忽然闪现一星一点萤火，绿盈盈的，十分漂亮。她喊："阿茶，萤火虫！"她伸出手来，捞空中的点点绿萤。

绿萤越来越多，天地间璀璨一片，那些薄雾淡了一些，但林知茶忽然发现他们好像迷路了。

林知茶很无奈，但还是跟着带路的将军跑，最后就连将军都迷惑了，"嗷呜"一声，停在了一边。

林知茶只好说："青青，我们迷路了。"

木青青倒是不急，说："将军是能找路和找人的技术犬。平常我上山一定带它的。莫急，它只是需要些时间去辨别方位。这里没有雾气了，你看，月亮多圆多漂亮，我们坐在树下等它。它先去找到停车的地方，然后会回来找我。最慢也就四十分钟，"然后她说了声，"威武待着，将军出发！"

神勇的将军如一支利箭似的冲了出去，只留下傻狗威武守着两人。

林知茶十分无语，揉了揉眉心道："我怎么觉得威武的武力值还不如将军？"

木青青笑眯眯地说："是不如啊！可是威武是路痴，只能让将军去了啊！"

林知茶在心里默默祈祷，千万别遇见野猪或是毒蛇才好……

突然，木青青肚子传来"咕噜"一声，她坐在大树下，极不好意思地摸了摸瘪下去的肚皮。

林知茶将挂在车头的蛋糕递给她，抿了抿唇说："青青，生日快乐。这是我自己做的蛋糕。"

"咦！"木青青很惊讶，惊喜道，"你居然还会做蛋糕。"

"会，简单的糕点我都会做的。你喜欢，以后我常给你做。"

"好！"她高兴地打开蛋糕盒子，新鲜的奶油味、草莓味充溢鼻端，她高兴地吸了一口气说，"真香！"然后拿手指挖了一大口塞进嘴里，"唔，好甜！"

林知茶揉了把她头发，将背包里的蜡烛和地毯拿了出来，将地毯铺好，点上红蜡烛，两人坐在树下吃蛋糕，而天上月亮分外明亮，照亮了这小小一圈天地。

木青青是真的饿。她带过来的饭餐只够中午的，晚餐还没有吃，于是一阵狼吞虎咽，居然把大半个蛋糕都吃掉了。

林知茶吃得少，只动了一块蛋糕，看她吃得差不多了，他给她倒了一杯温茶。

她接过喝了一大口，叹道："有美食有好茶，还能坐在这里赏月看星，真是人生一大快事啊！如果能有一块鸡腿就更完美了！"

林知茶听到她最后那句，忍不住笑了。

他清了清嗓子，忽然说："青青，我有事和你说。"

木青青怔了一下，把蛋糕放在一边，看向他时，眼神也不知道该往哪里摆了，低声道："你说。"

到了这个时候，他反而不紧张了，轻笑了一声，替她将唇边那点奶油抹掉，手顺势执起了她下巴道："青青，我很早以前就对你动心了。"

小甜茶

顿了顿，他又说："我爱你。"

木青青一张脸涨红，眼神飘啊飘的，就是不敢看他，只是"嗯"了一声。

他笑了："原来青青也会害羞。"

他又说："那你答应当我女朋友吗？"

她红着脸回应："嗯。"

林知茶执着她下巴的手往上抬了抬，说："青青，看着我。"

她眼睫一颤，微微抬起了眸，只是一瞥，她又垂下眸去了。

"青青，你说话声音太细了。刚才，我听不清楚，我向你示爱了，可是我还不知道你的心意。"他噙笑道。

木青青内心有点急，这个腹黑的叔叔啊！居然还调戏她上瘾了！

她又看了他一眼，说："我喜欢你。我答应做你女朋友。"

林知茶只觉得一颗心满满的都是甜蜜和幸福。

他温柔地说道："青青，我很爱你。我希望自己能给你幸福。也一直会陪在你身边。"

她注视着他，他眼神如此温柔。她在他眼眸里，看见了自己。或许是月色太美，她慢慢闭上了眼睛……

林知茶心中一动，俯下头来，要去亲吻她的唇。

忽然，森林深处传来响动，一切变得躁动不安起来。就连威武也竖起了耳朵，露出尖牙狂吠不停。

木青青猛地睁大眼睛，说："不好！肯定是野猪闻到食物香气跑来了！"

两人赶忙站起，只见前方丛林闪过一对莹绿眼睛……

林知茶拿起两根红蜡烛，猛地将她护在身后，问道："你确定是野猪而不是狼？"

"这里没有狼，阿茶，你别怕！"她拽了拽他的衣袖。

两人配合默契，一起将倒在地上的山地车扶起，准备逃跑，可是那只猛兽突然跃过树木冲了过来，真真的就是一头体型庞大、长着一对长长獠牙的野猪！

林知茶将两根蜡烛往野猪头上扔，野猪被火燎着，吼叫了一声更加暴戾。这时，两人已上了车，眼看着冲了出去，可不过数秒，那只野猪横着冲了过来，为了保护她，他猛地一个打转，以背护着她，受到了一记巨大的撞击，而车也顺势冲出了很远。

这时，将军突然冲了出来，对着野猪用力撞去，一直在装死的威武终于也勇敢地冲了上去，和将军合力驱赶野猪，野猪被将军撕咬得疼痛难忍，最后还是跑了。

木青青大大松了口气，说："好了，将军赶走野猪了，我们安全了！"

两只狗又跑了回来，将军脚有点瘸，但还是坚持在前领路，等到终于看见林知茶的越野车时，木青青才放下心中大石，说："阿茶，我们安全了！"

他只是"嗯"了一声，说："别怕，小丫头。"又加大了力气将山地车踩得更快了。

木青青嘀咕："我才没有怕呢！"

"嗯，不怕。而且我会保护你。"他亲了亲她发心。

木青青红着脸，享受和他的亲昵。

他垂下眸看到她后劲红了，低笑道："青青，你已经是我女朋友了，以后要习惯和我亲昵。"

她突然玩心起，也不害羞了，转过身来一把抱住他，说："那以后我要亲亲抱抱举高高。"

他笑："可以。"

他忽地俯低一点，唇贴着她耳郭："还可以滚床单。"

"林知茶！"她有些跳脚了，他这个人怎么一表白了就像变了个人似的，都会耍流氓了。

他朗声笑了起来，可是笑得太用力，扯动了伤口，一口气哽在那里，痛得他"嘶"了一声。

"怎么了？"她不放心，又去抚他的背，才发现他背上全是血。

"阿茶！"她尖叫起来。

"不要紧张，就是刚才为了挡野猪撞过来，背受了点伤。"他淡淡地道。

两人赶紧上了越野车，这次由木青青开车。她先检查他伤口，一看倒吸一口气，说："阿茶，你恐怕要缝针了，伤口很深……"她几乎都要哭了，声音里全是颤抖。

林知茶怔了一下，但很冷静地分析道："这里过来我看到了森林站。那里应该有医务室。我们先去那里处理一下伤口，不然，我怕止不住血。

小甜茶

青青别担心，我不痛，真的，一点都不痛。"

她忍不住了，哇哇哭了出来："你骗人，伤得那么深，肯定痛死了。"

林知茶脸色苍白，唇也白，显然是在极力忍耐了。他温柔地笑道："不痛，真的。要不你亲亲我。亲亲我就一点都不痛了。"

她轻轻抱住了他，然后仰起头来，唇贴上了他的唇。

他的唇瓣那么柔软，那么甜蜜啊……

他缓缓地撬开了她的唇。

吻了许久许久，他才舍得放开她，说："青青，很甜。"

她脸瞬间红透了，说："阿茶，你正经点。"

他以手握拳抵着唇轻笑，然后才说："去森林林业站吧。再不去，怕要流更多血了。我不怕痛，不过我有点晕血。"

他是用玩笑的口吻说的，说得她心都疼了。

她将车发动，往林业站开去。

[4]

森林林业站的确是有医务室的。

但一切都太简陋了，简陋得连止痛用的麻醉药都没有。

幸好留守的是一个极有经验和医术的老医生，他说："这里缺少麻醉药，而你的伤口太深，不缝针不行，等不到你现在出镇上了。"

换言之就是，他得生忍着接受缝针了。

木青青喊了一声"阿茶"，整个人几乎都站不住了。

林知茶倒是镇定得很，说："医生，你直接缝，我忍得住。"

老医生又看了一下伤口，说："我给你用最精简的缝法，五针。"

说完，他去找器具，然后又道："麻醉药没有，但能减轻疼痛的药还是有的，只不过可能用处不大，死马当活马医吧。"

这一番话，倒是惹得林知茶笑了："没事，不就五针嘛，我忍得住。就是我如果哭了，你们别笑我就成了。"

老医生哈哈笑："行，你真哭了，我绝不说出去。"

木青青嗔他："阿茶，你还有心情说笑！"

他对她招了招手，她坐到他身边去。

他握着她手，说："有你在，我什么都不怕。现在感到很幸福。"

后来，缝针时，老医生手法非常娴熟，动作也快。

那点止痛药还是有些作用的，林知茶只觉得痛得都麻木了，是很痛，钻心的痛，他的肩膀，他的背脊，他整个人都颤抖起来，但他很能忍，绝不喊一句痛。因为喊痛了，青青会更伤心。

看她泪眼婆娑的，他举起手替她拭去泪水，说："乖，别哭。你哭，我难过。"

终于还是好了。

他几乎痛麻木了。

老医生拿了一件开衫给他穿，说："这段时间别穿套头衫了。"

老医生马上又给他开了消炎用的药，给他挂点滴，道："你们打完点滴，就在楼上的森林林业局员工宿舍住一晚。如果你高烧不退，也有我在，所以不用担心。"

木青青答了声好，又对林知茶说："阿茶，我先上去给你整理一下被子床褥。"

林知茶执着她手不愿放，含糊道："我受伤了，心灵脆弱，你要和我一个房间一起睡。你得照顾我！"最后那句，他又说得理直气壮了。

木青青脸一红，轻推了他肩头一记，说："还有人在呢！"

老医生哈哈笑："我什么也没有听见。"

羞得木青青赶紧跑出去了。

林知茶抬起手来，摸了摸嘴角，自己笑得很开心。

老医生笑眯眯道："嘿，年轻人，这伤伤得值吧？！"

林知茶说："值！"

老医生揶揄道："你受伤了，这段时间内禁止剧烈运动啊！"

林知茶脸一红，说："知道了。"

他不急，她还是一个小姑娘，而她是他最心爱的人，他当然要给她最完美、最唯美的第一次啊！

等他输完点滴，已经将近十点了。

因为林业站是一个小型住宿区，所以休息的卧室、办公区、小食堂以及洗澡室都是俱全的。

站里的负责人和木青青也很熟悉，黄大伯给两人安排了最宽敞的、带浴室的房间，然后又叫厨子给两人炒了两碗河粉当夜宵。

黄大伯说："青青啊，别客气，就当自己家里一样。不够饱，再来个砂锅粥。"

木青青笑眯眯地道了谢："黄伯，我不跟你客气。我最爱喝你们站里的砂锅粥呢！对了，上次拉来站里的茶叶喝完了吗？你也别跟我客气，我每次进山里，都是你招待我。我明天再送几筐茶叶过来，你们慢慢喝，保管喝了巡山时不困！"

等河粉和砂锅粥来了，木青青对林知茶招了招手，说："哎，阿茶，你那么痛，我喂你吧！"

林知茶抿唇，很认真地说："我是背痛，不是手痛。"

"哦。那你自己吃吧。"

林知茶忽然悟了，这也是恋爱的小情趣啊，于是呻吟了一声："一抬手，就会牵扯背肌，好痛。"

木青青乖乖地端起粥碗，说："乖啊，还是我喂你吧！"

她坐得离他很近，他能闻到她身上淡淡的少女馨香。他心中一动，脸往她执着勺子的手腕蹭了蹭，说："青青，你好香。"

木青青只听见"嘭"的一声，自己从内部开始爆炸自燃了。这个林知茶，忽然这么会撩了？

她勾着头，下巴尖都红了，瓮声瓮气："我刚才洗过澡了，身上有沐浴露的香氛吧……"

林知茶轻声笑："不是沐浴露，也不是清水的味道，就是你身上淡淡的体香。这个味道，只有你一个人拥有，是独特的味道。"

木青青抬起头来看了他一眼，诧异极了，这人太会说情话了……

"阿茶……"她话尚未出口，唇瓣就被他含住了。

"唔……"她轻喘着，觉得要窒息了。

林知茶离开了她，看着她眼睛里潋滟的水光，他指腹在她被吻肿的唇瓣上摩挲，半晌才说："甜，很甜。"

他头抵着她头，说："青青，我很喜欢和你亲吻的感觉。"

她刚才接吻时一直傻傻地握着勺子呢！他说："你真可爱。"

木青青这才想起要放下勺子，然后双手搂着他的腰，整个人靠进他怀里，说："阿茶，我很爱你，很爱很爱。我每天都在想，我要追求你，让你喜欢上我。我只是没想到原来你也喜欢我。"

"傻丫头。"他轻抚她的背，"不是你要追求我。而是我很爱很爱你，我每天都在想，我要追求你，让你喜欢上我。幸好，我的执着打动你了。你答应做我女朋友，天知道，我有多开心！"

她听了，咯咯笑，靠在他怀里，只觉得这世界真甜蜜啊！

林知茶现在很是狼狈。

考虑到他这样睡觉肯定很不舒服，更何况他还有洁癖呢。于是，木青青说："阿茶，我给你打盆热水洗把脸擦擦身吧。"

林知茶沉默了一瞬，然后说好。

她给他在浴室里放上小板凳。

林知茶就坐在小板凳上。他有些紧张，"呃"了一声，低声问道："青青，你要我怎样做？"

木青青瞬间就红透了脸，嗔他："你这话说得真是……你是要要流氓呢你！"

林知茶脸也红透了。

木青青躬腰替他将纽扣一颗一颗解开，然后将老医生给的衬衣脱下，再从衣柜里拿了一件干净衬衣出来："站里给队员配备的，你先将就一晚吧。"

然后，她拧了热毛巾给他擦拭脸庞、颈窝，然后是锁骨、胸膛和腋下。

为了打破那些暧昧尴尬的小气氛，她摸了一把他腹肌，戏谑道："八块腹肌啊！这性感的人鱼线，啧啧……想不到叔叔你身材这么好。"

她一紧张，又叫了他叔叔。

林知茶似笑非笑地一把按着她手，她手心紧紧贴在他人鱼线那儿。他说："我一直有坚持健身的，二十年来从不松懈。青青，我体力好得很。"

木青青红着脸，想抽手。可是他不许，他力气大，她抽不回来。她就嗔他："你这人简直壮得像头野猪。"

一听到"野猪"两个字，他就头痛，松开了她手，抬起手来揉了揉眉心。

她嗤嗤笑。她一边笑，手下也没停，给他把背部没受伤的地方也擦了一遍。

最后，她揶揄他："还要我继续代劳吗？"

林知茶轻声笑，说："你出去吧。我用花洒简单冲冲大腿和脚就好。"

她"嗯"了一声，又说："那你注意一点，不要弄到伤口。"

"不会，就简单冲冲，你别担心。"

等他出来时，见她在拍床褥和被子。

听见他声音，她没回头，笑着说："我多拍拍，拍松了盖在身上才舒服呢！幸好还没到冬天，不算太冷。不过深山里的秋夜，也挺要命的。"

林知茶强装镇定，淡淡道："我们一起睡，抱一起不会冷的。"

"林知茶！"她气得跺脚，"你不要老占我便宜。"

他轻笑，从背后环着她，抱紧道："青青，我们是情侣，你要习惯和我亲密。我们不再是从前那种每天吵吵闹闹玩作一团的关系了。"

因为他背痛，所以没有弯腰擦腿和脚上的水。他穿着站里提供的统一迷彩色及膝短裤，水还一直往地板上掉。

她叹了口气，从另一边取过浴巾后就蹲了下来，准备给他擦干净水珠。

林知茶坐到床上，这样她没那么辛苦。她就坐在小板凳上，给他擦干净水珠后，抱着他双脚置于她膝盖上，给他捶捶，一边捶一边说："今天你也累得够呛了。"

林知茶微笑着看向她，他眼睛里闪过一丝羞赧，温柔地说："青青，现在的我们，那感觉就好像是老夫老妻了。真好。"

木青青也笑了："你就想结婚了啊！"她将浴巾放在床脚踏上，而她坐到了他身边。

林知茶很认真地凝视着她，点了点头道："是。我想和你结婚。这一辈子，遇到对的人，有感觉，能让人心动和爱上的人，其实不多。或许，这一生只会遇见一次，而我遇见你了。"

顿了顿，他又道："不过你还年轻，我会等着你。等到你有心理准备了，我们才结婚。"

木青青心底感动，却揶揄道："叔叔，我们今晚才正式在一起谈恋爱呢，你就想到结婚了！还说不急！也是，你都快奔三了，年纪越来越大了，还有洁癖，还难以相处。好吧。看来只有我勉为其难接受你了！"

林知茶嘴角抽了抽，一巴掌拍在她屁股上，低哑的嗓子更显魅力："臭丫头，你就开始嫌我老了？"

木青青笑得肚子痛，伏在他怀里，双手轻轻地揽着他肩。

林知茶也不知哪儿来的邪念，一下子就将她压到了床上。他亲她，但很轻很温柔，只是唇贴着唇摩挲，低低地、温柔地亲昵。

她推开他一些，说："我刚才都听见了啊，禁止剧烈运动！"

林知茶将小小的她拢在怀里，说："睡吧，都累了一晚了。"

鬼灵精木青青在他怀里窝了一会儿，忽然说："咦，不对啊！我刚才明明记得老医生交代你要趴着睡的，不能压到伤口！"

林知茶怔了怔，说："我想抱着你睡，让你枕着我胳膊。我保证，我不乱动，只要一动不动，不会压着伤口的。"

木青青简直哭笑不得，亲了亲他下巴、鼻子和眼睛，才说："乖啊，趴着睡。"

他摇头，不愿意。

这家伙别扭起来，比逆反期的少年还要别扭。她就贴着他耳郭哄道："以后多的是机会让你抱着我睡。乖啊，趴着。"

他脸一红，也就只好翻个身趴着睡了。

他脸枕着双臂，委屈得跟什么似的，偏偏那模样太可爱。她忍不住"扑哧"一声笑了起来，说："欸，你和二哈威武真有缘分，连睡觉的姿势都这么像！"

同样趴在地上，头枕着一双大长"手"的威武听见被点名，高兴地"汪"了一声，应和了起来。旁边的将军半躺着，十分警觉，耳朵尖尖的，那模样比起警犬还要英武！

林知茶听着一人一狗的对话，无奈极了。

小甜茶

第八章

♥

唯一闪耀

Sweet Tea

[1]

林知茶经过一夜休息，身体渐渐好了起来。

由于并没有出现高热的状况，所以第二天林知茶起来后就觉得伤口不怎么疼了。

老医生给他检查伤口愈合情况，问了他好些问题，给他开了一些消炎药连吃三天。然后等他用完早饭后，又给他挂了半瓶点滴。

输液时，林知茶闭着眼小憩，而他手心里握着的是木青青的小手。

他攥着她小手，把玩着，轻轻摩挲，时不时地又去抚摸她纤细手指，一只只手指地抚摸。她忍不住咯咯笑，笑声那么娇，他爱听得不得了。她说："痒，别逗我了。"

他正要说两句情话哄她开心，电话就响了。原来是他那边团体研发的茶精粹系列出了最新成果，需要他马上回实验室。

他开的是免提，她自然是听到了，说："我待会儿送你回六堡镇。"

他看着她时有些不舍，她是要留在这边处理木堂春剩余事情的。毕竟翡翠庄园这边的茶树生病最严重，虽然病情稳定了，但她和一应负责人还要处理一些事情。

她扬起头来亲了亲他下巴，说："乖啊，就分开一小会儿嘛！你知道，我心在你这里的。"说着，她指了指自己的心，然后将手掌打开，以手心轻贴他心脏。

林知茶勾了勾嘴角，以指尖点了点嘴唇。她马上就懂了，给了他一个甜甜的香吻。

刚在一起的有情人，当然是一刻也不舍得分离呀！

送林知茶到达六堡镇上的实验楼后，她可怜巴巴地看着他，最后还是说："阿茶，再见啦！"

林知茶莫名地心发软，忽然说："青青，要不你上去看看吧。我给你一个惊喜。"

木青青也是想多和他待一会儿的呀，马上说了好。

他牵着她手上楼梯。

进入属于他的实验室后，见到了 The One 的一应员工。

当看到两人交握的双手，唐大山马上说："老板娘好！"

顽皮的史丹叹气："哎，看来我是没机会了。"

众人纷纷上来恭喜，木青青羞极了，一张脸通红通红。林知茶垂下眸来，笑着刮了刮她鼻尖，调侃道："好了，大姑娘了，终于知道羞了。"

"阿茶！"她嗔他。

他先是听团体作了简报，原来六堡茶金花精粹的提取有了最新突破。唐大山经过和他的几次研究，找到了最佳的萃取方法，就是冷萃取。然后研究室就要进入冷萃取工艺后的保存阶段了，这些，其实林氏香妆实验室都是做惯做熟的，成功率在百分之九十以上，所以基本不存在问题。

林知茶接下来的工作就是和唐大山、韦晓汤研究最佳的保存方式。这一个技术，是可以申请专利的，所以林知茶会全力以待。

等简报完毕，已经过去一个小时。其实木青青的时间也是很紧张的，于是，林知茶说："青青，跟我来。"

他领着她，进入了无菌实验室。这里是一片的灰和白，就连中央空调也是低了几度的，即使穿得暖和，又罩了无菌服，她还是觉得有点冷。

两人在一处消毒室进行了全面消毒后，他领着她进了里面。

这是一个独立开来的隔离仓。

里面放置的都是过百万的特殊仪器和工具。

林知茶来到一个机器前，在那里取出一应瓶瓶罐罐，以及几支试管，

小甜茶

在她一脸好奇的注视下，他拨弄了一下调度仪，忽然一个瓶子里出现了幽蓝色的液体，然后更神奇的一幕出现了，在他的操作下，仪器下的瓶子里正在注入的幽蓝液体里开始闪耀点点金光。

她蓦地瞪大了眼睛。

林知茶轻笑了一声，带着一点小傲娇说："青青，你仔细看那些金点。"

她瞪大了眼睛，那张脸几乎要凑到玻璃瓶子上去了，只见那些金点是花的形状，是一朵朵的金花！

"天啊！"她叫了起来，惊喜无比。

"你就是我心中唯一的那朵金花，璀璨闪耀。你是人间最美！"林知茶轻声说道。

这一刻，是他特意为她而打造的，是他要献给她的！

木青青从后环着他腰，脸贴在他背上，说："阿茶，谢谢你。"

"阿茶，我爱你！"

林知茶听见她说爱后，身体一震，然后努力让自己平静下来，才敢回转身看着她，低声问："喜欢吗？"

这一刻，他又像个初尝爱滋味，极不自信的男孩子了。

木青青仰起头看他，他紧张得连锁骨都红了。

这个情商低能的叔叔啊！他送给她的"美好时刻"就算多糟糕她都是喜欢的呀，更何况还这么成功！

她笑："欸，叔叔，你是天才！"

他笑得十分开心，又带着少年人独有的腼腆。

木青青想，男孩与男人的美妙特质，都在他身上闪现了，真是一个漂亮又美好的男人啊！她狡黠的大眼睛骨碌碌转了一圈，说："果然啊，你多长了我几岁还是有好处的，懂得的也多呀！"

这是拐着弯调侃他老了？林知茶一张俊脸淡了下去，睨了她一眼，不答话。

木青青笑眯眯地问："生气啦？"

"没有。"他答。

木青青："就是生气了嘛！"

"我大人不记小人过。"他答。

哦，调侃她是小人是吧！她扑上去，对着他下巴就是一口。

205

林知茶"嘶"了一声，是真痛！

他要惩罚她，于是扳着她肩膀，俯下头来狠狠地吻住了她的唇，不给她逃避的机会。

她被他吻得脱了力，最后只能挂在他身上。

而他将她托起，就势坐到了身后的宽大转椅上，让她跨坐在他身上。

他还在吻，只是变得温柔细致起来，没有了方才的暴戾和挑逗，他一点一点地吻，吸吮着她的唇瓣，她羞得推他肩膀，他才舍得放开她。

木青青猛地捂住了唇，含糊又羞涩的声音透过指缝传来："叔叔，你学坏了！"

他只是笑。

突然，"嘭"的一声巨响，旁边仪器下的玻璃瓶炸了，瓶身掉到了地上。木青青吓得跳了起来，而他赶忙站起，轻抚她背安慰她："别怕。没事的。"

玻璃瓶用的是很好的材质，即使爆炸也不会碎片四溅，只是掉到了地上而已。而幽蓝飘金的液体散开，像在地上开出一朵一朵的璀璨金花。

"天啊，太神奇了！"她又是一阵惊喜。

林知茶抿了抿唇，轻笑："还很浪漫。"

"这也是你预计好的？"木青青好奇道。

林知茶红着脸应了："不是。是我吻你吻得太投入，忘记了要关按钮让它停止。液体太多，气压太高，玻璃瓶就炸了。是个意外。"

木青青也红了脸，这人吻起她来简直是没完没了的。

她勾着头，喃喃："即使是意外，也是一个美丽的意外。"

"美丽的意外。"他反复咀嚼这句话，最后笑了，"青青，其实遇见你，就是美丽的意外。"

林知茶让工作人员来清理，然后他和木青青挪步到另一台机器前。

木青青看见他把另一个小瓶子里抽取出来的黄色凝胶状东西注射进机器里，然后他把机器开动。不多一会儿，另一个装有幽蓝液体的玻璃瓶里，从最中心处闪耀出一点金色，然后金色渐渐变大，最后成了一朵大的金花，荡在幽蓝的液体里。

他带着期待回头看向她。

木青青一对大眼睛里闪过动人的星光，看向他时又那么漆黑，深

邃无比，像要将他吸进去似的。

他给她的美丽意外，以及惊喜，真的是太美好、震撼了。她一一将之收入心底妥善保管好。

他给的一切，犹如惊涛骇浪，但又回复到了最初的风平浪静。她当然是很喜欢的，她点了点头，说："很漂亮。阿茶，我很喜欢。"

"谢谢你。"她说的，依旧是那一句话。

林知茶说："青青，这个就是我最终要呈现的效果，让女性护肤成为一种美的享受，和一种乐趣。这是我送给你的，也是送给全世界女性的。它就像是一件象征了你和我心血的艺术品。青青，如果是你，会选择哪一种效果？是第一个方案里的闪耀的无数朵小金花，还是第二个方案里的唯一的一朵金花？"

木青青对成分、对这些技术、专利，和具体的操作都不懂。她问："这是面部乳液、乳霜？还是别的护肤系列？"

林知茶想了想答："要做成这个效果，精华和面膜更简单一点。蓝色液体其实很浓稠，并不只是液体状，和凝胶质的金花融合后，可以是精华乳的效果。面膜的效果也可以是打开瓶盖就呈现一朵金花的效果。面霜，其实我觉得没必要做成这样。"

木青青联想到她用过的护肤品就懂了。她点了点头，忽然说："阿茶，两个方案我都太喜欢了，根本取舍不了！要不这样，瓶子没有按压时，就是透明的瓶子里，幽蓝里漂着一朵大的、唯一的金花，嘻，就好像'你是我的唯一，我也是你的唯一'这个意思。这样做，在女性开瓶的同时，能感受到一种美的强大感觉和力量，才有震撼感。然后按压瓶子时，大的金花与幽蓝液体相融，变成第一种效果，而且这种效果持续到精华用完。你看怎么样？连广告词都可以这样写：你是我的唯一，燃点了我的世界。我的世界，因你而璀璨！"

林知茶听了眼睛一亮，含笑道："嗯，你对我的深情表白，我收到了！"

"阿茶！"她跺脚，"我在说认真的！"

"而且，明明是你在对我表白！"她小脸气得胀鼓鼓。

真可爱啊！他揉了把她头发，说："你是我的唯一，燃点了我的世界。"

他的嗓音充满磁性，此刻极其认真地慢慢说出，就像在念莎士比亚十四行诗，深情得不可思议。他专注而深情地看着她眼睛，说道："我的世界，因你而璀璨。"

木青青一把扑进他怀里，将他直接压到了沙发上，不管不顾地吻了起来。最后，她极不好意思地埋进了他怀里说："阿茶，你再这样撩下去，我会想立即、即刻、马上吃掉你的！"

林知茶闷闷地笑，低哑而克制，她突然就感觉到他身体的变化了，但又羞得呆呆地抱着他，不懂得作什么反应才对，等她反应过来时，"哇"的一声，就想逃了。

他一把将她按住，紧紧搂在怀里，他深呼吸一口气后，才用慵懒如餍足的猫般嗓音说道："'立即''即刻''马上'，啧啧，你连用三个副词来加强语气，看来你是很想吃掉我了。青青，我会满足你这个愿望的。"

"叔叔！"她又紧张得叫了起来。

他笑着纠正："知茶，你的知茶。"

她红着脸，不安地挪了挪身体。他已经平复下来了，只是很绅士地抱着她，和她亲昵时都带着克制又讨好的可爱味道。

她再度抱紧了他，吸着他身上淡淡的松木、海风和鸢尾的香气。

她很喜欢，很喜欢他的气息。

"阿茶，我刚才说的，以香妆的技术可以实现吗？"她软软地趴在他身上，拿手指玩着他微卷的发。

他轻轻吻了吻她指尖，肯定道："可以！"

"青青，我也很喜欢这个构思。我会用进精华里。它有一个好听的名字，叫'唯一·闪耀'。"

"真好听。"她再念了一遍"唯一"和"闪耀"。

"广告词也用你刚才说的，也是我对你的心意。"林知茶亲吻她的额头，"青青，你先回去吧。我这边的事情一处理好，马上就回到你身边。"

[2]

两人一分开就是三天。

这三天，林知茶都待在实验楼里，就没有离开过实验室。他连续通宵了两晚，总是到了清晨六点才睡下，九点不到就起来工作了，没

有青青在身边督促，他连早饭都省略掉了，一天两餐，也不好好吃。

最后就连唐大山都看不下去，给给木青青发了短信，把林知茶不吃饭不睡觉的事情告诉了她。

木青青从翡翠庄园赶过来，换了消毒无菌服后，走进了实验室。哎呀，真的是远远看着他，她就觉得他瘦了。

木青青心疼得不得了，吸了吸鼻子。她走到他身后，他工作太认真也没有发现她，她就从后环住了他。

"青青，你来啦？"他很惊喜。

木青青又吸了吸鼻子，瓮声瓮气："我一不在你身边，你就不好好吃饭睡觉。"

林知茶其实是想快点处理好工作上的事情，然后专心陪伴她啊，但只是说："现在你才知道，你在我心中多重要啊！"然后他将声音压低，咬着她耳朵叹道，"我想和你睡。"

木青青嗔他："正经一点。"

他就委屈了："我是很认真，很正经地在想啊！"

木青青心里甜啊，偏要嘟嘴，被他一把吻住了。

就连唐大山都看不下去了，他说："走走走！这里有我们就够了，你来凑什么热闹。"

他们都要赶林知茶走。

林知茶牵着木青青的手，戏谑道："真的不要我把关，帮助你们渡过难关？"

韦晓汤也来赶他："喊，没有你，我们一样成功！赶快走！"

于是，林知茶牵着木青青高高兴兴地走了。

两头犬就等在实验楼下，他也不知道为什么，今天看着它们，他都觉得很顺眼，于是撸了一把将军，说："几天不见，变可爱了啊！"

将军被赞，羞涩了，抬起一只爪子捂住了眼睛。

木青青听了他话嗤嗤笑，他"咦"了一声说："将军真是又聪明又勇敢，不像这只傻傻的！"他说完又用鞋头戳了戳一直在那儿翻肚卖萌的二哈。

"阿茶，你走了行吗？"她有点担心，扯了扯他的袖子，"其实我一个人独立惯了，工作上的事都能处理好。还有爷爷在指导我，而且阿春哥一直在，还有几个叔伯帮助，所以你不用担心我的。我来，只是想让你按时吃饭休息啦。"

林知茶牵起她手放于唇边吻了吻，先替她将副驾驶车门打开，说："这次，我来开车。我在这边也八个月了，路都认识了。你刚赶过来，累了就在车上睡一会儿。"

木青青坐上车子，仰头看着他笑："这句话应该我对你说才对。"

她一对杏眼儿亮晶晶的，一笑时眉眼弯弯，是挂在天边最可爱的两道甜月亮，时刻倒映在他的心湖。他俯下身来，在她眼睛上亲了亲。木青青有些紧张，手攥着他衫袖，他握了握她手，唇才舍得离开她眼睛，说："坐好吧。我开车了。"

他回到驾驶座上，将车慢慢开上了山道。

车子沿着大山深处开去，离翡翠庄园还是有点远的，车程也有三个多小时，但胜在路上风景非常美，一点也不会觉得闷。

途经那道大瀑布时，林知茶还停下车来观赏。

瀑布似银帘，在碧绿的山中飘飘荡荡。

水滚落而下汇成深潭，十分静谧，一动一静，有一种无法言说的美。

而半空中还有两道彩虹，像比翼齐飞的彩凤，一头融进水帘里架起两道弯弯的彩桥，但另一头消失于碧空之中。

她就靠在座椅上睡着了。可见她这几天肯定也是不分昼夜地工作的。她还那么小，刚满二十岁，这个年龄的女孩子还跟个小孩子似的，还会向父母撒娇儿呢，可她却不得不令自己坚强，担起那么重的担子了。

玻璃车窗上映出了天边的一道彩虹，水汽也扑了过来，零星瀑布被风吹了过来，沾湿人鬓角衣衫。林知茶摸了摸她瘦下去的小脸蛋，叹气："青青，我知道，你将木堂春扛着，是因为你不想让你爷爷失望。"

似是听到他声音，她在梦中有了感应，手本能地攀了上来，抱着他手臂，梦呓："阿茶，我很喜欢你呀！我要追求你！"

林知茶轻声笑："小花痴。"

他在路边摘了根草，在她鼻尖上撩。

木青青打了个喷嚏就醒了。她一睁开眼就对上他含笑的眼睛。

他喊："小瞌睡猫。"

她红着脸，勾着头，几乎不敢看他眼睛，只有两扇长长浓密的眼睫颤呀颤的。她那可人模样落在他眼里，是她难得的娇羞，也最是那一低头的温柔。

小甜茶

可是野丫头心里的想法却是：哎呀，我睡觉没有流口水吧？刚才肯定睡得很丑……呜呜呜……

林知茶回到车上，将车子发动。

他也没有看她，只是说："青青，刚才你在实验楼前问的话，我还没有回答你。"

木青青马上坐直身体，很认真地等着他说。

那模样，真像好学生。他嘴角勾了勾，抬起手来一把揉乱了她的发。

"青青，对于我来说，工作是很重要，但女朋友更加重要。青青，你说你习惯了独自一人，可是现在你有我了，你可以习惯着依赖我一点。爷爷毕竟年纪大了，我们不能让他太操劳。而我是你最亲近的人，青青，你要记住了。不是你的阿春哥，也不是你的那些叔伯，是我。青青，我会陪着你。以后，你也别说那种话了。"林知茶将车速再减慢了一些，淡淡地说道："当然，青青，你是有权管我的。我的事，你都可以管。所以，你让我好好吃饭睡觉，我会做到的。但你也要习惯被我管着。"

木青青一怔，一对瞪得大大圆圆的眼睛忽然就变了，变得弯弯的。而她嘴角也勾起了一个大大的、璀璨的弧度。她咧开嘴笑了，笑得像向日葵一样，在风中招摇，漂亮极了，更是神气极了。她也不顾他还在开车呢，猛地扑了过去，一把抱住他，亲他耳郭和脸庞："阿茶，我最爱你啦！我当然要你管着呀！不对，是我管着你！哼，我可是你的管家婆！"

林知茶将车停在路边，笑着看向她，眼里满是宠溺。他也给了她一个结结实实的拥抱："好吧。那以后，你管着我，我惯着你，我的小小管家婆！"

回到翡翠庄子，大家也还是在不分昼夜地开会，处理各式业务。

木堂春虽然是大家合股的上市公司，但因为做的是茶叶生意，茶叶更接近于农产品，所以很多时候，大家都还是留在镇上处理业务。

林知茶也是木堂春的一大股东，所以开会他也需要到场，并不仅仅是为了陪伴木青青。

他直接提出了："听青青说，对于是谁下真菌，大家有点眉目了。是这样吗？"

其实，林知茶主要是问沐春。

沐春点了点头答："警方由于缺乏证据，处理这种事多数是不了了之，只能起一个警告作用。不过，我和木青青这两天走访了附近几家茶农、茶园，以及去了茶叶商会拜访了陈会长，还有好几个负责人，根据了解到的信息是：程氏茶叶也是这次想要争取获得外国供货商展销资格的一员，程氏茶叶和木堂春存在着非常激烈的竞争关系；而程氏茶叶的茶品质也极高，但和木堂春比还是稍微逊色一些，所以最后陈会长向外商提供的是我们木堂春的货品。我和程氏茶叶一个负责人组过一个饭局，他喝醉了，自然说的话也多了点。"

至于更多的内幕，沐春是怎么知道的，这些已经无关紧要。林知茶点了点头，表示认可。沐春不愧是留过学回来的，处理起事情来，十分有条理，且不会墨守成规，更不会心慈手软，这一点，也弥补了木青青的天真心软心性。严格说起来，木青青不是一个成熟和合格的生意人，沐春才是。

"那现在木堂春有什么对策吗？"林知茶双手搁于桌面上，十指相对一点一点的，像在思考着什么。

沐春说："没有实质性证据，不能对程氏怎么样的。不过我觉得青青的提议很有意思。"顿了顿，他笑了，露出一对小虎牙，带着这个年纪的男人特有的爽朗朝气，"也很好玩。"

"是好玩吧！"木青青马上就兴奋了。

林知茶看了两人一眼，垂下头来没什么表情，依旧在动着手指，十指相对，一点一点的。

木青青是粗线条，没发现什么不对劲，扯着林知茶衫袖说："阿茶，是这样的，我们的意思是对外放出风声，说在哪个哪个茶园里找到了疑似是下真菌的人的'证据'准备交给警察，这样一来，就等着对方上钩了。这样做，其实重点在于验证到底是谁。我们没有真的'证据'当然不是来真的，但可以找出那个人，再通过会长来斡旋，这件事也就算是这样过去了。"

林知茶想了想，觉得这是可行的方案，于是说："不错。"

忽地，他一把将她下巴扳了过来，俯下头来吻了她。

是法式深吻，吻得肆无忌惮。

大伙儿都是有些年纪的人了，老脸哪里搁得住，都纷纷散了。沐春走到门边，脚步顿了顿，也就随着大伙儿一块儿走了。

沐春当然知道，林知茶这样做是做给谁看的。

他苦笑一声，其实自己已经学着放下了。

他从没有想过，在青青和林知茶之间做那种挑拨的事。

关于那件事，最后当然是不了了之。但程氏也道了歉，当然说辞上肯定推托了一把的。有会长做中间人，木堂春也表现得相当大度。

于是，两家也就在面子上都过得去了。

后来，林知茶和木青青聊起过关于这件事的处理问题。

木青青的看法是，程氏茶叶的确是品质佳的好茶，他们的生意主要集中在两广湖南和越南马来西亚这一带，因为想要开拓欧美的海外市场才会和木堂春正面杠上了；木堂春现在在做茶文化生态旅游镇，还做得很不错，已经吸引到了许多外国客，这本来就是集结整个镇上茶叶人共同努力的项目，单靠木堂春一家也做不成，所以木青青本着多结交一个朋友就是减少一个敌人的原则，同意了和程氏茶叶的和解。

因为有沐春在，谅程氏茶业也搞不出什么花样来，这件事就这样过去了。

上海之行定在了十月底。

木青青是个蒙姑娘，所以帮她捡拾行李的事情也由林知茶打点。

她的杂物间里放有许多本土的特制茶壶和茶宠。虽然较紫砂名气稍逊，但以钦江东西两岸特有紫红陶土为原料，制成的坭兴陶也是非常有名的，不比紫砂差。

林知茶打开她的多宝格，才发现里面收了许多紫陶壶，非常漂亮。有一个壶，在贴着的标牌上，写有它的名字——花开富贵。壶身上刻有一大一小两朵牡丹花，雕工非常传神与精细，那技术堪称臻境。紫红色的陶土经过烧制，润泽得不可思议，带着既内敛沉稳又明艳的红光。

他记得她说过，那是她的独家珍藏，是她最喜欢的一把壶之一。

他还看到了一个松柏壶，非常有意趣，禅意十足。这种才会是老人家喜欢的壶，于是梅兰竹菊四君子壶，外加一个松柏壶，还有一套十二生肖非常可爱的茶宠，他都一一拣了出来，进行打包。

这里说是杂物房，但其实明亮而干净。靠墙的地方还有两个多宝格，上面摆了许多陶泥的小玩意儿，都是女孩子家喜欢的小动物造型，甚至在地上还摆有一对酸枝木雕刻的大南瓜摆件。她也就随意搁置在

213

杂物房里。杂物房有四扇窗，对着不同的景色，一扇对着远处的低矮茶山与四季常青的高山；一扇对着宁静的湖泊；一扇对着后花园；还有一扇对着园子一角幽境：一张石桌旁立着三棵梨花树，四五棵梅树，树下种有一小排雪白茉莉花与白月季。

而雪白的墙上挂有许多画，他一一仔细看过去，有些是她早年的作品，而有些是在巴黎某家画廊收的藏品画，也有百多年历史的古董油画，不是价值连城那种，是比较小众价钱也不算太贵的古董画。他轻笑，这个古灵精怪的青青品位挺独到的，她所选的每一幅画都很有意思。

例如有一幅是阿尔弗莱德·西斯莱的雪景油画，画下的漏窗对着的是梅树与梨花树。西斯莱的雪景是一绝，看得出来，这是这些油画作品里最贵的收藏了。而雪景图下对着白梅白梨花，可见青青的一颗七窍玲珑心。

另一幅画是十六七岁白人少女的肖像画，对着的则是她的花园，她的花园四季花团锦簇，花开如春，还有几棵此刻结着通红荔枝的荔枝树，远看荔枝树璨若云霞。

还有一幅油画是森林野趣图，也就对着地上看似随意摆着的一对南瓜酸枝。

这样的搭配看似随心，但十分精妙。

林知茶低声笑："这个鬼丫头，是个妙人。"

他继续翻找东西，推开最后的那个红实木柜子厚实的红木门时，他闻到了淡淡的花香味。然后，他看到了几只香包，打开一看，是玉兰花和茉莉花的干花香包，味道很好闻，他很喜欢。

也看得出来，这里的东西，肯定是她小心珍藏的。

他动了动那些物件，然后看到几个不同规格的画板，画板上还有画。他还发现了许许多多不同的油彩颜料。有些已经干了，但有许多还是新的，可是她没有再画画。她只是在收藏颜料，不让它们干竭。

她的心，还是在渴望作画的。

林知茶忽然很想看到，她再提起画笔的那一刻。

他仔细翻找，发现顶层有许多她的画作。他搬来凳子，才够得到三米处的那个柜面，他拿了许多画下来，坐在一边的沙发上慢慢欣赏。

她的爱好显然很广泛，她既会油画，又擅水彩，甚至还能画得一

小
甜
茶

手好国画，但她画得最多的还是广告类的插画图。

他翻着翻着，突然停了下来。

他先是看到了一幅规格颇大的油画。画中的场景太熟悉了，是伫立在塞纳河畔的香妆集团，那是一栋法式小洋楼，带着一个小花园广场，广场很袖珍但五脏俱全，种有一片粉色的大马士革玫瑰与突厥蔷薇，以及一个小小喷水池，水池里站着一对可爱的小天使雕塑。而广场对着的地方就是塞纳河，还设有供游人休息的长凳。

而沿着长凳下去一点是一个小小缓缓的斜坡，绿草如茵。有三两个游人在草地上铺了席子，看书或赏景。

两年前的林知茶，就坐在一块蓝色格子地毯上看书。他隐约记起来了，当时有一个女孩子就坐在另一边，竖着画架在画画。

原来那个人是她！

居然是她！

他和她的缘分，开始得那么早。两年前就开始了，不不不，真要认真算，在他十二岁时就开始了，那一年，她才四岁。

她画的是印象派油画，用粉蓝、粉碧、鹅黄，来点缀整个画面。她画的，是他看书的侧影，他侧影的轮廓朦朦胧胧地笼于碧蓝的天空与阳光中，光与影熏染得极为柔和，虽朦胧仍可见他深深的一道酒窝。

他手中书的封面倒画得很清晰，他记起来了，他当时看的书是《流动的盛宴》。

非常漂亮的一幅油画，还有一个好听的名字，叫《遇见》。

画纸一角贴有标签，标有她的名字、作画时间、画的名字，和画的灵感：遇见自己，遇见美好，遇见爱情，遇见一切可以遇见的，遇见。

林知茶轻声笑，不禁对着空气问了起来："青青，那时的你，对我心动了吗？"

[3]

林知茶将《遇见》取了下来。

然后，他看见了她为一则香水广告做的平面设计图和彩插。这个香水广告的名字也叫《遇见》。

当看到画里的内容时，他整个人震了震，许多东西忽然就都明白了。

这幅画他是见过的。

当年，林知茶每天下午四点，都会到楼下的河边坐坐。他还记得，一连四天都遇见了一个带着画架的女孩子。

有一次女孩子口渴了，去了另一边买果汁喝。他则走到了她的画架边，这一次，画架上画的是天空与草地，风过，带来一只黄色的鸟。依旧是印象派，题目也是《遇见》。但这一次，带有小标题，《遇见·风动》：不是风动，看见的不是小鸟掠翅，闻见的不是香草花语，是心动。

然后就是那幅广告插画。一个抱着星星型巨大香水瓶的男孩子，模样有几分他的影子，瓶子中心有一只小鸟飞过，天空中落下几片白羽，又似是花瓣。他仔细分辨，是抽象的白铃兰花瓣。

那一次的香水，是一款男女通用的中性香，用了木香，但主调却是白铃兰和白檀木，还有薄荷和可可豆多种味道的碰撞。当时，他的香水构想就是碰撞、遇见。和多个"自己"碰撞，遇见每一个不同时刻的自己，人生有无数个可能。

但他们公司对外供稿时，只提供了一个主题，就是：人生有无数个可能。

她的构想是最符合他的，她给香水定名为《遇见》。

最后，林氏香妆的确用了她的构思，为香水取名为《遇见》，后续的插画广告也是用了她的构思。但给林氏供稿的那个人却不是她，而是另一个女孩。

当年，他在塞纳河看到了这幅和本公司有关的香水广告插画。他是个惜才的人，于是他给木青青的插画拍了照，然后交代了应聘会的高层，如果有女孩子拿着这几幅画作来，可以直接给她通过。

这几幅作品，后来参加了那年的香水广告大赛，并得了一等奖。香妆以做护肤美妆品为主打，对香水的开发还处于初步阶段。所以那个女孩子只同意卖出这个设计理念给香妆，但选择了全法最有名的香水公司。

所以从头至尾，林知茶也没有和木青青，以及那个剽窃者有个正式会面。他也一直以为，那个剽窃者就是原作者本人。

所以，那个剽窃者没有进入他的公司，但她的设计稿件收录进了香妆。

那时，他看最终稿，《遇见》的插画里，少了那只飞鸟，只是以一串太过于直白的铃兰作为代替，铃兰在风中摇曳着纯白花瓣雨。

这样的设计改动，他觉得少了一抹含蓄和灵动。没有了那份独有的灵气。那时，他想不明白，但现在一切明白了，那个女孩子盗用了木青青的设计。

或许，这就是木青青不再画画，情愿归隐田园的真正理由。

想通了这一切，林知茶觉得心里很痛，他给私家侦探打了电话，并把和《遇见》相关的一切画作拍了照发给侦探，让他去彻查当年的事。他直接说道："有了结果，告诉我后，再发一份到××香道公司。"

对方应下后，他挂掉了电话。

林知茶将《遇见》的一切作品归类好，先放到了他的房间。

做好这一切，已是日暮时分。

他又来到了杂物间。在挂有白人少女肖像画的窗下，他看到了木青青。

木青青正站在梯子上，摘荔枝。

五棵荔枝树，只剩两棵迟熟荔枝开着，但远远看着依旧是火红的一片，倒映着天边晚霞，霞光的中心是她，那个漂亮得不可思议的女孩。

林知茶将所有窗户一一关好，再将门锁好，快步来到花园中。

"哎，野丫头！"他朝着树上的她喊道。

她回头，对他做了个鬼脸。

他斥她："扶好梯子，别耍宝！危险！"

她不理会他，就站在梯子上剥荔枝吃，还把壳和果皮扔他身上。

林知茶气得牙痒痒："你皮痒是不是！"

她垂下眸来，对着他嘻嘻笑："有本事你上来抓我啊！"

她又剥了一个荔枝吃，红红的皮子掉落，露出荔枝晶莹剔透的洁白果肉来，就像她一般剔透细白，身娇、皮细、体软，不就是又甜又软嘛！

她发出极为满足的一声"唔"："好甜！"

林知茶耳根红了，为自己不正经的想法羞怯。

他别开了头。

她背着满满一大筐荔枝下来了，笑得狡黠："阿茶，你只能看不能吃了。你的伤还没好。荔枝等同于'毒果'，有皮肤病，有伤，和易上火的人都不能吃。"

林知茶觉得渴和饿，那种饥渴只有她可解。他踢了一脚石子，淡淡道：“谁说我想吃了。我才不稀罕！”

木青青黑眼睛滚了好几回，咦，美人儿叔叔今天心情好像不太好？

她嘲他：“你欲求不满？”

本是她一句无心的玩笑话。他听了，呵了声，说：“青青，以后有你受的。”

等她明白过来时，她“呀”一声捂住了脸，说：“你这个色鬼！”

林知茶有点无奈。

第二天，当木青青午睡醒来，走到阳台上赏景时，看到了荔枝树下的林知茶。

他摆了一张藤椅在树下，而他睡着了。

他的膝盖上放着一本书。而他的脚下，卧着威武和将军。

她还注意到，他膝盖上的书，是从她书柜里拿走的《流动的盛宴》。

阳光正好，照得一树荔枝灿若烈火。而烈火下，是静如湖泊的他。

他穿着淡绿色开衫，白色西服裤，静谧似深湖，身畔还开着一丛丛白色铃兰与茉莉，好几株白色花开得正艳，就像依靠在湖边的仙草小花。

有他这样的神仙颜值和美景，木青青忽然发觉，自己技痒了！

杂物间里还有许多新买的颜料啊！木青青在心里对自己说：你要想画画，随时都能画的！所有的画具，时刻准备着呢！

承认吧，木青青，在你心底，从没有一天忘记过作画的快乐！

最终，木青青妥协了。她遵从了心底本能的声音。

她从杂物房里搬来了画架、画板、画纸、画笔和颜料。

等她把颜料拌好，她开始了作画。

林知茶这一觉睡得很久很久。

梦里，他回到了他和她“遇见”的地方。

巴黎的塞纳河边。

等他醒来，天色黑透了，但花园里所有的灯都亮着，亮如白昼。

他一抬头，看见被画架挡住了大半个身影的她，他笑了。

真好！最真实的木青青，他最爱的那个灵气飘逸的小姑娘回来了。

他捧着书，回了楼上，走进了她的房间。她就在阳台上。

等他走到她身边，她轻声说：“欸，阿茶，我画得不好，你别笑。”

他看见了自己，坐在藤椅上，在红艳如火的荔枝树下。他的睡容恬静纯美，和他身边的纯白花儿一般纯洁安静。还有两只狗，也安静地卧于碧色草地上。

一切都唯美柔和到极致。

林知茶说："我觉得很好。我很喜欢。"

木青青有些感叹："这个场景，好像梦里拾得，就好像曾经发生过似的。"

林知茶沉默了一会儿，最后牵起了她手，说："青青，跟我来。"

她挑了挑眉，带着疑问和好奇心，来到了他房间。

一瞬间，她就明白了。

她看到了自己曾画下的《遇见》。

"原来那个人是你。"木青青喃喃，"你是我画中人。"

林知茶说："当年，你的画稿被盗用了，更改动了设计是吗？"

木青青沉默。

他又说："所以你对人感到失望，躲进了山里来，情愿将自己封闭。"

木青青说："知茶，过去了，别说了好吗？"

"可是你热爱画画。画画时的你，才是最快乐的不是吗？制茶也很好，但却不是你最渴望的。青青，我希望你能对自己坦诚，也希望你把一切放下，再把另一切拾起。"

木青青唇色有些白，她唇颤了颤，最后只是说："知茶，爷爷和木堂春不能没有我。爷爷老了，我必须陪伴他。"

林知茶走到她身边，伸出双手，将小小的她揽入怀中，将她抱紧："青青，我的意思是，你应该继续画画，这和你管理家族生意并不矛盾。你的手是属于画笔和画纸的。你的人生，也并不是只有茶，你还有绘画。绘画，才是你的生命。"

林知茶说："我的意思是，你不应该放弃它。绘画和茶，并不冲突。我也为你找到了合适的职业经理人，他下个月就会上任。而我有信心，我们的茶，会在下个月的茶王大赛里胜出。"

木青青笑了："叔叔，你说的话，简直有魔力。你总是轻易就把我打动了。"

她笑着，泪水却流了出来，沾湿了他肩膀。

他轻拍她背："好了，坚强的小丫头以后不必再时时坚强了。青青，你记着，我要你想哭就哭，想笑就笑。当然，每天放声大笑，才是你应该做的事。"

木青青不好意思了，在他怀里拱来拱去，顺便把眼泪擦干净了。

他笑："我喜欢你像威武一样，在我怀里撒野。"

她更不好意思了。

林知茶抱着她，坐在她的画作前。

他抚着她笔下的自己，赞道："我家青青，不仅仅是小仙女，还是天才！"

她仰起头来，在他唇间亲了亲。

"青青，当年是怎么回事？你的画怎么被人盗用了？"

木青青抿了抿唇，说："那时，我还是大三学生，但已经开始实习。我对设计画和广告画有兴趣，也打算进广告行业，所以就从一些渠道里知道了香妆的新香水在找最佳的方案。于是，我拿到了那款香水样板，为了有更多的灵感，那半个月时间，我几乎都在香妆小广场上找灵感。

"说出来，你别笑我，我是觉得你那里的风景太美了，对着塞纳河啊！当然，那时的我还不知香妆是你的。也不知道后来出现的那个年轻男人是你。那时的我觉得你就像画里走出来的人，只是远远的一个侧影，都那么漂亮。我心中灵犀一动，于是就画了你。后来又觉得，遇见你，遇见塞纳河，遇见这一切，这一切里的'你'和这款香水多么契合，于是有了以'你'为背景的广告插画和广告词。"

顿了顿，她似是想了许久，最后只是说："后来，我家里就是我爷爷得了急病，我当时还在画画，但河边坐了好几席青年人，他们谈天说地声音太嘈杂了；于是我到了另一边去接电话，一听见电话内容就完全慌了神，急着要去机场坐最早班次赶回家。那一次，医生说，爷爷可能会熬不过去。等我搭上计程车，才想起我的画架、画笔、画纸全丢在河边了。"

"所以，你并不知道是谁拿走了你的画？"林知茶听得一颗心都揪了起来。

"嗯。"木青青垂下头来，又说，"阿茶，其实你现在看见的这几幅画，是我根据当初记忆再画的。不是原稿，我的原稿丢了。"

林知茶点了点头，没有了原稿，她去到哪里打官司都是没有用的。再加上她还要操心爷爷的病情，所以她最终什么都放弃了。因为对于

她来说，亲情才是最重要的。

她有些羞，搓了把脸才说："所以阿茶，就如你看到的，我没有正式毕业，尽管我是十五岁就上的大学，但我只是肄业。你会不会看不起我？"

他狠狠地揉了把她的头发，说："我家青青是天才！"

木青青听了他这话，一颗心才算是放下，腼腆而开心地笑了。

她难得谦虚了一次："阿茶，我不是天才啦，别笑话我。"

"这是我真心话。"他将她手放于他胸口，"青青，我恳求你，重拾画笔。青青，就当是为了我，好吗？"

"好！"她闭上眼，仰起头来，以最大的热情吻上他的唇。

[4]

无论是翡翠庄园，还是木堂春老宅子，两处庄子里的花园和果园都养护得很好。

那都是木青青亲手弄起来的，所以她非常自豪。

她爱吃，所以西瓜、杧果、荔枝、龙眼、香蕉、西红柿、琵琶、香瓜和苹果，她都种。四季水果，她可以吃一整年了。尤其是到了荔枝季，她最欢快，在荔枝树上爬来爬去，比猴子还灵活。

就连林知茶都笑她，说别人家的即使是迟熟荔枝，能到九月份还有得吃已经很不错了。她家的荔枝树简直是变异了，十月份还有荔枝。

她就笑眯眯地说："那是因为我手中有奇迹。我种的荔枝树，到了十月份还有果子吃，就是奇迹！"

她给她家的花园、菜蔬园和果园拍了好多 Vlog。她玩得特别欢快，而她爬树摘荔枝时，林知茶总爱给她拍许多录像。

经过林知茶整理后，在他们共有的微博发了出来。大家羡慕不已，说也要学她那样占山为王。

看着微博底下的留言，木青青咯咯笑。

她说："你看，大家都羡慕我！山水田园，远方还有诗歌！我的生活，多美好！"

"是，"他轻抚她发，"你活成了所有城市人的梦想。"

她还把自己给生病的茶树治病的 Vlog 也发到了网上。其实，也不是她给茶树治病，她只是蹲在一边，在育树老师傅的指导下，给茶树松土，或者是把土压实。林知茶还拍到过她在那里给茶树的土壤注射共生菌群体培养液，但最后松土时，却挖出了蜗牛，她就连活也忘了干，蹲在地上拿树枝戳蜗牛，逗蜗牛玩的视频。

那一次，两只傻狗也在她身边，威武本来自己玩得很嗨，但当木青青用树枝撩起蜗牛，把蜗牛放到它鼻子上时，它两只眼睛往中间一夹，然后"嗷"一声大叫后，在茶园里发了疯地奔跑。她哈哈大笑，笑得毫不顾忌形象，几乎直不起腰，笑抽筋闹的。

林知茶把这些闪亮的时刻一一记录下来，做了一个集锦放进Vlog，通过微博和抖音发了出去。

他和木青青的微博成了时下最旺的人气博主。

而木堂春的名头也更响亮了。

林知茶通过 The one 团队，将青青每天五点就起床，爬山照顾茶树，给尚未健康的茶树治病，给健康的茶树采摘嫩叶的视频，还有她制作茶叶的视频，以及她做茶道，给庄园里小童说茶的视频，一一发到了微博上。

而木青青则用她的视觉，讲述了这段时间，茶树生病的事实，也叙说了木堂春面临的难题，以及她生活中的喜怒哀乐。

其中一幕，林知茶一直记得，就是当她说完生病的茶树后，整个人往后仰，直接躺到了泥土上的那一幕，她说："我很爱很爱我的茶树，我的茶园。我躺在这方泥土上，拥抱它们！它们是我的亲人！"

没有丝毫矫揉造作，全是她有感而发。

她的视频，全是她生活的点点滴滴。因为真实，所以引起了大家的共鸣。

当然，随之带来的效应就是木堂春火出了圈，甚至有别省大台的主持人专门到这里采访她。她则带着主持人把整个六堡镇茶文化生态圈都游玩了一遍。这些，也是实时在三大省台播放的。因此带来的经济效应，使得木堂春的订单越来越多，需求越来越大，热销全国，甚至海外。木堂春的茶，已经达到了供不应求的地步。

因为需求问题，木青青在和林知茶商量后，觉得还是不再扩大茶园占地面积，所以没有购进新茶园，而是在一禅茶、沐春所在的沐氏茶，还有另几家茶业人家那里租茶园来做茶。

看着无数飞来的订单，木青青数钱数得手软，那张甜蜜的小嘴笑

得合不起来。林知茶捏了捏她小嘴说："如果这个时候，我给你来一段视频，放到网上，让人家看看你这贪财的小模样，不知道大家作何感想？！"

顿了顿，他嘴角勾起一抹坏笑："我很好奇。"

她娇媚地睨了他一眼说："大家只会夸我真性情！"

"你就嘚瑟吧！"他含着她唇，以舌尖轻舔，描摹她唇瓣美好轮廓。

她推他："你别这样坏！"

那真是一段美好的时光，是属于他和她神仙眷侣般的日子。

她虽然开始作画了，但画得不多。

主要在完成他的作品，就是那幅《荔枝小憩图》，他在荔枝树下轻睡。

还有一些别的画，茶树远山、瀑布如练、田园史诗，一切她生活中垂手可得的景象都成了她画的主角。

林知茶则负责给她的画拍专业硬照，然后放到微博上。有时大家都不忙时，她就把画架架在茶园里，她坐在画架前画她的茶树、茶园、茶山。两只狗在她脚边，而他在她身旁，给她拍作画的直播视频和茶山风景。

木青青从没有料到，不过是她寻常生活里的点滴，在别人眼里却有了不一样的意义和趣味。当微博年度红人奖颁奖时，给她颁发了一个"热爱生活美学博主"奖时，她简直哭笑不得。

林知茶则爱宠地捏了捏她小脸蛋，说："那是因为所有人都喜欢你呀！你看，他们都羡慕你这样的生活。而你的生活里，还有我！"

木青青笑不可抑："我赞同你的前一句，后一句划掉！"

林知茶黑着脸要来揍她脑袋，他抡起拳头，在她脑袋上方比画："把你的话收回！"

她直接跳起来，给他脑袋来了一记粉拳："林知茶，你要上天了是吧！"

林知茶"嘶"了一声，摸了摸自己的脑袋，委屈巴巴道："你还真打啊？你都不心疼我……"

看他戏那么多，她咯咯咯笑个不停，最后还是给了他一个爱的么么哒，才抚平了来自城里的小少爷的一颗脆弱的玻璃心。

上海行这一趟旅程，木青青爷孙俩，还有沐春以及木堂春的几个负责人一起去的。

林知茶则始终陪伴在她左右。

这让她很感动。

其实，她知道，他也忙。

他经常半夜不睡觉，处理即时的跨国邮件，有时则是通宵开会。木青青心疼得不得了，劝他实在是忙就别管她了。

林知茶只是温柔地回应她："没关系，青青。你要争茶王，我肯定得陪着你的。"顿了顿，他说，"等你捧回大奖，我再走。青青，我得回一趟巴黎香妆总部。大概待半个月左右。青青，到时我们要分开十多天呢，你会不会想我？"

她咯咯笑："你就知道我一定能成为茶王？！"

他宠溺地揉了揉她发，说："我家青青是天才，茶王算什么！"

然后，他又露出很委屈的表情来："青青，你还没有回答我，你会不会想我？"

她哈哈笑，拿指尖轻轻戳他漂亮的额头，说："不想！"

两人打打闹闹，飞机很快就降落下来了。

大家的行程不尽相同。

林知茶陪伴木青青，先去江苏宜兴拜访黄老师傅。而沐春和木堂春负责人直接飞上海，到了后，要开始做会场里木堂春展馆的布置。

木宋因为身体原因，林知茶安排了一个私家看护来接机，并安排他入住上海当地最好的心脏科私家医院，先做一个详细检查。林知茶安排的德国医生已经在医院等候了。

所以这一程，木青青和林知茶先去拜访黄老师傅。

宜兴郊外，小园林。

黄老师傅的家，住在一个江南小园林里。

是一套占地面积不算太大，但很精致的老宅院。

黄老师傅接到林知茶电话后，亲自到宅子大门前等候两人。

木青青嘴甜，马上走到老先生跟前，说："您老应该在家里等着我们上门拜访才对呀！我们小辈何德何能呀！"

黄老师傅笑道："你这个青青，还真是和视频里看到的一样皮。"

木青青嘻嘻笑。

林知茶将一袋荔枝递给老人家，说："这是青青亲自栽种的荔枝，您尝尝。"

黄老师傅将两人迎了进去。

是三进三重的格局，江南景色尽在其中，有亭台楼阁，小桥流水，移步换景，美妙得很。

木青青吐了吐舌头，道："哎呀，黄老的家真漂亮！江南园林，小桥流水呀！我家和你这一比，简直像泥屋，俗得很啊！"

黄老摇着头笑，这姑娘真有劲头儿，说道："你喜欢江南小景，让知茶送你一座江南园林给你当结婚礼物。没有'金屋'你就不嫁给他！"

林知茶带了许多礼物来，用航空箱装着，总共三大箱，于是园内门童替两人将礼物箱先行抬进大厅。

林知茶唇色白了一分，唇动了动，颇为无奈地说："黄老，您别抬撅她！"

然后，他牵着她尾指摇了摇，和她咬耳朵："青青，我在巴黎塞纳河中小岛上有一座别墅。我送给你做金屋好不好？你别不嫁给我。以后，我们应该是巴黎、六堡镇两边长住的。也会在上海长住，我在黄浦江边也有一套公寓，在顶层；公寓有五百多平方米，我们生三个孩子，住着也很宽敞的，带上威武、将军，还有你送我的一窝小龟，都够住！"

木青青听了，原本很开心，正想说一句"你真壕，我喜欢你这两座金屋"，但被他最后那段话吓住了，扯大了嗓门喊："什么？生三……三个？"

林知茶有点委屈："人多热闹啊……我们感情那么好，就应该多要几个孩子啊！"

木青青"啊"了一声，说："林知茶，我不嫁了！"

黄老听了小两口对话，哈哈笑："三个好！我也认为得要三个！"

林知茶偷偷看她脸色，趁着黄老走在前面看不见，他亲了亲她的脸蛋，哄道："青青，你别不要我啊……"

见她不说话，白着一张小脸，他最后只好说："好吧……你害怕，那我们不生了吧，就把威武和将军当儿子养了。狗儿子。"

木青青无语。

最后，她还是说："生吧……"

他开心得就差摇尾巴了："生三个？"

"嗯，三个。"她摆出一副视死如归的表情。

她那模样太逗了，林知茶忍不住笑了，揉了把她头发说："生一个吧。你给我一个女孩儿，我喜欢女儿。"

[5]

两人赶飞机风尘仆仆，黄老先招呼了两人用餐。

然后，黄老带着二人转进隐没于园林深处的小楼，那里是他的工作间。

粉墙黛瓦，尽是江南小筑的美好。

木青青看着一砖一瓦，走过一排翠竹林，不得不赞叹江南园林的精致与清雅。

小楼有一个好听的名字，静心小筑。

待进了小楼，林知茶牵着她上楼，跟着黄老往二楼走去。

他说："这里整栋小楼都是黄老这大半生的藏品，都是由他亲手所造。还有许多批量的壶的照片集。我们由于赶时间，就不去工场了。你有看上的壶，从这里订好，会从工场直接发货到木堂春。"

木青青点了点头。

林知茶又说："青青，其实我更喜欢你家。江南园林虽美，但不及你家的温馨。而且你家和你一样，十分有活力，生机勃勃。"

这情话说得是十分打动人心了！

木青青笑得灿烂："我也觉得我家更好！"

整个二层有三百平方米，全是打通的，放有多个多宝格，和好几个高大结实的木柜，里面全部放着茶壶。

东南一角有窗，窗下置有一个巨大的根雕，上面置有茶具。

三人在根雕凳上坐下，品茗聊天。

窗外风景独好，能看见一面湖泊，以及架在湖上的走廊与亭台。

此时，亭台内有人在弹古琴，琴声透过湖和湖风传来，真真的极有雅趣。

黄老将几百本壶册拿出来让她拣。木青青看了吓了一大跳，翻开一看，每一把壶都那么漂亮，她简直是犯了难："哎呀，这么多，而

且每把壶都那么美，我得了选择困难症了！叔叔，怎么办？"

她眼巴巴地看向林知茶。

黄老呵呵笑，调侃道："知茶啊，这声'叔叔'真别致！还很有情趣哦！"说完，不忘对他眨眨眼睛。

林知茶脸瞬间红了，纠正她："叫阿茶，乖！"

林知茶负责看一百本壶册，他翻页很快，心里计算了有二十多分钟，忽然说："青青，你这个月的各家网店总收入利润有六个亿，和各大股东分花红后，木堂春还有三亿进账。"

木青青一脸迷惑："是的。因为宣传推广得好。我们用了八个月的时间，使得木堂春的利润越来越大。你的意思？"

林知茶说："我们要一万把壶。我们只做精品。以木堂春现在的销售额，一万把壶可以全部卖出去的。以中高端壶为主打，价格八千到一万五之间，这个批量要六千把壶。剩下的四千把壶，我们做高阶的精品和极品。极品紫砂壶，十万和二十万区间的壶，我想要一千件。这批货，我们的目标不是在于卖，而是在于向外展示木堂春的实力。这也是一种宣传。证明我们资质雄厚。"

黄老听了，表示赞同："从长远考虑，知茶的提议很不错。"

初听时，她的确是倒吸了一口凉气，觉得风险太大了。但是她毕竟年轻，也爱冒险。最后，她咬一咬牙说："好！"

林知茶莞尔，看她那不舍得钱的小模样真是怎么看怎么可爱，他摸了把她头，说："别担心。这笔钱我付，就当是我给爷爷的彩礼。"

"叔叔！"她嗔他。

他笑："乖，可以叫老公。"

她一张脸爆红，最后幽幽地看了他一眼，说："你这是在逼婚吗？"

林知茶心情大好地亲了亲她的脸蛋："你可以这样认为。"然后他转过脸来问黄老，"您的紫砂壶生意远销全国，卖得最好的经典壶型是哪些？"

黄老笑着摇头："你这孩子真爱走捷径。壶和茶一样，都是有灵性有生命的。茶叶，活在水中。而壶，经烈火煅烧，它们都拥有灵魂。你不挑选合乎眼缘的，却要从我这里取经。"

林知茶笑："我这是最省事省力的方案，往往效果还好，合乎成本划算。"

这边，木青青已经选了好几把壶，价位都在八千左右。黄老大略看了一眼，笑道："都是年轻小姐喜欢的款式。青青，你也可以开拓更多女性客户。"说着，黄老从其中无数本册子里挑了一本出来，"最经典的壶型都在这里了。"

林知茶大致扫了一遍，说："那就要完这本册子的壶。"然后又说，"青青，既然你已重拾画笔，那可以多构思几款茶叶盒的封面画，就用女孩子、白领层、金领层、贵妇名媛会喜欢的那些元素吸引她们。"

涉及本专业，木青青马上点头，回答得相当自信："可以！"

木青青还挑了许多茶宠，都十分趣致可爱。

在参观了黄老的私人珍藏后，她欣赏紫砂工艺的水平也提高不少。林知茶把她带来的一批紫陶壶和茶宠，还有十二生肖送给黄老。

黄老看了非常喜欢，把玩着梅兰竹菊四君子四把壶，感受它们特有的温润包浆，感叹道："这些壶都很有灵性，我很喜欢。我会珍藏你们的礼物。"

他又从一个柜子里取出十件壶，说："这套花开富贵，石榴生莲百子千孙壶很适合你们。"

每一把壶的正面都有不同的繁花，但背面都有石榴莲子，共十种繁花，果真繁花似锦，富贵流丽。女孩子都爱花啊蝶的，木青青一看，顿时爱得不得了。她也不矫情，甜甜地笑："谢谢黄爷爷！"

"哟，这声爷爷我喜欢。"黄老笑呵呵的。

木堂春的展馆设计很简洁。

契合"茶活水里"的意念，展馆正面一整面墙用的就是水元素，留白为主，溅起水花，水花下漂着几片翠绿的茶树叶子。

画稿是木青青亲手绘制，然后打印出来，贴在墙上。

而另一边滚动的屏幕墙上，则是六堡镇茶园茶山的美景，采摘的水灵姑娘，以及制茶的大致工艺流程。木青青还别出心裁地加进了她和木堂春的生活点滴，吸引了许多客人围观。来试茶的不仅有男性顾客，还有不少女性顾客。

茶王大赛还要过两天才开始，在会展馆再上一层。那里的参选席位安排，由沐春负责。

木堂春的展馆最有特色的地方，是木青青运用上了在国外学到的

橱窗美学设计。橱窗的摆设具有个性和美感，吸引许多客人驻足。

林知茶知道，她肯定能成功的。

两人坐于木堂春展馆后方，木青青给他沏茶。

两人闲聊。

林知茶说："六堡茶是好茶，也是名茶，清朝时进贡朝廷。但大家公认的其实还是普洱、碧螺春、龙井等绿茶、清茶类。所以你的展馆设计，能够弥补这一方面的不足。等大家被吸引进来，再试了茶，就会爱上茶。但如果展馆设计不出彩，那六堡茶再好，肯走进来的人却少，那茶再好也是打了折扣。"

木青青想了想，则答："也不一定。如果我学的不是这个对口的美术设计专业。那就只得用硬本领。我们可以直接泡茶，以茶香吸引大家走进来，也未尝不失为一种办法。"

林知茶想了想，表示赞同。

忽然，他玩心起，提议道："我还有一个最快最直接的方法吸引人来。"

"哦？"木青青挑了挑眉。

他笑，俯过身来便抱着她轻吻。他咬她耳朵："用美色。你直接表演茶道，会吸引来很多人。真的，要不现在试试，嗯？"

木青青被他吻得全身发软，只好一遍遍推开他，嗔他："你说认真的？"

"认真。"他答。

在木青青要开始表演前，林知茶忽然说："等等。"

他认真地看她。

今天，她穿的是一件改良过的浅碧色旗袍，还穿了一对同色系的高跟鞋，鞋头上各镶嵌有一颗珍珠，显得她端庄大方又不失灵动。

旗袍并不修身，宽松而舒服，很适合她的气质。只是在腰身处掐得十分曼妙，收进去收得很好，显得她纤细而婀娜。中袖的设计，袖口还带着荷叶边一层层地下去，俏皮极了。而她只简单编了一条鱼骨辫，真是又漂亮又清新灵动，把馆内所有茶艺师都比下去了。

林知茶从提包里取出两个锦盒，然后打开，是一对翠色潋滟的玻璃种翡翠镯子，纤巧的美人镯。

他捧起她手，替她一一戴上，将两只翠镯子置于她纤细的双腕之间。他看着她一对皓腕，然后视线移了上去，扫过她红润的樱桃小唇，然后是她俏丽的小巧鼻子，她夺目生辉的脸庞，最后是她一对眼睛。

他这一生，再没有见过如此灵动狡黠的一对杏眼，那么漂亮，只一眼，他便已沦陷。他赞叹："青青，你真美。"

木青青脸上沾上绯色，比胭脂还要漂亮。她温柔地看着他，唇动了动，最后只是说"谢谢"。

她抬起腕，素手芊芊，翠玉皎皎。

美人清灵，茶香远逸。

她这样的美人表演茶道，才是真的有灵气。

不过十来分钟，就吸引了无数人来围观。

所有的展馆黯然失色。

所有的人都恨不得跑进木堂春来。

她泡了一壶又一壶，递给大家一杯又一杯茶。

茶很香醇，人更是美人。

木堂春出好茶的消息，不过一眨眼工夫，就几乎传遍了大江南北。

林知茶就坐在她身边，戏谑道："看来我的提议很好。你是美色过甚。"

她睨了他一眼，是不自知的妩媚。

林知茶觉得，他的小姑娘长大了，真是风流又标致。每个样子的她，都是他喜欢的。

他觉得，青青真的很好很好。

木宋瞒着孙女，从医院跑出来了。

当看到木堂春很受人欢迎，试过茶的客人都赞木堂春的茶好，他高兴极了。但他居然抓着人就说："只是茶好吗？难道那女孩子就不好吗？"

刚好被抓着的是一个年纪和他差不多的老先生，老先生甚是尴尬，摆了摆手说："是个美人。可是你看，我和你都一把年纪了，谈小姑娘美不美貌不太好。"

"有什么不好，爱美之心人皆有之！"木宋回答得理直气壮。

另一边一个三十岁左右的男人抿唇而笑："茶好，人更美。我就

爱欣赏美人。"

木宋笑呵呵地说："那是！我孙女是天上来的小仙女！"

大家听了哈哈笑。

附近也有不少年轻女性，纷纷赞叹木青青漂亮，也觉得她这样做茶很有意思，要进去品茶。

就连楼上的沐春也被吸引下来了。他还在上面布置展位的事情，听说二楼的茶道表演很有意思，原本他也没有在意，后来他那层的大半人都跑下来了，他觉得好奇也跟了来看，没想到是青青。

沐春笑着摇头："这个招摇的青青啊……"

"我大嫂很漂亮不是吗？"

听见熟悉的声音，沐春回头，对上的是一双带笑的眼睛。是林雁雁。

"雁雁。"他轻声喊她。

"嗨，又见面啦！"林雁雁很高兴，举了举相机，"待会儿我进去给青青拍照，放到我微博上给你们引流！"

"谢谢。"他含笑答了。

林雁雁是个大方又前卫的女人，而且她已走过许多路，见识过世界，心胸极其广阔，对着人心，更是一眼看透。她说："还喜欢着她吗，可是她已经有了良缘。"

顿了顿，她又说："沐春，其实我挺喜欢你的，你能令我心动。我们在镇上时的一切，我都没有忘。虽然只是短短的十多日相处，你陪我逛小镇，教我做茶，还带我一起'出茶'，那些日子，现在回想起来，还是觉得很快活。我也能感觉到你心动了。"

沐春没料到她如此直白，苦笑了一声，问她："你刚从哪里回来？"

她笑，露出一口漂亮的糯米白牙："在帕劳潜水，做了一个特辑。新开发了在全世界潜水胜地潜水的项目，大受欢迎！"

沐春看着她明媚笑颜，忽然说："雁雁，我当然是喜欢你的。"

那就是说，对于木青青，他的确是放下了。

林雁雁抬起头看他，心动不已。

但两人只是相视而笑，再没有进一步的举动。

其实，他们都知道，他们之间的问题，不是木青青，不是爱与不爱，而是时间与距离。

他是制茶师，得一辈子留在茶园里的。

而她呢？她要天南地北地飞，绕着地球跑……

林雁雁突然想做出改变，她手伸出，握住了他的。

沐春先是一怔，然后回握她，十分用力。

她说："阿春，我也会有想停下来的一天的。如果三年后，你依旧爱我，我将家族里的事情处理好，我会来木堂春找你。"

沐春笑着揉了揉她的发，说："雁雁，不要为了任何人改变自己。如果你爱这样的生活，我当然会在这里等你。但如果你对我只是一时心动，雁雁将来你还是会后悔的。我不想你将就。"

林雁雁听了，只是微微一笑，说："阿春，我对我们有信心。而且小镇很漂亮，我当然愿意留下来生活。但不代表我要放弃我的事业啊！我还是会出国探访各地景色，但我是做幕后的工作，策划项目通过网络视频也可以做的。只是我们有时候得分隔两地罢了。"

沐春脸有些红，忽然抱住了她，说："你已经为我走出了那么多步。如果，我还是不愿多走出一步，那我就是傻了。"

她咯咯笑，亲了亲他下巴，戏谑道："你就是傻！"

坐在展馆里的木青青和林知茶早留意到沐春那边了。

木青青"啧"了一声，说："呀，真好，我们可以和阿春哥继续做亲戚了呢！他成你妹夫啦！我超喜欢雁雁姐，大气！哎呀，有点麻烦啊！虽然我是她大嫂，可是雁雁比我还大呀，阿春哥也比我大，可现在我辈分要高过他们了呢！"

林知茶看到沐春有了女朋友，那才叫一个高兴。

他一脸坏笑地问："青青，有没有翻身做主人的感觉？！"

"有有有！"傻得像二哈威武一样的木青青猛点头。

他笑得更坏了："那就好。以后有我罩着你，他们在你面前，那都是晚辈！"

第九章

遇见是最美

Sweet Tea

[1]

木堂春的展馆有高层坐镇，木青青也就借机遁了。

木青青贪玩，根本还是小孩子心性，这两天都是拉着林知茶在整栋会展大楼里玩，东看看西看看。

茶王大赛要开始了。

木青青和林知茶一起到楼上观看。

大赛有许多节目，当然还有茶艺表演。

一水儿的漂亮茶艺师青春无敌，水灵灵的，就坐在那儿给大家表演茶艺。

有许多观看和拍照的游人。

大家参观累了，就会坐下来，喝杯茶。

品茶，聊天，许多生意就是这样聊着聊着就成了。

由于木堂春的展馆设计极有创意，再加上头一天木青青的茶艺表演更是吸引了许多游客，所以整个会场的生意成交额，以木堂春为代表的小众黑茶类，居然力压群雄，成交额占了整个会场所有展馆的百分之四十。就连林知茶都笑她："那些人哪是来喝茶、品茶的，分明就是为你美貌而来。"

当听到林知茶这样说，木青青黑漆漆的眼珠子骨碌碌转了转，她心里又有了一计。

当她神秘兮兮地拉来沐春说想法时，处变不惊的林知茶早猜到她用意了，他脸上没什么表情，但嘴角还是微微地勾了起来，他倒是很期待看到沐春的反应。

沐春听了她的话，耳根一红，说："青青，你要我使用美男计？"

站在沐春身边，尾指钩着他尾指的林雁雁听了，也是一脸看好戏的揶揄神色。

木青青说："阿春哥，现在是看脸的社会。你看，你颜值这么高，这里的制茶师、茶文化代表，还有那些企业主，哪个有你的半分颜值嘛！听我的，待会儿茶王大赛，你上去露一手，给大家演示制茶，包管把大家所有的注意力都集中到木堂春身上来！即使最后拿不到茶王，但我敢说，木堂春会上头条的，还有无数的订单纷纷向我们飞来！我已经看到那一天了！"

林知茶忍笑忍得难受，而沐春早已窘迫得羞红了脸。

林雁雁轻笑，扬起头来，亲了亲他脸庞，说："阿春，你真容易害羞。可爱！"

木青青看得脸红心跳，三两步退回到林知茶身边，拽了拽他的袖子，又撒娇似的摇了摇，说："欸，雁雁姐好会撩呀！你看，把阿春哥撩得心如鹿撞了！哎呀，他们好甜！"

林知茶咳了一声，忽然说："其实我也很会撩。"

"嗯？"她疑惑地看了看他，还没反应过来，就被他往后一压，来了个"壁咚"！

她被他实实在在地吻住了！

他手用力地压在她后脑勺上，让她迎向他，贴近他。而她的背还紧靠在墙上，被他用力地挤压，恨不得将她狠狠地揉进他身体里去。

她被吻得似脱了水缺氧的鱼，只能软软地挂在他身上。

待他放开她，她才能大口大口地喘息。

看着她娇艳的唇微微地红肿了，他才心满意足地叹了声，伸出指腹按压在她红肿的唇瓣上，说："真性感。"

木青青羞呀，瞪了他一眼，这城里来的小少爷果然很会撩。

她那一眼，娇得很，哪有什么杀伤力。林知茶看着她水汪汪的大眼睛，忍不住低低地笑了起来。

林雁雁在一旁啧啧道："我哥守了快三十年的身，果然如饥似渴。"

林知茶听了，俊脸一黑，咳了两声，别开了脸。

木青青乐了，钩着他的尾指轻轻地摇了摇，倒像是调戏他般。

"啪啪！"

林雁雁轻拍了两下手，说："好了好了，说正事啦！"

看着一众人陆续开始进入主会场，林知茶收起了调笑，木青青也赶快收敛了那点想要继续谈恋爱的小心思。

沐春抿唇，思考了一下才说："要我演示制茶，也不是不可行，不过……"

见木青青一双大眼睛看向自己，沐春笑了笑，说："不过青青要跟我一起表演茶道。"

沐春难得开起了玩笑："不是要用美人计吗？我觉得我们一起，将会所向披靡。"

林知茶板着脸纠正："不是你们一起，是木堂春一起。"

林雁雁嗤嗤笑，她这个哥哥真是幼稚得很！

木青青是个爱玩爱闹的心性，也没觉得有多难，说："好呀，我们一起！木堂春冲冲冲！"

林知茶说："黄老刚才给我们送了一批古董级别的紫砂茶具来。黄家是制壶大家，他这次送来给我们展出和作茶道展示的紫砂壶，都是黄家祖先在明清时制作流传下来的壶。"

好茶得好壶配，这个道理谁都懂。这批古董茶具的展出，一来彰显了木堂春宏厚的资金和背景，一来也能为茶提升至最佳的口感，达到臻境。

这次的茶王赛吸引来的，不仅是全国茶叶总会、茶叶人和茶客，还有全球茶叶大佬的目光都聚焦于此。因为上海茶博会也在这段时间开幕了，就在离这个会馆隔了一条街的会馆里举行。

木堂春得到了资格，进驻茶博会，如果茶王大赛上获得名次，那木堂春在茶博会上将得到更多关注，这是一次难得的全球商机，正所谓机不可失时不再来，对于木堂春来说，都汇集于这一役了。

正因此，木青青才会想到让沐春来展示。

黑茶类和清茶、生茶、绿茶类不同。这是一种要经过发酵的茶叶，需要漫长的时间去等待。正因此，别家的清茶类，是制茶完毕后，就呈上评委席以最原汁原味的姿态去展示；但六堡茶则是会分作刚制作完，与经过十年陈化的六堡茶一起呈上评委席。

茶王赛开始了。

先是由负责人做了开赛演讲，然后是一个个环节的展示。

各家茶，各种茶，都有它们不同的茶文化。大家静静观看屏幕上，每家茶的五分钟短视频展示。

而木青青已走到木堂春的展位上，开始给大家泡茶。茶泡好后，会标上 1 ~ 100 中的标号，然后会有工作人员将茶分给大家。

每家茶的标签都是打乱的，大家都不知道到底是谁的茶。然后由大家自由评分，评选出大众最喜欢的茶前五。

专业的品茶评选会在最后才进行。

林知茶走到木青青身边，给她按揉肩膀和背，轻声问："累吗？"

"还好啦。"她笑笑，给大家泡茶是一件开心的事情啊！

她放下滚烫的紫砂茶壶，捧起小杯子，自己抿了一口，才说："哎，不知道大家喜不喜欢我们的茶。"

林知茶摸了摸她头，说："大家肯定喜欢的。"

一个上午很快过去，大家用过午饭稍作休息后，茶王赛继续进行。

这一次，是轮到制茶环节了。

大家都很激动，纷纷围去不同的展位观看。

木青青也很激动，拉着林知茶的手跑到了木堂春所在的制茶展位上。

沐春和另一位道骨仙风的制茶大师一起制作六堡茶。

林雁雁也跟着两人一起观看，并给沐春拍摄照片和录像。

现场气氛很热烈。所有的制茶师都带上自家品质最佳的鲜叶，即时表演杀青、揉捻、干燥等基本步骤。

木青青给林知茶介绍道："这次的规则则是，等制茶基础步骤完成后，评审会根据茶叶的外形、滋味、香气、汤色，和茶叶底子进行各个方面的综合评分，最后得出结果。不过，红茶和黑茶类都是经过发酵的。所以我们家会送上两道茶。一道是即时制作的基础茶，一道是十年陈化的臻境茶。"

无论是扬，还是焖，沐春的制茶手势和方式都是那么朴实厚重，还透出一种庄重和优雅感来。

果然如木青青所料，大家都被沐春的高颜值和专业制茶方式所吸引，围到了木堂春展位来，将这里里三层外三层围得是水泄不通。

　　沐春和另一位制茶大师穿的是木堂春统一的茶服。月白色，有点民国风，穿在两人身上，老制茶师穿出的是道骨仙风，而沐春简直形如谪仙。

　　只见沐春微微扬起骨节分明的手，没有戴手套，在强烈的灯光下，甚至能看到他常年制茶而留下的薄薄一层茧。

　　炒茶叶的锅里微微冒出热气，一道单薄的青烟逸出，将沐春线条刚毅俊美的轮廓衬得更为柔和缥缈。

　　一阵极短时间的焖叶后，沐春那双带着薄茧、骨节分明的手，开始在滚烫的炒茶叶锅里快速穿梭，他忽地捧起一捧茶叶放到鼻翼间轻嗅香气。

　　木青青一阵激动，给林知茶和雁雁讲解："这是在判断茶叶的干燥度！"

　　林雁雁举着专业相机按下了快门。

　　这一刻被定格！

　　沐春眼睛闭起，轻嗅茶叶香气。他浓长的眼睫轻颤，眉心略略蹙起，而高挺笔直的鼻子下，鼻翼轻动，唇边忽地展开一缕极淡的笑意，被袅袅淡青色茶烟笼着，他那如白玉般俊秀英挺的脸庞更显仙气。

　　就连看了照片的木青青都叹："哎，想不到我阿春哥居然帅到了这个地步。我一直知道他好看，可是这也太好看太仙了吧！"

　　林知茶这时的脸色可谓是相当好看了。林雁雁看到哥哥那神色哈哈笑，然后揶揄："怎么，后悔错过了你阿春哥了？"

　　木青青扭捏地晃了晃小脑袋，才说："我怎么可能喜欢上亲哥？阿春哥在我心里是亲哥哥！你不准这样笑我！而且我最喜欢阿茶了！"说着，她抱着林知茶挺拔劲瘦的腰撒娇，还不忘趁机揩油摸了一把他的腹肌。

　　林知茶抓着她作恶的小手，俯身咬她耳朵："等今晚回房间了再给你摸。"

　　木青青嗤嗤笑。

　　待那种小暧昧过去了，两人的注意力又回到比赛上来。

　　沐春潇洒地将茶叶往空中一抛，茶叶洋洋洒洒而下，像仙女撒花，那一幕美好得不可思议。不仅是林雁雁，许多看客都纷纷拍照留念。

木青青解释说："这是要控制热量和温度。这一招抛撒很考功力，别看阿春哥做起来容易，但其实真的很难，没有十年以上功做不来。"

林知茶看向这个曾经的情敌。沐春此刻的眼里、心里、脑海里只有他最心爱的茶。他是那种五官轮廓偏硬朗的英挺俊美，所以不笑时会让人以为他很难相处，但其实他这个人很温柔细腻。此刻，叶子在他手掌、指间穿梭，犹如嬉戏，每一张叶子都是活的；而他凝视茶叶时、拂过每一片叶子时，都像是在对待抚摸他心中最爱最珍惜的女子……

沐春的目光从极度专注变为柔和，那双眸子柔情似水，他手底下的茶叶，不仅仅只是茶叶，而是生死相许的情人了。

那一刻，林知茶就知道，他的制作完成了。

果然，沐春做了一个利落干脆的收势，茶叶杀青完成了。

[2]

所有制茶师都完成制茶了。

这时，一群礼仪小姐托着托盘走了过来。

沐春将八克刚制作完成的鲜叶分了出来，放在一只雨过天青色瓷罐里。那瓷罐只有巴掌大，装八克茶叶刚刚好。

一位礼仪小姐走到他展台边，取过标签贴到了瓷罐里，再将瓷罐放进托盘里，然后又走到下一位制茶师那里去取茶叶。

木堂春的茶是第十号茶。

而另一边，另一位礼仪小姐取了三四份茶叶，每份八克，她正准备将茶叶交给相应的师傅冲泡。

木青青走了过来，说："我来泡吧。"

礼仪小姐点头说好，脸上挂着得体优雅的微笑。

于是，另一边的茶艺表演同时开始了。

木青青深谙自家的茶，所以冲泡起来也就特别的有感情。

她的壶一亮出来，顿时吸引了大众目光，在这里的都是行内人，都知道这些紫砂壶价值连城。

一共是十位评委，因此要泡十杯茶。

木青青选了一把大肚如意壶来泡茶。

她微翘着兰花指，在袅袅茶烟里，素手轻扬，似一对纷飞的白蝴蝶。

这一班茶艺师里，要数她最年轻，但她的茶道功夫却远胜于一众茶艺师，甚至有好些不知内情的大茶客都来打听想要签她做首席茶艺师了。

林知茶可护食了，马上挡住那些人，说："那是我老婆！"

大家有些无奈，其中一个说："我们都是正经生意人，只是想请她做首席茶艺师而已。"

林知茶傲娇道："她是木堂春继承人，不是你们请得动的。"

一位穿着黑色西服的中年人"唔"了一声，说："难怪！我就说了，这丫头这么年轻，但茶道却达臻境了。"

另一位也说："是啊。很多外行人以为茶艺师年轻貌美就够了。其实不然，真正大师级的茶艺师都是在三十岁左右，而非青春少艾。木小姐自小在茶里长大，也难怪茶道如此出众。已经达到大师级水平。"

林知茶更傲娇了："我家青青还会制茶呢！茶道算什么！"

一众人更是惊讶。因为茶行业其实还是分工很细的，制茶师只管把控茶叶品质，不管企业运营。但这个女孩子这么年轻，却能将一家上市公司打理得井井有条了，本身还对茶叶熟悉至此，真是让他们这些自诩是"大家"的人汗颜。

茶泡好了。

但木青青并没有停下，又取了八克茶叶出来进行冲泡。

看她表演茶艺，简直是种享受。大家都站着不愿动了。

林知茶才发现，今天她也是特意打扮过的。与平常不同，今天的她穿了一件水红色的窄腰旗袍，那激滟的红像初晨六七点的阳光，一点一点跃动，衬得她莹白小脸竟多了几分美艳颜色。

又因为她化了淡妆，原本就有点往上挑的眼尾，此刻更显艳色。

林知茶才惊觉，他捧在手心里的小姑娘竟在一夕之间长大了。

那张娇憨的脸，生出了几分艳色与风情来。木青青已经是个高挑美艳的大姑娘了。

她轻轻放下壶，一摆手，做了个"请"的手势，白皙的腕间玉镯轻晃，激滟的翠色，与她的艳色，使得整个大厅风景黯然失色。她道了声："大家请随意。"

其实围在这里的都是行家了，但大家品过茶后皆是心悦诚服，纷纷道："看来今年的茶王已经出来了！"

另一边，也开始公布最受大众喜欢的前五名茶了。

大众代表的是大众消费的口味，只有深受大众喜欢，才能保证真正的销量。见木青青有些紧张，林知茶在她身边坐下，手按在她手背上，说："对自己有点信心。"

木青青一笑，点了点头："对，我家的茶肯定是最好的！"

这时另一位礼仪小姐走了过来开始等候。木青青对她点了点头，又取出另一把紫砂壶，开始泡经过十年时间陈化的熟茶。

刚才端给评委和供这里的看客饮用的茶，是沐春刚杀青的生茶。而现在的茶才能算是真正的六堡茶。

木青青又泡了一壶好茶。

待礼仪小姐将十杯茶端走后，几位行家再度品茗。

大家闭着眼睛仔细品味。

木青青含笑问："怎样？"

黑色西服的男人说："刚才的杀青茶，清冽芬芳，像是带了一股清香芬芳的草木味，甚至还有参香。但这一杯茶太独特了，有一股淡淡的甘芳槟榔香，还有兰花香……非常醇厚。我从未喝过如此复杂而又独特的茶。"

众人还在回味。

听了他们的话，林知茶十分惊讶，他也取了一杯茶抿了一口，清冽甘甜冷香似泉一般的醇厚茶水滑过舌尖，丝绸一般的丝滑质感，长久回甘的润泽滋味……

林知茶"嗯"了一声，说："茶中极品了。"

"还有兰花香。但兰花香没有冲撞了熟槟榔香，反而使得茶叶更加清灵却又厚重浓稠。"林知茶是真的惊讶，"怎么会这样？"

木青青带着一点狡黠，笑道："我进行了拼茶，将有兰花香的茶叶拼进了十年陈化的槟榔香金花茶里，所以产生了独特又完美的新香。"

最受大众喜爱的茶叶名单出来了。木堂春的茶获得了第三名，前两名依然是老品味，普洱和绿茶。

木青青笑了笑，也很满足。她大大伸了个懒腰，说："专业评审会评出最优质的茶。大众评的还是以他们惯常口味为主。"

林知茶握住她手，放在手中把玩，随意道："的确是。南方人和北方人本来就对茶有自己的偏好。大众并不专业，会带入自己的喜好，

但专业评审不会。"

最后，木堂春不负众望，捧回了茶王称号。

木青青虽然很高兴，但还是那副懒洋洋的模样，倚在林知茶身上，一手撑着桌面托着腮，微笑着看着那一切。

代表木堂春上去领奖的是沐春。

一切尘埃落定，木堂春成为此次茶博会最大赢家。说白了，茶王大赛还是为茶博会服务的。

[3]

木宋的身体检查结果出来了，各项指标显示，他都不能再拖了。

德国医生让他住院，开出专业配方的药先进行调理，等到各项指数都达标了，就能进行手术。

手术定在十天后。

于是，这一周里，木青青一边打理木堂春上海旗舰店的生意，一边照顾爷爷。

木青青已经看过总店了。

选址在繁华路段，紧挨着林氏的香妆私人会所。

上海可是寸土寸金的，当真正看到店铺时，木青青不得不叹："阿茶，你为了我付出了太多。"

林知茶握着她小手放在唇边轻吻："我也不亏。我骗回来了一个小美人当老婆。"

木青青嗔他不知羞，而他则吻了吻她。

两人甜蜜非常，如胶似漆，每天都恨不得黏在一起。

所以林知茶在香妆中国区总部处理工作事宜时，她也必定陪在身边。

两人视察了各自的店面，林知茶带她看每一家香妆店面，还和她说了好些内部事宜。木青青在看一家私人会所时，看到来做高端美容项目的顾客喝的茶正是木堂春的兰花香六堡茶。

她也曾和女客聊天，询问她们品茗的感受，出乎她意料的是，大家都很喜欢这一款茶。

木青青心下感动，看向林知茶时，他只是回她以微笑。

他的包容、等待，他对她的细致与呵护，她都懂得。

后来，等她带他在木堂春的旗舰店体验时，林知茶说："青青，你本是美术设计专业的。你为你自家茶叶设计几款新的盒子封面吧。你看，六堡茶的名声已经出来了，也吸引到了越来越多的女性顾客。将来你还会做茉莉花茶，既然有意开拓女性茶叶市场。你可以设计几款特别的盒子封面。可以是复古感的，也可以是时尚感的，甚至可以是一场碰撞。这一切，也能使得传统的茶叶，有一个新的突破。"

林知茶的提议，使得她茅塞顿开。

她忽然就有了许多灵感。

她马上取出画册。

这段时间，她都有在练笔，是要将过往的岁月，曾经的喜欢都捡起了。其实是林知茶让她学会了，她要做回她自己。所以，画册画笔她再没有放下过，时常带在身边。

碰巧，有三个十七八岁的女孩子站在门口边张望，这里是立地窗玻璃，可以看见店里的光景。

旗舰店的名字很好听，就叫"遇见"。是她和他的一场遇见。

木青青看着那三个青春洋溢的女孩子，心道，她们应该是被店名字吸引的。

木青青再仔细观察三人，发现她们虽然年少，但背着的包居然是迪奥、香奈儿。一瞬之间，她又了然，点了点头，心道：这里是外滩，是最好的地理位置，万国风情皆在其中，开在这里的店铺都是世界奢侈品牌，也难怪来这儿逛的，连孩子都那么奢侈富贵。这一类人，逛累了进来坐坐，必然不会在意一杯茶极其昂贵的价格。

这里的选址是林知茶帮她选的，她当然是一切都听他的。这里的装修，她当初有做简单的规划，但一切还是听他的。他让人在后面花园处做了一个花房，里面可以放下十张桌子，被鲜花绿植隔开。而这里的二楼还做了六堡茶文化展示，外带很人性化的休闲区，甚至设有一个小观影室，放一些欧式风情的怀旧电影；以及一个颇具规模的图书馆，大家可以在里面品茶看绝版或是珍藏书。正因为"遇见"旗舰店的设计风格、运营方式小资，有品位和独特，所以吸引了许多顾客。

当见到那三个女孩子走了进来，马上有大堂经理迎了上去招待。

木青青抱着画册，叹了一声道："哎，叔叔，你给我选在这里，我现在亲眼见到了，感到压力很大，连路过的小妹妹都一身名牌，这

里的租金我不敢想象。"

林知茶嗤了一声，说她："这点出息。"

顿了顿，他又说："你慌什么。你的淘宝店生意额，这一个月又是过亿，还怕付不起这里的租金？"

忽地，他露出神秘又带着邪气的一笑，靠近她，咬着她的耳垂说："忘了告诉你，这家店是在林氏旗下的，所以我偷偷给你免租金了。"

木青青被他撩拨得慌了神，正要去推开他，又被他说出的话吓了一跳。最后，她只好亲了亲他下巴，说："叔叔，你真壕！"

他长眉一挑，以指腹点了点红得妖冶的唇，说："亲这里。"

不知道为什么，有那么漂亮的花房，那三个小姑娘不去，偏偏选在离木青青和林知茶隔三席的地方。

最后，木青青才吃过味来，说："叔叔，她们看上你了。"

林知茶一怔，抬起头来，一对上三个少女的视线，那三个女孩红着脸纷纷移开了目光。

林知茶有些尴尬，摸了摸鼻子说："我只对你有兴趣。"

木青青似笑非笑地说："哎，你这么俊，真是招女孩子喜欢。祸害啊！"

林知茶微微有些窘迫，垂下视线，只看着杯中汤色红浓的茶，抿了一口才道："你知道，我心里只有你就行了。"

木青青心头甜啊，抱着画册又开始描画。

她一边画，一边说："这里的占地面积真的太大了，整个三层都是属于木堂春的。我想，我可以做些隔断，分两种体验。当然，主打的还是真正的顶级六堡茶，也可以吸引到要谈生意的成功男士。这一类人，其实懂得品茶，也可以直接带他们进包间。贵妇名媛，她们也大多能接受茶。但如果来的是更年轻一点的女孩子，以及来的贵妇还带着小孩子时，我们就要更能吸引到她们。"

"看来你有想法了。"林知茶放下茶杯，食指在桌面上轻敲，似在思考。

"嗯，"木青青懒洋洋道，"我最近在研究《茶经》。我觉得唐朝的'吃茶'很有意思。"她挥一挥手，经理马上将她吩咐准备的东西放在推车里推了过来。

林知茶匆匆看一眼，只觉品种相当丰富。

木青青放下画册，林知茶才看到内容，原来是一个有点微胖的很萌很萌的 Q 般唐朝少女图。

木青青取出小茶炉，居然开始以真火烧炉。

因为无烟炭火是早开始烧了的，古朴的大茶壶里的水已经温热了。

木青青打开盖子，里面是两层的，中间是那种内胆用来装茶叶。

只见她从一个紫檀茶匣子里取出了大分量的茶叶，她将茶叶投进了内胆里。

再烧一会儿，当水沸腾后，茶香缓缓飘出，竟有一种返璞归真回到古代的缥缈感。

她抿唇轻笑，十分娇媚地睇了他一眼。林知茶只觉得整个人都要窒息，他的灵魂好像飘出了躯壳似的，缥缥缈缈，酥酥麻麻。

她从一只小瓷罐里，取出几两陈皮将它投进大茶壶里，然后又取了几只红枣一并投进去。甚至她还取了薄荷也投了进去。

这一次，大茶壶里飘出了异香。

大堂内，本来坐着五六席客人，此刻全被茶香吸引了过来。

那三个少女好奇心最重，围到了她身边，早已被她吸引，忘记了林知茶。

最高的那个少女问："咦，这是什么茶？"

木青青说："这是我根据古籍，复刻的唐朝茶。唐朝的茶文化，是'吃茶'，也就是说里面会有很多内容物。可以根据大家的喜好，添加不同的香料进行'吃茶'。"

她将茶一一为大家分好，又取了好几样香料和配料放在桌面，说："我煮的是基茶，大家可以根据各自喜好添进自己的杯子里。"说完，木青青又往自己的杯子里加了一块八角香料。

木青青看了一眼有点微胖的少女，刚才少女一直在吃甜甜的茶点，料到胖少女爱甜，她说："如果喜欢甜的，可以多放一些红枣和蜜饯。也可以尝试放冰糖或红糖，口感甜而不腻，还能养胃美颜和减肥。唐朝的'吃茶'文化可是很养生的。"

一听见能吃甜还能减肥，胖少女马上来了精神，往自己杯子里加了好多红枣。

"喜欢清甜的，可以加菊花，全是明目的特级杭白菊。"木青青

说着给自己杯子里加了几朵菊花，白白黄黄的菊花漂在红似鲜血的茶汤里，竟有一种说不出的惊艳美感。

木青青又加了点薄荷叶进去，不紧不慢地说："喜欢清冽的，可以多加些薄荷。而我这样的配比，很清冽回甘，还带着菊花的清甜味，相当不错。"

大家吃茶吃得很开心。

其中一名优雅的贵妇，更欣赏木青青做出来的基底茶，所以没有添加配料，静静地品茗。

倒是三个少女很来劲，捧着茶单在研究："怎么这里没有这种茶呀？"

木青青神秘一笑，道："这是新品种。你们觉得怎样？喜欢的话，我会加进茶单里，也会做一个'吃茶谱'，列出每一种茶的养生美颜功效。"

"当然喜欢啊！"

"我觉得简直是太棒了！"

"头一次体会'吃茶'，太正点了嘛！"

大家你一言我一语，都表示很喜欢。

就连两位男士都很欣赏这样吃茶，给各自的杯子又加了一些薄荷叶。

木青青想了想说："到时会划分区。'吃茶'区会在二楼体验区左层馆里。那里还有古琴表演，我想大家会喜欢的。"

顿了顿，她又说："这里还会做一些小众的茶叶饮料，例如茉莉花撞奶茶冰饮，以六堡茶为基底的抹茶口味饮料，红糖姜六堡茶，贵妃六堡茶，这些是为照顾大众口味而研发的。"

三个少女大叫了一声，说："天啊！这样太棒啦！"

那名沉静的贵妇微微一笑，道："我更喜欢传统口味。"

林知茶轻笑，这个才会是潜藏的大客户，于是他走到标有"品茶大鉴"四字的展示柜前，各取了好些茶叶，又走回到这一桌，说："这里有槟榔香、参香，和兰花香三种香味的十五年陈化六堡茶。你可以回去冲泡来喝，觉得好，可以来这里购买。"

顿了一下，林知茶又将几包茶叶递给两位男顾客，说："这是沉香味。味道非常独特，我想男士们都会喜欢的。"

那名贵妇若有所思，道："兰花香好熟悉。啊，对了，我在香妆的私人会所做美容时喝过这种茶，口味非常独特，当时问过接待员，说是木堂春出品。"

林知茶微笑道："是，木堂春是香妆的特供茶。"

贵妇和两名男士对六堡茶兴趣更浓厚了，于是经理马上走了过来，说："二楼是六堡茶的历史展馆，还有茶山风景观赏，以及制茶的珍贵视频展播，有兴趣的话，可以跟我来。"

他们这一桌，又剩下三个少女了。

三个女孩儿你看看我，我看看你，最后最漂亮的那个忍不住问："大哥哥，你是这里的老板吗？可不可以给我们一张你的名片呀？"

哟，这是赤裸裸的勾搭，想要他电话了啊！木青青一张俏脸沉了下去……

林知茶只觉一个头两个大，揉了揉眉心后，板着脸回答："不好意思。我有老婆了。"

他顺势搂着木青青。

这一刻，木青青瞬间笑靥如花。

三个少女只觉得好可惜，其中一人说："唉，这年头好男人怎么都那么快就结婚了呢！"

木青青推开他一点，说："我还没嫁给你。"

林知茶急了，又来捞她，将她抱紧："难道你还想反悔？迟了！"

三个少女捂着脸，在那儿怪叫："哎呀，太甜了呀！"

木青青不好意思了，推了他一把，嗔："正经一点。"

两人的相处模式让三个少女"苏"得快要晕过去了。

那个胖少女发现了木青青放在桌面的画册，"呀"了一声，说："好可爱啊！像我像我！"

木青青莞尔："你喜欢吗？"

"非常喜欢好嘛！"胖少女大声说道。

木青青想了想，又问："我打算在大堂的外壁做两三个橱窗，考虑到会开'吃茶'区，所以我想画一幅这样的海报挂在橱窗区。还会有一些别的主题。你们这个年龄的女孩子会不会觉得太过于传统？"

"不会的。"高个子少女说，"你看，你画的唐朝胖少女多天真可爱呀，嘴角边两个红红的贴花笑靥配着她的表情，真萌。我看见了

只会想进来一探究竟。"

木青青吁了口气，说："这样我就放心了。"

后来，木青青还带了三个少女去花房品茶。毕竟年轻女孩子还是爱浪漫的。

花房的天顶是透明玻璃组成，里面还有装饰复古的欧洲各种灯饰，水晶灯一开，整个玻璃花房晶莹剔透，漂亮极了。

桌面上还布置有彩色绣球花，几个少女真是爱极了这里。

另一边的墙上还挂有一个滚动屏幕，放的是木青青和林知茶在六堡镇上的Vlog。跟在她身后的，当然还有威武、将军两只傻狗。就连这里沙发上的抱枕，都是以两只傻狗的Q版大头照做成的。

萌得不得了。

少女看着Vlog赞道："这个小镇真美。"

木青青介绍道："那是六堡镇，以六堡茶为镇名。你看，这座宅子就是我的家，也是制茶的地方，旁边是自家的制茶场，当然，还有大型的制茶工厂，但在镇子的另一头。我的家，里面的许多东西，都是我自己做的。"

"田园式生活啊！真好！"

众人艳羡不已。

木青青笑道："那里开发成茶叶小镇旅游区了。你们有兴趣可以去我家玩，我们会有专门的人招待大家的。小镇在森林里，有深河，可以坐船观景。"

然后，她又说了些什么，就和大家告辞了。

她牵着林知茶的手，走出旗舰店后，说："走走走，我们去吃大餐。"

林知茶捏了捏她鼻子："这里看来你要进行重新装修了。不过你已经有了灵感和规划，我就放心了。"

他想了想，又说："不过你画的唐朝胖美人真的很可爱，挂在这里绝对是活招牌。"

木青青听了，哈哈笑。

这一切，全都上了轨道，而木堂春也在一步步壮大。

木青青忽地想，她想守住家业、发展木堂春茶的愿望，好像真的达到了……不不不，是已经达到了！

一想到这里，她突然顿住，然后一把抱住了他，说："阿茶，谢谢你。"

[4]

林知茶在外滩上，黄浦江边有一间公寓。

是那种酒店式公寓，且那处高级公寓楼小区刚好就在游艇会上。

当他牵着她手，在一艘艘白色帆船与奢华游艇间走过时，木青青仰起头来看月亮，又看了看江中璀璨船河，忽叹："真是人间富贵地。"

林知茶只是宠溺地揉了揉她头发："我一艘游艇就泊在游艇会里，你喜欢我带你去游玩，我来开船。"

木青青跳着去亲他，亲了一下嘴唇，又亲了一下他鼻尖："阿茶，你真好。"

他牵着她回了家。

家在六十层顶层，是个三层小复式，有五百平方米，每一层都有一个二十平方米的江景大阳台，阳台上种有许多绿植与繁花。

一层阳台是芭蕉树配彩色绣球花，二层阳台是桂花树配白色月季和白色玫瑰，三层是满满的花儿，有晚香玉，也有翠色绣球、红玫瑰和郁金香，等于是一个小小花房。天顶也是属于他的，他遍布绿植，搭了一个玻璃花房，人可以躺在里面的摇椅里看书，简直是爽透了。

带她参观时，他轻笑："威武和将军我们不能抛弃，如果我们过来小住，肯定得带上它俩的，可以住在这一层，一整层都是它们的。还有你送给我的几只小龟，我都带着，给它们起一个大池，让它们生许多许多的小龟宝宝。"

那一刻，木青青脸很红很红。他这是典型的爱屋及乌啊！

她忍不住，又踮起脚亲他嘴，可是只亲到他下巴。

他笑："小不点。"

木青青很哀怨："我不矮的！我一米六五标准身高，是你太高了。"

他轻笑着抱起她，亲了亲她的额头，说："那让我来亲你。"

回到一层，她先去洗澡，而他去给她准备夜宵。

当她泡完美美的泡泡浴，精神抖擞地出来时，只见宽大的、代表幸运的马蹄形餐桌上已经点上了红蜡烛，是金色的复古烛台，漂亮得很。桌面上放有刀叉，看来他做的是西餐呀！

小甜茶

没过多久，林知茶出来了。他给她做了芝士焗龙虾和一份雪花和牛意面。

他刚要解围巾，她嗒嗒嗒地跑了过来给他解。

他回过头来，看着她那贤惠漂亮的小模样，又忍不住揉了揉她的头。

两人坐在一起用餐。

他只有一碟素的黑椒意面，木青青咬了咬叉子，咕哝："你怎么吃那么少？"

林知茶只是笑："你要多吃点。女孩子有点肉才好，你太纤细单薄了。"

木青青睨了他一眼："我身上也还是有点肉的。"

林知茶被呛了一下，抬起手来拿杯子喝水，目光若有所思地在她锁骨和胸脯上划过……

"还满意你看到的吗？"她又咬了一口雪花和牛，牛肉入口即化，香得不得了，她发出极为满足的叹息。

"咳咳！"林知茶赶紧再去喝水。

可是，她一手托腮，一手夹意面，居然开始了唉声叹气。

"怎么了？"他问，"不好吃吗？"

"阿茶，我们只能坐对面，感觉还是中式的红木大圆桌温馨啊！就好像很完美幸福的一大圆，一家人团团圆圆。"她咬着唇又叹了一声，那声音脆生生的，其实就是逗他玩，哪有那么多的多愁善感。

可是林知茶很上心，以为她是不喜欢，于是道："那我们换一个红木大圆桌。我挨着你坐，挨着你坐一辈子。我们的孩子就坐我们旁边。"

"好！"木青青太感动了，放下刀叉，猛地跑到他身边，搂着他颈项坐到了他怀里。

林知茶紧紧抱着她，抱得那么紧，最后有些艰难地说："青青，你坐我旁边好不好？"

木青青一愣，然后就感觉到了，原来是他身体有了变化……

她脸红极了，但紧紧搂着他不放，头挨着他的头，唇贴着他的耳郭，极低地回应："可以的……"

他只觉全身都起了火，而她就是那只小小却足以燎原的火苗，将他整个生命整个灵魂都点燃了。

她似蒲苇，柔软而坚韧，缠着他，攀着他，她的吻，吻乱了他的心他的魂。她那双灵巧的小手去解他衬衣上的扣子，而他已经乱了，什么都不愿再想了，只想拉着她一起沉沦……

他的手钩到了她鹅黄色连衣裙上的拉链，"哗啦"一声，就被他解了下去，背后细腻的肌肤在他掌心下，那件宽松的居家裙子拢在她肩膀摇摇欲坠。

林知茶猛然回神，替她拢好那片单薄的布料，他抱紧怀中那抹同样单薄的身子，替她将拉链拉了上去，轻声呢喃："乖，青青别这样。"

然后，他逃也似的将吃剩的餐盘端进厨房里，将水龙头的水开得很大，哗哗哗的水声遮盖了一切。

木青青托着腮坐在马蹄形桌上叹气。

他出来时，看到她还是托腮叹气的小"可怜"模样。

他将客厅的音乐开了，说："我一身油烟味，先去洗澡。听点音乐，你不会无聊。"

是那首她曾弹过的《梦中的婚礼》。

见她笑眯眯的，他红着脸挠了挠头："之前听你弹奏，我想你应该是挺喜欢这首的，所以我选了这张 CD。"

"嗯，很喜欢！"她答，笑容甜甜的，十分治愈，让他想马上走过去抱着她亲亲。可是，他得克制呀！

书桌上有许多关于香水、面霜、精华等瓶瓶罐罐的工艺设计书。

木青青很感兴趣，拿起细看，听着音乐看着书，时间倒是过去得很快。

她忙了一整天，眼睛也是有点疲劳，于是放下书，端了一杯早醒好的红酒到阳台上去看风景。

眼前这一切琼楼玉宇，金光璀璨，就连黄浦江都是璀璨不息，像水晶宫。

林知茶从后环着她的腰，她闻到了他身上沐浴露的味道，是雪松马鞭草味道的，和她的一样。她吸着鼻子贪婪地嗅着他的香气，然后说："我们是一样的气味。"

十分暧昧。

他将下巴抵在她头顶，声音有点闷，嗡嗡地落在她耳边："是。"

"这里美得像一幅油画呢。"她伸出小手指点着天边的月，月下小小的一只只船。江水波光粼粼，如揉碎了无数星子。

他亲了亲她耳垂，含糊道："青青，你是这里的女主人。以后这里就是你的家。青青，这是我们的家。"

"六堡镇上的庄子也是我们的家。我们另一个家，我们的世外桃源。"她低低地说，仿若身在梦里。

"是，都是我们的家。"他的声音真是温柔极了。

她很喜欢很喜欢。

他的保守与坚持，她都是懂的。可是她一心只想亲近他呀，她不想他再矜持。于是，她耍了一点小小的心机："阿茶，我睡哪里呢？你不是说我是这里的女主人吗，那我应该睡主卧吧……"

她又补充，声音细细的："你也要睡主卧的……"

林知茶牵着她的手，引她回到二楼主卧，站在门边才说："青青，我睡在你旁边的房间。"

可是她不依，紧紧抱着他的腰不放手，怎么哄都不肯放。

最后，他只好无奈地和她睡在了一床。

她也不老实，直接趴到了他身上，笑嘻嘻地说："以前你还说要和我一起睡的，怎么现在反而矜持了？"

林知茶说："青青，你还小，我不想吓坏了你。之前说的那些话，就是逗逗你的。"

"欲望并不可耻啊！"木青青此刻倒像个女流氓，在那儿引诱别人做坏事似的。

林知茶一双动人深邃的眼睛闪了闪，被一旁橘黄的灯笼着，像藏了两粒星子，那么亮那么亮。

他摸了摸她后脑勺，轻声哄："乖。"

"我不要乖，我很喜欢你，我想和你做坏事！"她搂着他颈项，眨巴着眼睛看着他。

换作从前，他肯定是会讥讽她不是个女孩子的，可是这一刻，他只是很温柔地回望她，说的还是那句话："你还小。"

木青青气呀，语出惊人："36C的我哪里小了，遭你这么嫌弃。"

林知茶只觉得脑海里的那根弦断掉了，会有什么后果他已经顾不得了。

他亲她，毫不留情，简直是肆虐，咬她唇瓣，咬她锁骨，一点点咬下去，激得她本能地推拒，可是痛过后又觉得麻……只觉得身体的意志已经不由自主。

他又寻回了她的唇，用力吸吮，手钩到了她的拉链，哗啦一下，裙子居然被他扯烂了，可是拉链还卡在那儿，下不来，他又急又狠，红了眼睛，双手用力，又是"嘶"一声，将她裙子生生撕成了两半，被他扔到了地上。

他扬起身来，开了天顶的水晶灯。

一室璀璨。

她无所遁形，羞得想要躲进被子里，却被他按在了怀里："很美，让我看着你。"

她哽咽了："不要看不要看！"她双手挡着，"你就是欺负我！"

他手拂过她后背，沿着那道曼妙婀娜的曲线轻轻抚摸，她在他身下渐渐动情，溢出一两声猫儿叫的轻吟，却逼得他发了狂，她踢他："你不要像个初出茅庐的毛头小子一样，我怕……"

林知茶隐忍到了极点，喘息着、压抑着说："难道你现在说不要了吗？不准逃！"

他是急，谁让那个人是她呢！

刚才，是谁引诱着他做坏事时，说：

"阿茶，我很爱你，我想要你。难道你不爱我吗？"

"阿茶，我二十多了，在古代搞不好都是几个孩子的妈了，我哪里小了？"

木青青猛地闭上了眼睛，然后死命地抱紧了他，就怕他离开。

他的确不太温柔。

她很痛，可是他更狠。

她抱着他时，都要怀疑，他是不是在蓄意报复她的故意勾引了。

可是她爱他啊，他们彼此相爱。

渐渐地，她开始融化，像奶油雪糕一样化了。

她尝到了爱情最浓烈最甜的滋味，原来那种感觉是那样……刻骨的痛，刻骨的相思，刻骨的渴望，以及刻骨的甜……他都赋予了她。

他使她成为女人，他赋予她不同的人生意义。

后来真的是太累了，她被他颠来倒去地折腾，只觉得整个人都散了架。他给她擦了身，她那会儿已经睡着了，但在梦里还是梦见他，她喏嘴："阿茶，抱抱。"

他抱着她睡，抱得很紧很紧，他在她身边叹息："青青，这世间没有人可以分开我们了。青青，你是我的。"

天亮时，木青青就醒了。

这是她在镇上养成的习惯，早睡早起，即使再累但到了七点也就醒了。

她睁开眼睛，落地窗打开着，对着外面渐渐喧闹的江景。河风吹拂，珍珠白抽纱窗帘轻轻起舞。

她看见，远处天边一轮极淡的月影，月亮居然还挂在天上呢！有飞鸟在帆船上掠过，又从她窗前划过，一切都美好梦幻得犹如电影中一景。

她忽然又发现了新的好玩的东西，那就是林知茶已经醒了，但他居然装睡。

看他浓长眼睫一直颤，她又趴到他身上，躺在他虽然瘦削但宽阔的胸膛上，扒拉着他眼睫，轻声笑："阿茶，别装睡了。别怕，别不好意思，我会对你负责的。"

她又忍不住，亲了亲他左眼角旁那一粒极小的褐色泪痣，嘟哝道："你真好看。"

他的确是万分窘迫，一想到昨晚的他十分粗鲁，毫不温柔，简直就是衣冠禽兽。他不肯睁开眼睛，居然躲进被子里了，还装睡。

木青青哭笑不得，没想到他是这么害羞的。

她又贴进了他怀里，亲他的眼睛、鼻子，然后是唇，哄着："真的，我会对你负责的，别怕。"

什么跟什么啊！他怎么就怕她了？

林知茶一个翻身，将她牢牢锁在了身下。

他看着她，晨光中的她那么美好，晶莹剔透，纯质如玉，怎么看他都看不够啊。

她抚他浓密发鬓，咯咯笑："阿茶，你真好看。"

他轻声问："还痛吗？"

她摇了摇头："我不怕痛的。"

他看着她，渐渐又控制不住了般，只想再得到她。

他的吻渐渐往下，越发挑逗，他的喘息性感而沉重，木青青受不了，只好推他肩膀，软声道："阿茶，我不痛，可是我很累呀。你昨晚就是个大坏蛋，缠着人家，我要散架啦！"

说到最后，这撒娇变了意味，成了控诉，林知茶很难堪，觉得自己太禽兽，太不应该。他心疼她心疼得不得了，揉她胳膊和大腿，才发现上面全是指痕，他怔了怔，压着嗓音道歉："青青，对不起，对不起……是我太爱你，爱得失了分寸。"

木青青那点小委屈马上跑了，抱着他软软地说："我想你抱着我。"

林知茶抱紧了她，亲了亲她的鼻尖，哄道："还早，我们再睡一会儿。我抱着你睡。"

"好。"她意识都开始模糊了，好像已经跑进了梦中，还不忘说，"阿茶，我爱你。"

林知茶抱紧了她，将她脸埋进了他胸膛最靠近他心的位置，只恨不得将自己的一颗心剖开来给她。

他轻声说："我爱你，很爱。青青，我比你以为的要爱你。爱你，珍视你如生命。爱你，就像爱自己眼眶里的眼珠子。"

[5]

林知茶是被一个紧急电话叫走的。

是巴黎那边的化妆品最大生产线出了问题，他必须马上赶过去处理。

木青青是个懂事又独立的女孩子，还劝他说："阿茶，你赶快去，别耽误了工作。"

"可是你……"他的话被她打断，她吻住了他。

两人紧紧拥抱，热烈亲吻，谁也不舍得离开对方，可是木青青还是很理智地说："没关系。我一个人也行的，而且爷爷还有你请来的最专业的医生照看着，不会有事。"

林知茶亲了亲她眼睫，轻声叹："爷爷的手术在六天后，我肯定会赶回来的。你不要担心。"

木青青倒是笑了，催促他赶快买机票，麻利地替他打开了电脑，

他则寻找最快的一班航班，只听她道："阿茶，你别赶来赶去了，太辛苦。爷爷有我陪着是一样的，更何况还有医生呢！"

他订了最快的一班机，在两小时后。

然后，他停下手中动作，很认真地看着她，说道："青青，不一样。你是我最亲的人，当你有事时，我只想陪在你身边。虽然我不是医生，什么忙也帮不上。可是我想陪在你身边。"

木青青眼一热，猛地扑进他怀里，不让他瞧见她的眼泪。

她在他肩膀上胡乱蹭着眼泪，心想：哎呀，自从和阿茶在一起后，小心脏变得越来越脆弱了，居然动不动就流眼泪。

像是能勘破她的逗比心声似的，他将她扳了起来，给她擦眼泪，眼里带着笑意道："你啊，这个花脸猫。我会很快回来的，等我。"

"好。"她声音细细软软的，让他听着非常受用。

她又说："我送你去机场。"

两人又再度分开了。

可是热恋期的人啊，那种燃烧一切的热情哪能被时间、空间、距离所阻隔呢！两人有事没事都在视频。有时他在开会，但会把摄像头打开，时不时看她一眼。

后来有一次，他连续开了五小时会议，等终于散会了，他一抬头就见到她坐在病房的窗户前在画画。

他看到了她的画架，和大半张脸，可是没看到她的画。他就问："在画什么呢？"

她笑得很调皮，嘴角翘翘的，露出一对小虎牙。

他就笑："丫头。"

她是他捧在掌心里的小丫头啊！

他红着脸，忽然问："想我了吗？"

木青青嬉皮笑脸的，也不害羞："想呀！"然后将画架移了移，让他能看清她的画。

原来，她在画他的肖像画。

他身处会议室的中心，背后是一整块全黑的晶石布景墙。

他就坐在黑晶石前，头上是璀璨的水晶灯，他的俊美脸孔在灯影交汇处，深邃漂亮得不像话。

他双肘撑桌，双手轻合成一个拳头托着下巴，眉眼轮廓太深，一对漆黑眼睛深陷进了眉骨与高挺的鼻骨之间，又被身后黑晶石墙衬着，莹白如玉的脸更显一种凌厉、禁欲的美感，还很神秘。

木青青叹："阿茶，想不到你工作时，那么严肃的，让人看着有点怕。"

林知茶揉了揉眉心，换了任何一个人三天三夜不睡觉，只工作。不同的工场不停地跑，还有开数不过来的会，做好几份合同，外加一场商业谈判，只怕脸色比他还要臭，脾气比他还要暴躁。

他再睁开眼睛，看向她时十分温柔，轻声喊她："青青。"

"嗯？"

"你画的那个瞬间，其实我走神了。我根本听不进去他们的话。我满脑子里只有你。"

木青青脸一红，嗔他："不知羞。"

他低声笑。

"爷爷怎么样？"他问。

木青青回过头来看一眼熟睡的爷爷，说："还好的。就是昨天感冒了，有点呼吸困难。不过你别担心，有我照顾着。"

林知茶心一紧，不能替小姑娘分担，使得他情绪十分低落。但也只是一小会儿，他就收拾好了心情，说："你再等等，我很快就回来了，我会尽快回到你身边。"

但一切并没有朝好的方向发展，木宋因为感冒，再加心脏功能早已衰竭，引发了一连串连锁反应，他突然就倒下了。

不能再有丝毫犹豫和耽搁，德国医生开出了病危通知，并马上安排了手术。

木青青签字的时候，手都是抖的。她签完，眼看着爷爷被推进手术室，她哭了。

她从来就不是个软弱的人，但这一刻脆弱得犹如一根小草，风一吹就要折了。

她给林知茶打了电话，因为哭泣断断续续说不清楚。

他只是安慰她，然后订了最快的航班。

木宋做的是大型的心脏手术，因他本身年纪很大了，而感冒又引发了恶性并发症，情况很危险，所以手术一直做了九个小时。

等到林知茶赶到，已经是十一个小时后了。

这期间，木青青收到了两次病危通知，整个人精神高度紧张。当手术灯灭了，医生出来并说了"手术成功"，她整个人还是蒙的，全是不敢相信的表情，她甚至不敢主动走上去问医生情况。

爷爷因为麻药还没过，又因还在关键期，所以被推进了重症室观察。

林知茶赶到时，她听见他喊她名字，她一转身却双腿一软，直接跪到了地上。

林知茶飞奔到她身边，一把抱住了她，将她紧紧按在怀里。

他说："丫头，你吓坏我了。医生和我说了，爷爷很好。我们等着他出来。"

"嗯。"她点一点头，这时才找回了属于自己的声音。

他让助手去买了一份煲得很浓稠的砂锅粥，里面有鸡肉、瑶柱和花甲，又清甜又香醇浓郁，十分诱人。

他劝她："多少吃一些。"

两人就坐在观察室外面吃。

主要是他喂她吃。

等回过魂来，她不好意思极了，揉了揉鼻子说："嗨，你也吃。"

见她终于没事了，林知茶才松了一口气，笑着说："我在飞机上吃过了。你瞧瞧，你都瘦了。你多吃点。"

她点了点头，又往嘴里送了满满一大勺子粥，含糊道："我是得吃多点，我还要照顾爷爷呢！可不能自己先倒下！"

真是聪慧又坚强的小丫头，他揉了揉她的头发，又觉心疼，她就是太坚强了，坚强得让人心疼。

他握着她拿勺子的那只小手，温柔地说："以后有我陪你扛着。青青，不怕。"

她"嗯"了一声，带着一点哭腔，然后抬起头来给了他一个灿烂的大笑。

他俯下身来，含着了她的唇，辗转缠绵了一番，才肯放开她，笑着说："粥很甜。"

她羞得一头撞进了他心口，把他一颗心都撞疼了，可是他又觉得很幸福，因为他心是满满的。

那一日，林知茶本是陪着她的。

两人就坐在爷爷病房里。

爷爷已经度过了危险期，且在三天流食结束后，可以吃点好的了。

为了让爷爷好消化，木青青用鸡汤和排骨吊味，熬了一碗面条，鸡汤金黄金黄的，单是闻着就很香。

果然，木宋光是闻到味道就被勾出了馋虫。

他吃得很开心，木青青笑眯眯地陪着，看他吃了大半碗了，忽然又不给吃了，她说："爷爷，得克制呀！还不能吃太饱的，剩下的不要了。"然后就来收拾碗。

木宋急吼吼道："太挠心了，你这给看不给吃啊，还有半碗鸡汤呢！"

木青青嘿嘿笑："爷爷，你都吃了大半碗了，还好意思说我给看不给吃？乖啊，等你好了，我天天变着法子给你做好吃的。"

"好吧……"木宋叹了口气扁了扁嘴。

看这对活宝爷孙斗嘴是很有趣的事情，林知茶全程看得津津有味。

木青青斜了他一眼："你不用赶回巴黎了？"

她这一问让他很受伤，他十分委屈道："你这是打完斋不要和尚，这就厌烦我了？"

这人说话真是生冷不忌的，她靦着脸，不看他！

木宋笑眯眯地看着两人，只觉真是女大不中留了。而且这几天也看出了两人间的亲昵已经超越了过往，有时候在无人处两人的相处可谓是既克制又火热。

他"咳咳"了两声，也可谓是语出惊人："你们……那个了？"

木青青怪叫一声，捂着脸跑了。

林知茶毕竟是个男人，得有担当。他抿了抿唇，很诚恳地说："我会一辈子对青青好的。等手头上的事情过去了，我想娶青青回家，爷爷求您答应。"

木宋笑呵呵的，像个慈祥的清秀版弥勒佛，说："只要青青喜欢你，爷爷我哪有什么不答应的。"

林知茶脸一热，开心地说："谢谢爷爷！"

另一头羞得躲起来的青青在花园里摘花。

这本是私家医院，占地面积大，环境还特好，有一个天然湖泊，

还遍植绿植，简直就是个浓郁葱葱的小森林，还是天然大氧吧。木宋被安排在最好的那间疗养室里，一个一百平方米的大房间，有好几个大窗户和三个阳台，面向不同的景色。而卧室的落地窗外正对着湖泊和花园，漂亮得不得了。

此刻，木青青就坐在湖泊边数手中火红突厥蔷薇的花瓣。她最近是画架画纸随时带在身边的，木宋的疗养室大，她干脆也搬了一个画架过来。

她看着美景，一时技痒，正想画画时，忽然看见沿着湖边鹅卵石铺就的小径上出现了四个身影，还有点眼熟。

木青青站了起来，四人离她更近了。她揉了揉眼睛，才发觉不是在做梦，是从小最疼她的二叔二婶回来了！

说起来，爷爷和这个二儿子真的是关系别扭得很。爷爷对木青青的爸爸即大儿子，和二儿子从小寄予厚望，手把手地教两人做茶。爷爷一共五个儿子，没有女儿。但只有大儿子和三儿子对茶业有兴趣。可真正有天赋的只有大儿子和二儿子。

大儿子去得早，那么大的家业只能落在二儿子身上，偏偏这个十七八岁就已拥有高级制茶师资格证书的二儿子却对传统农（茶）业没有兴趣，去了国外留学，并和几个同校校友，其中包括他的妻子开了一家律师事务所。

一开始，他和妻子经常回来探望爸爸，还起了接爸爸出国享福的心思。

但就因为这样，两父子反而闹僵了。木宋骂这个二儿子反骨，不懂得饮水思源，二儿子说爸爸思想僵化不懂得变通，父子俩闹得非常僵，就连二婶费尽心思去缓解父子俩关系也没有成功。

木宋呕着一口气，拒绝承认这个他心里判了死罪的忘恩负义的儿子。木宋不接他电话，不回复他的信件，最后时间一长，那头也淡了，不再打电话来。只是后来二儿子自己的两个儿子出生后，他会让他们时常给木宋打电话。

木宋这次动手术，不想两个孙子担心，自然不会打电话去说。但林知茶知道了一切后，却觉得此刻是促使父子两人和解的好时机，所以，主动给青青的二叔一家打了电话。

"二叔！"木青青猛地跑了过去。

她还同时张开双手大喊："二婶！"

"青青！"二叔二婶很高兴，一把抱住了这个可人疼的孩子。

二叔毕竟是个男人，不太会说话，只是一个劲地说："好好！"

而二婶抱着青青端详了一回儿，叹气道："青青你看着都瘦了，真是可人疼的。哎，是婶婶不好，爸爸生病这么大件事，我和文远，还有大虾小虾应该早点回来照顾的。"

木青青很高兴，抱着婶婶腰撒娇："婶婶我可太想你了。没关系的，现在来也一样，爷爷恢复得很好呢！在疗养院住一段时间，就可以回家了！你们看吧，到时他又要满茶山地跑了。"

被叫大虾小虾的是木青青的两个堂哥，三人年纪相仿，大虾今年二十二岁大学刚毕业，而小虾二十一岁，还在读大四。

两个哥哥摸了摸妹妹的头，说："青青辛苦了。"

这十多年来，二叔一家都没有回来，但两个哥哥和这个妹妹很有缘分。

木文远叹了一声，也摸了摸她的头，说："青青，我知道这段时间你承受了许多压力。知茶这孩子都告诉我了。"

顿了顿，他又说："青青，以后有二叔在。这个担子我早该担着的，毕竟爸爸老了。你三叔明天也能赶过来了，他的企业管理课程还有几个月就完成了。以后我和他替你扛着。"

木青青眼睛骨碌碌转，思索了一会儿，问："二叔，你们以后真的不回英国了吗？"

木文远又摸了摸她头，说："进去说。"

当木青青领着二叔一家进到木宋房间时，木青青看到靠在床靠上的爷爷很平静，她也就了然，必定是阿茶刚才和爷爷打过招呼了。

也好，爷爷刚刚做完心脏手术，不易激动的。她都要担心爷爷那颗脆弱的小心脏是否承受得住这个冲击，毕竟离家十多年的儿子终于回来了啊……

父子见面，没有想象中的拥抱和热泪盈眶。

木文远喊了声"爸"，然后又说："我回来了。"声音带着哽咽。

木宋哼了一声："不孝子。"

"爷爷，爷爷！"两个孙子围到了木宋身边，他马上又眉开眼笑了。

木宋对媳妇很和善，就像对自个儿亲女儿，对着她招一招手。她

坐在他身边握着他手，说："爸，这些年，您辛苦了。"

木宋笑眯眯地说："是你辛苦，要帮着律师所的事，还要带大两个孩子，不容易。"

"爸，您给我的信，我都收着呢，满满几大箱，我经常拿出来给大虾小虾读，让他们知道爷爷很想念他们，爷爷还想念阿远。"

提到这个不孝子，木宋又哼了一声。

木文远有点尴尬地摸了摸鼻子，见只有自己被无视了，最后只好说："爸，我和大虾会留下来替你经营好木堂春的。"

"不走了？"木宋斜了他一眼。

二婶连忙笑着打圆场："不走了。"

木宋想了想，又问："那你们的律所怎么办？毕竟是花了大半辈子的心血，也是你们的理想。"

木文远马上答："我们现在只接客户，不打官司，可以把案子分给底下律师做。而且，每年我和美云只需要回去两个月处理一些重要项目，其余时间都是空闲的。大虾眼下也毕业了，他和我们说，他看了青青的微博和抖音，觉得茶业很有意思，他想回来和青青一起干。至于小虾他志不在此，他已经和几个同学商量好了，毕业后就开建筑设计公司，对了小虾是建筑专业的。他以后还是会留在英国发展，但他会常来看您的。"

或许还是应了那句话吧，年纪大了，叶落归根。

木宋看着这个曾经最疼爱的儿子，点了点头。

父子俩，十多年的心结，也终于在这一刻达成和解。

木文远又说："爸，我在伦敦有一套复式公寓，对着泰晤士河。在伦敦郊区小镇上也有一栋城堡，等您身体好了，和我们过去小住一段时间吧。青青和知茶一起去好吗？"

木青青看了眼爷爷，有心促成这次旅程，一顿狂点头："好啊好啊！古堡啊，我最爱了！"然后又特可爱地眨了眨眼睛，"哎呀，我想到古堡婚礼了。我一个大学学姐去年结婚，就是在法国的古堡举行的，羡慕死我了！"

林知茶抿了抿唇，牵着她手摇了摇，有点委屈："我在巴黎也有古堡，我们可以在那里举行婚礼。"

木文远哈哈笑："青青，我家的古堡只要你喜欢，二叔给你做嫁妆。

我们木家可不比别人家差。"

木青青听了笑得贼来劲，林知茶很委屈，觉得自己被完全忽略了。

他垂着头叹气，而木青青趁着大家不注意时，飞快地仰起头来亲了亲他的唇。

刹那间，他又笑了，笑得很灿烂。

[6]

林知茶是在一年后和木青青结婚并举行了婚礼。

婚前的那一整年时间，林知茶在六堡镇的实验室取得了阶段性的进展，茶精粹系列已完成了三分之一的目标进度。

而木青青则和沐春一起，陪着二叔和堂哥木鸣心熟悉了木堂春公司的整个运作。更兼有林知茶为她聘来的职业经纪人打理公司，一切很快就上了轨道，完成了交接过程。

木青青还是木堂春的文化和内容总监，还负责销售部，但总的来说是卸掉了重担，她有更多的时间去做自己喜欢的事业。

这一年还发生了很多事，木青青在巴黎的设计比赛中获得特等奖，开始在欧洲工业艺术舞台上崭露头角，而一份香水杂志更是将她推上风口浪尖——起因是一位新锐设计师被爆出抄袭，而抄袭的就是她的作品，抄袭者被所在的香水集团香道炒掉，更在行业内声名扫地，业内更是对抄袭者进行了封杀。这一切是林知茶的手笔，他花了一整年时间搜证，终于找到了证据，还了木青青清白。

但争议还是有的，并不是所有人都看好木青青，更提及她之所以有今天的成就也是林氏在背后推波助澜，而她实则名不副实。

当看到那些新闻时，木青青那个气呀，几乎要将唇瓣咬出血来。还是林知茶安慰她，他说："无人妒忌是庸才，有争议其实是好事。再说了，你的实力摆在那里呢！"

然后，他又说："青青，我为你研制了一款香水，香水名为《茶是青青》，包含了你我的名字。这是一款以茶和木香为主香调的香水，主香调与后调里除了雪松还有兰花香。香水瓶设计、宣传海报都由你来设计好不好？"

说话的那会儿，两人还在挑选着婚纱。

因两人的心动遇见其实是在巴黎，在塞纳河边，她为他画画，只

因她对匆匆一瞥的他心动了；他会注意到她的画，也只是因为那一刻，他偶尔回头的一刻，看到她在画画时为她心动；所以，两人的婚礼是定在塞纳河畔举行的。

详尽的婚礼过程，则是在河畔，在牧师的见证下完成婚礼后，她和他则登上他的游艇，环绕着巴黎城而去。婚礼很简单，除了牧师就是彼此最亲的亲人参与，但上游艇则只有他和她还有开船的人与厨师。他和她是要过二人世界的。而游艇会绕着巴黎城开一天一夜。

木青青看着那些漂亮的婚纱，简直是得了选择困难症，视线没有离开过婚纱册，嘟了嘟嘴说："你就这么信任我啊？"

突然，她又"呀"一声，揪着他衫袖说："叔叔，你为我设计了专属香水？！"

林知茶揉了揉她的头发，这丫头还是改不了一激动或紧张就喊他叔叔的毛病，不过这也是一种情趣吧，挺好的。她这样喊他时，其实特别娇憨，特别依赖他的，他很喜欢。

他亲了亲她发心说："是，以你为灵感，我只为你而创作的香水，但我会将这款《茶是青青》新香推向全球市场，让全世界的人都来见证你和我的爱情。发布会会在我们举行婚礼那天同时发布，并在主会场馆里穿插我们的婚礼直播。"

"太浪漫了啊！"木青青又是一声大叫。

"所以你要快些完成创作，瓶身设计已经出来了，是最具摩登造型的方形瓶身，方形也是城市与高楼的象征，象征着我和你跨越不同的城市，在巴黎这座城'遇见'，在这里完成最美的婚礼许下一生的诺言。这是大致方向，具体的大纲和细节就由你把控。你只有三个月时间了亲爱的，还有一个月时间则用来批量生产瓶身与铺货。"

林知茶宠溺地看着她，笑得特别温柔，手一指说："这件吧。你是一个活泼的年轻小女孩，太成熟的不适合你。短裙裹胸婚纱很俏皮，适合你。也适合游艇新婚旅程。头纱方面可以做长一些，更有仪式感。"

木青青一看，也觉得这条下摆蓬蓬的，短短的婚纱好。她抱着他又亲了亲，娇娇地说："都听你的！"

他低低笑："这么乖？"

她触到他别有深意的眼神有点羞，娇嗔道："我一向很乖的。"

于是，婚礼、婚纱，与香水瓶插画设计等工作上的事，就这么定下来了。

婚礼举行的当天，新香《茶是青青》也发布了。

当然了，那对甜蜜的小夫妇不会理会香水发布会的，毕竟还有首席调香师和香妆的香水艺术总监，和整个销售部在操持呀！小两口只需要专注甜蜜和撒糖就行了！

香妆集团坐落在塞纳河畔的总部建筑本来就很唯美漂亮，两人就在当初"遇见"与作画的地方举行婚礼。

在鲜花扎成的幸福拱桥下，在亲人的见证下，两人互相说出誓词，在牧师见证下，说出了那句"我愿意"后，礼成了。

两人早在国内就领了红本本，但此刻还是双双被震撼了。婚礼誓言总是圣洁的、真诚的，庄严而又震撼的。

林知茶的爸爸，从前那个很爱逗青青玩的慈祥叔叔此刻笑得那么高兴，刚才也是由他挽着青青走过红毯的。此刻，听见礼成，他居然比林知茶还激动，待小两口互相亲吻交换了结婚戒指后，他上前一步再度执着青青的手，高兴地说："青青啊，阿茶妈妈去得早，但她在天堂里肯定很开心的，也给你们送上最好的祝福。我那小子从小不讨人喜欢，自大自恋，洁癖讲究，只有你治得了他。也幸亏你看得上他，不然这小子只怕要孤独终老了。"

林知茶俊脸一红，反驳道："爸，有你这样说儿子的吗？你真的是亲爸？"

大家听了哈哈笑。

木青青笑得腼腆又幸福，说："爸爸，阿茶很好，他是这个世上最好的人！"

林爸很高兴，握着她手，又轻拍了一下她手背说："其实我一直想要一个女儿，现在这个愿望终于实现了。"

木宋和二叔二婶一家也是笑，都替青青高兴。

而木宋的好友——林知茶的爷爷坐在轮椅上，与木宋挨在一起，他一脸满足地说："没想到当年我让大林带着知茶去六堡镇上代我探访你，反而促成了这样一段姻缘啊！"

木宋笑眯眯地说："可不是嘛！我们是世交，现在是亲上加亲了。"

小甜茶

林爷爷叹息："时光不饶人啊，我们都老了。你看，我只能坐轮椅上，除了巴黎城，哪里都去不了。如果不是因为儿孙们的婚礼，我俩只能通过视频见面了。"

木宋也是叹："我也是想不到我们这一生还能有见面的一天啊！"

两个老人热泪盈眶。

而这一边，木青青和林知茶要上游艇了。

沐春和林雁雁挥着手，大声喊："新婚快乐！"

林雁雁俏皮，更是生冷不忌，大声喊："多造几个宝宝出来给我们玩呀！"

站在游艇上的木青青羞得一头撞进了丈夫怀里，而林知茶则是一脸宠溺的笑。他拂着她的背，温柔地说："老婆，别害羞了。"

顿了顿，他低笑道："我觉得雁雁这提议甚好。"

"阿茶！"她嗔。

去到哪里都必定得跟着的威武和将军也被从国内空运了过来，此刻正威风凛凛地守候在一对新人的身边。

威武还高兴得唱起了走调的歌，遭到了木青青的各种嫌弃，她说："威武别唱了，你以为是狼嚎吗？真当自己是狼了？"

林知茶饶有兴致地看着两只狗，忽地轻笑："多生几个也不怕，将军靠谱，有它带娃，我很放心。"

木青青："阿茶，你是认真的吗？"

林知茶举起一杯香槟喂到她嘴里，点头道："认真。"

香槟很甜，就像他一样甜。她嘿嘿笑："叔叔，你变得有幽默感了。"

林知茶也不和她斗嘴了，样样顺着她，只是俯下身来，温柔地亲吻她，呢喃："青青，我爱你。"

两人身旁是塞纳河上吹来的风，温柔而幸福，将两人围绕。

她轻笑，唇瓣贴着他唇瓣，而牙齿轻咬他唇瓣，低低地说："阿茶，告诉你一个好消息。你快要当爸爸了。"

林知茶先是一怔，然后猛地反应过来，抱着她在甲板上转了好几个圈，风中传来她咯咯咯的快乐笑声。

温柔的风里，快乐的笑里，只有塞纳河听见了他俩的甜蜜低语。

"什么时候的事？"

"已经有两个月了。"

"我想等到今天，给你一个惊喜，所以一直没有告诉你。"

"青青，我爱你。"

"我也爱你，阿茶。"

爱你。

吻你。

千遍万遍。

小甜
茶

番外一

♥

蜜月

Sweet Tea

　　两人的蜜月是没有带娃的。可怜的宝宝才刚过百日，就被还是孩子一样的妈妈抛下了，被抛下的还有威武和将军。两只傻狗自然是留在六堡小镇上带娃的。

　　林知茶给两人的女儿起名叫林小爱，小名就叫爱爱，因为林知茶想给母女俩很多很多的爱，所以得了这么个名字。

　　蜜月是在意大利撒丁岛度过的。这是全世界最漂亮的海岛之一，占地面积极广，拥有顶级的天堂级海水，人口却很少。

　　由于林氏在这里拥有实验土地，用来保护森林和古老橄榄树群，所以林氏还投资了一座酒店，就坐落在海边。

　　林氏的企业相当庞大，香妆集团只是他们家族的其中一个企业。

　　当青青踏上这片美丽的土地，当触摸到碧蓝的澄凉海水，青青不由得叹："全世界没有太多人能到这里来，即使是意大利本土人也很少来这里，因为这里的物价太高了。"

　　"是，"林知茶点了点头，"全世界最昂贵的十家酒店，有三家就在撒丁岛上。"

　　木青青目不转睛地盯着他看，忽然说："阿茶，我发现你富可敌国。"

　　他只是低笑了一声，没回答。

　　他们自然是住在自家的酒店的。大堂经理早就知道小林总和爱妻要过来，所以早早就给两人准备好了房间，是坐落在海边的一栋独栋小别墅，两层楼，极具意大利海岛小镇风情，屋顶是砖红色的，遥遥看去像海岛上的艳丽花卉开上了屋顶。

一层还自带一个小花园和泳池。

泳池就被花园包围着，池边还有一张白色躺椅和小圆桌。

此刻，木青青就躺在躺椅上，咬着吸管喝着冰冰凉凉的柠檬汁看风景，不远处就是海滩了，白沙滩连绵千里，延伸至碧蓝海里去，时不时能看到跃起欢乐尖叫的海豚。

她叹："天啊，这里简直就是天堂嘛！"

林知茶从房间里走了出来，来到她身边，微微俯下身来，取走了她戴着的墨镜。

她看到的是倒着的他。他的脸贴了下来，吻着她的唇，辗转缠绵："涂了防晒油了吗？千万别偷懒，这里的太阳很毒。"

她被吻得气喘吁吁，极低极娇媚地"唔"了一声，娇娇地说："你给我涂。"心里想的却是，不得了了，她家阿茶自从结婚以后，天天能解锁新技能，他的吻技越来越好了，比之从前的青涩，现在……实在太会撩了呀，害她分分钟想扑倒他！

见她开了小差，他惩罚性地咬了咬她唇瓣，她整个人酥酥麻麻的，显然已经醉了。

他轻咬她的耳朵："别涂油了，我们回房。"

"噢噢噢，好好。"

什么？回房？

等她短路的脑子能重新运转，人已被他抱回了卧房里。

正是傍晚时分，橘红的太阳霞光落在洁白的抽纱窗帘上，海风拂过，窗帘卷着，和风打闹着，追逐着，落在他和她光裸的背上，起起伏伏。

她被他反复折腾得脱了力，最后靠在他怀里迷迷糊糊地快要睡着了。

他紧紧地拥抱着她，在她耳边呢喃，反反复复都是她的名字："青青，青青……"

她累极了，很努力地睁了睁眼，才听见他咬着她耳垂含含糊糊地说："刚才那种感觉很好，我们再来一次，嗯？"

这一下，把她所有睡意都给吓跑了。她双手抵在他胸膛上，声音弱弱地抗议："叔叔，不要了。"

他听见她喊他叔叔，挑了挑眉没说话。

她笑嘻嘻地觍着脸凑了过去亲了亲他漂亮眼睛旁的那颗小泪痣，求饶道："阿茶，再这么纵欲下去，我怕我们孩子太多，养不起。"

他低笑了一声："算了，你这个不解风情的小东西。"

他抱着她，让她枕在他手臂上，两人同看窗外落日。

林知茶忽然说："今晚我下厨吧，我们在海边架起烧烤架，我给你做烤鱼排和小羊排，我刚才已经拿红酒和其他调料腌制过了，还做了个百里香鲜果布丁放在冰箱里冰着，做饭后甜点。"

木青青听见有吃的，就开始哑着小嘴了。她笑："阿茶，我发觉自婚后，你的厨技也越来越棒了。说，还有什么你不会的！"

林知茶握着她小手放在唇边亲了亲，哄道："都是为你去学的。不然怎么能满足你这个小吃货。不过我很喜欢看你吃东西，你吃东西时的样子显得特别满足、幸福和可爱，像个塞满了嘴的幸福小松鼠。"

她气得去咬他的肩膀，居然敢说她脸肿！

她说："那我一直吃，以后胖了两个圈怎么办？"

他还是笑："你即使胖成了一头猪，也是我的女人，我不嫌弃，我喜欢。"

"林知茶！"她气呀，又在他肩膀上补了一口。

他抚着她发，说："乖，叫老公。"

晚上七点多的光景，太阳下去了，但还拖着尾巴在天际极远处燃烧起橘黄淡红的一把火。那抹红和碧蓝色的海水融为一体，海水的碧蓝色里又呈现出琥珀金色和橘红色来。

像一个极美丽的梦境。

木青青坐在沙滩上，海水涨了退退了涨，就跟在逗她脚丫玩似的。她的确也是玩得不亦乐乎。

林知茶则负责做吃的。

他烤的鱼排和小羊排的确是香，仅仅是闻着，木青青就觉得自己坐不住了，最后也不和海水玩了，专心致志地蹲在火烤架旁，一对大眼睛一眨不眨地盯着小羊排和鱼排。

林知茶刚给羊排刷上一层辣椒，抬眸时就看到了她那如饥似渴的眼神。他低笑一声，喊她："青青小狗狗儿。"

她现在这个模样，和威武、将军根本没区别了。她听了他喊，也不恼，舔了舔唇笑嘻嘻道："还有多久才能吃呀？"

"快了。"他揉了揉她头。

他觉得现在的她很好，有了二叔一家打理木堂春，她卸了重担不仅可以做自己喜欢的工作，还变得越来越像一个孩子。她本来就是一个刚二十出头的孩子，他就是想宠着她爱着她的。看到她那么快乐、天真，林知茶觉得心里是满满的甜蜜与幸福。

林知茶心细，还给她在沙滩上铺了一块冰凉水垫，果然她玩累了就趴到那上面去，最后就连烤羊排她都是趴着吃完了的。

他连连感叹："青青，我就没有见过比你更懒的人了。"

她哈哈笑："这里是天堂，是伊甸园啊，当然是怎么愉快怎么来。"

她将空盘子推开一点，躺下来，一双大长腿抬起跷着。她只穿着吊带的水红色碎花薄纱裙，此刻双腿一抬起，裙摆就滑了一点下来，皎皎的月色下，她曼妙的躯体若隐若现，美好得不像话。

林知茶只看了她一眼，赶忙移开了视线。

她看着海天中那一轮饱满的月，轻声说："这里真的太美了，我不想回去了。"

林知茶听了，垂下眸来笑了一声，说："求爱爱心理阴影面积。"

她这个妈妈呀，哪有半点当了妈的自觉。不过她这样就很好，是他喜欢的样子。于是，他笑道："我们不要她了，我们就窝在伊甸园里，我想很快就会有更多的小孩。"

"阿茶！"他的话惹得她脸都羞红了，她嚷道，"你能不能不要成天想着那事，你这人……你这人简直就是精力旺盛过了头！"

林知茶笑着替她拨开被风吹乱了的鬓发，说："我们现在是在度蜜月，不整天想着'爱爱'，那你告诉我该想什么？"

她红着脸呸了他一声，站起身来，跑进海里去了。

和大海来一个亲密拥抱，这种感觉太爽啦！小女孩子心性发作，她在大海里唱起歌来，声音清脆悦耳，林知茶看着海里的她只觉得她前世必定是一只小精灵，可能是山里来的小精灵，也可能是海里的美人鱼小精灵。她是属于大自然的。

晚上，林知茶用林氏的私人游艇带木青青出海。

游艇上备有许多美食。

木青青坐在甲板上晒月亮，活像一条慵懒诱人的美人鱼。

坐着坐着，她又趴了下去，就着甲板吃碟子里的香煎鱼。那红红的小舌头悄悄伸出来，猫儿一样，嗖嗖嗖地舔过唇瓣后又收了回去。

林知茶笑她："你真像软体动物。"

哦，这毒舌的家伙是在嘲她没骨吧！

游艇全程是由林知茶开。他将游艇开到海中央，停泊在海面上那轮圆月的中心，墨色的海水，被月亮蕴藉出一片皎皎的幽色碧蓝，像一块大大的深碧色果冻。

他从衫袋里取出口风琴，放于唇边静静地吹，十分抚慰人心的音色，于月下伴着海浪声听来，是如此动人，带着一丝风情。

这个男人啊，相处久了才发现真的是一块大宝藏，需要她细细挖掘。

"想什么呢你？"感受到了她灼灼的撩人目光，他低笑一声放下了口风琴，俯下身来吻她。

两人闹着闹着，就着了火。

可是这个旖旎的梦境多美呀，有蔚蓝风流的大海，有海浪声声，有多情的月亮，还有她和他。

她也就随了他性子，任他予取予求。

她累了，他就将毯子盖到了她身上，抱着她就躺在甲板上看月亮和星星。

她困得睁不开眼，他就吻了吻她的眼睛。

她一手扶着他肩膀，懒懒地说："阿茶，明天我们去哪儿玩呀？"

他笑着，亲了亲她鼻尖："小朋友，你整天只想着玩。明天，我带你去登一座海中岛，那座岛很小，但岛上原始森林覆盖，非常茂密，住有六户原住民，都是朴实的村民，帮我们看护那些古老的橄榄树。"

"啊！"她睡意全无，惊喜得跳了起来，"就是你在这边的绿色乐活区吗？那些受到保护的私人土地和橄榄树？"

"是的。那些树也是属于你的，属于我们的。那片土地，是林氏独家租赁的土地，租期是按每个四十年签定一次。所以也可以说，只要在租期内，这片土地，为你私有。"林知茶宠溺地亲了亲她的唇。

木青青叹息："你的生意做得真是大。撒丁岛橄榄只是你护肤品中的其中一道环节吧？"

"不是我，是我家生意做得大，林氏里有二十多家别的外姓家族，但我们互相之间都是亲戚，存在有血缘，或是通过联姻强强联合，生意也是互相入股，都是上市集团和公司。所以不是我一个人的功劳。"

顿了顿，他又说："香妆的护肤品非常有名，林氏只是第二大股东，第一大股东是香家。乐活区的品牌是我在做，还有哥斯达黎加，希腊和摩洛哥的一些别的植物精粹与撒丁岛的橄榄提取精粹一起打理。你有兴趣，我后天带你去参观香妆在这里的实验室。"

平板电脑就搁在她手边。木青青坐了起来，打开平板电脑，开始了用软件画画。她现在专攻设计，她家的茶叶盒封面和宣传插画，店铺的装修风格，以及林知茶开发出来的香水，各色护肤品和化妆品的设计风格也是由她来做。

她画了一个唐朝的女子，微胖，穿着橘红色的襦裙，肉嘟嘟的脸颊和胸脯，嘴边两点圆圆的红色面靥，简直可爱死了。而她正扑倒一个俊俏又可爱的圆脸小和尚。两个人的形象都是十岁左右的，看的人简直要被萌哭。

她还加了两句话。

橘红裙小女孩说："小和尚，我犯了相思病了。"

"小和尚，自那天，我喝了你的茶，我犯了相思病了。"

林知茶抱着她，下巴就搁她肩上，看得忍俊不禁："你们店铺的新橱窗要换海报了？每次你一换海报，大家都疯狂地涌进店里。"

说着说着，他又叹："我老婆太会赚钱了，下午时上海木堂春旗舰店的经理打电话给我，说店里这个月的剩利润又上升了几个点。"

木青青听了咯咯笑。

她在他怀里找了一个更舒服的姿势窝着，说："毕竟木堂春的一大招牌特色就是'吃茶'嘛。唐朝的茶文化有太多可以深挖的东西了。我将这些带点故事性的 Q 版画印上六堡茶饮料的塑料杯子上，大家都很喜欢。这是一种噱头，吸引更多的顾客。这一点，还是你教我的呀！"

说完，她放下平板电脑，转过身来跨坐到他身上，亲了亲他的眼睫，温柔又轻快地说："跟在你身边，我总能学到很多。"

林知茶握着她纤腰，看着她时十分有深意："那你拿什么来回报我呢？"

木青青心一惊，吓得跳了起来，捂着唇打了个哈欠说："呀，明天还要登岛呢，环岛游啊，还要进森林里，得费不少脚程，睡了睡了。"

林知茶低笑一声，也就不难为她了。

夜深了，海浪声温柔，四处很安静，可又不是那种一点声音都没有的况味。

他环着她，让她枕着他手臂，从背后抱着她，和她一起看月色下的海洋。

有几只海豚大声叫着，从他们艇前跃过。落地的窗，使得美丽的大海一览无遗，就像睡在大海的怀抱里。她很喜欢很喜欢，可说话声音弱了下去是困了："撒丁岛的海水真的太美了，即使在深夜还泛出幽蓝晶莹的薄琉璃碧色来。我想，我一辈子也忘不掉这里的。"

林知茶亲了亲她发心，温柔地哄："快睡吧。你喜欢，以后我每年都带你来。"

"好。以后，我要带上爱爱一起来。"她困得快睡着了，声音越发小，嘟哝着，像只软乎乎的小猫。

他亲了亲她耳朵，带了一点笑道："可能下一次来，我们就不仅仅带着爱爱了，我有预感，我们还会有许多的孩子。"

等木青青睡下后，林知茶也睡了六个小时，醒来后，精神饱满，他给自己泡了一壶特浓的咖啡，看一眼手表，快五点半了。

他拿着咖啡来到驾驶室，他开得很快，又兼是顺风顺水，一路乘风破浪。

等到了早上七点，他已经驶达目的地。

木青青本就不是一个贪睡的人，七点多也就醒了。她洗过澡换了一身粉红色的短衫短裤，挽着丈夫的手，准备登岸。

早有游览观景车等在了岸边。

两人上车，又开了许久，渐渐地，海看不到了，越来越深入了森林腹地。

森林里动植物种类繁多，木青青听见了猴子的叫声，而空气太清新了，吸一口进肺腑都似带了海水味与一股说不出来的清甜味。

才八点刚过，太阳爬得不算高，还照不进森林里来。森林里有许多活了数百年甚至上千年的古树，所以树木太高了遮天蔽日，抬头仰望，除了渗下来的金光，全是一层一层，层层叠叠往上延伸的浓绿色树叶。

他握着她手，拿指尖在她手心上挠了数下，惹得她咯咯笑着："痒。"

"喜欢这里吗？"他含笑问道。

"喜欢。这里太原始了。这是原始的美，是真的美，除了大自然，没有人描绘得出来。"她答，是真的太喜欢了。

看到她这么开心，他的一颗心满满的。等到了目的地，车子停下了。

林知茶牵着她手往前走，只有他们两个人。

见她回头望，他说："放心，不会迷路的。我每年都来，路线都在我脑海里了。我们今天在这里玩一天。吃的我都放在背包里了，到了晚上，你会看到惊喜。"

她高兴地执着他手摇，提前想要知道惊喜，他但笑不语。

他领着她，走到了一处小坡上，也是一处开阳处。

木青青站定了一看，惊喜得捂住了嘴。

在坡的右边是一处由大海冲进来形成的碧水泄湖，湖面上停栖着一大群火烈鸟，像一团团火在碧蓝色的湖水里燃烧；而坡的左边则是蔚蓝大海与洁白无垠的沙滩，连绵千里，看不到头，只有大海、沙滩、森林与身边的他。木青青激动得抱着他亲了又亲。

他笑着推开她："你真像威武。"

"叔叔，完蛋了。我真的想丢下爱爱，赖这里不走了。就和你留在这里当野人夫妻算了！"她说的话简直是没有逻辑，也不想要逻辑了。

林知茶抿嘴笑，哪里有什么不愿意，心里简直是乐开了花好吗？

但好歹他还是一个父亲呀，怎么也得有父亲的样子的，于是牵着她手，一边往密林里走去，一边认真地说："即使要做野人，也得带上小野人爱爱一起。我们一家都留在这里当野人！"

明知道是玩笑话，但木青青真的太开心，几乎是笑得肚子都疼了。他扶着她走，说："这里树根根系很发达，太粗壮了，你脚下仔细点，被摔了磕了，我会心疼的。"

她挽着他手，甜甜地说："阿茶真好！"

橄榄树区终于到了，是在泄湖边上的，占地面积非常广，橄榄树多到数不清。她惊讶得咬着手指道："这得有多少棵橄榄树啊？"

他轻笑，给了她一个准确数字："原本只有 5280 棵，但经过我和当地植物家，还有 The One 团队的努力，已经繁衍出 22669 棵树了。"

木青青啧啧两声："绝了。"

林知茶抚着身旁的一颗浓绿色橄榄树，温柔地道："它们就是我

的女儿。我像爱自己的孩子一样爱它们。"

顿了顿，他回转身来，执着她手，眼睛只看着她眼睛，专注而虔诚地说道："而你，我像爱我眼眶里的眼仁一样爱你。"

木青青脸瞬间就红了。

他低笑："都是当妈的人了，还那么害羞。"说着他大手一挥，揉乱了她的发。

而她只会对着他傻笑了。

阳光透过层层碧叶，一点一点渗下来，落在他深邃漆黑的眼瞳里，那一刻像有金芒在他瞳孔里跳动，他一对眼眸像是金色水晶做成的，那么明亮、那么剔透。她这一生，再没有见过比这一双眼睛更漂亮的了。她踮起脚尖，吻了他的眼睛。

林知茶领着木青青往更深处走。

橄榄树群里渐渐起了一抹淡淡薄薄的雾。可这雾不是白色的，而是浅浅的蓝。越往里走，那抹蓝更似蕴上了浓绿。幽蓝的雾水沾湿了彼此的鬓角衣衫。木青青再度惊喜得捂住了嘴唇，太美了！这一切真的太美了！

一棵棵清秀的橄榄树，似是在黛蓝色的丝绸雾里睡着了，彼此静悄悄的。

而他牵着她，在湖边停下。

一群火烈鸟在湖里找吃的，偶尔抬头瞧瞧新来的两人。湖边开满了不知名野花，一层一层覆盖而上，有一种想要覆盖碧色湖泊与橄榄林的热情。那些花式太鲜艳了，无论是红，是蓝，是紫还是黄，那种颜色都浓烈得似那油彩泼上去的。

木青青屏住了呼吸，只觉得他和她根本就是两个破坏了这里宁静的人。他们都不配出现在上帝的后花园里。

林知茶已经铺好了地毯，也将两大盒食物盒子从巨大的背囊里拿出来。他轻笑："好好享受这一刻。这一刻，这里是属于你的。我让它，为你私有。乖，那些火烈鸟每年都会见到我。它们都习惯了，认得我，我们不会惊扰了它们的。"

木青青坐下，过了许久才回过魂来，忽然就语出惊人道："阿茶，你是宝藏！"

林知茶勾了勾唇，笑了。

他做了蜜汁黑椒嫩牛扒，即使是凉掉的也很好吃，那些汁很多，可以配送一小格他用蒸煲做出来的煲仔饭。

木青青几乎要咬掉自己的舌头，大叹："太美味了！"

林知茶将自己的那格饭也盛到了她的盒子里，说："喜欢就多吃一点。我还带了巧克力，防止肚子饿和体力流失。"

木青青感动得泪眼汪汪："阿茶，你真的是对我太好了呀，一天三餐都是你给我做了。你让我这个妻子很惭愧好嘛！"

林知茶哭笑不得，哄她："老婆婆回家就是要拿来爱，拿来宠的。以前你做饭给我吃，现在换我做给你吃。乖啊，你爱吃我做的菜，我会很开心的。"

她一把扑进他怀里，给了他一个"爱的么么哒"。

两人饭饱后，就躺在湖边赏美景。整个世界安静又甜蜜，那种感觉是独特的，又是难以言喻的，仿佛这世界真的就只剩下他们夫妻俩了。

后来，木青青睡过去了。

等她醒来时，才发现林知茶在观察橄榄树，并做着记录。

她走过去和他一起观察。他则手把手教她，他说："你看，这棵是成年橄榄树的果子掉进地里，自然生长出来的一棵新树，只到我腰高。再看这棵。"

他走过几米，指着一棵高大的树说："这棵上次来还没有的，也是一棵新长出来的树，已经步入成年期，但它的果子，你看，还很青涩。"他捏起一截树枝指着那些橄榄。

这里处于橄榄树区的边缘，还有许多别的树。这类树长得很高，见她简直是猴子一样跃跃欲试了，他说："去吧。"

木青青欢呼了一声，伸了伸四肢，做好拉伸运动后，飞快地爬了上去。

她爬得很高，所以看得很远。她惊呼："天啊，看见那边的大海了，像一颗海洋之心钻石啊！太美貌啦！"

他站在树下笑。这个皮皮虾姑娘！

这么快乐的事，必定得分享才有幸福感！林知茶也做了一套拉伸动作，爬到了树上。但他身手明显没有她灵活，所以没有爬太高，只坐在离地最近的那段枝丫上，可也有三米高了。

木青青飞快地往下爬，坐到了他身边，嘿嘿笑："阿茶，你身手什么时候变得这么好了？以前在六堡镇，爬到阿大身上，你都怕。"

林知茶被提及丑事，脸一黑，敲了她脑门一下："胡说。我从来没有害怕。"顿了顿又说，"我现在是你的丈夫，还是孩子的爸，我有责任要保护好你们的。所以，别说爬树了，没有东西难得倒我了！"

木青青半信半疑："真的？"

"真的。"他亲了亲她嘟着的小嘴。

两人坐在大树上看日落。

然后又在月光下分吃一整块香蕉大煎饼。

他问："好吃吗？"

"好吃！"她甜甜地答。她家阿茶的厨艺棒棒哒！

香味吸引来了一只狐猴。

狐猴身体小小的，一对眼睛却大，它胆子小，躲在高高的枝丫上往下看着他俩，口水滴落下来，洒了林知茶一身。

看到他那堪比见鬼的神情，再想起他变态的小洁癖，更是惹得她哈哈哈笑个不停。

木青青从小背囊里拿了一根香蕉和一只苹果出来，向大眼小狐猴挥了挥："来呀，小可爱，给你吃！"

于是，不仅它下来了，它一家都下来了，就坐在他们的那段树枝上，两大五小齐齐向他俩伸长了手。

林知茶一怔。

木青青简直是笑不可仰，于是将七根香蕉和三个苹果都给了狐猴一家。

木青青还看到，那第一只出现的狐猴爸爸很疼妻子，它吃得很少，把三根大香蕉都留给了妻子，还舔了舔妻子的脸颊，狐猴妻子更是含情脉脉地看着它，然后把一根最大的香蕉推给它。当然，狐猴爸爸没有吃，都给了狐猴妈妈。

她叹："狐猴爸爸好深情啊！"

她总结："真是幸福快乐的一家！"

林知茶听了低声笑，咬着她耳朵道："我们一家更幸福！"

但工作狂木青青很煞风景地来了一句："阿茶，我想到了一个好提议。我想做一款六堡茶雪糕，不放在传统茶业店铺里，我们只放在木堂春旗舰店和体验店里，和六堡茶饮料一起卖。那夏季就能给顾客新体验了。我还想在'吃茶'里，加进撒丁岛的橄榄，这样吃茶的体系就会越来越丰富。上次我加进酸话梅，哎呀，那茶的味道太没味了。这次再来点新尝试！"

林知茶有些无奈，很想说一句"我们是在度蜜月呢，不谈公事"，但最后还是妥协了，他温柔地道："好的。撒丁岛人之所以长寿，其中一个秘密就是来自吃用了能抗辐射、健康长寿的橄榄。这会是一个很好的噱头。这里的橄榄，我除了提供香妆使用，还会供给木堂春使用。青青，你的念头很多，也很有趣，撒丁岛橄榄加入'吃茶'系列后，木堂春的业绩只怕会呈爆炸式增长。"

她甜笑道："那都是你的功劳呀！"

"那我有什么回报？"他挑了挑眉，一脸戏谑。

木青青一想到每一个晚上，她就腰软腿软，求道："你不要总想回报呀！我们是夫妻嘛，不要回报不要回报！"

"嗯，不要回报。"他顿了一顿，再说话时真是十足的勾引了，"那你叫声老公听听。"

木青青脸一红，垂着眼睫，勾着头，羞得不行，但还是乖乖地叫了一声："老公……"

"乖，老婆。"他揉了揉她发，调戏道，"别说这些橄榄了，我的命都是你的！"

忽然，四周变得很安静，连虫子的叫声都弱了，只听见阵阵海浪声。那抹幽蓝的雾更为幽深，化作墨蓝，将每一棵树缠绕。而奇迹忽然就出现了，林子里突然跃起了亮光点点，一片连着一片，带着莹绿的光。

是一大片萤火虫。

"天啊！"木青青觉得自己的大脑已经不够用了。撒丁岛怎么可以美成这个样子？

"喜欢这个惊喜吗？"他笑着揉了揉她头。

她像小鸡啄米地狂点头："喜欢！很喜欢！"

他手一合，放在她面前，轻轻打开，一只漂亮的萤火虫飞了起来。

他说："许一个愿！"

她闭上眼睛，在心里默念："谢谢上天让我遇见阿茶。我没有愿望了。我最大的愿望已经实现了，做人不可以那么贪心的对不对？"

小甜茶

是的，她的愿望已经实现了。

他已经跨越重重山水与城镇，与她遇见，并来到了她身边。

她只有一句话是想对他说的，就是：我爱你。

　　两人在撒丁岛上四处疯玩，玩累了就在海边风情小屋里休息，偶尔在泳池里戏水，简直是忘记了时间。

　　等她玩够了，他带她去参观当地的香妆实验室。

　　实验室不大，就两栋六层高的楼，也是建在海边，风景极美。

　　林知茶带她参观了他的卧室。他说："我在世界上每一处属于我的'花园'都有实验楼和专门的卧室。因为有时候，我必须连续通宵工作，太累时，就不能回酒店了，就在这里休息。卧室就是我的生活区，这里也带有小厨房，也能算作一个家了，倒也算'麻雀虽小但五脏俱全'。以前没有你时，只是工作生活区，现在有了你，就是家。我们的家。"

　　她笑："林先生越来越会说情话了。"

　　他热情又真诚地答："为着林太太喜欢。"

　　他带她进了实验室，向她展示提取橄榄精粹的过程。她觉得美妆化学这个世界很神奇，于是问："我看这里只有实验室，没有厂房，那整个护肤品系列的生产流程无法进行啊？"

　　林知茶则答："生产线还是在巴黎总部、东京和中国区上海总部，这三个地方。在这里的是做提取精粹有效成分，然后就是最重要的一道工序'密封'，以保证功效不流失，将橄榄精粹集中到一个个特殊容器里，再运到生产线上进行后续工序。"

　　"原来如此。"木青青很受教地点了点头。

　　蜜月的最后一段旅程，依旧是参观自家的产业。

　　用木青青的话来说，凡是属于林知茶的产业，都是她的产业，作为老板娘她肯定得好好视察一番的。

　　她的这一番话，林知茶听了真是受用极了。

　　他领着她一边巡游，一边说："我们家的酒店名叫'摘星'。分成三个部分。一个部分是欧洲风情的，酒店里的房间布置和摆设，还有装修风格是欧式的；而第二个部分是撒丁岛风情的，就是我们住的那栋海边小别墅，有着砖红色屋顶，看起来就像当地民众的屋子一样；

第三种是中式的，就是中国风，带点唐宋的那种布局，很有禅意，也有中式意蕴。许多外国人其实对中国风很感兴趣，所以入住率很高。而且里面有配套的中菜馆、茶室，以及中国文化体验区，吃惯了中国菜的国人为图方便也爱入住中式酒店房。"

他领着她，一个区一个区地看。

最后来到了中国区。

他真是给了她一个大大的惊喜。

在中式馆进门处，就贴着一个唐朝少女的 Q 版形象，正是她的画。

而进去后，他带她到茶室喝茶，茶上来了，是木堂春的茶。

而茶室的另一面墙上，放着许多六堡茶，做了一个展示，另一面墙上有液晶屏幕，是由一段段短片组成，展示了全球属于林氏的十大绿色乐活区，其中一个区就是六堡镇与镇上的茶山茶园。

她低叹："天啊！"

六堡镇上的风光非常美，还很仙，处处白雾缭绕，一看便知是 The One 团体操刀拍摄的。许多中国客人被短片吸引，更被六堡茶吸引，指名要饮用这种茶。

还有外国游客和经理打听，这么漂亮的世外桃源在哪里。经理则把早早准备好了的六堡镇茶文化生态旅游园区的小册子递给了游客，居然有英法意中四国语言。

那小册子做得精美，有许多她曾经创作过的画作，例如吃茶系列的唐朝少女，她给茶山茶园，以及威武将军画的油画以及 Q 版画，还有她为制茶师制茶时画的素描，加上文字内容以及风景摄影，真的是十分精美喜人。

别说外国游客了，中国游客都买了许多茶叶，并带走了小册子。

木青青感叹道："说起做生意，我和你比真的差远了。"

林知茶很傲娇，点一点头道："那是！"

他又说："每间房间里，都备有香妆集团的沐浴系列，以及护肤系列；而备的香茶，则是六堡茶。有时候，口碑和销路就是从小细节里来的。"

木青青笑嘻嘻："阿茶，你真是我的天神大人了！"

他黑着脸纠正："是老公。"

"嗯，"她甜甜地应，"老公……"

这一声老公，叫得真是别有风情啊……林知茶看着她，发出低低的笑，咬着她耳朵诱惑："等到晚上叫。"

　　她马上做了一个封嘴的手势，她才不要叫呢，她可不想被吃得骨头都不剩。

　　他看着她，笑了。

　　那一刻，她在他眼里，心里，脑海里。

　　那一刻，她就是他的整个世界。

　　茶是青青，她是他，唯一心爱的青青。

番外二

♥

威武、将军带娃日常

Sweet Tea

　　林氏夫妇回到家里后，看到的就是十分和谐的一幕。

　　原来，林小爱趴在威武身上睡觉呢！她嘴里咬着安抚奶嘴，偶尔从嘴角喷出两个小泡泡，嘴里嘟嘟囔囔着什么，而威武整只狗累趴下来了。

　　看到木青青和林知茶回来了，也丝毫没有反应，头耷拉着无精打采。木青青走到它身边揉了把它大脑袋，说："辛苦了。"

　　夫妻两人很放心将爱爱交给威武和将军的，于是两人先去放下行李再过来宝宝的专属游戏室。

　　当两人再回到游戏室时，爱爱翻了个身。

　　木青青以为她醒了，正要去抱她起来，她却在睡梦中手脚并用地推威武，威武蓝眼睛一凝，"嗷呜"一声，也跟着翻了个身，肚皮和四脚朝天。而爱爱很自然地爬到了它的大肚皮上，然后迅速又陷入了熟睡。

　　林知茶走进来时，刚好看到这一幕，他俊脸一黑。

　　木青青笑嘻嘻地扯了扯他衫角说："叔叔，你看我们家爱爱是个天才呀！"

　　林知茶："傻狗！"

　　木青青说："威武乖啊，今晚给你加鸡腿！"

　　威武一听见有吃的，猛地翻滚站了起来，把爱爱给甩到了一边。

小甜茶

爱爱整个小人蒙了，睁开了无辜的大眼睛，吸了吸鼻子眼看着就要哭了，将军猛地跑了过来，在她身前趴下，慢慢地匍匐前进，引得爱爱哈哈笑。

等将军爬到她面前了，她一把翻身到了将军背上，再一口咬着它耳朵，再度进入了梦乡。

林知茶看得一怔。

木青青笑歪在他怀里："我家宝贝儿睡眠质量真好！"

陈姨等于是带着青青长大的，再兼二婶养大了两个孩子呢，非常有经验了，所以有她们看护着，还有威武、将军保护着，林氏夫妇都是很放心的。眼下见爱爱玩得好，吃得好，林知茶干脆就撒手不管了，一把将小妻子打横抱起，就往楼上卧室走。

木青青嚷嚷："干吗啦干吗啦？"

林知茶颇为勾人地看了她一眼，说："我们也回房间休息去。"

上楼梯时，刚好碰到拿了热牛奶下来的二婶，木青青一僵，而林知茶闲闲地打招呼："二婶。"

二婶笑眯眯地说："哎呀，两口子感情真好。"

木青青羞得一头撞进了林知茶怀里，而他点一点头，继续面不改色地将她抱回了房间，并放到了床上。

见他开始脱衣服，木青青慌得眼睛四处瞄，看到窗外天色尚亮，刚好是傍晚时分太阳都还没完全下去呢。她慌得一跃而起想夺门就逃，被他一把抓住了脚踝拖了回去。

他将她压于身下，就那么深深地注视着她。他眼窝本就深，这么看着人时，眼尾往上挑，更显得左眼角那颗小泪痣妩媚多情，还很……勾人。

她说话都打着战："我很多天没见爱爱了，很想她，我去看她……"

"刚看完。"说完，他的唇就堵住了她的唇。

木青青被他吻得七荤八素的，整个人都飘了，他却往旁边一躺，一手让她枕着，一手抱着她的腰，说："赶了一天的飞机加转车，累死了，睡觉。"

顿了顿，他又说："字面意思。"

木青青蒙了一下，嗫嚅："可是我才有了感觉啊……"

林知茶听了一怔，又低笑起来，说："哦，那我们继续。"

"不不……不了。"木青青红着脸，靠进他怀里去，脸埋在他身上，带着点小羞涩诱惑他，"我们来日方长。"

他低笑了一声，也就搂着她沉入了甜梦乡。

而另一边爱爱睡够了，也吃饱了，她到处爬还爬到了楼梯边，见一旁站着的婶母没阻止，她又往楼梯上爬，而威武和将军在她屁股后面顶。

这一幕看得二婶咯咯笑，举起摄像机说："爱爱想爸妈了吧？来，加油！我给你录像，等你大了看！"

在两只傻狗的努力帮助下，爱爱爬上了楼梯，然后又顺利地爬进了父母虚掩着的房间，最后沿着床榻的长凳子，在两只狗的帮助下爬上了床，两只狗也一起上了床。

爱爱爬到了父母怀里，她好满足啊，笑着嘟了嘟嘴，一闭眼又睡着了。

而将军趴在床边沿守护着大家，威武则爬到了林知茶身上睡。

于是，林知茶越睡越热，还梦到了有人亲他。他嘟哝："青青，别亲了……"然后慢慢睁开了眼睛，对上了威武一张臭嘴和它的大舌头。

林知茶猛地将它推开，它则一脸委屈地"汪"了一声。

爱爱醒了，揪着爸爸的耳朵。

林知茶哪有不明白，这是不让他欺负威武的意思呢！

他叹气，见宝贝女儿不高兴，他只好一把搂住了威武，爱爱马上笑了。

林知茶低下头看他的小宝儿，爱爱一对杏眼像妈妈，非常漂亮，鼻子像他，又高又挺，花瓣似的薄唇像她也像他，而一笑时就是青青的翻版。他是爱得不得了的，于是他笑着逗她："爱爱。"

爱爱一听爸爸喊她，高兴地"哎"了一声，但妈妈没反应啊，于是她又转过小胖身去逗妈妈，先是亲了亲妈妈的唇。

木青青轻哼："阿茶别闹，痒。"

林知茶低笑一声，又见到女儿开始扯木青青的头发玩，甚至放进了嘴里咬。睡梦中的木青青皱了皱眉，哼："阿茶你这个坏蛋，又欺负我。"

林知茶耳根红了，这个坏丫头梦里都在做什么呢！

他捞过爱爱抱在怀里，平躺着也让她趴着，然后说："乖，你妈

284

妈太累了，让她多休息一会儿。"

于是，他陪着爱爱玩，结果玩着玩着，大小两人都睡着了。后来，就连威武都睡着了，只有将军还是很尽忠职守地守护着大家。

木青青醒来时，看到的就是这一幕——爱爱趴在爸爸身上睡着了。而梦里，她的阿茶都在笑，是那么幸福。

她在他脸上亲了亲，说："我爱你。"

后来，从蜜月回来后的第二个月，木青青很不幸地发现，自己又怀孕了。

算算时间，就是在蜜月期里怀上的。

那一刻她简直是羞得没脸见人，为此她没少捶打林知茶。

而林知茶高兴得几乎要绕着茶山跑三圈才够。

他抱着她哄了又哄："那是因为我们恩爱，别人羡慕都羡慕不来，谁会笑你呢？！"

她咬他肩膀，一点不留情，嗔他："人家当着我面肯定不说，可是转过身来都在笑呢！"

他一副你想多了的表情。

青青怀胎那十个月，她被他照顾得好好的，他又整天做好吃的菜给她吃，她倒是每天乐呵呵的，无非就是吃吃吃，吃饱睡饱，他就陪着她在茶园里走。

那十个月，她倒没觉什么，孕反应也轻，再兼人年轻，她就是全程乐呵呵的，反而是林知茶清减了。

当她问他是不是太辛苦时，他执着她的手轻笑："我不辛苦。辛苦的是你。"

两人就坐在西瓜棚里，她看着西瓜馋啊，可是无论她怎么求，他都不给她吃："不行，西瓜太寒凉了！"

她嘟着嘴，一副委屈模样，别提多可怜了。可他就是不为所动。

木青青泄气，说："好吧，不吃就不吃。那我要给我下一个宝宝起名叫西瓜！林西瓜！"

林西瓜啊……

林知茶一张脸像开了染坊。

他放低身段，抱着她腰开始哄道："宝贝儿，我们再商量商量？"

"没得商量！林西瓜！"

最后，林知茶只好妥协了，说："好……吧，那小名就叫西瓜。"

一聊起孩子，木青青就来了兴致，她揪着他手摇："叔叔，你说他是男孩子还是女孩子呢？大名叫什么好呢？"

很好，她已经放弃了孩子的大名叫林西瓜。林知茶"哦"了一声，低下头来看看她圆得像西瓜一样的肚子，说："无论男女都叫 lian lian。女孩子叫林小怜，小名怜怜；男孩子就叫林连，小名怜怜，我听说男孩子起个女孩子小名能容易养活。"

他憧憬着，嘴角带笑。一低头，他就对上了她一脸古怪的表情，只听她说："你以为是《西游记》里猪八家撞天昏，真真爱爱怜怜啊？"

林知茶勾着嘴角笑："你怎么知道我从小到大最喜欢看《西游记》了？嗯，提议很好，我们可以再努力一把，凑够真真爱爱怜怜！"

木青青无语。

威武和将军汪汪叫了两声，配合着说：好呀好呀！

林知茶揽着她哄："你看，两只傻狗都认同，觉得三个孩子好。"

木青青瞪他："你休想！"

林知茶很委屈："老婆，我觉得我可以！要不，我做全职煮夫吧！只专心养你和真真爱爱怜怜！家里的事情都让我来做，你负责养家，我负责貌美如花兼带孩子！"

木青青斜睨了他一眼，说："林知茶，看不出来呀，你很行啊你！"

他腼腆一笑，眼睛既黑且亮，咬着她耳朵低低说："我对着你，每时每刻都很行。"

木青青脸一红正想怼他，却被他堵住了嘴巴。

哎呀，这个吻太甜了，她哪还有什么不行的呢？！

爱爱是一个很好带的孩子，任何时候都笑哈哈。她也不会整天缠着爸爸妈妈，只要有威武和将军就够了。

所以威武和将军叔叔带娃，整天觉得苦哈哈。

当第二个小女孩来到这个家，这个叫怜怜的小可爱，在父母面前是天使，在二位狗叔叔那里就化身魔鬼。

只要见到怜怜一出现，两只傻狗必定想方设法逃走。可是无论它们怎么逃怎么躲，只靠爬行的怜怜也能熬死，噢不，是熬瘫它们！

小甜茶

爱爱喜欢抱着狗叔叔们睡觉，很乖，很老实，很安静！

而怜怜，嘿，很可怕！

怜怜继承了木青青的天赋，从小就爱画画。于是，她才稍大一点，两岁多就开始挥舞着水彩笔，把颜料全涂画到了两位狗叔叔身上。

威武见了它，会吓得从二楼滚下一楼，虽然没出什么大问题，也没伤到哪里，但也把木青青吓得不轻。

木青青抱着二女儿，说："怜怜啊，你是把威武叔叔搞出心理阴影来了啊……"

然后，她放下女儿，回到书房赶稿子去了。她新近有了许多构思，全是关于木堂春的。她打算推出新的六堡茶饮品，得设计几款图稿。

等她忙完从书房出来，只见威武和将军垂头丧气地端坐在她门口，它们全身上下都被涂花了，身上没有一点空白。嗯，她马上就明白了……

木青青咳了两声说："嘿嘿嘿，晚上奖励你们鸡腿吃！"

威武和将军低垂着头，沉默沉默再沉默。

木青青"咦"了一声："爱爱和怜怜呢？"

一听见恶魔们的名字，两只狗猛地抬头，木青青一看，两头犬额头上用棕红色颜料画了两坨狗屎。

木青青捂住心口，只觉得应该是求她自己心理阴影面积了……

怜怜太能折腾了，她的精力比男孩子还可怕，而在她的带领下，小乖乖爱爱也开始黑化……

木青青再走两步，只见怜怜坐在了后头，因为两只狗太高大，她才没有第一时间发现怜怜。此刻，只见怜怜拿着一根粗绳把两只狗的尾巴绑在了一起，而将军的一只后脚还夹了一只夹画架上画纸用的夹子……看得她都替将军痛……

木青青很无奈，她赶紧把将军脚上的夹子拿下来，又要来解它们尾巴绳子，可是怜怜不乐意了，见妈妈搞坏了她的"杰作"，她"哇"一声哭了。

刚好林知茶提着公文包下班回来，木青青淡淡地说："貌美如花的叔叔，麻烦你把两只可怜的狗犬洗一洗，给它们洗干净，然后把这只小恶魔处理掉！"

林知茶摸了摸鼻子，心道自己这是无辜躺枪的节奏啊，然后一低头对上了两只傻狗同样"一言难尽"的表情……

287

哎，这真是又折磨又甜蜜啊……

更折腾老父亲和威武、将军的还在后头，四年后，林氏夫妇又迎来了他们的第三个孩子。

三个孩子一起折腾的名场面，想想不要太美。

第三个是个男孩子，这让林知茶很无奈，因为不是女孩子就凑不足真真爱爱怜怜了。

在木青青刚怀上那会儿，问他要给孩子起个什么名字，他则答："无论男女都叫 zhen zhen。女孩子叫林小真，小名真真；男孩子就叫林臻，小名真真。"

按他的意思，无论如何也要凑成真真爱爱怜怜，木青青怼他简直是有强迫症！

所以，最后林知茶还是决定了，就叫这小家伙小名真真，大名嘛就叫林臻。但是可怜的宝宝无论是在什么情况下都被老父亲唤真真的。

每当这个时候，木青青就抓着真真的小胖手笑，说："哎呀，小帅哥，爸爸想要一个女孩子叫真真，可惜你不是。"

真真睁着无辜的大眼睛看着漂亮可爱的娃娃脸妈妈，咿咿呀呀地叫，小手去抓她垂下来的头发。

林知茶坐在母子两人身边，而五岁的怜怜坐在父母面前，给大家画画儿呢！威武依旧可怜兮兮，是被怜怜迫害的对象，怜怜把一只脚踩它身上，将它当脚踏用了。

爱爱和将军蹲在地上，一起探头看最小的弟弟，爱爱很爱这个俊俏无比的弟弟，喊他："真真，真真，真真。"

真真"哎"了一声，转头去亲了亲姐姐的小脸蛋，然后忽然张口小嘴巴一把咬住了将军黑黑润润的大鼻子。

将军目不斜视，眼观鼻鼻观心。

木青青叹气："唉，三个小恶魔会把我家威武、将军玩坏的。"

"咳咳咳，"林知茶说，"不要这么说自己的小孩。"

木青青似笑非笑斜他一眼。

林知茶摸了摸鼻子。

他低垂下头来，看真真，真真长得非常俊俏，像妈妈更多一点儿，他又看了看一对粉雕玉琢的漂亮女孩儿，心里更是美美的。

他忽地执着她的手，说："青青，我很幸福。"

木青青一怔，又咯咯笑了起来，逗得真真也是咯咯笑。

她温柔地描着真真的眉眼，说："阿茶，你看，他笑起来多像你。他一对眼睛也像你，眼珠子漆黑，像夜色，也似月下深海，深邃漂亮。"

后来，真真周岁抓周时，地面上摆满了各式各样的物品，当然既有代表爸爸美妆品公司的闪闪亮亮的漂亮瓶瓶罐罐，也有代表妈妈公司的一堆堆碧褐色茶叶。

和当初的两个姐姐一样的抓周物品，当年的爱爱抓的是小提琴和珠算盘，林知茶笑："我家爱爱以后要做音乐家呀！还是要做银行家每天数钱钱啊？"可是眼里还是要遗憾。等到了怜怜，她选的是油画笔，青青很高兴，这可是要继承她衣钵啊！林知茶自然也是替她高兴的。

到了真真，当他抓住了那些瓶瓶罐罐时，林知茶顿时眉开眼笑，说："我家小子是要继承爸爸公司了！"

可是下一秒，真真巍巍颤颤站了起来，抓了一大把茶叶亲了又亲，说着："茶、茶、茶！"

木青青更欢乐了。要知道，这堆墨墨黑黑的东西，真的不会引起小孩子注意的，但真真喜欢！

林知茶也是乐了，笑着揉了揉青青头发，说："看来我们的真真野心很大，以后要做霸道总裁，管理父母辈的两家企业啊！"

木青青一脸揶揄："这不正合你心意吗？"

他一笑，低下头亲吻她。

他想，他跨越山河重洋，跨越无数的城市与小镇，终于来到了她的身边。

一座城，因为有了她而生动。

因为她，而使他心生欢喜。

威武、将军带娃日常是这样的：

例如：

某天，怜怜指挥着两只傻狗，让它们当她模特儿。

两只狗只好坐在地毯上一动不动。

怜怜说了一句："很好！"

然后画了半小时，只有四个月大的真真爬了过来，开始逗威武玩。

爱爱坐在窗前，弹奏曲子。

她很有天赋，才六岁，已能弹奏很多曲谱。

她甚至能弹奏《梦中的婚礼》。

怜怜掏了掏耳朵，说："姐姐，你就不能换首曲子吗？老是这一首。"

怜怜挺暴躁，见威武老在动，她一个纸团扔了过去："傻狗，别动！"那语气那动作和林知茶挺像。

威武很委屈"嗷嗷呜呜"地高低抗议。她又唬它："还敢回嘴了，小心我不给你吃的，把妈妈喂你的饭给将军吃！"

威武绝望地趴在地毯上抽噎。将军挑了挑眉，抬起前肢摸了摸它的傻狗头，意思是：放心，我会给你留一口的。

温柔善良美丽又可爱的爱爱轻声说："爸爸最喜欢听妈妈弹这首曲子了。爸爸还说，妈妈弹奏时，是小仙子！这首曲，是爸爸妈妈非常相爱的证明。"

暴躁的怜怜露出一副生无可恋的表情，继续画她的画。

画架前，弟弟真真在逗威武。

威武一副很高冷，我不属于和奶娃娃玩的表情。

真真咬它耳朵，它继续高冷。真真扯它毛，它还是很淡定，然后别开了脸，继续保持高冷。可是在真真亲了亲它鼻子后，它忽然仰天一趟，四脚朝天，不再装高冷了。它一副"快来呀，快来撸我啊"的傻白甜表情。

惹得真真咯咯笑，小胖手去撸它肚皮。

怜怜挑眉，嗤道："傻哈，你真没节操。"

又例如：

有一天，当青青进厨房时，就看到厨房一角趴着威武、将军和真真？

她赶忙走过去看，只见威武、将军的两只大铁碗里，装着牛奶。而真真学着两只傻狗一样趴在地上埋头进去喝奶奶。

木青青一怔。

刚好林知茶正准备下厨，给小妻子煮一顿好吃的海鲜大餐，一看到这个情况，他顿时心塞。

木青青已经很有经验了，看了一眼再度身上被画花了的狗狗们，淡淡地说："貌美如花的叔叔，你负责把两头犬和真真一起洗干净。"

顿了顿，她笑眯眯地走到怜怜面前，说："可以啊，小美女，在威武身上画莫奈睡莲、在将军身上画蒙娜丽莎，你很行啊，未来的大画家。"说完，她拿了六堡茶雪糕出客厅看电影去了。

　　怜怜摸了摸鼻子，小心翼翼地看了爸爸一眼，说："爸爸，妈妈是不是很生气？"

　　林知茶呵呵两声，说："小可爱，你觉得呢？"

　　怜怜揉了把头发，说："我帮威武和将军洗澡吧，爸爸帮真真洗。"

　　林知茶笑得特别温柔："真不愧是爸爸的贴心小棉袄。"

　　威武、将军："汪汪！呜！（救命！啊！）"

　　爱爱练完钢琴下来，看到了妹妹摆在客厅画架上待晾干的油画，画得很可爱有趣，而标题是：《我们幸福逗趣的一家》。

　　五年后，林知茶的茶精粹系列经过漫长研究，已经成功研发出来，再包装一下就可以上市了。

　　这自然是少不了宣传的。

　　他站在木青青专门为培育古茶树后代的那片小山坡上，看着那里一棵棵站立着的小树苗，感到很幸福。

　　木青青走到他身边，小手拉着他的手，他五指张开与她十指交握。

　　木青青感叹道："从开始研发如何提取茶精粹开始，到如今，八年时光过去了，不仅仅茶精粹系列快上市了，就连我的阿大、阿二、阿三、阿四都有了一百个后代！"

　　林知茶笑着揉了揉她的头，说："有唐大山这些世界顶级专家的努力，要培育古茶树还是有很大希望的。其实当时我只是抱着试一试的心态，没想到后来真的有三棵成活了，然后我和大山他们制定的是每年培育出十棵古茶树计划。这么多年过去了，我们的培植技术已经成熟，以后每年可以培育出更多的古茶树了。青青，待我们百年后，留给我们子孙的，会是很丰盛的财富。这些财富既代表物质，但又不是物质，还是一种精神，更是对大自然的一份承诺。"

　　"是。"青青握着他手。

　　林知茶轻吻她脸颊，说："青青，等香妆茶精粹系列在巴黎总部发布。我们一家回巴黎住三个月吧。"

木青青甜笑着道："好啊！巴黎啊，多美好！'巴黎若不动人，世间再无浪漫'。而且那里是你的家。我们过去陪爸爸住半年，哈哈，我们一大家子加上威武将军，估计每天都是吵吵闹闹的了。"

他摸了摸她的头，也是笑。

The One团队再度从地球的另一端——林氏别的"花园"跑了过来，要亲自操刀拍摄茶精粹系列的大片。

团队从林知茶的实验室里每一个细微运作拍起。

每一个视频都很唯美，可以拿出来直接做广告大片，尤其是当木青青看到镜头下，绿色的圆柱瓶体里，滴管轻移，滴出一滴晶莹剔透的纯美臻白的精华液时，她深吸了一口气。

林知茶笑她："这只是日间精华，简洁为主。我为你设计的那款飘在雪花似的白亮乳液里的大金花凝胶，一按压就变成了无数闪烁的金点和精华乳混合，那才叫真的美！"

她也是咯咯地笑。

在成千上百条片花里，团队已经精挑出了三个短视频，剪辑合在一起后的效果很好，但严格到了极致的林知茶还是觉得不够。

最后，木青青提出了自己的想法，说："我们来一场木堂春传统茶业和林氏现代时尚化香妆的一次跨界合作怎么样？毕竟我自己首先也是插画师和广告设计师，可以负责整合。"

"可以。"林知茶马上点头，"现在什么都追求跨界合作。这个很有噱头，还同时宣传了两家的文化！"

茶精粹系列的夜间精华，是加入了阿大等古茶树的叶子精粹提取物的。她想了想，说："茶精粹系列具有强大的抗氧化和抗衰老功效，象征的是活力和新生。我觉得可以让漂亮的小孩子坐在阿大、阿二、阿三、阿四身上，小孩子代表的也是活力和新生的希望，如果拍摄得唯美，每一个都是小天使，他们展露最干净纯甄的大笑，我觉得很有意思！"

大家都是最专业的人，已经有工作人员打开电脑给各家童星经纪人发信函了，且把几个林氏合作惯的欧洲天使般漂亮的孩子相片调了出来。

林知茶正要说什么，唐大山忽然说道："不用那么麻烦。我觉得土生土长的真真怜怜爱爱，和沐春家的两个宝贝儿就很漂亮，不比欧洲孩子差。他们来演绎更质朴纯粹。茶，你觉得呢？"

林知茶点头："我也是这个提议。"

一听见可以拍大片，五个小孩子高兴得跟什么似的。

年纪最小的真真很高兴，大喊："我要爬到阿大、阿二、阿三、阿四身上去！"

而两个姐姐动作可是比他要快的，已经借着梯子一溜烟爬上去了，急得林知茶喊："回来，还没绑保险绳呢！"

特别有主见的怜怜朝着树底下可怜的老父亲大声喊："我们都不知道爬过多少回了！"也就只有弟弟真真没有爬过而已！当然后面这句话，怜怜懒得说了。

爱爱坐在很高的一段树桠上对着爸爸妈妈招手，甜甜地喊："妈妈，爸爸！这里风景好好呀！"她清澈若溪的眼睛里有光，而笑容那么明媚纯真，是都市小孩子少有的淳朴和返璞归真。

掌镜的陈迪云觉得很有感觉，马上拍了好几帧照片找灵感，然后又调整了一下光圈，捕捉更美妙的自然光与捕捉孩子们脸上最细微的表情。

沐春和林雁雁的孩子特别乖巧，一儿一女，比起木青青家的三个小跳蚤要斯文。沐春一听到林知茶的建议后，就马上打电话告诉了雁雁。还远在南极做高端旅游内容开发评估项目的林雁雁则马上放下手头工作赶了回来陪伴两个孩子。

此刻，林雁雁正在给沐棉和沐锦调整安全绳，还不忘调侃树上的孩子两句，说："小美女们，赶快下来绑绳子！"

正是夏季，林雁雁身上脸上都是汗水，沐春体贴地给她擦了，温言道："孩子们有我看着就好。你这样赶回来，然后还得赶回去，太累了。"

林雁雁笑着拿额头贴了贴他的额头，才说："怎么说也是孩子们第一次拍大片啊！这么大的事，我肯定得陪伴着孩子的，不错过他们的每一次成长嘛。哎呀，其实我整天到处飞，已经错过蛮多次了。"

沐春笑着替她理了理刘海，然后在她发心印下一吻："辛苦了。"

另一边，两位小美女还在空中晃着两双小脚丫。她们光着脚，皮实得很。

木青青感慨道："哎呀，我都想爬到阿大身上去了！"

小甜茶

林知茶嘴角抽了抽，一把将她头往下压："你就可怜一下我的那颗脆弱的小心脏吧！"

木青青倚在他身上咯咯笑。

等四个孩子都准备好了，再度爬到了树上，他们就像山大王一样，每人要霸占一整棵树，而乖巧的真真含着手指，糯糯道："妈妈，我要去爱爱那里。"

"去吧！"木青青身轻，于是也捆上了绳子，先爬到坐在阿二身上的爱爱那里去，然后众人用吊车把真真吊了上去。木青青扶着他在树干上坐稳，她才仔细告诫大家，一要小心，二要爱护好这些古茶树，别乱攀乱踩，伤害到它们。

坐在阿大身上，毅然成了孩子王的怜怜一拍胸脯说："妈妈放心吧！我像爱护我眼眶里的眼珠子一样爱护阿大、阿二、阿三、阿四！"

这是林知茶往常对她说的情话啊！她先是一怔，然后笑了，这个孩子啊……还真是和阿茶一模一样！

她回到林知茶身边，他轻轻握住了她的手，用两人才听得见的声音说："我就像珍爱我眼眶里的眼珠子一样爱你。"

两人相视一笑，十指紧握。

The One团队的首席摄影师陈迪云已经找到了最佳灵感，而树上的孩子们笑得像夏天的花儿一样灿烂，他们是天使，是一颗颗晶莹剔透的水晶。他们生机勃勃，充满灵气，他们就是一株株幼苗，以排山倒海的勇气破土而出……

他们就是隐喻，象征活力和新生！

经过三天的不同时间的取景，和反复捕捉最佳灵感拍摄，这段片子完成了。

这是木堂春和香妆的跨界合作，更会在巴黎、上海、东京、曼哈顿的繁华街头里，在摩天大楼的滚动屏幕里滚动播放。

那是一次成功的宣传造势，林氏香妆的茶精粹系列创造出了一上线和一上市，就在一个小时内卖光的业内奇迹。

是奇迹，也是神话！

要知道，那可是高达接近三万元的高端护肤系列全线产品，每一个瓶子罐子都是杰出艺术品。由木青青与另外两名跨界艺术家一起创作。细节处精美得就连一个精华瓶子的盖子，都是由钻石雕琢大师用打磨钻石的工艺来打造的。

所有女人都爱得要死。而林知茶把这一套茶精粹系列放在一个特意定制的心形礼盒里，将这颗巨心送给木青青。

当时，他说："青青，我将我的一颗心给你。

"青青，这个茶精粹系列，是我为你而打造。"

那一刻，她捧着这颗巨心，犹如抱着他的心，她拥抱了全世界。

由于林氏茶精粹系列的成功，那条记录有六堡镇、有茶山茶树，甚至对木堂春六堡茶叶如何提纯也做了记录的唯美片子，在林氏和木氏的官网都做了展示。还有上海两家旗舰店的展示，不仅仅是林氏的护肤品卖得好，就连木堂春的六堡茶也卖得极好，远销东南亚，成功输出欧洲英法意等多个国家。

吃到了甜头的林知茶又想做新的尝试，他将自己关在镇上斥巨资建立的顶级化学实验室里又做起了实验。

他将自己关了七天七夜，这一次，他将目光投向大米，并成功从全世界各地搜罗来的大米里，找到了最具优质米菁成分的大米，且研究出茶树区的土壤营养成分很高，养育出的大米，会更具功效性。因此，他决定在镇上的各处木堂春茶山附近种植大米。也在青青家的后花园里，开辟出一块地来种优质大米。

于是，便有了以下他和青青的堪称神奇的神仙对话——

林知茶："青青，你会种植大米吗？我需要一片肥沃的稻田和大米！"

木青青："你不会种吗？"

林知茶："不会。"

木青青："可以好好感受一下亲近大自然的乐趣哦。来吧，你亲自去种，去施肥吧！"

林知茶："不，我并不想动。毒辣的太阳光会晒黑我雪白的肌肤。我们说好了的，我负责貌美如花！"

木青青一头问号，难道就不会晒黑我吗？我也貌美如花啊，不能去晒黑啊！

林知茶："好青青，你帮我培育一片肥沃良田和一批优质大米吧！"

不被美男计所惑的青青："为啥？我和你一起种田不好吗？可以

小甜茶

296

感受大自然，还能感受万物生长。多棒！"

如果是他和她一起干活，她还是能勉强忍受毒辣的阳光的。

林知茶："我不想感受。我只需要一批优质大米，从中提取菁露。米菁露天然富含矿物质、精油和微量元素，是护肤的极佳成分，可以愉悦地滋润你柔嫩的肌肤。青青，你来种，我给你研制最好的最适合你的柔肤露，让你每天愉快地变美。愉快地当个美美的采茶姑娘、制茶师，和霸道总裁好不好呀？"

被绕弯了的木青青："好好好！"

当然，这些都是林知茶和她说着玩的，他研制的护肤露，其中王牌产品是润手霜，就是拿来保护娇宠她雪白娇嫩的肌肤和那对漂亮小手的，怎么可能要她去种田啊！

后来，大米系列还真的让他给研发出来了。

他又把它们放进巨心里送给她时，她别提多高兴多傲娇了。

她啊，简直就是被他宠坏了的小姑娘！

于是，为对方打造专属的东西，就成了两夫妻虐狗的表现。

木青青也成功研制出了一款很适合女性饮用的花香型六堡茶。

她之前种植的茉莉花开满了整个山头，盛开时，雪白的一片，美如香雪海。

又经过几年的研制、配比、调味，木青青终于从一众六堡茶里，找到了一款生茶且带有清冽生槟榔香味的六堡茶。

说起来茉莉花茶的制作，其实是必须要以绿茶茶树叶做基底茶叶的，这样才能以茶的清香和茉莉花的香气相呼应。熟的六堡茶以及大部分生六堡茶都是偏醇厚型，和茉莉花的轻盈清香不搭，但在木青青和沐春为首的几位制茶大师的努力下，终于制出了一款适宜的六堡生茶，与茉莉花搭配，成了新的茉莉花六堡清茶。

这是一款新的茶型，也是一次突破，木青青打破了传统，但也遭到了一众茶叶商会的传统制茶人的反对。不过在最艰难的时刻，始终是林知茶陪在她身边。

可最奇妙的还是，当投放市场时，深受女性顾客喜爱。甚至一些十五六岁的孩子也喜欢。那一刻，茶叶商会的一众元老无话可说了。

而木青青是分系列的，木堂春的传统茶不会受到这款茶的冲击，各有各的销路和面向群体。

成功后，她开心地抱着林知茶亲，说："阿茶，这是我送你的《小甜茶》。这款茶的名字就叫小甜茶，以纪念我们的爱情。"

那一刻，林知茶比她还要高兴，为她的成功而高兴。他紧紧拥抱她。

而三个孩子对父母经常性的秀恩爱见怪不怪了，超级贴心小棉袄爱爱，还教着很有做茶天赋的弟弟真真开始泡茶呢！

姐弟俩泡的就是这款"小甜茶"。

颇有商业头脑的怜怜喝了一杯，她可真是十分喜欢这花香的味道，于是说："我觉得这款茶十分具有亲民性。毕竟不是每个人都喜欢喝茶的。现代人有时候抛弃了很多传统。但这款茶有一种跨越了传统和时尚的魔力。如果将它的成分配方再改变一下，做成茶饮料，设计一款很有趣味性的瓶子，进入超市售卖，这一笔款项进账将会是大钱钱啊！"

林知茶听了很满意，笑着揉了揉青青耳朵，说："你看，我们的女儿像我，一样会经营生意。"

木青青笑着怼他："自恋狂！"

爱爱给父母二人各斟了一杯茶，她喝了一口，笑道："纪念爸爸妈妈的神仙爱情！"

林知茶听了一怔，垂下眸来，和青青目光相接，两人一顿，然后笑了。

他的这个小姑娘，从结婚到现在过去了八年，从她二十一岁到二十九岁，岁月没有从她身上留下痕迹，她依旧是他心中那个初见的小姑娘。

将来，即使她老了，他也只会更爱她。

他爱她，每一天都比前一天更爱，越来越爱。

她，可不就是他的神仙爱情吗？！

她，本身就是爱情。是爱情本身，也满足了他对爱情的所有想象，可她还是她，是青青。

是的，她是。毫无疑问。

小甜茶